U0596961

守住宁静

侯军序跋集

朱德群

侯 军 著

海天出版社
· 深 圳 ·

图书在版编目（CIP）数据

守住宁静 ： 侯军序跋集 / 侯军著. — 深圳 ： 海天出版社，2019.2

ISBN 978-7-5507-2479-2

Ⅰ. ①守… Ⅱ. ①侯… Ⅲ. ①序跋－作品集－中国－当代 Ⅳ. ①I267

中国版本图书馆CIP数据核字(2018)第227751号

守住宁静：侯军序跋集

SHOUZHU NINGJING：HOU JUN XUBA JI

出 品 人　聂雄前
责任编辑　许全军　朱丽伟
责任校对　叶　果
责任技编　郑　欢
装帧设计　知行格致
书名题字　朱德玲

出版发行　海天出版社
地　　址　深圳市彩田南路海天综合大厦7—8层（518033）
网　　址　http：//www.htph.com.cn
订购电话　0755-83460397（批发）　83460239（邮购）
设计制作　深圳市知行格致文化传播有限公司
印　　刷　深圳市华信图文印务有限公司
开　　本　889mm×1194mm 1/32
印　　张　13.75
字　　数　380千字
版　　次　2019年2月第1版
印　　次　2019年2月第1次
印　　数　1—2000册
定　　价　48.00元

目 录 CONTENTS

第一辑

第二辑

第三辑

第四辑

第一辑

田家风味

——《田原小品画展》前言

田原先生属牛，幼年当过牛倌，因而自号“饭牛”。饭牛者，喂牛之谓也。牛是农家益友，阡陌神灵，其足踏于泥土，其汗洒于田畴，但问躬耕，不图回报。这种精神恰与田老先生形神暗合，真不知是田老似牛，还是牛似田老。

田老几十年如牛负重，在艺海耕耘。虽身居大都市，名扬海内外，却始终不肯忘怀幼年曾滋养过他的那一方水土。他热爱山乡的田野，热爱淳朴的民风，热爱大地所孕育出的所有美的因子。他从不标榜高贵，从不自诩高雅，也不怕被评论家讥为“媚俗”，被雅士斥为“老土”。他所追求的恰恰是“俗得地道”“土得掉渣”。于是，他画老虎鞋，画泥娃娃，画青花瓷，画老窝瓜，画戏曲人物，画农民年画……有道是俗到极致便是雅，当我们徜徉于田老所营造的这一片充满民间风味与原始韵致的艺术园林时，我们分明可以顿悟“真土得真贵”“大俗显大雅”的艺术真谛。

田老曾被画界同行称誉为“全能艺术家”，他能诗、能文、能书、能画，能治印、能鉴赏、能操琴、能司鼓，上台能演、开口能唱……多方面的修养，使他的书画作品中并不缺乏文人气息。试看他的写意花鸟、简笔山水、白描人物，皆属于文人画的范畴；他擅长在画面题诗，意境深远，言简意赅；而题款的书法，真草隶篆，浓妆淡抹，总是相宜。他与历代文人画家的最大区别，就在于他总是刻意将文人趣味民间化、将传统程式简约化、将严肃主题童趣化、将深邃意境漫画化，正是这些特色，终使他的画作从巍乎高哉的艺术殿堂，“纡尊降贵”回到民间，从而拉近了与大众的距离。人们欣赏田老的作品，总是感到平易近人，可亲可近——他的作品真正做到了雅俗共赏。这种特殊的艺术魅力，无疑是田老所独有的，我将其称为“田家风味”。

“田家风味”虽无华堂伟殿、金杯银盏来做装饰，亦无生猛海鲜、燕窝鱼翅以广招徕，但清新淡雅，朴实无华，似风味小吃，似家常饭菜，既可令寻常百姓开心解颐，也能让专家同道耳目一新。尤其是画中所蕴涵的那浓郁的文化底蕴与民间情怀，更将经得起岁月的回味，耐得住时间的咀嚼。

谓予不信，敬请试之。

转益多师 卓然成家

——《王洪增画集》序

中国画界历来讲究师承。人们谈论某位画家，往往先要摆一摆他是哪位名家的弟子，倘若老师是位大师级的人物，这学生的身价也就水涨船高，不仅有了自视高人一等的理由，别人也会自然而然地高看一眼。正如中国有句老话所说“名师出高徒”；亦如物理学大师杨振宁所谓：“要想得诺贝尔奖，就去找诺贝尔奖获得者做老师。”可见，无论是历史经验还是切身体验，都表明一个人要想成功，师承是非常重要的，甚至是必不可少的。

然而很遗憾，当我提起笔来为画家洪增写这篇序言时，却发现在师承关系方面，他全然是一片空白。“我确实没有拜过老师”，遥距数千公里，他在电话中对我如是说，“不是不想，是没有机会”。我听罢心猛地一颤。是啊，一个出身于河北省吴桥县的农家子弟，正当求学的年龄又赶上20世纪60年代初的那个困难时期，物质生活与精神生活的双重匮乏，使洪增这一代人普遍“营养不良”。而“文革”的风暴又阻断了中华传统文明传承与延续的渠道，更使他们求师无门。1972年，靠着幸运女神的一次偶然垂顾，他考进了百年老店杨柳青画社，以其对绘画的酷爱和天性的聪颖，他当上了一名彩绘工人，从此开始了笔墨生涯。但是，以他在画坛如此低微的地位，要想求得名师指点，尚且很难，更遑论在画艺上登堂入室了。当他明白了自己的处境，也就等于找到了那条属于自己的别无选择的道路。他知道这条路很窄，很艰难，别人有师傅领进门，可以少走弯路，而自己却命中注定要从头摸索，要比别人付出加倍的心血和辛劳。对这一切，洪增认了。他仰起脸，对着面前的那扇画板，对着一代代民间画匠已经画了三百年的杨柳青所特有的大胖娃娃，细心地描画起来。这一“画”，就是20多年。20多年后的洪增已经在津门画坛自成一家，他以自己的勤勉、敏悟、灵透与永不满足的探索精神，赢得了事业的成功和世人的尊敬。虽因时运多蹇而无缘入一师之室，但这境遇却使他获得了转益多师的自由，甚至连他那在某些人眼中确属低微的彩绘工人的出身，如今也成了他在绘画领域所取得的突出成就的一个反衬。这，恰恰是画家本人应当引为自豪的。

洪增是一个以自己的实力挤进画坛、进而慢慢占据一席之地的画家。在这本并不厚重的画集中，记录着画家在茫茫艺海中踽踽独行的足迹。在他那一幅幅清新灵动的画作背后，其实蕴藏着超量的苦涩与艰辛——当各位读者打开他的画集时，我相信大家都会留意到这一点。

读洪增的画，你会发现，他并不是无师自通、横空出世的。我说他是转益多师，正是着眼于此。

杨柳青年画毕竟是中国四大年画之首，是民间艺术发展到极致的产物。它对任何一个画家来说，都是取之不尽、用之不竭的养料库；而对洪增来说，每天悬肘运腕，勾勒线条，渲染色彩，成批定量地绘制具有很强程式性的年画作品，旁人或嫌其单调乏味乃至枯燥刻板，他却把它当成一项极好的基本功训练，长期沉浸其间，从中汲取了相当丰富的艺术营养。他良好的造型能力无疑得益于这种日积月累的训练，他对色彩的感悟能力显然也是源于杨柳青的民间画风。更重要的是，民间年画所特有的那种百姓视角和平民情调，早已不知不觉中渗入他的血液和灵魂。这使他在后来的中国画创作中，无论画什么题材，也无论用什么艺术手法来表现，总能毫不费力地达致雅俗共赏之境。他笔下的花草虫鱼、飞禽走兽，时时显露出一种亲切温馨、平易近人的韵致。而这种韵致，或许是许多画家梦寐以求却未必都能达到的。

我一向认为，在中国民间年画的大观园中，杨柳青年画是最具文人气质的。这是因为它虽然出自乡间，但却靠近城市，得以较多地吸收市民阶层的审美趣味，从而与文人艺术拉近了距离；同时，又因为靠近京师，且在同光年间打入宫廷，使其间接地汲取到宫廷艺术中所渗透出来的那种精致的文化趣味（其实也可以说是一种文人趣味）；而更为重要的是，当杨柳青的民间艺人们意识到文人的趣味有可能为他们进一步打开城市的年画市场时，他们竟不惜重金，从上海请来了钱慧安等文人画师，直接参与年画的创作。这种演变历程，使杨柳青年画逐渐从农民的艺术，脱胎成市民的艺术，进而脱俗近雅，呈现出一种亚文人趣味。我认为，洪增的艺术风格中，分明也打下了这种杨柳青印记。尽管他的画作，无论题材还是表现手法，都已经与传统的民间年画相距甚远，但在其画中那种杂糅着几分文人趣味与几分市民趣味的独特神韵，无疑是属于杨柳青的。从这个角度讲，杨柳青年画绝对是洪增的第一位艺术导师。

洪增擅工笔，近年更偏重小写意。其画路极宽，人物、花鸟、走兽、游鱼，无一不能，样样皆精。他私淑的范围极广，其小写意花鸟的灵巧多变，分明得益于王雪涛和肖朗；其走兽则显然是从津门名家刘奎龄及刘奎龄之子刘继卣那里取法；洪增以画鱼闻名，他的青鳞锦鲤，风姿绰约，栩栩如生，寥寥数笔，形神毕现。寻其渊源所自，远可接八大山人之遗绪，近可见津门画鱼高手刘止庸、王学仲之端倪。然洪增之鱼入画，必作气氛营造与环境渲染，或以杨柳轻扬于岸上，或以红叶飘落于水中，或以荷塘映月，或以芦荻拂风……正是这种种变化，使洪增之鱼自成面貌。世人激赏，良有以也。

天地万物，造化为师，这是无数画家走向成功的不二法门。洪增对大自然有着敏锐的观察力和领悟力，他时时关注着四季阴晴给花花草草所带来的细微变化，细心体味着所有生灵带给他的生命信息。一旦有所感悟，立即形诸笔墨。那年在深圳，他看到荔枝公园的荷花，看到一位业余摄影师拍摄的荷花照片，当即心有所动，转天就开始尝试一种新的荷花画法。我正好目睹了这几幅新作的创作过程，由此直接感受到画家那种刻意进取、不懈求索的精神。我想，洪增能从一个普通的彩绘工人，成长为一位卓有成就的专业画家，大概靠的就是这种精神吧。

洪增生性腼腆，不擅言谈，尤其不善于谈论自己。有一次，我与他谈起画界有人将他称作“鱼王”，他立即满脸通红地说：“那是人家跟咱逗着玩儿，千万别当真。咱算嘛‘鱼王’，差得远去啦！”

我赞成他的这种态度。我对他说，中国画家历来有专擅一类题材的传统，唐有韩干擅画马，戴嵩擅画牛；宋有易元吉擅画猿，文与可擅画竹……到了近代，徐悲鸿擅画马，李可染擅画牛，黄胄擅画驴。但却没有见到哪位大画家妄自称王。真正的大师绝不会把自己限定在其所擅长的那一类题材之中，倒是有些民间艺人总爱自封为这王那王，也有些商人出于经营的需要，总爱把一顶顶廉价的桂冠，戴在他们所中意的艺人头上。殊不知这顶“王冠”一旦带上，那大帽子底下的头脑就会变得不再灵光了……洪增当然明白我的意思，他笑了笑，说：“您放心，这个道理我懂。”

这次，他约我为他的第一本画集写序，并且寄来了一批近作的照片。我非常高兴地看到，他的画作思路更宽了，题材更丰富了，艺术品位也更高了。尤其值得欣慰的是，在他的近作中，鱼已经不再居于“主流”地位，更多的鲜活的生命已经呈现在画家笔下。这至少说明，洪增已将市井中人转赠给他的“鱼王”雅号（其实是个“俗号”），漫不经心地留在了自己艺术探索的半途中。因为他深知，他还有很远很远的一段路需要跋涉，现在还不是自我欣赏、自我陶醉的时候！

那么，就让我在此遥祝：洪增你大胆地朝前走，朝前走，莫回头！

秋霜古意落砚田

——《万轲新画集》序

（一）

1993 年初春，喝得微醺的轲新兄叩响了我家的房门，他是来给我送行的。当时，我已决定南下深圳，但临行之前并未声张。不知他是从哪里获悉多年老友即将远行的消息。

“舍不得你走啊！”他说，“可是我也知道，你老弟走得对！心里矛盾啊！”一向不擅言谈的轲新兄，那天跟我说了许多感人肺腑的临别赠言。他说，他是先在家里把自己灌醉之后，才来送我的。“我这个人，嘴笨，越是想说就越说不出来。今儿借着这点酒劲儿，跟老弟说说心里话。”说到动情之处，这条壮汉不禁泪光盈盈。我被他的真挚友情深深感动了，以至于十多年后，当晚的情形依然历历在目。

那次见面，他送给我一幅山水画，画的是漓江帆影，上面题满了字，潦潦草草的，不易辨识，他说那是特意写给我的三首送别诗。我素知轲新兄不擅写诗，而作为花鸟画家，他也很少画山水。如今，轲新兄却特意以别格相赠，我自然领会这当中所蕴涵的非同一般的情感重量。他说，画上高山流水，是寓意我俩是真正的知音；画上大江帆影，是预祝我南行一帆风顺；还有一层意思，就是诗后的那几句题跋：“侯军道兄远行，酒后小辞三首。春风伴帆开航，顺归顺归顺归！”他解释说，本来想写“须归”的，就是“必须归来”的意思，可是转念一想，还是先祝我走得顺利，然后再说凯旋，就改成“顺归”了。写一个嫌不够劲儿，就连写了三个，别人看不明白就算了，只要我能明白他的意思，就足够了！

我，当然明白！

转眼之间，13 年过去了。南北相隔，音讯阻滞，我只能从到访深圳的天津报界和画界的朋友那里，偶尔获知一些有关轲新兄的零星消息，不外乎是他参加了某个画展，又得了某个大奖，等等。直到今年 9 月的一天，忽然接到轲新兄的长途电话，他告诉我，他费尽周折才找到我的电话号码，他有一本新的画集即将出版了，想约我写一篇序言。

我在惊喜之余，却感到几分心虚。我并非画界中人，轲新兄如此重要的一本画集，理当请前辈专家来写序，让一个门外汉来写，合适吗？

“合适！我想来想去，没比你老弟更合适的人啦！得，就是你啦！”听着话筒那边轲新兄不容置疑的口气，我再次领悟到这话语中所蕴涵的非同一般的情感重量。

（二）

对轲新兄的画，我一度非常熟悉，那是在十多年前。当时，我们既是供职于同一报社的同事，又是住家相距很近的邻居，更是痴迷翰墨丹青、时常在一起舞文弄墨的画友。隔三岔五的，我们就要小聚一回：二两小酒，几碟小菜，酒酣耳热之际，就铺开宣纸，他作画，我题诗，不计工拙，不品评优劣，不问今夕何夕，不知东方既白。家里人曾打趣我们俩，说是刚下白班又开夜班，还说万轲新是昨天来了今天走（意指时常过了子夜才告辞）。轲新兄总是憨厚地笑笑，满脸歉意地说，下回早点来早点走。可是下回来时依然故我。

我现在还保存着两幅我俩当时的“诗画合璧”之作，一幅是轲新兄的《墨竹图》，笔墨淋漓，构图奇险。我在上面题诗一首：“劲节刺天宇，叶茂尚虚心。不畏秋风冽，缘在有深根。”另一幅是轲新兄大泼墨的《荷花图》，笔酣墨浓，放胆横扫，堪称是神完气足之作。我也在上面题诗一首：“生就高洁性，何惧陷尘泥。拼将一腔血，香气冲云霓。”记得轲新兄画完此图，曾跟我说：“一到你这儿，喝点小酒，就想画画，一画就跟平常画的感觉不一样，放得开！”我说：“那是因为你借着酒兴，无拘无束，原先捆绑着你的那些规矩啦法度啦，统统甩掉了，只剩下一股豪情和表达这豪情的笔墨——你看，那荷叶里，是不是也渗透了三分酒气呀！”

轲新兄是科班出身的画家，他在一向强调传统功底的天津美院接受了严格的基本功训练；毕业之后，又进入一家非常强调服从和守纪的党报担任美编；此后，他厕身于著名花鸟画家孙其峰先生门墙，成为孙老耳提面命的入室弟子。这样的成长经历自然会使他在艺术上习惯于循规蹈矩，笔不妄作。这对一个国画家来说，好处是基本功会格外扎实，但天长日久也会变成一种制约和束缚。哪个画家不是充满激情的？不是个性张扬的？不是“自揭须眉”的？当他们在制约和束缚中被压抑太久之后，就必然会寻找自己独特的发泄激情和显露个性的渠道。我想，对于轲新兄来说，或许他所需要的，正是这样的一个环境、一种氛围、一个契机，而我偏巧在这方面给了他一点放纵、一点刺激、一点鼓励，于是，我们就“知音”起来了。

我庆幸被轲新兄引为“知音”，也庆幸在那些难忘的夜晚，与他一同吮墨含毫，沉醉在艺术的妙境之中。

不过，那毕竟是过往的云烟，今天轲新兄绘画，究竟是什么面貌呢？在这十多年光阴中，他一直在自己的“砚田”（轲新兄的画室名为砚田）里耕耘探索，又会结出怎样的艺术佳果呢？

我对轲新兄说：“把你的近作拍些照片寄过来吧，我要看过之后才敢动笔。”我在心里期待着他能带给我一个惊喜！

（三）

轲新兄的近作很快就寄来了，实在地说，它们并没有给我带来惊喜。面对这些画作，我觉得“惊喜”这个词显得不够深刻。准确地说，它们带来的是一种思考，尤其是那几幅工笔精制的《白鹰图》，还带给我强烈的视觉震撼。

轲新兄的近作，与我原先所熟悉的那些清新灵动的花鸟小品，已经形成了明显的反差。这是我读画的第一印象，正所谓“十年不相见，两鬓添秋霜”。这两句诗，用以论人，是说容颜的苍老；而借用过来论画，则说明轲新兄的画风，在原先的清新灵动基础上，更多了几分古朴、几分浑厚、几分苍凉。在现实生活中，没有哪个人希望自己的容颜苍老；而对画家来说，你说他的画面增添了某种苍凉、古朴、老辣的气象，那真是求之不得的赞誉呢。

元代大画家赵孟頫说：“作画贵有古意，若无古意，虽工无益。”所谓“古意”，也就是指画面上那种苍拙朴茂的感觉，那种蕴涵在画面中的古典情怀和传统意味。在当今举世皆以时尚新潮为标榜的世风之中，我在这里重提“古意说”，似乎很有些不合时宜。然而，正因如此，我们才愈发感到“古意”的珍贵，仿若空谷闻足音。从轲新兄的近作中，我分明看到了这种对“古意”的追求——那些画在泛黄的草皮宣上的花卉、松石、残荷、小鸟，那种冷峻而简约的构图，还有那即兴神驰、率意豪放的用笔，无不体现着画家对“逸笔草草”的古朴画风的偏嗜。我甚至发现轲新兄题款所用的字体，也融入了类似汉简古隶的风韵。

所有这些变化，都给我留下一个强烈的印象，那就是轲新兄的画正逐步从以往的清新灵动走向古朴典雅。而这种画风的形成，既得益于他深厚的传统功力，同时也是他的秉性使然。我为轲新兄的艺术进步感到由衷的高兴。一个艺术家，一旦确定了自己艺术追求的方向，那他离形成自己的独特艺术风格也就为期不远了。

轲新兄既出于画鹰名家孙其峰先生门下，他所作的《白鹰图》自然要予以格外的关注。就我的浅见寡闻，孙老的白鹰往往与松相伴，且静栖者居多。而轲新兄却总是让他笔下的白鹰展翅高翔，背负苍天或者俯瞰大地，其雄姿和动感令人心旌为之动摇。唯一一幅表现群鹰静栖的巨幛《高原魂》，则选择了巉岩裸露的崇崖峻岭，作为九只白鹰的栖息之地，作为背景的山峦则用宋人的山水画法点染皴擦，显得厚重而苍莽。这幅大画，无疑是轲新兄的呕心沥血之作，他所表现出的那种大气磅礴、撼人心魄的气势和力量，令人看到了他驾驭大题材、表现大境界、开拓大视野的功力、实力和魄力。从这个意义上说，轲新兄的《白鹰图》，既无愧于名家的传承，更应有出蓝之誉。

（四）

屈指算来，轲新兄已年过半百了。“十年不相见”已然是不争的事实，是不是“两鬓添秋霜”呢？我猜想，大抵也是意料之中的事情。揽镜自视，我已然是秋霜染鬓了，更何况比我年长几岁的轲新兄呢？

人生短，艺术长——这本是我们多年前常常议论的话题，今天，当我们年纪渐长、阅历渐深之时，对此的体会自然会比当年深刻得多，也切实得多了。轲新兄在寄给我的画照的附信中写道："记得老弟去深之前和我讲过'什么也不参与，画自己的画'，愚兄正是这样又走了多年。……绘画艺术是我终生所爱的事业，名利、地位都是身外之物，只要用自己的时间拿起笔去画自己所想画的，足以幸福。"

我感慨于轲新兄的这份执着、这份坚韧、这份知足达观的境界，就凭这，他所钟爱的艺术事业，必将带给他更加辉煌的回报。对此，我深信不疑！

是为序。

谢定超的“野逸之美”

——《谢定超新作集》序

（一）

千年中国画史，自宋代郭若虚在《图画见闻志》中，率先提出“黄家富贵，徐熙野逸”这一重要命题之后，“富贵”和“野逸”便成为两个泾渭分明的艺术范畴：“富贵”多贵族气，“野逸”多山野气；“富贵”常居庙堂之高，“野逸”多处江湖之远；“富贵”意味着富丽堂皇、雕梁画栋、金碧辉煌、尽精刻微，“野逸”则是“多状江湖所有”（郭若虚语）、“墨笔画之，殊草草”（沈括语）。在画史上，“富贵”长期高踞主流、正统地位，而“野逸”则常常被贬抑在底层，难登大雅之堂。据说，当年南唐的宫廷画院为黄荃的“富贵派”所把持，徐熙就被排斥在外，流落民间。这一幕颇具象征意味，因为在此后相当漫长的一段时间里，中国画史也一直保持着“富贵在朝，野逸在野”的基本格局。

然而，“野逸”的画风却生命力顽强，历代怀才不遇的文人画家们总是对其情有独钟，若苏东坡、倪云林、徐青藤……尤其到了明末清初，一批在时代巨变中不肯随波逐流的文人画家，终于高扬起“野逸”的大旗，将正统的绘画观念彻底颠覆，共同形成了为美术史家所称道的“野逸画派”。从此，“野逸”一词由带有粗鄙不雅的贬义，转化为一种含有高雅脱俗的审美趣味，清代大文论家刘熙载就在其名著《艺概》中直言道：“野者，诗之美也。”

所谓“野逸之美”，大抵体现出其独特之点，即江湖之视角、山野之趣味、民间之情怀、散逸超拔之境界。道家让生命回归本真状态的人生哲学，禅宗任运天真、心无挂碍的生命态度，都为野逸画风的形成提供了精神依据。而追求“野逸之美”的画家，往往具有放达不羁之性情，追求心灵自由，向往回归原始，倡导顺其自然。他们作画往往是率性而为，不拘成法，纵心所欲，状写本我。正如石涛所谓：“我自发我之肺腑，揭我之须眉。”

由此观之，当代画家谢定超，无论从哪个角度衡量，都足以归类于一个“野逸派”画家！

（二）

谢定超本人常讲自己是“无门无派”，今天却被我无端归入“野逸一派”，这岂不是乱点鸳鸯、妄生事端？其实不然。画家自谓“无门无派”，乃是从师承学艺的角度而言。若论中华文化之传承，精神气质之延续，审美取向之选择，谢定超与古往今来的“野逸派”先贤可谓一脉相承，了然在目。

谢定超以山野之眼光，描摹山野景物，笔下山川皆注满画家对家山故土的深沉情感。他长期居住在秦岭南麓川陕交界之广元剑门，自诩是山里的一块“老石头”。其实，这块“石头”论年龄并不老，老的是他那山石一般的秉性。他似乎与现代城市文明总有一层天生的隔膜，难以产生心灵上的共鸣，他曾坦言：“在山里算是个画画的，但见到城里的名家大师，不免自卑得很。”他在感叹“大城市真好”之余，却从不画城市景物，他说：“上帝是公平的，家乡虽是穷乡僻壤，但毕竟风清水明，呼吸通畅。勤苦劳作，衣食不愁。画点画，开门见山，随兴而抹，也算超然。”他热爱生于兹、长于兹的这片深山老林，他把这种炽烈得难以言表的情愫，一股脑倾注在他的画面上。他画云台山的雪景，画紫云山的秋色，画剑门关的青石坡，画江郎山的神笔峰。

他习惯于用“野”来命名其画作，若《蜀北野居图》《剑乡野趣图》《嘉陵野亭图》《鸭溪野渡图》《剑门野寺图》《野溪乱居图》《野浴图》《野山也有观瀑亭》《家在剑门野山中》……在这里，“野”成了他的艺术符号，“野”更成了他的美学追求。他对所有野山、野味、野情、野趣，都是那么喜爱、那么钟情、那么痴迷，因为，山野中的一切都是大自然的天造地设，没有任何人工斧凿的痕迹。而谢定超的本事，就在于能够从寻常山水中发现不寻常的美景。在他眼中，一切景语皆情语，家乡草木如同是他永恒的爱人，他用画笔与之对话，说的都是情深意挚的绵绵情话，正如刘勰所谓“登山则情满于山，观海则意溢于海”也！

谢定超以民间之笔触，勾画民间人物，其画面常常充溢着浓郁动人的民间情怀。他的山水画不光有美景，而且有人情、有故事，有生命的律动、有万物的生息，我甚至觉得，他的画是有温度的。虽然他画的多是荒山野岭，一房一舍，但其中必有人物和动物“活”在画里。无论是农夫、村妇还是倔驴、犟牛，也无论是鸡鸭喧闹还是肥猪拱门，这些虽未占据画面的主要位置，但却必不可少。正是这些人物和动物让静止的画面活了起来、动了起来，让无言的画纸隐约传来鸡犬之声。那是他所熟悉的山里人最常见的生活场景，同时也是大山里每日演奏着的充满安逸、乐观、顽强与坚忍的生命交响曲。谢定超热爱他们，因为他自己就是他们当中的一员。他以简朴直白的笔墨技法来表现他们，并且直接把他们的语言题在画面上，这使他的画作散发出一种淳朴的民间气息。我特别喜欢谢定超题画的那些大白话和大实话，充满情趣、睿智和幽默感，如他在一张村妇守门的小品上题句说：“村头的大喇叭招呼去开会，这个村妇不听招呼，守在家里没去。”在另一张画着一个胖胖的村妇守着满囤粮食和三只肥猪的画面上，他题写的是“心满意足图。吃穿不愁，还有何求？”在一幅老汉观看斗鸡的画面上题句云："何必如此图。老夫当年也曾斗勇，现思之，不必也。"有些题画，直接引用俗语，如"山猪吃不得细糠"；有些题画，则显然是他自造的格言，如"太阳出来绯红，晒得石头梆硬"。谢定超嗜酒，爱画《酒鬼图》，还喜欢题上自嘲的语句，如"明知酒就是毒，还是要喝，不可救药也！"最离谱的是，他在一张题为《不听毛主席的话图》题句云："毛主席他老人家早就说过，喝酒会影响革命的本钱，可这家伙就是不听。"读画读到这样的句子，不禁让人哑然失笑。谢定超以略带夸张的手法，刻意强化自己绘画语言中的泥土味儿，并由此昭示出自己的艺术归属，即远离庙堂、远离贵族，甚至远离文人，他只属于山野，属于黎庶，属于下里巴人，而这些，恰恰是他作品中"野逸之美"得以产生的源头活水。

（三）

谢定超的艺术，产生于新旧世纪之交，并非偶然。这是一个急剧变革的时代，现代化的浪潮正席卷中国大地，强力推进的城市化进程正将广袤田野上原有的生存方式快速格式化，现代文明在给人们带来高速发展和富庶生活的同时，也裹挟着机巧之心、欲望之求、贪婪之念，不断刺激着纯朴山民的神经。大量的山里人涌进城市，而越来越多的城里人却向往绿色乡村。在这样的文化风潮中，谢定超的选择是固执而明确的，他要守望自己的精神家园，守望中华传统文化中最基本的价值元素，守望自己心灵中的那片山林、那湾湖水、那条石径、那间茅舍。他不允许自己的画面掺杂半点现代文明的痕迹，即使现实当中比比皆是，也被他小心翼翼地过滤掉了。他执意要表现大山深处的那些原始风情、原始景致、原始形貌，执意要用本真的笔墨来描绘本真的山水。

谢定超的本真笔墨源自多年的艺术探索，从斑斓五色的苔点到网状构成的皴法，只要能够恰如其分地表现眼中景色、心中理念，他都敢于放笔直取，臆造家法。当然，他也清楚地知道，这本真的山水或许在不久的将来就会被涂抹上时髦的现代色彩。他对此感到无奈且无助，他所能做的，只能是不停地忆写一幅幅“20世纪之所见”。“20世纪”在谢定超的话语体系中，其实不是一个定指，而是一个宽泛的概念，那里有他的童年记忆，有他的青春梦影，有他的理想家园。画面上的山山水水，无不被他加注了真诚的情感和爱恋，画面中那些憨憨的山民、胖胖的村妇、吵闹的鸡鸭、安逸的犬豕，乃至执拗的倔驴、不驯的犟牛，统统被谢定超用诗意的点线皴染理想化了。读着他的画，我们不知不觉走进了他所营造的艺术氛围，或荒寒，或苍茫，或生机盎然，或幽深静谧，我们在此流连忘返，“沉醉不识归路”。在他的艺术园林中，我们感受到一种似幻似真的理想意境：在这里，人类与自然大地同栖息，与天地精神相契合，与宇宙万物共往还！

读着谢定超的画作，我不禁想起自己二十年前写的两句诗：“饱经风雨思茅舍，阅尽繁华念远山。”用以形容当下正在时代大潮中颠簸沉浮的现代人心态，或许是比较贴切的。那些处于浮躁、喧嚣之世的现代人倘若与谢定超的“茅舍”和“远山”不期而遇，那么他那远离都市嘈杂的山野之风、原始之趣、民间之味，便会顿时叩响人们的心弦。他画中的世界，不正是当今许多人心驰神往、梦寐以求的方外之境吗？于是，谢定超这块“老石头”终于被时代发现，逐渐火了起来，还被城里的大学请出了山，“老石头”成了大教授。这一切难道是偶然的吗？非也！

成就谢定超的是这个时代，因为他与众不同，因为他未经现代化打磨还保持着山里人的野性，这使谢定超成为一个“珍稀生物”。他来自山野，描绘山野，熟知山野的秉性，深谙山野的心灵，而他以绘画的语言所创造出的“野逸之美”，恰恰弥补了现代人心灵深处的某种缺憾，从而拨动了世人心灵中最微妙、最敏感的那根神经。于是，谢定超的艺术被越来越多的粉丝追捧，而且可以预见的是，他的“粉丝军团”势必会日益壮大。当此之际，如何在浮躁与喧嚣的世风中继续保持内心的宁静，如何在自己的画面上乃至心灵中，守护住那片山野净土，倒是需要已经变身为“城里人”的“老石头”教授认真思考的问题了。

（四）

我与谢定超至今缘悭一面。不过，早在十多年前就曾听天津老乡兼老友志洪兄多次讲到其人其画，还有幸收藏了他的一张小品。前不久，志洪兄约我去他家看画，几十幅谢定超的近作令我大饱眼福，同时也令我惊叹：十年之间，他的艺术进步之大着实令人刮目相看。志洪兄告诉我，他正准备将这批画作编辑成册，付梓出版，希望我给这本新作集写一篇序言，我没有推辞。因为在品读其画的过程中，我内心已然升腾起一种表达的冲动。于是，我不计工拙赶写出这篇粗浅的文字，用以就教于神交已久的谢定超教授。

谨为序。

时在辛卯阳春三月（2011 年 4 月 17 日至 18 日）

孔戈野画集序

老相识

我与孔戈野可算是老相识了。不过，我认识他的时候，他还不是画家，确切地说，他的身份还不是一个职业画家。那时，他是一个很有品位的茶馆老板，而我们的相识也恰恰是结缘于茶。我是一个很热衷也很痴迷于茶的茶客，在茶人圈子里浪得几分虚名。大概是光顾茶馆的人总会有意无意间提起我的名字吧，孔戈野觉得诧异，便萌生了邀茶会友之意。可巧，我那会儿挺忙，几次收到“紫苑茶馆”的邀请都没有赴约。据孔戈野说，他当时心里非常恼火，暗自怨恨这个侯某架子太大。这倒激起了西北人的犟脾气，无论如何，想方设法，也要把侯某架到茶馆来！

我记得，在短短十天时间里，先后有不下十个朋友分别出面，“邀请”我去喝茶，主题不一，理由各异，地点却只有一个：紫苑茶馆。我若有所悟，知道这个“紫苑”是逃不过去了，就答应其中一个好友，如约前往。然而，到了约定的时间，那好友反倒打来电话说，今晚他有事脱不开身，由茶馆派车来接我。我当即笑道：“你们呀，都是茶馆的‘托儿’！”好友笑了，说：“人家是慕名请你，都是朋友，你就不要推托啦！”当晚开车来接我的，就是孔戈野。

茶客遇见这样的茶馆老板，不成朋友倒是件奇怪的事儿了。

孔戈野经营茶馆，就像打磨一件艺术品，陈设务求精美，环境务求幽静，色调务求淡雅，茶具务求别致。沙发的布料由他亲选，瓷器的造型由他设计，墙上挂的字画，案上摆的古董，音响放的音乐，等等，都隐隐约约透露出他的匠心、他的慧眼、他的品位、他的功力。难怪在深圳，“紫苑茶馆”成了一个品牌，一个文人雅士的聚集之所。

初识孔戈野，我就发现他很懂画。在他的茶馆里，四壁高悬着许多名家手笔，让人看了心清气舒。我曾问他：“你是不是也画画？”他摇头予以否认，说他不画画了，过去经营过画廊，所以跟许多画家都是朋友。我相信他当时讲的是真心话。人在商海，身不由己，他必须把全部精力和时间都扑在生意上，不然就会在竞争中落败。孔戈野是个好强的人，做什么事情不做到最好不肯罢休。在这种生存状态下，他只能是心无旁骛，专心于茶道了。

但是我更相信：每一个真正的艺术家的心灵深处，其实永远保留着一块纤尘不染的净土、一片芳草如茵的田园和一湾清澈见底的深潭，那就是他们的精神家园。无论他们离开这个家园有多久、有多远，他们心底对这个精神家园的向往和思念始终不会改变。一旦他们在远行中遇到足以触动心弦的一方山水或者一泓甘泉，他们就会蓦然间怦然心动，脑海中会不由自主地猛然记起陶渊明的那句名诗：“田园将芜胡不归？”

那是在 1999 年的秋天吧，我的师长兼好友、著名报人高信疆先生从台湾来到深圳，我陪他到紫苑茶馆饮茶聊天。畅叙半日，天色将晚，临别之际，高先生忽然发现茶馆的墙上挂着不少名家字画，顿时来了兴趣。我深知，高先生是个超级艺术迷，见多识广，收藏丰富，堪称行家里手，便顺势请他到茶馆各处参观一下。孔戈野欣然带路，边看边讲。走到茶馆后面的一条过道时，高先生忽然指着一幅尚未托裱的画稿，问道：“这幅画是谁画的？”

孔戈野顿时满脸绯红，腼腆起来：“这……这个，是我画的，还没收拾好，让您见笑了。”

高先生也面露惊异之色，说：“画得很好啊！你瞧，这儿，还有这儿，多有趣啊！”接着感叹道：“难怪这个茶馆里有这么多好东西，原来老板是个画家啊！”

事后，我问孔戈野：“你什么时候又开始画画啦？”

孔戈野说：“最近，手有点痒痒，一有空就想抹几笔。一晃，我已经十多年不摸笔了，差不多都荒废了……”

我从他的神情里读出了一丝失落和一丝惆怅。我由此断定：他在茶馆里大概不会干很久了。

新面孔

中国画家一向把纯粹技巧性的东西视为“画家余事”，而把学养、气韵、眼光、胸襟等，当作评判画艺优劣、画品高低、画格上下的基础。因此，中国画家历来讲究厚积薄发，讲究烟云供养，讲究胸蓄浩然之气，讲究“登山则情满于山，观海则意溢于海”……而所有这一切，皆非一朝一夕之功。一个画家可以一段时间不作画，只要他具有一双艺术家的眼睛，“仰观宇宙之大，俯察品类之盛”，情动于中，默察心记，日后一旦挥毫，则万类皆备于我；一个画家也可以一段时间不以画家自命，只要他的艺术思维、精神境界、文学修养与日俱进、未曾消歇，一旦创作的激情再难压抑，其心中久酿陈浆必如火山喷薄，倾泻于水光墨影、斑斓五彩之中。由此观之，孔戈野之一度疏离于画坛，未尝不是一件好事。这就像评书表演中所常用的“欲扬先抑”之法，蓄之愈久，发之愈速；抑之愈深，反弹愈高。

事实上，孔戈野近十年的下海经商，所经营之物从未偏离文化产业。办画廊自是圈内之事，不必说了；即便是开茶馆，也脱不开自古以来的“文人七事”：琴棋书画诗酒茶，茶虽说身居末席，却是沟通雅俗的枢纽。君不见，与“文人七事”相对照的，还有一个“百姓七事”：柴米油盐酱醋茶，这个茶虽说也是身居末席，却是唯一的“一肩二任”的角色。孔戈野置身其间，以茶香滋润墨香，以民间气供养文人气。每日里，迎三山五岳之画坛高手，会三教九流之市井奇人。阅历益增而见识益广，品茶益多而悟道益深，其转益于人生与画理，断非昔日未曾下海之时可比。由此观之，孔戈野之一度下海闯荡，亦未尝不是一件好事。这就像接受美学中所谓的“距离说”，一幅画作，往往需要观赏者与之拉开一段距离，才能更清晰、更全面地看清其真面目。欣赏单幅画作是如此，观察整个画坛又何尝不是如此呢?

大约是在2001年初夏吧，孔戈野忽然不请自来，脸上挂着几分得意、几分兴奋，一进我家的门就大声宣布：“我把茶馆盘给朋友了，从今天起，我是自由画家啦！”

说着，拿出一沓照片，放到我的面前，挺认真、挺郑重其事地说道：“这是我最近画的一批东西，想请你看看，提提意见。好多年不画了，我自己都奇怪怎么一下子变成这个样子了……”

孔戈野以前画的是个什么样子，我不知道。但是，我看到他的这批近作，非常意外、非常欣喜、非常振奋。我相信，我们的画坛又增加了一个新面孔！

大气象

孔戈野的祖籍是辽宁营口，出生于甘肃酒泉，是个地地道道的北方大汉。北人南来，落户深圳，无疑是一次重要的人生转移和文化迁徙。对于心性敏感的艺术家来说，势必对其艺术观念和审美取向产生潜移默化的影响。

孔戈野主攻山水，20世纪80年代中期负笈京城，在中国画研究院求学问道，直接师从李宝林、龙瑞等大家门下。而李、龙二位皆为可染先生传人，孔戈野接其脉息，对李派山水多有心得，良有以也。观孔戈野的山水近作，墨气淋漓，气魄浑厚，且多绘山阴，鲜见山阳，显然是渊源有自、脉络分明的。

甫出师门，即接受中国画研究院的派遣，南下深圳开办中国画廊。这意味着出道不久的孔戈野，从一开始涉足画坛，就直接浸淫于市场经济的海洋中，这使他多了几分清醒、少了几分清高。

身在南国，满目皆是青山绿水，四季不见雪景寒林，这对一个山水画家来说，难免情随境迁。据我所知，孔戈野曾经痴迷于粤籍画家赖少其先生，尤其对他的晚期山水之作感佩之至，尝于夜静更深之际，笔追之，神摹之。这种笔追神摹的痕迹，从孔戈野的诸多画作中，不难探得个中线索。

以北人之胸怀、之视角，观南方之岚山、之秀水；以北派之画风、之技法，摹南派之画迹、之情韵。我想，孔戈野这些年一定是感受独特、甘苦良多。依我浅见，孔戈野是将北方画派的用墨与南方画派的用水，巧妙地融为一体；将北方山水的雄浑、厚重与南方山水的清秀、奇谲，巧妙地融为一体；将北方人的豪爽、粗犷与南方人的聪颖、机智，巧妙地融为一体……从而创造出一套独属于他自己的绘画语言、绘画符号、绘画结构、绘画技巧。布封说“风格即人”，用在孔戈野身上，我们不妨倒过来说“人即风格”。他的画风之所以与众不同，原本是因为他这个人与众不同，他的经历、学养、气质、性格、生存环境、精神状态，等等，构成了他的艺术空间，构成了他画作中的大气象。

细究孔戈野近作，我以为大体可以分成三类，将其概括为“孔氏三体”：其一为密体，山势重峦叠嶂，构图密不透风，其“石窟造像”系列可为代表，这类作品墨浓水重，层层晕染，比较多地吸收了李派山水的艺术营养，同时也对陈平等画家有所借鉴，形成了他笔酣墨浓、气势沉雄的画风。其二为疏体，这类作品以《樊川诗意图》《秋山空远图》等为代表，画面山势疏朗、远近参差、墨色清透、淡彩轻敷，从构图上看，显然是从赖少其晚期山水中吸纳了许多养料，但却舍弃了赖氏的枯笔涩墨技法，代之以苍润相济、水墨交融的表现手法，从而别开生面，形貌独具。其三为变体，这是孔戈野作品中最富个性色彩的部分。其中既有山水也有花鸟，还有一些带有强烈探索性的抽象构成，与孔戈野的其他作品相比，这类画作似乎更多了一些随意挥洒和直抒胸臆，但是，他的探索并不是盲目地追逐新奇、标榜现代，更不是以谁都看不懂的高深莫测来自炫前卫、自诩新潮，他的探索始终没有偏离中国画“似与不似之间”的至高境界，是对传统笔墨与现代构成的一种融合和一种对接，我不敢说他的这种探索一定能够成功，但这至少可以说明：身处改革开放最前沿的孔戈野，从来不肯墨守成规，不愿作茧自缚，他的视野是开放的，他的思维是活跃的，他的艺术观念是与时代精神同步的。

孔戈野正当壮年，无论学养功力，还是笔墨技巧，都已渐入佳境。尤其是在他久别画坛之后重操旧业，方向更加明确，头脑更加清醒，为与不为之间的权衡比量，更少了功利色彩，更多了艺术追求。十年积蓄的艺术能量，好似长河奔涌，一泻万顷，恰如古人所谓“直追出胸中之画”。这种澎湃的激情，这种亢奋的状态，本是人生只可一遇、不可再求的境界，珍惜之并且善用之，则必将催化出无比绚烂的艺术之果。

收录在这本画集中的五十余幅画作，正是孔戈野在这种亢奋状态下所留下的一段生命轨迹。当然，这仅仅是一小段。但是这一小段生命轨迹却标志着他人生道路的一个转折、一次腾跃和一种升华，其重要意义是不言而喻的。因此，当孔戈野拿着这些画作来找我作序时，我毫不犹豫地答应了。我相信，热心的出版家张子康先生之所以一再敦促孔戈野把这些画作结集出版，也是出于与我大致相同的考虑。

夤夜时分，我展读着这些画作，不禁在想：人生真是变幻莫测，失去了昨天的一个茶友，却增添了今天的一个画友，那么，明天又当如何呢？

戈野兄，祝你明天画得更多、更好！

谨为序。

2001 年 7 月 8 日

旷放中的温文

——《张炳文画集》序

我与炳文兄初识于深圳，那是在好友杨永铁先生的一次雅集上，座中有两位重量级人物，一为范曾先生，一为乌可力先生。炳文兄与我皆属晚辈，忝陪末座，正好聊天。那天具体聊了什么话题，早已淡忘了。但却从此与炳文兄结下了画缘。十多年来，虽然人各东西，离多聚少，但每次见面都要品茗畅谈，论书读画。相知日久，对他的人品和绘画艺术也就有了更深的了解。

庚寅（2010 年）初夏，我去西安探望炳文兄。他托付我给他即将出版的画集写篇序言。我欣然答应了，因为我也正想把多年来识其人、赏其艺的感悟和心得，奉献给喜爱他的绘画艺术的同道，并就教于艺术界的朋友们。

炳文兄是土生土长的陕西西安人，生就一副关中大汉的身板，方脸阔额，眉粗唇厚，一望而知就是个憨厚而倔强的汉子。我曾开玩笑说，倘若摘去他鼻梁上的那副眼镜，他倒更像是八百里秦川上的一个庄稼把式，谁会想到他是个专擅文人题材的画家呢？可是，偏偏就是这个不像文人的艺术家，却把古往今来的文人偏嗜的诸多画题，画得清新脱俗、丝丝入扣，那种雅致、高古、奇谲和潇洒，都被他精巧而微妙地活现在尺幅绢素之上：高士举头望月，诗人松下独吟，“竹林七贤”登高作赋，“饮中八仙”纵酒放歌，渔樵耕读，闲云野鹤，听松读画，对弈烹茶……这些画题，都是历代文人画家反复描摹、用尽心智的，照理说是很难画出新意的。而炳文兄却是艺高人胆大，专向这些传统题材中去寻幽探胜，笔耕不辍，竟开垦出一片属于自己的新苑。观炳文的文人画，你会发现，他采用的造型方法虽然还是传统的线条，但是那线条却融入了现代速写的速度与节奏，准确而迅疾，一笔下去，即定乾坤，宁有缺落，不复勾描。这与古人惯用的高古游丝、钉头鼠尾之类的传统线描手法，已是迥然有别。而构图的装饰化处理，更具有明显的现代构成的形式感。在他笔下，松梅竹石、仙鹤牛马等衬景也都被符号化了，成为某种精神气质的象征。这使炳文兄的文人画平添了几分现代意味和个性色彩。

读炳文兄之画，常常感到一种相悖又相谐的独特韵致。他对画中人物情绪的表现，往往采用极度夸张的形式，让英雄豪杰把内心的豪放、雄奇、粗犷、激越，淋漓尽致地展现在画纸上，如他画曹操“东临碣石，以观沧海”的雄风，把曹操身后的披风以锐角直线画得如同利剑出鞘，与其右手直指苍穹的利剑构成前后对应之势，如此奇谲的构图，世所罕见，气势逼人。他画的钟馗、醉仙、隐者、罗汉之属，则充满狂怪不羁、超然世外的韵致，用笔苍劲，云烟满纸。然而，一旦他笔下的主角变换成名媛闺秀、越女宫娥，那原本劲利刚直的线条顿时秀润温婉起来。若《秋韵图》《相思图》，若《貂蝉拜月》《琵琶行诗意图》，等等，均是千娇百媚，柔情似水。画题不同，表现手法也随之转换，炳文兄在阳刚与阴柔之间，随心驱遣，变幻自然，游刃有余，不露痕迹。如此手段，非胸含丘壑同时又有百转柔肠者，莫能办也！

写意与写实的相悖又相谐，是炳文兄绘画的另一独到之处。大凡写意的高手，必有深厚的写实功力来垫底；而单凭写实的功力，倘无激情与诗意的感发与张扬，则写意亦成无源之水、无本之木，只剩下一片残枝败叶。炳文兄的早期写实作品不乏学院派造型的基本范式，若《打工者》《午餐》等现实题材作品，从中不难看出其扎实的基本功。而近年来他应邀创作的巨幅壁画《姚崇拜相》和《五家出游》，则是他将写实与写意这两种表现方法参透杂糅，用以展现重大历史题材的成功尝试。这两幅巨作，前者静，后者动；前者肃穆庄严，后者场面壮阔，前者表现近景中的殿堂与人物，无论皇帝、大臣，还是宦官、宫女，形貌各异，表情传神；后者则表现皇亲贵胄举家出行的排场和阵势，重在展示中景和远景，冠盖如云，万马腾骧，数十家将威风凛凛，几多丽人婀娜多姿。这两幅作品堪称是炳文兄表现大唐气象的精品，如今高悬于举世闻名的华清池遗址公园，可谓得其所哉！

而反观炳文兄的大写意作品，则是另一番风貌。若《苏武牧羊》《孔子造像》，尚属写意之中兼具写实成分；而《雅集图》《对弈图》《天问图》《携鹤图》等，则是典型的写意小品。最具比较价值的是描绘唐代宫女宴乐生活的《唐乐图》和描绘唐代诗人把酒抒怀情形的《饮中八仙》：前者线条纤细而婉转，色彩明丽而鲜艳，各款乐器笔不周而意到，乐伎们的发髻、头饰也是争奇斗妍；而后者则是大笔横扫，墨沉淋漓，人物的衣袍多以泼墨甚至焦墨肆意挥洒，醉仙们的形貌则以枯笔短线，草草勾勒，仿佛那笔墨之中也蕴含着几分酒气。这两幅作品，都是大写意笔法，但炳文兄的处理手法却是各臻其妙。没有对盛唐文化的深刻理解和对笔墨技巧收放自如的控制，要画出这样风神独具的佳作，那是绝无可能的。我从炳文兄的这些作品中，读出了浩瀚而博大的汉唐文化对他的滋养，读出了关中大地的高天厚土带给他的气量和豪情，读出了他经年累月铁杵磨成针的艰苦磨砺，也读出了这个关中汉子的旷放性格中的那一缕细腻与温文。

忽然记起 2005 年秋天，我曾来西安探望病中的炳文兄，当时他罹患耳鸣之疾，夜不成寐，苦不堪言，满面愁容，几近崩溃。我望着憔悴的好友，不知如何劝慰和开解。然而，即使病况如此严重，心境如此委顿，那画案上依旧是石砚墨新，几幅新作尚未干透。我劝他养病要紧，先别画了。他说：“这画就是我的命啊！要是不画画，我怕是一天也熬不下去呀！”

闻斯言，心生感动。由此而知，炳文兄是个视绘画为生命的“真画者”。读其画，亦如读其人，因为在他的画中，有着他的生命律动。

如今，看到炳文兄身体已然康复，且健笔如椽，佳作迭出，我深感欣慰。我知道，作为一位实力派画家，炳文兄正值盛年，艺术上的一切不完美，都有机会在未来的探索中予以矫正和补足。其实在我看来，艺术上的完美无缺，亦如海上之仙山，总在虚无缥缈间。任何一个艺术家都会以毕生之力去追逐、去攀登这座仙山，但最终总会自叹无法企及。惟其如此，他们的追逐和攀登才会获得永不枯竭的原动力。炳文兄是一个心怀梦想的艺术家，他的艺术爆发力和耐久力都是超常的。因此，我们有理由对他的未来充满期待！

是为序。

2010年8月3日于深圳寄荃斋

“苦吟派”书画家陈连羲

——兼论其山水画近作

在中国诗史上有一个“苦吟派”诗人群体，以唐代的孟郊、贾岛为代表。贾岛的名句“鸟宿池边树，僧敲月下门”，想改“敲”字为“推”字，琢磨再三，举棋不定，恰巧路遇大文豪韩愈一锤定音。从此，“推敲”二字成为反复琢磨、苦吟成句的代名词。他还有一首《题诗后》，写尽了“苦吟派”诗人的创作秘辛：“二句三年得，一吟双泪流。知音如不赏，归卧故山秋。”“苦吟派”诗人有一个共同特点，就是知难而进，锲而不舍；字字推敲，句句斟酌；未臻佳境，决不凑合。这种追求完美、追求极致、殚精竭虑、不计代价的创作态度，使他们的作品和精神一并流传后世。

我不知道在书画界是否也有“苦吟派”的说法，不过，在认真读过好友连羲兄的画作和文章之后，我的脑海中竟倏然跳出这么个意向：这真是一个货真价实的“苦吟派”书画家。如果此前书画界早有此派，则连羲兄无疑是一个“现代苦吟派”的典型；如果此前书画界并无此派，则他堪称是当代“苦吟派”第一人也！

将连羲兄称之为“苦吟派”，首先是因其生活环境备极艰难。他家境贫寒，父亲早亡，母亲不到四十岁就身患癌症而失去操持家政的能力。连羲兄是独生子，早早担负起养家的重任，精心侍奉卧病在床的母亲整整 34 年，直至老母以古稀之年辞世，堪称“为子至孝”。就是在如此窘迫的境遇里，他以异乎常人的执着，矢志于自己心爱的书画艺术，在繁重的工作和家务之余，日日临池不辍。那时，他家的居室只有 8 平方米，他没有书桌，每天的日课只能是双膝跪地，趴在炕沿运笔临帖，其艰难情状可想而知。幸有老母抵抗病魔的顽强和妻子默默担承的坚韧，时刻鼓舞着他、激励着他，使他咬紧牙关，负重而前，一步步趋近，直至迈入艺术的殿堂。

将连羲兄称之为“苦吟派”，还因其求学之路甘苦备尝。他自幼酷爱书画，却无缘进入专业学校求学，在求知若渴的年龄却要挣钱养家，照顾母亲。他自慰一生最大的幸运，是于 1969 年有缘拜在书坛巨擘吴玉如先生门下，在名师的指导下逐渐寻得书法之正道。他曾临习碑帖凡数十种，谨遵师教，必至极像而止。而吴老的儒雅师范和人格魅力更如春风化雨，成为对这个寒门青年最有力的鞭策和砥砺。在研习书法将近二十年之际，陈连羲又拜津门名家赵松涛先生为师专攻山水画。这是他的又一次艺术探险。他遍临先贤画迹，若王蒙、仇英、唐寅、石涛、石溪等，他手摩意到，笔追神随；若现代大家张大千、白雪石、黄秋园、李可染、何海霞、宋文治、傅抱石等，他也是各取所需，心领神会。为了学画，他舍弃了许多自幼喜爱的个人乐趣，如京剧、古琴、围棋等，把全部时间和精力都用在书画艺术上。他信奉自创的“三多主义”：一为多看（画册、真迹）；二为多读（美术史、画论、美学理论）；三为多悟，勤于思考，触类旁通。而最令他感到无奈的是，家有老母卧床，令其无法远游。而画山水离不开对景写生，实地考察真山真水，这对连羲兄来说，简直是一种难以企及的奢望。20 世纪 90 年代末，我曾应约为他的一本山水画册写序，读到他的一些山水画作，基本上都是京津冀一带的山川地貌，若十渡、盘山、太行之属，我彼时还想当然地将其戏称为“北派山水”。而连羲兄却憨厚地笑道：“我倒是想画南派山水呀，可家有卧床老母，我哪里出得来呀！”我闻此言，半晌无语。是啊，常人难以想象他的艰难，常人也难以想象他的毅力。由此，我也真切体悟到，他笔下的山山水水，为何前期之作多古意而少实景，而近期之作却几乎每一幅都要刻意标出山名地望，若《峨眉圣境》《黄山飞云》《赤壁感叹》，若《石钟山探奥》《桃花源佳境》《超然台秋意》……他这样做的潜意识，或许只是为了告诉观者："这些名山我终于能够亲自登临、亲眼目睹、亲手描画，这在旁人易如反掌，而对我来说，却是苦苦等待了数十年才得到的机会呀！"连羲兄曾对我讲起，他有一个学生是从专业美院毕业的，见到他年逾花甲还在到处写生，就对他说："陈老师，您这般年纪了还不停地写生呀、创作呀，现在美院的老师都很少像您这样做了……"他笑笑，说："那是因为人家都去过，我还有好多名山没去过呢！"

将连羲兄称之为"苦吟派"，更因其所选择的艺术道路乃是难度极大且崎岖坎坷的探索之途。按照常理，像他这样出身于名师门下的书法家，仰仗吴玉如先生的金字招牌，再加上自幼练得的深厚功力，足以顺风顺水、游刃有余地行走江湖，他却并不甘于如此悠然处世。20 世纪 90 年代初，他被此前兴起的"现代书法"新潮所触动，这些年轻人勇于创新、大胆突破的勇气，使人到中年的连羲兄兴奋起来。尽管他并不认同那些现代书法家的一些做法，但却无法遏止内心的创作冲动，他毅然决定"中年变法"，把自己心目中的"现代书法"展现于纸端。在一篇文章中，他对自己的"现代书法观"做出如下阐释："我认为只有那些既显示传统精华，又体现时代精神；既有丰富的内涵，又不使人困惑不解；既风格独特、个性鲜明，又没有狂怪、荒诞之感；既'对外开放''吸收引进'，又不背离书法艺术的本质属性；既使人耳目一新，又符合中国人的审美习惯——才能冠以现代书法的名号。"很显然，这是他给自己出的一道难题。破解这道难题，他必须付出比别人，无论是传统书法家还是现代书法家，更多的心血和精力。他以数年孜孜矻矻的不懈努力，交出了一份令人惊艳的答卷。1992年秋天，他在北京举办大型书画展，将自己的几十幅“现代书法”作品，推送到世人面前。我当时曾撰文对这些具有鲜明“陈氏特色”的“现代书法”作品做出解析，同时也对连羲兄的探索精神表示由衷的钦佩。二十多年后，连羲兄又将自己在山水画方面的创作成果，传送给我，我再次被他那一幅幅大作所震撼：若大中堂《圣山贡嘎》《中山陵远眺》《武当仙境》《青城天下幽》；若横幅巨幛《春山夕照》《千岩竞秀》《青山新雨后》《我见青山多妩媚》；若十米长卷《北国风光》《太平湖》《富春新貌》，等等，真是大山大水大手笔，令我心神为之一振，不禁为连羲兄这些大气磅礴的呕心沥血之作，深深感动且叹为观止。

纵观连羲兄的近作山水，大体涵盖了中国传统山水画的各种门类，有青绿、金碧、雪景、秋景以及写意小品，等等。在他的画室，我还见到一些带有探索性质的泼墨、泼彩作品。当今画坛，像这样涉猎诸多山水画法的画家，实不多见。然而，就像他当年舍弃工稳平正的传统书风，转而去探索“现代书法”一样，他对中国山水画的传统技法，也进行了一些大胆而有益的尝试。譬如，他对雪景山水的探索。众所周知，中国山水画最讲究以虚代实、计白当黑。山水画中的云口和水口一般都是以留白来显现的。然而，由于雪景中的白雪同样是以留白来显现，故而传统的雪景画一般都不留云断。山水没有云断，画面就难免呆板。如何解决这个矛盾呢？连羲兄想，雪景中的白雪是固定色，自然不能变，但是云彩却可以是五光十色的，尤其是雪后初晴时的彩云，真是千变万化，绚烂至极。为什么不可以用彩云来点缀雪景呢？于是，他在雪景山水画中不但画上了云断，而且给云气罩染上一层淡紫色，顿时使画面为之一变，雪景的萧疏、孤寒之气被减弱了，却给人以雪霁明媚、天寒日暖的温馨之感。再如，传统画秋景常用浅绛色，偶尔画上几片红黄，也只是作为点缀。连羲兄仔细观察秋山盛景，发现依照古法则含蓄有余，热烈不足。于是，他大胆设色，抓住“秋艳”这个季节特点，以明艳、奔放的殷红来表现红叶，从而将秋山染成了淡淡的玫瑰色。如此一来，画面一改旧观，瑰丽绚烂，给人以“不似春光，胜似春光”的视觉体验。

由此可见，连羲兄之“苦吟”，并非单纯的勤奋刻苦，还应包括他的勤思苦想和勇于探索。我将其称之为“苦吟派”，着实是感动于他的执着与坚韧，感动于他知其不可而为之、虽九死而犹未悔的犟牛精神。如果说古代诗人是“苦吟成句”，在他则是“苦练成家”“苦思成画”，而这不正是对这位“探索型画家”最精确的概括和褒奖吗？纵观连羲兄之画，清新、典雅为其主调，气韵是流动的，意境是深邃的，而诗意却蕴含其中。对于传统，他既是守望者，又是叛逆者，可谓处处不离传统之气脉，又时时突破传统之藩篱。他以其几十年艰苦而孤独的艺术探索，很好地诠释了“出新意于法度之中”的古训。

我与连羲兄是交往 30 年的老友，又同是出自寒门的自学者。对于他的许多辛酸和甘苦，我感同身受；对于他渴望成功以及渴望被世人承认的焦虑心情，我也如同亲历。因此，我愈发理解他的奋争、苦恼、孤寂和欣悦。乙未（2015 年）初冬，我去探微草堂看望他。几杯小酒落肚，平时讷于言的连羲兄却对我敞开心扉、自述心曲，他说：“老弟呀，眼看我已是古稀之人了，回想这一辈子，你别只看我这半生清苦，时运不济。其实，不是那样的！我自己很知足，也很欣慰。你想想看，这世界上能有多少人一辈子干的都是发自内心喜欢干的事情？绝大多数人一辈子干的活儿都谈不上喜欢，只是为了养家糊口。而我呢，天性喜好书画，居然就能在这块小小砚田里耕耘了几十年。你说，我是不是世界上最幸福的人？每当完成一幅自己满意的作品，心里那个高兴啊，那个爽快啊，这种喜悦是别人分享不了的。我每天都在喜悦的心情下度过，何苦之有？何虑之有？古人说‘相识千千万，知己有几人’，老弟你和我身隔千里，心若比邻，对我是最理解的，今天借着酒劲儿，把心中的苦乐向你倾诉倾诉，让你知道是什么支撑着我一路走过来的。”

闻斯言，几欲落泪。连羲兄，真画者也！

2016 年 2 月 12 日至 13 日于深圳寄荃斋

画隐原来是王孙

——《爱新觉罗·恒凯绘画集》序

中国自古就有“画隐”一说，专指那些身怀绝艺，不求闻达，或隐于山野，或隐于闹市，身不离故土，名不出乡邑，吮墨含毫，全为自娱，非独具慧眼之士，全然不谙其所能，不知其所在。更有些崖穴高士，终老江湖，不为人知。一旦身后遇到隔代知音，顿时声名鹊起，震惊同侪。这样的例子，近世江西黄秋园、四川陈子庄、湖南王憨山、天津梁崎诸公庶几近之。

深圳乃通都大邑，信息传播较其他城市更为发达，且商海潮涌，炒作与包装皆成生财之道，但凡有点能耐的主儿，无不使出浑身解数，以广招徕。照理说，此地并不具备“画隐”藏身的客观条件。然而，现实总有出人意料之事，我与恒凯先生的邂逅与相识，完全颠覆了我原先的成见。

爱新觉罗·恒凯先生为避时乱，取汉名赵甲栋，我习惯于以赵老相称，以图简便。

初识赵老是在千家驹先生家里，千老介绍说：“这是我的亲戚，从大连来的一位名医，已经退休了，这些年一直在深圳照料我的身体。”赵老谦恭地欠起身子，跟我打个招呼，再无多言。当时赵老已年近八旬，面目清癯，身材清瘦，两眼清亮，一望而知气宇不凡。那一幕使我印象深刻。此后，千老的夫人告知，赵老乃是她的兄长，退休前是一位医术高超的医生，退休后迁居深圳安度晚年，成了千老的健康顾问。平时喜欢把玩书画古董，偶尔也弄一下笔墨丹青。我由此知道，赵老还是一个书画爱好者。

之后数年中，缘于千老的关系，我与赵老也有了更多的来往。在接触中，我发现赵老对书画艺术的见解远远高于一个书画爱好者的境界，堪称是学识渊博、博古通今，而且视野之开阔、目光之犀利、观点之独到，足以令我这个艺术评论员望尘莫及。这使我不得不重新审视面前的这位老人。有一次，我冒昧地问赵老："您是不是也会画画？"赵老淡然一笑说："也会画几笔，都是自己玩的。"我想欣赏一下赵老的画迹，赵老笑道："就怕拿不出手啊。这样吧，过几天我送你一张小东西，供你评点评点。"

赵老给我带来的是一幅《布袋和尚图》，寥寥数笔，神气毕现。那笔法、墨法、构图、气韵，全然是宋元院体绘画的风神。这种纯正的古典画风，在当今画坛已是久违了。我感到惊异，这哪里是书画爱好者的概念，完全是绘画大家的手笔。如果说，我前期还只是被赵老的学识和见解所折服，那么，面对他的绘画作品，我不得不为其高超而古雅的画作而惊叹了。在赵老的画作上，我还发现了一个小秘密：在画面的一角，揿着一方印章，印文为"爱新觉罗•恒凯书画印"。这不禁令我对赵老的身世平添了几分好奇。

我第一次踏进赵老的家门，距离我们初识已过去了七年，此时千老已经仙逝，千老的夫人也已迁居北京，而赵老也已八十有二了。我真的很诧异，作为一位有着如此绘画功力的老画家，竟然在如此漫长的岁月中，避而不谈自己的画艺，且绝非刻意，完全是出于其高雅脱俗、宁静淡泊的天性。倘若不是我直接问起，他或许还会继续这样，淡然、超然、悠然、怡然地过着安静、平凡的市井生活，与邻居们平静地交往，谦和地笑对各色人等。然而，当我在他家翻看着已经泛黄的资料和画迹，我心底不由得冒出一个暌违多年的概念："画隐"。是的，二十年前我曾探访过津门"画隐"梁崎先生，并将梁崎老人引为忘年知己；如今，我在赵老家中，当年的那种感觉油然复生。

原来，赵老出生于书香世家，原籍沈阳，世居北京，后迁居大连。为满族正黄旗，为清康熙帝十六代后裔，姓爱新觉罗，名恒凯，属恒字辈。他家这一支脉后来也取汉字“肇”为姓。可是，这个曾是显赫皇族身份标志的姓氏，在一段时期内却给他们家族带来了无穷无尽的烦恼。之后，索性连“肇”也不敢姓了，直接取了一个汉名“赵甲栋”。赵老告诉我，他的祖父和父亲都喜欢绘画，家中收藏也很丰富，这使他从小就有机会耳濡目染，描摹了大量的名家真迹。青少年时期，拜满族画家王鸿儒和齐白石的弟子杨秀珍为师，三十岁就在画坛崭露头角，1957 年其作品入选全国青年美展，赵老也获得文化部（现为文化和旅游部）嘉奖，1959 年其作品东渡日本展出，并为中国美术馆收藏。20 世纪 60 年代初，他曾连续三届入选东北三省美术联展，被艺术界戏称为“连中三元”，成为东北地区的一颗美术新星。然而，接踵而来的疾风暴雨般的一连串事件，摧折了他的艺术梦想，他在痛苦中不得不重新对自己的人生做出规划，正所谓“生当乱世，不为良相，便为良医”，于是，世间多了一个医术精湛的良医，却泯灭了一个才华初露的画家。

直到 20 世纪 80 年代，他才重新拿起画笔，先后在日本，以及中国香港、台湾等地参加画展。随后在北京举办了个人画展，该次展览规模不大，却引起了首都文化界的极大关注。在赵老家中，我看到一张由黄苗子题签的“甲栋画展”嘉宾签名册，顿时眼前一亮，那上面汇集了当时京城一流的文化名人，从郑洞国、程思远、李灏等政界名流，到费孝通、周培源、钱伟长、杨宪益等学界泰斗，再到刘开渠、曹禺、吴祖光、新凤霞、黄苗子、郁风等文艺界翘楚，乃至赵朴初、释本焕等大德，真是群贤毕至，巨擘云集。试想，这当中任何一人在画展上露露脸，都足以成为令人瞩目的新闻，更何况是齐集一堂，专为一家画展而来。如此风光的艺术盛会，倘若换了常人，或许早就拿去炒得沸沸扬扬了，而在赵老的书箧中，那只是一份深藏心中的难忘记忆。

看到赵老的诸多绘画精品之后，我逐渐悟到，他的画作之所以被众多艺术界高人所钟爱，绝不是没有道理的。赵老的绘画以人物、花鸟为主要题材，尤其善画牡丹。他笔下的牡丹雍容华贵，婀娜多姿，花如仙子，各有性情，充满了高贵华美的贵族气，断非民间凡品。令人惊奇的是，这位耄耋老者还专擅绘制精致典雅的工笔牡丹，从繁花簇簇到细蕊点点，尽精刻微，一笔不苟。在事事讲效率、艺术多速成的当今之世，他这样耗时费神，三日一叶，五日一花，不惮烦难地精心刻画，岂不是太不讲究投入和产出的平衡了？对此，赵老也有自己独到的见解，他认为工笔绘画，贵在全神贯注，把一切杂念抛诸脑后，运笔之际，心无旁骛，万念归一。这不就是养气、养神吗？这样画出的作品，才无杂质、无俗气，满堂光艳中显出“国色天香”的气派。这种审美的快感，足以抵消画画过程中的疲劳。看来，赵老是把画画当成了养生的日课，全然不问市场收益如何。而这恰恰是古往今来诸位真正“画隐”的典型心态。以这种平心静气的心态绘制出来的作品，想不高古、想不典雅、想不脱俗，都难！

不过，以我个人的偏好，我还是更喜欢赵老的那些文人逸笔之作，不论唐人诗意，还是道释人物，乃至兼工带写的花卉小品，大都亲切自然，充满笔墨妙趣。然而身在商海之中，周围的朋友偏偏更爱“花开富贵”，常常是点明索要赵老的工笔牡丹。近年来，更有些老板拐弯抹角找上门来，看到墙上挂着一幅牡丹，当场就要揭下来带走。看来，这位隐居商海二十余年的“画隐”快要隐不下去了。

赵老一向主张随缘顺势，既然大家如此喜欢他的艺术，不如就此将自己的作品推向社会。我曾多次这样劝说他，我猜想，很多艺术界、收藏界的友人也会这样劝说他。这些劝说看起来是见了一些功效，日前，赵老拿出一些画作的照片，让我帮助他整理、扫描、制成光盘，以酬同好；近日又同意把自己的绘画技法和工笔牡丹的代表作编辑成册，付梓出版，并让我写一篇序言。这是一项不容推辞的使命。于是，我把与这位鹏城“画隐”十多年来从相识到相交，直至成为忘年知己的曲折过程，简要回顾一下，一则是要让世人知道，在深圳这样一个年轻城市，竟然还藏着一位充满古典人文意味的当代“画隐”；二则也就此宣告，这位昔日不得不隐姓埋名的旧王孙，其“画隐”生涯也到此结束了。毕竟，时代不同了！

是为序。

2010 年 8 月 5 日于深圳寄荃斋

站在东西方艺术的交汇点上

——《神色秘彩——丁绍光画展》前言

24年前，他从东方走向西方，带着中华五千年文明的滋养和云南西双版纳特有的文化气息，他把这些元素化为自己的绘画艺术，用西方人所习见的艺术符号，一一展示给西方人看。有过最初的困惑不解，有过短暂的孤独窘迫，但是很快的，美国人接受了他，欧洲人接受了他，就连一向对外来艺术取俯视姿态的法国人，也从他的艺术中感受到“一种超越时空的魅力”。一位名叫安德鲁·帕利诺的法国艺术评论家曾写下这样一段文字：“他放射出一种力量，正如敦煌莫高窟中那绚丽多彩、形态各异的佛像壁画一样令人震撼。他的线条具有中国艺术巨匠那种精致的优美和一丝不苟的准确，这些巨匠几百年来以毛笔描绘了一条金色的线条。同时，他的作品又具有法国古典主义的高雅宁静，而他那色彩斑斓的调色板似乎又有一种野兽派艺术的感觉。”

这位法国艺术评论家的感受，恰恰道出了丁绍光先生的艺术的最大特色：背靠东方，永不偏离中华五千年的文化沃土；面向世界，广纳博收西方艺术的八面来风。这使他的艺术既具有浓郁的东方民族特色，又体现着可以为人类普遍感知的审美情感；既充溢着中国古代工笔重彩和线条白描的独特魅力，又透露出西方古典油画色彩和现代抽象形式的灵光神气；总之，既是古典精神的再现，更是现代意识的延伸。正如丁绍光先生自己所讲的：“我想我给美国带来了一种新的美学观点，融合了东西方艺术。在过去，中国艺术家给美国带来了悠久的传统文化，而我是以一种新的观点带来了东方文化。”

丁绍光先生的艺术创作正是对这种艺术观念的直接体现，而他 20 多年来在世界各地所获得的巨大成功，则使他真正超越了民族和地域的局限，成为一位名副其实的世界级画家。自 1993 年以来，联合国已经四次特邀他为重大纪念日绘制作品，他的这些作品被印制成联合国邮品而传遍全世界，世界各大博物馆、美术馆纷纷收藏他的作品，全世界有上千家画廊经销他的限量印制的丝网版画作品……他无疑是当今在西方主流艺术界获得最大成功的中国艺术家。

自 20 世纪初开始，一代代中国艺术家不懈地探索着中西绘画走向融合的道路，这种探索持续了一百年。直到 20 世纪下半叶，一些老艺术家忽然发现了中西方艺术的“殊途同归”——丁绍光先生曾引用他们的话说：“吴冠中和李可染都曾说到东西方艺术家都好比在登山，从不同的山边开始攀登，登山途中看不到彼此，但到达山顶后，他们会发现顶峰的艺术是没有国界的。”丁绍光先生不愧是一个清醒而理智的“登山者”，他“同时攀登了山的两面，他借鉴了亚洲的、欧洲的、非洲的艺术精粹来丰富自己的画作，他渴望能早日到达顶峰”！（引语见法国评论家扬·拉毕雄的文章《丁绍光的艺术天堂观》）

我们衷心期待着丁绍光先生“登顶”的成功。但是，我们也深知，对真正的艺术家而言，艺术的顶峰永远属于未来，他将永远处于攀登的途中。今天，我们借着首届深圳国际文化产业博览会的东风，把正在“登山”途中的丁绍光先生邀来展出他的近作，阐发他对艺术人生的真知灼见，这使深圳的观众得到了一次直接欣赏他的艺术、面对面交流人生感悟的良机。深圳人是幸运的，希望大家珍惜这次幸运。

铁笔追出心中画

——《曾平钢笔画集》序

我与曾平是20多年的老朋友，我们初识时还是同行，他在《惠州日报》编副刊，我在《深圳商报》编副刊，当时省里组建了一个报纸副刊研究会，我们自然就成了“会友”。再加上深圳和惠州是邻居，同行加邻居，自然就走得很近。我们都曾给彼此的副刊约过稿。1996年我从欧洲出差归来，他闻讯立即约我写些见闻，记得那篇有关波茨坦的《中国茶亭》就是被他催生出来的。由此，我知道曾平是一个好编辑。一个能把作者的好作品“催逼”出来的编辑，必定会被很多作者铭记在心。我相信，《惠州日报》的众多作者中，像我这样因为一篇稿子而把他铭记在心的人，应该还有很多。

后来，曾平从报界消失了，我也一度与他失去联系。直到有一天接到他的电话，我才知道他被调到市里机关去做公务员了。不过，以我对官场的“偏见”，总觉得像曾平这样有才华、有品位却不擅言谈、性格耿介的人，并不适合到那些竞争激烈且另有一套处事规则的地方去，内心还曾隐隐地为他感到惋惜。前几年，我从报纸上看到惠州市曾平一家入选为“首届全国书香之家”，这是一份含金量很足的荣誉，我当即打电话给曾平表示祝贺，也就是在那次聊天中，我得知他近年来迷上了钢笔画。

说实话，我此前对钢笔画一无所知，所有关于钢笔画的知识都是曾平传授给我的。他时常用微信给我发来他的钢笔画新作，还不时传送一些有关他的作品的新闻报道。受其影响，我也开始关注钢笔画这个独特的画种。钢笔是西方人发明的，钢笔画自然也是西方的传统画种。而对中国人来说，钢笔画还是一个引进不过几十年的新画种。曾平接触钢笔画并非刻意而为，他曾跟我说起，他早年受家庭影响，一直喜欢拿个本子勾勾画画。偶然用钢笔为报纸画了一幅城市风景，报社的美编告诉他："你画的这叫钢笔画。"他这才知晓。从此，由喜欢到痴迷，由随意到精心，由业余到专业……如今，曾平已是"中国钢笔画联盟"的理事，参加过各种钢笔画大展且屡屡获奖，在广东乃至全国钢笔画界都有了一定的知名度，其赫然成家已是指日可期的事情了。

钢笔画属于易学难工的画种。看似简单，入门也不难。但是深入门径探奥发微，却是曲径盘绕、山高路险。西方早已是高峰林立；国内也是名家辈出、争奇立异。曾平在首次参加国家级大展之后，曾有一段时间不敢拿笔，而是如饥似渴地"恶补"钢笔画和美术史知识，填充因多年徘徊于圈外所造成的"辘辘饥肠"。而多年写作和办报带给他的文学素养与艺术悟性，此时则变成了他在艺术道路上披荆斩棘、攻关闯隘的利器。他能在短短十年间就在钢笔画领域脱颖而出，固然令人称奇，殊不知在其身后还闪耀着一个"全国书香家庭"的金字招牌，对曾平这位"饱学之士"而言，诗书的滋养、文化的积淀、艺术的贯通和融合，无疑是其画艺精进的助推器和培养基。

两年前，我与曾平有过一次愉快的会面，他带来一批新作给我观赏。这是我第一次集中读到这么多、这么精彩的钢笔画原作，那感觉与在微信上看电子版完全不同。他的画作多以岭南的乡村风景为主题，古树盘根，江河蜿蜒，城郭村舍，田园阡陌。这些景致到了他的笔下，皆被融入了浓浓的诗意，这是因深爱而产生的艺术灵境。他说，多年住在城里，不知为何，梦里总是回乡。这批画作就是他前不久回到河源老家时即兴写生之作。我由此想到，艺术之表现，往往是艺术家心中眼中所无的影像。即便是眼中所有，也要用艺术的视角加以再造和变形，使之变得不为寻常所见。钢笔画的特性是方便快捷，利于描绘眼前景物，但是，如果只是照景写真，“诗心缺失”，则所作无非照相之变种，艺术价值何在？曾平深谙此理，他的画面取舍相宜，重点突出，线条爽利，造型简洁，下笔果断而自信。我还留意到，他尤其善于运用“点”来表现景物的质感，我笑称他与法国后期印象派的“点彩大师”修拉是隔代相知，他却淡然一笑，说：“你何不说是与宋代‘米点山水’一脉相承呢？”

丰厚的学养加上过人的勤奋，造就了曾平在钢笔画领域的成功。人们说他是无师自通，我却觉得他有个最重要的老师是无可替代的，那就是“兴趣”。有浓厚的兴趣，又选择了一条很僻静、很小众的道路，凭着其特有的韧性、悟性和诗性，曾平以一支铁笔“直追出心中之画”（清代画论家蒋和语）。我为这位昔日的同行、今日的画友感到欣慰和自豪，这也是我明知自己是个外行，却还不揣冒昧地答应为其画集写下这篇序言的原因。

是为序。

2018 年 2 月 27 日至 28 日于深圳寄荃斋

绚烂至极　归于平淡
——《王子武画集》序

（一）

王子武先生是我在深圳遇到过的最难采访得到的艺术家。他对我的约见总是客客气气地推托，婉婉转转地回避，以至于临到他的画展开幕前夕，我才勉强得到一次限时三十分钟的采访机会。

在那次采访过程中我们谈得非常投机，涉及的艺术话题又非常广泛，结果一再延长，不知不觉中持续了两个多小时，直至我起身告辞，子武先生还觉得意犹未尽。

由此，我对王子武先生有了更直观和更深切的理解：他不愿会见记者，并非摆架子、做姿态，而是出于一种淡泊无欲、清寂自守的生活态度，他固执地排斥并拒绝任何与艺事无关的功利性交往，以此来保持自己纯真、宁静的艺术心境。当然，如果与他谈论的恰好是他所关注的艺术话题，他的排斥与拒绝便会顷刻消解，大家就会立时发现，坐在面前的画家，原来是如此平易、如此健谈、如此谦逊的蔼然长者。

在深圳艺苑，王子武先生无疑是一个寂寞的存在。他长年深居简出，淡泊处世，一向视抛头露面为畏途，避酬酢交际如腥膻，整日守着他那一张书案和半卷闲书，在书画艺术的无边瀚海中踽踽独行。

世人咸知“为文乃寂寞之道”的古训，然而当今之世，真能耐得住寂寞者又有几人？当滚滚商潮席卷而来，一向耻于言利、自标清高的文化人也禁不住心动神摇，纷纷走出平静的书斋，情愿或者不情愿地收叠起曾经发誓为之殉道的艺术大旗，或隔岸观涛，或退而结网，或干脆弃笔下海。当此之际，子武先生毅然南下鹏城，许多人误以为他也是赶浪弄潮而来，殊不知在万马齐奔商海、竞相以时间兑换金钱的世风之下，他却埋下头来，沉寂了十年，修炼了十年，跋涉了十年。如今，当年轻的深圳逐渐从浮躁中沉静下来，画家也步入了收获的金秋。直到这时，深圳人才重新掂量出这个“寂寞的存在”是何等重要与珍贵。1995 年 12 月 2 日开幕的“王子武画展”如同是给深圳人提供一次向艺术家表示敬意的良机，几乎所有的发言都提到了王子武先生的自甘寂寞、默默耕耘的精神，称他“是一位用真诚的心灵去感悟艺术真谛的苦行僧，一位在沉默中静悟的优秀艺术家”，称赞他“鄙视浮躁，默默追求，从不喜欢张扬”，称他的绘画中“无哗众取宠，无浮躁不安，无做作，无俗气”。

听着这些由衷的赞叹，我当时想：这些表示敬意的言辞背后，是否也隐含着深圳人对一个本来不该如此寂寞的艺术存在所表示的某种歉意呢?

（二）

对于子武先生的艺术，我是关注已久的。早在 20 世纪 80 年代，当闻名世界的苏富比拍卖行在北京劳动人民文化宫举办以拯救威尼斯和长城为主题的“马可•波罗归来”大型艺术品义卖展的时候，我就被他的一幅《苏东坡》深深地吸引住了。从此，每每见到子武先生的画作，我总是格外留意。我一直以为对他的画风是并不陌生的。然而，欣赏此次画展，我却颇感震惊；呈现在面前的画作，已远远超越了我十年前对他的印象。由此，我对子武先生的艺术有了更全面的认识。

我一向认为成功的艺术家大体有两大类型：第一类属于坐标稳定型，第二类属于坐标移动型。前者的特征是稳居一点，长期耕耘，就像一个掘井人，总是在一个不大的方圆里往深处掘进，其艺术面貌在一定程度时，便会出现质的飞跃，譬如齐白石的“衰年变法”，譬如黄宾虹的“大器晚成”，都是这类艺术家的典型例证。而后者的特征则是不甘于久栖一隅，总是随性之所至纵横驰骋、上下奔突，题材多变，手法多变，风格多变，艺术雷达往往很难找准他们的确切方位，好似羚羊挂角，无迹可寻。这类画家以西方毕加索，东方张大千庶几近之。我以往一直认定王子武先生属于第一类，即坐标稳定型的艺术家——几十年致力于人物画的一方田园，精耕细作，默默求索。我至今依然认为这种判断是大体准确的，但是似乎并不完整。在此次画展上，我们看到了王子武先生在各个时期呈现各种风格的人物画：有速写素描，有写实肖像，有古装仕女，有现代人物，还有以国画共聚合颜料临摹列宾的油画……真是风貌迥异，色彩纷呈。从这些人物画中，既可以看出画家扎实的造型功力，也可以看出他一度十分醉心的对西方绘画中焦点透视、明暗处理手法的吸纳和借鉴，更可以看出他在走过了一段中西交融的艺术道路之后，对于祖国传统线条艺术的重新确认与回归。因此，我以为子武先生似乎并不能简单地归之于坐标稳定型，他在大体方位相对稳定的前提下，实际上也在不断地变换自己的探索触角，从不固守一隅、抱残守缺，他的绘画，即使单从人物画来讲，也是稳中求异、常画常新的。

（三）

“绚烂至极，归于平淡”，这本是人生的极致。借以用来论画，同样是十分贴切的。我特别注意到，在王子武画展中有一半画作是花鸟和山水，这对一个以人物画著称的画家来说，不能不说是别具深意的。而且，他的近作花鸟，多是不施丹朱，唯用水墨，这种画法本身，更显示出子武先生追求平淡、纯净的一种心境。

我对子武先生近年所作的水墨花鸟小品尤其偏爱，那仙鹤，那喜鹊，那竹，那蛙，其笔墨之苍厚，线条之拙涩，造型之奇谲，均已臻于化境。有人以为子武先生舍人物而作花鸟是艺术创造力减退的征兆，我却以为大谬不然。中国画历来是一种强调表现的艺术，而人物画因受具象构成的限制较多，在抒发画家主观情感方面，总是略逊于山水和花鸟，而当子武先生渐入人生秋景、阅尽人世苍茫之际，他心中积蓄的丰富情感也就愈发需要宣泄和抒发，他近年来偏爱水墨花鸟，与其重新拾起山水（子武先生在美术学院曾专攻山水）一样，更多地是出于这种表现自我情感的心理需求。细观他的花鸟，墨线、墨点与墨块之间往往构成一种极富抽象意味的组合，其凝重滞涩的用笔，显然吸收了书法中魏碑与汉隶的某些技法，使他的花鸟浸透出一派金石气象。从某种意义上说，王子武先生的水墨花鸟，恰恰填补了他在人物画领域所留下的某些缺憾，他所营造的艺术园林品种更丰富、花色更齐全了。

子武先生的山水，我还是第一次欣赏到。那淋漓的墨气、雄浑的气势，显现着关中汉子所特有的粗犷豪迈之气。《轩辕柏》的萧森庄重，《蜀国仙山》的清幽宁静，《石钟山记忆》的险峻深邃，都给我留下了很深的印象。

我在王子武先生的一幅幅精心之作面前流连忘返，不时感到清风拂面，禁不住心生感慨。我笑问陪同观画的子武先生："您在商潮中浸泡了十年，怎么画中只有清气、不见浊气？"画家沉吟片刻，缓缓答道："你心里不存杂念，自然浊气不生哩！"

耕耘在鹏城的热土

——记邹明其人其艺

阳春三月，邹明自京满载而归。他告诉我，他在中国美术馆的“彩墨、陶艺作品展”，获得了出乎意料的成功，他如数家珍般地历数着一个个重量级的艺术前辈和评论大家的名字，历数着从专家到观众兴奋的评价与赞语，其欣慰与振奋之情溢于言表。

在我印象中，邹明并不是一个很在乎外界评价的人，他也不善于言谈。他是一个习惯于埋头艺术、思索往昔的画家，是一个醉心于人生之本、沉浸于形式之美的环境艺术家，他在自己这片“半亩方塘”中已经苦心孤诣地营造了多年，积累的艺术能量一旦喷发而出，自然会产生异常强大的爆发力和震撼力。他的北京画展的成功，正是这种艺术能量的一次集中喷发。他从中得到的回报使他有理由感到由衷的满足和欣慰。作为他的朋友，我也感同身受。

熟悉邹明的人都知道，他的绘画和陶艺作品一直与老房子有千丝万缕的联系。1990 年，他从无锡轻工业学院（现江南大学）造型美术系来到深圳大学建筑系任教，十多年过去了，他依然在用彩墨表现老房子、老门，所不同的是画风的转变和艺术表现空间的拓展。作为一个深圳的艺术家，他与深圳结下不解之缘，从架上绘画到陶艺，从室内设计到雕塑，他在深圳这片充满生机与活力的热土上挥洒着他的才华和激情。从这里出发，留下了一串串探索的脚印。从 1991 年开始，他第一次赴新加坡举办个人画展获得成功，接着在北京、香港、台湾等地区，以及英国、马来西亚等国先后举办画展，既赢得了成功，也赢得了自信。赴美国进行艺术考察，参加中国青年艺术家赴欧洲艺术考察团的欧洲七国之旅和文化部艺术人才中心组织的“99悉尼中国画艺术展”澳洲之行，多方游历，更使他扩大了艺术视野。在2001年巴塞罗那米罗美术馆举办的“东西方绘画艺术交流展”活动上，他荣获了欧洲艺术联盟颁发的“欧洲艺术奖”证书和奖章。这些荣誉和成功，使他声名鹊起，但他更看重的却是在深圳留下的艺术足迹——深圳五洲宾馆室内设计、特区成立二十周年成就展展览设计，均出于他与他的合作伙伴施宏伟之手；他主编出版的三本室内设计与建筑表现的图书，大都以深圳的内容为主；地王城市公园的现代雕塑“春天”，盐田港海港大厦的抽象雕塑“硕果”“憧憬”“远航”，五洲宾馆大堂的浮雕和福田保税区光炬大厦的壁画，是他近年来的公共艺术作品。一个艺术家，要有自我，也要无我，面对社会，面对大众，动之以情，坦之以诚，明之以信，深圳使邹明找到了自己的位置，他的作品也深深地打上了深圳的烙印。

邹明对大自然的痴迷是令人感动的。他经常利用寒暑假去西南、西北、藏族聚居区体验生活，不是对城市生活的逃避，而是对乡土、对自然的一种回归。他曾经插过队，对泥土保持着一份依恋、一种寄托。2000年夏，我去云南丽江采访，在古城的小河边偶遇邹明。他正在画水粉写生，身后是一群深大的学生。异地朋友相逢，不禁感慨丛生。这年头，外出采风多是用相机捕捉画面，写生已不多见。而邹明确是在那里老老实实地对景写生，对他而言，这不只是教学，更是一种体验。写生往往是忘我的，阳光的变化，现场的感受，付出的不只是艰辛，更在于一种真情。在邹明累积的写生作品和速写本中，我们感受到的是一种心路历程。

邹明在深圳大学有间宽敞的画室，走廊里陈列着他的绘画与陶艺作品。我偶尔驻足其间，总可以感受到一种冲动。挥洒墨与彩，谈笑鸿儒间，来去皆道友，相对皆画缘。应该说，近二十年的深圳生活，使邹明在艺术上进入了一个较佳的状态。中国画研究院院长刘勃舒先生在邹明画展的前言中写道："邹明的彩墨绘画，始终如一地表现老房子系列，用西画原理融合中国画情调，铸成其绘画形式平实、灵动、绚烂的品质，富有鲜明的个性色彩。"著名画家范曾先生曾在邹明的画室为他题字"大象"，称其画"大象无形"。中国美协国画艺委会秘书长孙克先生评价："邹明的高明就在于不执着于东方或西方，它们的深沉与内涵，造型的取舍单纯，色彩沉着而明亮，使作品具有很强的感染力。"近期，应深圳美术馆之邀，邹明将在深圳第一次举办个人作品展，也是中国美术馆展览归来的汇报展。一个在深圳这片热土已经辛勤耕耘了十多年的艺术家，首次把自己的艺术果实呈献给深圳的观众，我们期望从邹明的作品中解读到什么呢？相信每个欣赏过画展的人，都会得出各自的答案。

2002 年 4 月 14 日

人为茶所化　画中见真茶

——读田耘的茶画新作

与田耘相见，于我是纯粹的偶然，而在他却是精心的安排。那是一次人数众多的聚会，他事先至少通过三个不同的渠道向我发出邀请，使得一向对饭局避之唯恐不及的我也感到有些蹊跷，不得不谨慎起来，特意向其中的一个朋友打听这聚会背后的缘由，得到的回答是："有一位画家特想见你，你就不要推辞了！"

我没有推辞。实话说，当时主要是出于不能因为一个饭局而得罪三个朋友的考虑。然而，如今却为当时没有推辞而感到庆幸，如果谢绝了那次聚会，我岂不错失了一位真正的茶友。要知道，在深圳这个商风甚烈的城市，要想寻觅到一个真正的茶友，实在不是一件容易的事情。

那天的会见是令人难忘的，田耘显得很兴奋，喝了很多茶，说了很多话。让我感到吃惊的是，他几乎把我发表在《中国茶文化》上有关茶画的专栏统统读过了，而且他向我提出的问题也十分专业，这使我不禁对面前这位来自孔子故里的年轻画家另眼相看了。

人与人的知闻，全凭一种缘分，茶人之间尤其是如此。无缘者，日日相见，形同陌路，心隔壁垒；有缘者，萍水相逢，相见恨晚，心有灵犀。我与田耘的相识、相交，进而相知，应当属于后者。多年从事艺术研究和文化传播，使我有幸结识了众多的画家，以我的视野所及，像田耘这样专注、醉心乃至痴迷于茶画的艺术者，可说是凤毛麟角。这使我在感动之余，更感到几分欣慰。毕竟，在1992年第二届湖南常德国际茶文化研讨会上，是我较早提出了研究中国茶画艺术这一话题；接着又在20世纪90年代中期，率先开辟了《品茶读画》专栏，以30篇短文对中国历代的茶画艺术进行了初步的梳理和研讨。我一直期待着茶界和画界能够携起手来，共同发掘这一茶文化的重要矿藏，进而推动当今的茶画艺术创作。

应当说，在此之前，已经有些画家在茶画艺术上做出了有益的探索，如浙江林晓丹、江西丁世弼等人，都曾创作出各自的茶画系列。然而，年轻一辈如何继承？茶画题材如何开拓？茶画境界如何提升？茶画内涵如何深化？诸如此类问题，不论是在理论研究上还是在艺术创作上，都还没有见到突破性的进展。然而，令我感到惊异的是，出道很晚的田耘却像一匹半路杀出的黑马，三步并做两步，冲到了茶画艺术的创作前沿，将一批带有鲜明个性特征和深邃文化内涵的茶画新作，推到了世人面前，令人耳目为之一新。我毫不讳言对这些画作的偏爱，我觉得他不仅画出了茶的形貌，更画出了茶的境界和茶的精神，这是尤为难能可贵的。

正是从这个意义上说，我愿意将这位年方三十八岁的山东籍深圳画家，隆重介绍给诸位茶界中人。其目的，一是为当今热闹有余而底蕴不足的茶文化界，提供一个值得关注的艺术案例；二是冀望由此，为田耘拓展一块更宽广也更专业的创作空间。

茶化与茶画

田耘在对历代与茶相关的绘画作品进行了深入的比较研究之后，发现“几乎所有的、目所能及的古代茶画作品中，都是在直白地表述一个喝茶的情景、一个喝茶的事件而已。……他们忽略的是茶所承载的更加深层次的内质的东西，只能是‘茶事画’而已”（见田耘《茶境无边》）。田耘显然不满足于继续沿着老祖宗的路子走下去，他要探寻茶身上所承载的那些“内质”，并且要找到表现这些“内质”的绘画形式和技法。

田耘认为，茶画艺术，顾名思义就是“茶化”了的中国画艺术。“人在草木间”构成了一个“茶”字，茶身上承载了丰富的历史信息、人文信息、艺术信息乃至美学信息。由茶而生的茶文化，依附于华夏文明的历史方舟，几乎经历了华夏古国五千年的沧桑巨变，寄寓着中华民族的深深情感。面对具有如此丰厚的历史文化内质的一杯清茶，作为一个中国画家，将如何以一杆毛锥来与宣纸对白？田耘在探索中深感“茶画”之不易，就是因为他画的是茶。茶是什么？可以是人物，可以是花草，可以是茶炉杯盏，也可以是山川景物，其外在的形貌可以千变万化，但其“内质”却必须是茶。如果说，古人表现的多是与茶相关的茶事人物，那么，今天所要表现的则是茶文化的精义和神髓。其难度无疑会更高。田耘确实是给自己出了一道天大的难题。

为此，田耘提出“茶画艺术的创作是建立在学术意义上的创作”“如何将学术性与趣味性和谐共处于一幅作品中，这就是茶画艺术不同于其他绘画艺术的根本所在”。田耘的探索是从茶与文人的关系切入的。他从一杯苦茶中，首先看到的是中国传统文人与茶相濡以沫的关系：文人以茶养素，借茶修身，品茶悟道；而茶呢？也是因文人而升华，借宗教而风行，靠文化而普及。探寻茶文化的灵魂，又不能不涉及中国传统文化的主线，那就是儒释道与茶文化那种血脉相连的渊源。儒家讲品德，道家讲道德，佛家讲功德，殊途同归地都走到一个“德”字上。而茶家讲得最多的，同样是一个“茶德”：无论是唐代刘贞亮提出来的“茶十德”，还是当代茶人庄晚芳所提出的“中国茶德”，都把茶的精义归结为“德”，这就使得茶与世界上任何一种饮料拉开了文化档次上的距离。

那么，茶德的核心又是什么呢？田耘认为是一个“和”字。日本茶道里千家提出的“和敬清寂”与中国庄晚芳提出的“廉美和敬”，一个“和”字都是必不可少的。这也正说明追求一种和平、和睦、和谐的境界，恰恰是茶文化的核心之所在，也就是茶画艺术所要表现的“内质”之所在。

田耘是一个思考型的画家，更确切地说，他在创作茶画的过程中，已经逐渐把自己“茶化”了。他开始喜欢喝茶，品味茶境，研读茶书，进而对茶诗、茶文、茶联、茶具，凡是与茶相关的，他都有浓厚的兴趣去研讨去琢磨，进而升华为茶画创作的新题材和新境界。他以心运笔，以笔画茶，以茶育和，以和生静，以静化悟，以自己的心悟来打开茶画艺术之门。正因如此，他的茶画才得以别开生面，充满文人气息和浓郁诗意。

文气与诗意

田耘茶画中的文人气息和浓郁诗意从何而来？我认为，除了他对茶文化有精深透辟的领悟，还在于他对绘画题材的精心选裁和画面内容的符号化处理。

中国传统文化对文人的影响至深至巨，以至于形成了一套独特的文人生活范式，田耘对这套文人生活范式进行了提炼和概括，然后与茶文化进行嫁接和融合，从而创造出一整套带有鲜明文人色彩的绘画模式，譬如，在“茶与四季”的题材内，他认为春茶宜配春树，夏茶宜配孤莲，秋茶宜配落叶，冬茶宜配白梅。而这种安排的依据，则无疑是从传统文人的生活情趣和审美习惯中提炼而来。再如茶与“文人四事”（琴棋书画）、茶与文人的隐逸心态、茶与松竹梅兰菊荷等寄寓着某种高尚情操的植物，等等，田耘都进行了认真的梳理和比较，把它们融入了自己的茶画创作。这使他的茶画从题材的选择到衬景的搭配，都注入了传统文人的生活气息和审美情趣，观者站在这样的画作前，只见得一股清新雅致的书卷气拂面而来，很容易地，画中人物与景物，与观者心中早已蕴藏着的传统文化情愫沟通了、交融了，进而产生了共鸣，于是画中的爱茶人与生活中的爱茶人被画家“捏合”在一起了，茶画的“文人气息”及其独特的感染力也就由此而生了。

田耘在茶画中十分擅长把一些带有明显文人特征的生活场景和常用物件符号化，使之成为调剂画面、突出主题的重要手段。譬如一卷旧书、一盏青灯、一朵落花、一丛残荷、一个香炉，一把蒲扇等，都被巧妙地点缀在画幅当中，看似漫不经心，实则苦心经营，每一个符号都与画中人物或景物息息相关，甚至如画龙点睛一般揭示着画中蕴涵的主旨。在一幅《梅茶图》中，画面上没有任何人物，只画了一束白梅和一只茶壶，画上题诗两句：“知我平生清苦癖，清爱梅花苦爱茶。”这里的“我”是画家吗？抑或是那个没出场的诗人？或者正是为观者“代言心声”？其画中之旨，早已超然于画幅之外。

田耘的茶画，从来不画很多人物或景物，这是因为他深知简约才是文人的本色，明代张源在《茶录》中说“饮茶以客少为贵”，说的就是这个道理；他也很少描绘人物或事物的动态，这是因为他深知文人多以恬静淡泊为人生至高境界。在他的画面上，最常见的情节是老僧趺坐、文士待友，大多是一人独处或两人相对，或弹琴，或静卧，或作书，或对弈。粗看上去，画中的品茗只是文人余事，可细细品读却分明提示着：茶已经融入了画中人物的日常生活，成为他生命中须臾不可分离的一部分了。

田耘茶画大多书画并重、诗文并举，那似隶似楷、拙朴率真的书法风格，在画面上恰到好处，点缀着，看似随意，实则用心，常常幻化出特殊的布局和章法，打破画面的平衡，形成别具一格的构图，如有的画面于正中位置单行竖写一段题跋，也有的如碎珠散玉，洒在画面的各个角落，使画面形成特殊的装饰效果。这些表现方法，不仅恰到好处地体现了“逸笔草草”的文人画风范，而且把书法、诗句与画面巧妙地融为一体了。

当然，田耘的茶画也不是完美无瑕的，我曾当面与他商榷：可不可以把画面的用墨改得再淡一些？文人画一向主张“淡墨写出无声诗”，而田耘的笔墨似乎偏浓偏重，给人一种凝滞重浊之感。此外，他的人物造型似乎过于程式化而缺乏鲜活感，造型所用的线条也还不够爽洁利落。这些都需要在今后的艺术实践中，增益其所不能，改进其所不善，逐步改进和提高的。田耘毕竟还年轻，在艺术上还有很长的道路要走，其前途实在是不可限量的！

我真诚地祝愿这位茶友兼画友在茶画艺术的广阔天地里，大展宏图，写下浓墨重彩的鸿篇巨制，为当今茶文化的百花园增添新的光彩！

2005 年 10 月 2 日于深圳寄荃斋

荷境·诗境·禅境

——《张小纲作品集》序

中国人对荷花有着特殊的感情，我以为这大概有三层因缘，一是荷花阔叶纤颈，叶浮蕊擎，色彩淡雅，高贵脱俗，恰好契合中华民族的审美趣味；二是荷花品性卓异，“出淤泥而不染，濯清涟而不妖，中通外直，不蔓不枝，香远益清，亭亭净植”（语见周敦颐《爱莲说》），这恰恰是中国文人士大夫所推崇的“君子人格”的形象写照；三是莲花乃佛教之圣花，佛祖以莲花装饰宝座，菩萨持莲花播撒法雨，盖因莲花乃圣洁之象征，由此，荷花又被赋予了浓厚的宗教色彩。有此三者，荷花便足以超越世间任何奇花异卉，而幻化成一种精神寄寓和人格象征。

中国画家对荷花也有着特殊的偏嗜，古往今来，荷花几乎贯穿了整部中国美术史，名家比肩，高峰相望，不胜枚举。个中缘由，除了上面列举的三者，我觉得大概也与荷花的造型非常适宜用中国画的笔墨技法来表现有着直接的关系。因而，荷花之于绘事，绝对是很中国的题材。然而，当时代的车轮驶入当今这个多元而多彩、跨界而混搭的新世纪之际，静谧的莲花净域却忽然闯进来一位“外来画种”的写莲妙手，顿时令人眼前一亮、耳目一新，这就是水彩画家张小纲教授。

水彩画起源于欧洲，从德国的丢勒到英国的桑德比，数百年间，一代代欧洲画家把水彩画演绎得五彩斑斓，早已成为一个十分成熟也十分欧洲的独特画种。张小纲学水彩是科班出身，去德国、英国寻过根、问过祖，画水彩从正宗入道，专心致志，目不斜视，孜孜矻矻，一画就是三十年。其作品获得内行首肯，为民众喜爱，传遍大江南北，而且远赴欧亚各国，可谓成就斐然，无须赘述。就是这样一位很地道、很正统的水彩画家，近年来却忽然迷上了画荷。我曾戏言，他这是念着从西方取回来的“真经”，画着中国最古老的题材，表现的却是当代中国人的诗意情怀。而这本以荷花为主题的水彩画册，就是张小纲这次“艺术嫁接”所结出的第一批硕果。

张小纲画荷，是典型的“借他人之酒杯，浇自家胸中之块垒”。何以言之？且看他的绘画工具是西方的，颜料也是西方的；但其绘画技法、构图（或曰章法）以及所营造的艺术氛围却是一派中国意象。他的荷花，线条成为造型的主要手段，晕染则完全用的是国画“家法”，尤其是荷叶的大块面，有点染，有泼墨，也有泼彩，可以说，张小纲已把国画的水墨技法发挥得淋漓尽致。以我的狭窄见闻而视之，这种大写意的水彩画，在以往的水彩画阵营中是绝无仅有的，这就是张小纲的“新创”，这就是水彩画中的“夔一足”。

张小纲的画面，讲究淡雅透明。这其实也正是西方绘画理论对水彩画的基本要求。不过，张小纲在追求画面的淡雅透明时，却有意借鉴了中国绘画美学中“计白当黑”“以虚代实”等美学观念，刻意留白，刻意避实就虚，刻意避免画得太满，这就使他的画面不仅淡雅透明，而且具有某种虚幻空灵的迷蒙感和神秘感。薄薄的色彩，梦幻般的氛围，花在似与不似之间，叶在似有似无之间，所有物象均在若隐若现之间，这种独特的艺术效果，无疑是中国传统“诗画观”的直接呈现。尤为难得的是，张小纲还找到了表现这种“诗画观”的独特路径，即：以水为魂，以线为骨，以色为衣，以墨为象，以水彩画水墨，以荷境造诗境，以具象之物显抽象之美。这套绘画理念和语言技法，在他的荷花中已然达致挥洒自如、浑然天成的境地。我由此悟到，他虽然画的是“外来画种”，但其骨子里却是个地地道道的中国画家。

张小纲的荷花，以至清、至静、至淡、至雅之风韵，渗透着一种无形而可感的淡淡禅意，这是我最为痴迷也最为感佩的艺术特点，也是张小纲画荷的独特魅力之所在。在美学欣赏的领域里，禅意与宗教信仰并无直接关联；在中外艺术理论中，似乎也找不到举世公认的关于禅意的准确定义。在我看来，禅意是一种只可意会不可言传的审美境界，诗中有禅诗，画中有禅画，茶中有禅茶，曲中有禅乐，禅在中国文化中似乎无处不在，又似乎踪迹无寻。绘画中的禅意，一般是指画者的虚融冲淡和画面的超逸空灵，尤其是那种意在言外的意旨和散淡超然的情态，往往引人遐思、发人深省、启人顿悟。张小纲的画面够空灵，够冲融，够超然，也够散淡。读其画，只觉得清风拂面，纤尘不染，心灵被荷风莲韵所浸润、所濡染、所净化、所洗涤，无论是艳蕊红花还是高枝嫩叶，抑或是败荷疏影或零落残红，每每带给观者悠然心会的感悟，从而生发出对生命的叩问和对心灵的内省，这不啻是张小纲所向往达致的至高境界。我不能说他的荷花已然达致了如此境界，但是，我能深深感受到他对这种超逸禅境的奋力追求。

张小纲所选择的是一条无休无止的探索之路，或者说，是一次足以令艺术家脱胎换骨、远离颠倒梦想的艺术探险。他带着从西洋学来的“真经”，回到东方，回到故国，回到自己生命的沃土，以荷花为载体，心无挂碍地抒写着心中的诗情画意，显然，他很过瘾，很快乐，也很享受。如今，他把这些心智之果奉献出来，希望与大家分享。而我则有幸成为最早的分享者之一。张小纲希望我把读画的感想先写出来，置诸卷首，以为序言。挚友重托，敢不从命，于是，我写下这篇粗浅的文字，权当是给读者朋友们做一回读画的向导。

谨为序。

2013 年 11 月 11 日于深圳听山读海楼之南窗下

繁花重彩写精神
——张士增画展序

学者出身的张士增先生，一旦拿起画笔，那画里画外同样充溢着非同凡响的理性精神和贯通古今的丰沛学识。这是因为，他在成为美术理论家之前，本来就是科班出身的画家。让他花费三十年时间去编杂志、写文章、做学问，冠冕堂皇地说，那是工作需要；回过头来看，也是命运对他的特殊眷顾。毕竟画画的人很多，有学问，有见识，兼有绘画功力的，极少。张士增先生就属于那极少数的类型："学者型画家"。

学者型画家在创作上有一个鲜明特点，就是每一次乃至每一阶段的创作实践，都是在宏观思维与微观审视的深思熟虑之后才付诸实施的。下笔之际，画面上的点线面、造型色彩构成等要素，均已酝酿日久，思路清晰，游刃有余，成竹在胸，画家心手相应，意在笔先，"到笔着纸时，直追出心中之画"（清代画家蒋和语）。

张士增先生的绘画创作，自 20 世纪 80 年代以来，先后经历三次大转型，第一次是以中国古代彩陶青铜纹饰为文化符号，致力于抽象水墨的创作实验（20 世纪 80 年代）；第二次是以江南水乡为文化符号，致力于写实风格的彩墨风景创作实验（20 世纪 90 年代）；而第三次则是以中国传统的"重彩写意"为文化底蕴，致力于重建中国画五彩斑斓的色彩世界，用以表现当代中国人的时代精神和现代审美趣味（21 世纪）。如果说，第一阶段的抽象水墨，是以典型的中国传统艺术语言去对接西方最现代也最典型的抽象表现艺术，那么，当时的张士增先生已经占据在20世纪80年代美术新潮的制高点上，无论观念还是实践，都为他后来的艺术走向开辟出极为宽广的发展空间。随后的江南风景创作，他大踏步地回归写生写实的路向，却以中国画的水墨颜料创作出堪比西方油画的风景画作品。这一阶段的艺术实践，我以为是他在回溯中西古典文化脉络，探索中西绘画在色彩方面的各自渊源与异同，为此后进一步探微发奥、创立自己独特的理论框架和绘画体系打下坚实的基础。由此观之，他在21世纪富于创见地提出“重彩写意”的艺术理念，并迅速推出一批成熟的“重彩写意”花鸟画精品，完全是水到渠成、顺理成“画”的事情了。

今天展现在各位读者面前的，就是张士增先生“重彩写意”这一艺术理念的艺术结晶。深入研讨一下就会发现，“重彩”与“写意”，同样是一对矛盾纠结的复杂概念，其理论含金量同样不容小觑。世人咸知，“水墨画”一度成为中国画的代名词，而水墨的特质之一就是淡化色彩。殊不知中国绘画早在“水墨画”诞生之前，原本是“重彩”的。此处之“重”，一指画家和读者均重视色彩的表现，二指色彩在画面中所占比重也远超水墨。上古绘画，今已鲜见。单以唐宋古画所见，无不是绚丽多彩的。可见，“重彩”本是中国传统绘画的主流与正脉。色彩被淡化，只是在元代水墨画兴起之后。可见，张士增先生倡导“重彩”，实质上是在赓续中国画的源头活水，其意义之重大是不言而喻的。至于“写意”更是中国艺术精神的集中体现。然而，近现代以来，“写意”的概念被严重窄化了。在绘画领域里，一般只被用来与“工笔”相对应。张士增先生经过审慎考定，对“写意”这一内涵深邃而用途广泛的概念重新进行了一番阐释，将其重归精神的层面。他写道：“一般来说，我们认为宋人绘画，尤其是学院派花鸟画是非常写实的，这就是后来所谓工笔画的发端。其实，宋人画无论多么工细，其审美精神也还是写意的，所追求的是一种具象而又单纯、现实而又浪漫、细致而又生动的审美意境。”（见张士增《重彩写意画论》）他重新阐释的重要性就在于，以往论画者习惯于将“重彩”与“工笔”相配，将“水墨”与“写意”同俦；而今，他提出，既然“写意”体现的是中国人的审美精神，那么，它就不能专属于水墨画，“重彩”同样可以体现中国人的这种审美精神，因此，“重彩”与“写意”同样可以同俦相配。同理，水墨画既然只是中国画发展至元明清时期出现的一种面貌，那么，用水墨画代替中国画也是不科学的，而“重彩”却连接着中国画的早期源头，倡导“重彩”也就带有回归古典、正本清源的意味。而更深一层的意义在于，西方不少美学家针对中国的水墨画立论，断言中国绘画“没有色彩”，与西方科学严谨的色彩学体系相比，中国画不禁黯然失色。而张士增以美术史家的眼光和实力派画家的双重身份，以自己的理论和实践重塑中国绘画的色彩观念，无疑是再次占据在新世纪中西美术对话的制高点上，这是因为，他既追溯到古典的源头，更立足于现代的潮头。而艺术的突破往往就在古典与现代的交叉点上，古今中外无数艺术实践都已证明了这一点，从文艺复兴到现代艺术思潮的兴起，概莫能外。而作为学者的张士增先生，对此自然是深谙熟知的。常言道，中国画画到一定程度，就是画学问。学者型画家的优势往往就在这些紧要关头的转折点上，才显现出卓异于人的眼光和魄力。

作为他的朋友和粉丝，我尤其感到欣慰的是，张士增先生的“重彩写意”绘画，绝大部分是在深圳创作完成的。自 2006 年移居鹏城，他心无旁骛，潜心治学；深居简出，砚田笔耕。他在一篇文章中说他喜欢深圳，喜欢这里“非常自由、真诚、美妙、和谐又丰富的氛围”，他甚至认为“深圳可以以一个长者的口气说：

张士增的重彩写意花鸟画是我看着长大的”（见《张士增画集》自序）。深圳是个年轻的城市，深圳人也大都很年轻。深圳人来自五湖四海，既尊重传统，又包容创新。张士增先生以花甲之年南下鹏城，与其说是画家选对了地方，毋宁说是深圳得到了一份幸运；他把自己的创新之作，率先在深圳展出，不啻是给深圳人提供了一次大饱眼福的良机。或许，在不远的将来，当中国画诸多流派中新增的“重彩写意”花鸟画派，在南国异军突起蔚为大观时，深圳人也可以自豪地向世人炫耀：这个画派最先是在我们深圳抽枝长叶开花结果的！

如今，几十幅高扬着张士增先生“重彩写意”艺术主张的花鸟画作品，正汇聚于这个展厅和这本画册中，其理论与实践结合得怎么样？我就无须赘言了，请君读画吧！

2012 年 3 月 4 日于深圳寄荃斋

《宋玉明山水画集》序

太仓宋氏，乃当今中国画坛之名门。自20世纪中叶金陵画派崛起，宋文治先生便成一员骁将，驰骋中国画坛半个世纪，影响所及，令中国当代诸多山水画家，无论在画面构成还是在笔墨技法上，都很难避免地打上或深或浅的宋家样的痕迹。宋老的两位公子皆承父业，长子玉麟早成大名，今已卓然成家。次子玉明则大器晚成，数十年间，只问耕耘，不问收获，直至年逾不惑，始将画作公开示人，甫一面世，立即风行电走，令人刮目。真个是：不鸣则已，一鸣惊人。

我与玉明兄初识于20世纪90年代中期，当时他正忙于筹建深圳画院的诸多事务，整天忙忙碌碌。没人告诉我这是宋老的公子，我也没看出他是一个画家。后来，画院举办深圳画家画深圳专题展，我才第一次见到玉明兄的画作，当时曾带有几分惊异地拉住他问："咦，你怎么这么厉害，出手不凡呐！"玉明兄憨厚地笑一笑，说："画得不好，不敢见人呐！"从此，我开始关注这位重量级画家。

如果说，憨厚谦逊是玉明兄的天性，那么厚积薄发则是他成功的秘诀。家学渊源的深厚，使他自幼打下坚实的传统绘画功底，笔墨技巧早已是画家余事，而多年来的勤奋写生，更使他胸中生浩气，笔下荡云烟。中国的绘画传统往往偏重临摹而不重写生，以至于明清两代形成了相当严重的食古不化之风，石涛正是针对当时的这种风气，发出了"搜尽奇峰打草稿"的呐喊。而对于绘画世家的晚辈来说，临摹长辈的现成作品，从来就是一条成功的捷径。然而，玉明兄宁可放弃捷径，携带着一支画笔，走向旷野，走向山林，走向陌生的城市，走向遥远的异乡。于是，我们看到了他的一次次以写生为主题的画展，他画深圳，画香港，画江南水乡，画蜀江峡影，画荷兰风车，画德国教堂，画突尼斯小镇，画威尼斯水城……写生，既是他“外师造化，中得心源”的积累过程，也是他寻求突破现成的绘画模式，寻找自己的绘画语言的探索过程。我们从他的都市水墨系列中，不但看到了他对传统笔墨的肆意挥洒，更看到了他对现代技法的灵活运用。从玉明兄这一段以写生为主的艺术实践，我们可以清晰地看到一个从深厚传统中走出来的当代画家，是如何吸收现代艺术养料，表现当下生活的。

李可染先生在谈到学习传统的时候，曾有一段名言：“以最大的功力钻进去，以最大的勇气攻出来。钻进去不易，攻出来更难。”对此，玉明兄是深有感悟的。他以造化为师，冲出了传统绘画程式的畛域，开始形成自己独特的绘画语言和表达范式，但这还只是他艺术追求的初级阶段。当年石涛“搜尽奇峰”只是为了“打草稿”，而这个“草稿”并不是他所追求的终极目标，他所追求的终极目标乃是“我自发我之肺腑，揭我之须眉”。同样地，玉明兄的大量写生，也不是他所追求的高远之境的体现。任何一个艺术家，皆以“直追出心中之画”（清代蒋和语）作为表现自我抒发情感的极致。而当玉明兄长期对景写生，模山范水之际，他一定会时时感受到从再现跨越到表现的内心冲动。面前的实景固然可以艺术加工和提炼美化，但毕竟对画家表现心灵的激情难免有所约束、有所羁绊、有所局限，于是，冲破单纯写实的樊篱，走向更加广阔的表现空间，也就成了玉明兄理所当然的艺术抉择。前不久，玉明兄对我说，他近来又转向了，很少再画写生稿了，更多的是画传统题材。我笑称他这是“回归传统”。不过我相信，此时的回归，肯定与他刚出道时的那种对传统的继承性钻研相比，有了质的飞跃。中国画自古就是重表现、擅抒情的艺术，它拥有最顺畅的抒情渠道和最完备的表现手法，玉明兄身入其间，自然会感到心手相应，如鱼得水。在这本画集中，收录了玉明兄的许多新作，无论是宋家绘画的典型题材《江南烟雨》，还是他从大量写生稿中提炼出来的山川秀色；无论是巨幛大画，还是尺幅小品；无论是传统文人所喜欢的“渔樵耕读，临水垂钓”，还是现代都市人喜欢的闹市幽居、田园小景，都是那般清新秀润，令人耳目为之一新。尤其是他对“小泼彩”这一宋家独创的绘画技法的运用，已日臻佳境，达到了相当高的境界，色彩浓艳而不显张扬，笔墨与泼彩骨肉相连而无疏离之感，既继承了唐宋时期青绿山水的优良传统，又融入了西方现代绘画对色彩与光影的研究成果，形成了玉明兄特有的艺术风貌。相比于他前期的水墨写生稿，我更喜欢他近期的这些既有传统神韵又有现代意味的新作。我并不讳言这种偏爱，因为我相信，这对达至玉明兄所追求的高远的艺术境界来说，或许更是一条必由之路呢！

艺术之路从来是漫长而艰辛的，玉明兄的艺术探索和高远追求还远未达到预期的目标，他的艺术跋涉还只是刚刚开始。我作为他的艺友和同道，会始终关注着他跋涉的身影，并默默地为他祝祷，期待着他更辉煌的成功。

是为序。

《倬尔的画》序

画家年方十五岁，姓张，名倬尔。我猜想，他的长辈给他起这样一个名字，就是期望他卓尔不群，有卓越不凡的人生历程。如此看来，他在人生的起步阶段确实达到了长辈们的期许，证据之一就是这本画册。

这本画册是以一大堆各式各样的奖项垫底的，这当中就包括分量很重的中国青少年书法美术大赛的金奖，这使这本出自少年之手的画册显得沉甸甸的。收录在画册中的作品，如同一条蹦蹦跳跳着欢乐前行的小河，真实映现着一个男孩子从八岁到十五岁的眼睛、画笔和心灵。那些稚拙的儿童画，袒露着他的天真童趣；那些写生习作，展现着他的敏悟勤奋；那些构图奇谲的水彩，反映着他丰富的想象力；而那些色彩鲜艳的油画，则标志着他对描绘对象的逐步深入的思考和日渐成熟的技法运用。倬尔似乎天生就对色彩有着超凡的感悟力和大胆的驾驭能力，全凭着一种直觉设色取景，大红大绿，亮黄艳紫，到了他的手里，都可以协调成一个完整和谐的旋律。这一点绝不是一般学画的孩子所能做到的。我想，这很可能与他的音乐世家的背景有着直接的关系。

倬尔本来是个音乐家的苗子，三岁就开始跟身为大提琴演奏家的母亲练琴，他最早获得的奖项也是音乐演奏奖。然而，冥冥中的艺术之神却在他八岁时把他的人生路标稍稍扭了一下，竟把这个音乐苗子移栽到绘画的苗圃里，在那些辛勤园丁的悉心栽培下，这个苗子以超乎寻常的速度茁壮成长起来。与没有音乐背景的孩子相比，他对绘画语言的领悟力显然更为直接顺畅，比如什么是色彩的构成，什么是绘画的韵律，什么是作品的主旋律，什么是抽象的美感……举凡这些很难被十几岁的孩子所理解的艺术要素，到了他那里却显得顺理成章、水到渠成，基本上没有什么理解上的障碍。这一点实在太重要了，在诸多艺术领域中，音乐是最抽象的艺术。而中国绘画则很早就脱离了具象，进而形成了“似与不似之间”的独特艺术传统。在西方，绘画中的抽象元素，在20世纪之后也越来越多地融汇进来，成为现代绘画的主要表现形式之一。我们读倬尔近期的油画，会发现非常明显的抽象意味，这完全不是那种初学者因为造型能力的局限所形成的生涩与笨拙，而是精心设计与认真调配出来的，最典型的就是根据圣桑的交响套曲《动物狂欢节》绘制的组画。由此发端，他开始有意识地“画音乐”，用形象的画面来表现这种最抽象的艺术。我们且不要讲他画得如何，单说这个想法，就很有创意、很有勇气、很张倬尔。

我毫不怀疑他能画得很好，因为音乐与绘画原本就是一对“孪生兄弟”。西方的画家康定斯基早在一百年前就把作曲家勋伯格的和声理论用于绘画，让点、线、面成为色彩的音符，从而使他的绘画成为“色彩交响诗”；东方的画家宗炳则在一千年以前就对着山水画弹琴，“欲令众山皆响”；而美学大师宗白华先生由此提出一个重要的美学命题：“一个充满音乐情趣的宇宙，是中国画家、诗人的艺术境界。”得天独厚的音乐苗子张倬尔，依仗着童年练就的音乐童子功，当他拿起画笔弹奏他的“色彩交响诗”的时候，我相信他的心灵深处一定是五音繁错、弦管悠扬的，旋律化为韵律，色彩化为音画，赤橙黄绿化为天章云锦，少年思无邪的纯真化为可视、可见、可思、可悟的“天籁”。虽说要在画面上完美地表现如此高妙的境界，还需要假以时日，还需要在艺术之路上艰辛探索，或许在长途跋涉中还会遇到很多曲折和坎坷，但是，我们今天毕竟已经看到了一个十五岁少年的这些不凡的习作，我们有什么理由不对他的远大而辉煌的未来报以热望呢？

倬尔，我们期待着你未来的辉煌，路途尚远，你可要做好准备啊！

是为序。

诗化山水，映现诗意人生

——《徐义生画集》序

（一）

跟随徐义生先生“游山玩水”，实在是一种难得的艺术享受。癸未（2003 年）夏末秋初时节，我与他相约于太白山麓，同赴一个餐云饮露的美丽盛宴。那几日，我们朝夕流连于荒山野岭之间，晨起听百鸟啾啾，夜半聆山溪潺潺。每日里，策杖登山，临川涉水，饱览未经雕琢的山林秀色，狂饮郁郁葱葱的绿色琼浆。置身于大自然的怀抱之中，人的身形物影早已被秦岭的大山大水缩微了、吞没了、同化了，人的思维被眼前的景致所牵引、所升华，被无限地拓展了、延伸了。忽然觉得那山山水水、那千林万壑、那急流飞瀑、那野草闲花，其实都与生命息息相通、血脉相连，人与那静默的幽谷、喧闹的小溪、博大的峰峦、肃穆的松涛，以及在山林野径上不期而遇的一切一切，原来都同属于大自然，都是天地化育出来的万物精灵。于是，对那山、那水油然萌生出前所未有的亲近感。从那亘古绵延的苍岩中，读出了亿万年前的信息；从那朝生夕萎的小草中，破译出生命存在的真谛。山水有情，它们似乎早就在这里梳妆打扮着，等待着我们从遥远的地方寻觅而来，前来实践一个生命与生命的约会，前来开始一次灵魂与灵魂的对话……

徐义生先生语气平缓地对我絮语着，就像他登山时平缓的脚步。不过，他的絮语似乎更像是自言自语。我相信，假使他身边没有同行者，他在自己的心里也会如此絮语的。如今，我恰好与他同行，得以成为他的一个听众，这实在是我的幸运。因为，如果不是连续几天聆听他对眼前山水的现场阐释，我是绝对无法感悟到这些“山水哲思”的，我或许只能感知山峰之险、山林之幽、山水之美，但却无法参悟山川之灵性、山岳之神采、山谷之深邃、山巅之浩瀚。我由此而悟到，徐义生先生从来是把无言的山水，当成有声有色、有情有感、能思能想、活灵活现的生命主体来看待的，他把眼中的大自然完全拟人化了，而且是拟成了内在精神异常高尚、外在容貌异常美丽的理想人格。有一次，他指着对面的一座山峰对我说：“你看那座山头多像一位大将军，身披铠甲，马上就要出征了，要是唱秦腔的话，那一定是个大黑头，吼出来的声音一定是气冲霄汉的！”走了没多远，他又指着另一座山峰说：“那个山头活像一位少女，你看那山上的小树和山间的红花白花，还有那几株野花椒，都是她的首饰。她刚刚沐浴了一场山雨，这会儿正是她最漂亮的时候……”

我从没见过一个人爱山水竟然爱得这么真诚、这么深挚、这么痴迷，我由此而知古人所谓的“烟霞痼疾”是何等富于诗意的境界。不错，徐义生先生正是这样一个“烟霞痼疾”的深度患者。他身背画夹，赤着脚板，行走在有名或无名的大山中，年复一年，日复一日，寒来暑往，春秋更替，山风给他脸上刻下条条皱纹，晨露给他笔下注入丝丝新绿。他把无数眼中美景摄入尺幅绢素，那山水美景立时在尺幅绢素中化作了人格化的艺术符号，一旦自然景致被艺术家赋予了自己的情感因子，它们便自然而然地产生出或浓，或淡，或炽热，或委婉，或激越，或悲凉的种种美感，那就是“诗意”了。《文心雕龙·神思篇》所说的“登山则情满于山，观海则意溢于海”，在徐义生先生的艺术行走中得到了最直观和最到位的诠释。他以自己的一双诗眼，捕捉着、吸吮着、吐纳着山林的喜怒哀乐，并把这山林的情感谱写成一首首或绚烂，或淡雅，或浓烈，或哀怨的五彩诗篇。读他的画，就像在聆听画家转述着山林的心曲；而聆听画面上的山林心曲，又如同在观照画家理想中的诗意人生。

徐义生先生原本就是诗人，他以诗人的眼睛观察自然，以诗人的心灵体悟自然，以诗人的笔墨描绘自然，这就使他笔下的山水景致，无论是险峰峻岭，还是寻常巷陌，皆幻化出浓浓的诗意。我把他的山水画称之为“诗化山水”，其道理盖源于此。

（二）

诗画融合本是中国绘画的一个重要艺术传统。苏东坡当年评点王维的作品，首开“画中有诗，诗中有画”的审美先河。他当时或许并未想到，这一审美标准的确立，对于中国画后来的发展具有何等重要的意义。正是由此发端，文人的美学理念开始渗入并且逐渐占据了中国画的主流评价体系，无论是元代倪云林的“逸笔草草”说，还是明代董其昌的“画分南北”说，都是沿着苏东坡所开辟的文人画论一脉相承的。这种审美观念，绵延千载，百川汇聚，如今已经成为中国艺术传统中的一个重要组成部分。在诸多语境下，谈中国画往往就是谈文人画，文人画几乎成了中国画的代名词。

自宋元以后，大量文人开始介入绘画，至明清之际，俨然成为绘画创作的主体。文人的介入给中国画带来了两个最显著的变化：一是书法与绘画的进一步交融，使得笔墨意趣在中国画的创作与欣赏领域，上升为一个不可替代的审美要素；二是绘画中诗意的表现和诗境的营造，逐渐成为每一位中国画家所刻意追求的目标，诗画的融合成为中国画的一个重要标志性符号。

中国画的文人化趋向，使绘画中的诗意内涵得到极大的充实，绘画中的文化色彩也大大加强。更具深远意义的是，还使一代代中国画家开始自觉地远离匠气，抵制俗气，进而使以往低人一等的画师行当，逐渐上升为文人雅事，堪与诗文和书法比肩而立了。然而，单就绘画本身的发展规律而言，这种文人化趋势也带来了一个不容漠视的弊端，即画家的职业化特征逐渐被忽略、被消减，直至被淡化。文人雅士们只要稍懂笔墨，粗通画理，即可堂而皇之地步入绘画的畛域，反正画一些“梅兰竹菊”之属，并不需要多少专业训练，即便“画虎类犬”，也可以顺手抓来“不求形似”的古训来搪塞。至于造型能力的高低，表现技巧的优劣，似乎已经不再成为“画家”这一行当的职业标准。这种风气的蔓延，数百年间，着实为害不浅。这给了那些既非文人又非画家的艺术投机者，打开了一扇出入其间的方便之门，朝学执笔，暮已称“家”，成为中国画坛的奇观。更麻烦的是，它还误导了不少学画之人，以为只要会玩儿几下笔墨技巧，谙熟几种简单物态，就足以驰骋画坛，混上一个画家的头衔儿了。这种积习流传至今，使得中国画家离职业化的标准渐行渐远，以致这个画种常常被误以为是个简单易学、没有什么难度的“文人墨戏”。

回视当今画坛，文人意趣的缺失早已是人所共知的现实，倘若再加上画家职业特征的缺失，则“文人画”的艺术支柱岂不是岌岌可危？更有甚者，在创新、前卫、新潮之类冠冕堂皇的口号遮盖下，中国画几乎变成毫无难度的、如吃饭穿衣一样人人皆可为之的“墨戏”，那中国画将何以堪？面对这样的世风，徐义生先生是极为清醒的，早在二十多年前，众人争相追逐“85 新潮”之际，他却对中国画提出了一个“高难度的要求”。他在那篇题为《中国画必须回到现实生活中来》的文章中写道：“中国画要求以形载神，以神完形；以意度象，以象尽意；以情取物，以物言情。我们不难看出，这里的以意度象，以情取物，一方面肯定了主观随意性和趣味取舍性在艺术创造过程中的积极意义，给创作者和观赏者提供了驰思抒怀的广阔天地，而以神完形、以物言情，同时也给创作者和观赏者本身的文化修养和综合素质提出了高难度的要求。”在当时的世风中，提出这样的真知灼见，不啻是空谷足音。徐义生先生还针对国画界风行一时的所谓“随意性”“即兴表现”等为简单化趋向张目的说法，发表了直率的看法：“国画的所谓随意性是高标准、高境界、高效应的自如挥洒，而不是低智商、无审美价值、无文化内涵的胡涂浑抹。”这些观点，对当时的画坛来说，无疑是振聋发聩的呐喊，虽然当时并不一定为众人所重视、所理解、所接受，但二十年来艺术大势的发展，已经一再证明徐义生先生观点的正确性。今天当我重读这些论点的时候，不禁对徐义生先生的远见卓识肃然起敬了。

尤为难得的是，徐义生的艺术观念并没有单纯停留在论说的层面，他是一个虔诚的艺术实践者。他把自己的艺术观念熔铸在长期坚持不懈的艺术跋涉中，“一只手伸向传统，一只手伸向现实”，这是他的恩师石鲁先生的遗训，也是“长安画派”老一辈画家的座右铭。徐义生先生几十年如一日，躬耕于传统与现实的艺术沃土。他读书破万卷，写诗逾千首，参悟诸子，体察先贤，修炼自己的精神世界，这使他的眼界和心胸愈发开阔，思维愈发深邃，遂使其绘画中的文化浓度日益加深；与此同时，他持之以恒地师法造化，“搜尽奇峰打草稿”，不论世风如何浮躁、社会如何喧嚣，他年年都要背起行囊，踏上野外写生的征程。他画得越来越刻苦、越来越精心、越来越虔诚、越来越精彩，他为山川造像，为大自然传神，其技法已近乎炉火纯青，其境界已近乎出神入化。当其在孤独中跋涉了几十年漫长的路程之后，回眸下望，当年那些热闹一时的“风云人物”，如今安在哉？

翻看着徐义生先生的画集，我的眼前总会浮现出那个赤着脚板，在荒山野岭间踽踽独行的身影。只有亲自步量过祖国的千山万水，忍受过无数孤独与困厄的艺术殉道者，才能画出如此大气磅礴、真情充沛的画作。他的绘画绝对是高难度、高技巧与高境界的鸿篇巨制，断不是那些只会弄几下小技巧的人所可做到的的。他为中国画家们重新回归职业化，做出了一个表率、一个样板与一个典范。

（三）

大约在十多年前吧，我曾为徐义生先生在深圳举行的画展写过一篇短文，文章的内容已然乏善可陈，但是文章的标题却值得重提，因为它恰好概括了徐义生先生一以贯之的精神追求，那就是“志在顶峰”。

是的，徐义生先生把自己的艺术标准定得很高，那是因为他的师承和阅历、眼界和胸怀、学识和才具，都已具备了“志在顶峰”的条件。他自 17 岁入石鲁工作室学艺，随后被引荐给何海霞研习山水 17 年，当他 35 岁时，又投考到李可染门下攻读研究生。学艺四十载，入室三大师，如此高起点的师承关系，使他得以登高望远，逸兴遄飞，精骛八极，视通万里。无论世事如何浮躁，画坛如何喧嚣，他都有足够的定力，使自己沉静下来，任他潮涨潮落，我自气定神闲。很多艺术界同行惊异于徐义生先生的韧性和毅力，惊异于他何以能够摆脱名缰利锁，在商海沉浮之中，二十年心静似水，自守着一块艺术净土，只问耕耘，不问收获。其实，只须读一读他的自述，就不难领悟他深隐于内心的那份虔诚与那份沉重。他写道：“当初信誓天日的时候，也许感动过上帝，冥冥之中，我竟然在人生的林莽中，碰见了伟大的石鲁、何海霞和李可染。今天，我很想坐在石头上歇一歇，当我回头看的时候，三位长者的音容笑貌又一次浮现在云霓之中。我在他们面前曾经陈述过心愿，甚至夸过海口，几十年来，我也似乎看出了他们的堂奥，因此，我终于明白了自己是个庸才。……我已不在乎天地间的风起云涌，我只为仍然保留着一点做人的忠诚而感到平衡。”这段话出自徐义生先生为自己最重要的一本画集所写的自序，他在向他的三位老师诉说，他也在向自己诉说。我们从他的诉说中读到了什么？读到了一个艺术虔徒对三座高峰的承诺，读到了一个登山者在暮色苍茫中，自知路途尚远而鶗鴂未鸣之时的自警自励，读到了一个真诚的艺术家对一个既定的高远目标，矢志不渝的追求与万难不辞的信念……

我为徐义生先生的诉说而感动，也为他对恩师、对理想、对人生信念的忠诚而感动。正因为在他的心目中，有着三座永恒的高峰，有着如此高远的艺术追求，他才能够真正耐得住寂寞、经得起喧嚣，他才能够日夜兼程、风雨无阻地向顶峰攀登。

如果说，他的师承关系，给他树立起当代艺术的高起点和高坐标的话，那么，在对艺术传统的继承方面，徐义生先生同样是取法乎上，直追宋元。世人咸知，中国山水画的巅峰期在宋元，然而，真正肯下功夫从宋元取法者，当今之世，又有几人？

徐义生先生对李成、范宽等先贤，永远怀着圣徒对神灵般的崇拜。我在他的家中，曾亲见过他的这种崇拜情结。那次，他要为我展看一幅刚刚购回的台北故宫博物院所藏李成《晴峦萧寺图》的二玄社精印复制品。原本以为像平时那样拿在手里打开看看就行了，谁知徐义生先生不肯如此草率，他说李成的东西一定要高挂起来观赏才行。看着他小心翼翼地把画挂在画室正中，以为如此观赏也便是了，谁知他还是不肯将就，他说看这幅画一定要有宋代诗词的音乐伴奏才行。他躬着身子，翻找出一盒纳西古乐的磁带，快速翻找到那首流传千载的古曲《浪淘沙》，神情凝重地揿下音响按钮，随着典雅悠扬的乐音在画室中飘荡起来，他才把目光徐徐转向那墙上的古画，他凝望着给我解说着，说李成的这幅作品，应该是家境从皇家贵胄衰落以后画成的，画面上那种雍容华贵的气象，只不过是画家对往昔生活的回忆，而这种大家气派恰恰是李成所特有的风格，芜杂的市井气是无法比拟的……

徐义生先生与范宽是同乡，而在精神上，他更是把这位八百年前的同乡认作同道。画史上说范宽“画山水师荆浩而法李成，山顶好作密林，水际作突兀大石。既而叹曰：‘与其师人，不若师诸造化。’乃卜居终南太华，遍观奇胜。落笔雄伟老硬，不取繁饰，写山真骨，亦自成一家”。徐义生先生常常以范宽的例子来教育他的学生，他对跟随他进山写生的研究生们说：“你们常说范中立的《溪山行旅图》怎么好怎么好，那是人家在终南太华住了几十年才画得出来的。咱们现代人生活那么繁乱，心情那么浮躁，画一张画，三涂两抹，急着拿去卖钱，哪里能理解范仲立的境界呢？所以，我带你们进山来，不光是画画，更是来接近古代大师的气息。”

难怪徐义生先生老是要往深山老林里钻，老是进了山就不肯出来，原来他是在接近“范宽们”的气息，他是在体悟董其昌所谓“云烟供养”的真谛！

理解了这一点，你才能真正理解何谓徐义生的“志在顶峰”；理解了这一点，你才会真正明白他何以总是在他的老师面前自叹庸凡、在古代大师面前虔诚悟道；也只有理解了这一点，你才能从他那一丝不苟、气宇轩昂的大山大水画中，读出中华大地的山魂水魄，读懂什么叫做“气壮山河”。是的，长年的山林写生给了他充沛的元气，深厚的传统文化修养给了他充足的底气，再加上他仰望高峰与拾级而上的志气，终于成就了他画面上的盎然生气、浓郁文气与磅礴大气，这是浩莽的大自然与浩瀚的中华文化恩赐给他的终生享用不尽的大财富。

（四）

徐义生先生在踽踽独行，赤着脚板，背着画夹，步履匆匆，无暇他顾。他已经在这条山野小径上行走了几十年，他还将在这条孤独的道路上继续行走下去。因为他知道目标尚远，因为他“毕竟意识到了时间的威力”。他在埋头登山时，从来是躬身力行的，他向大山躬身，他向大师躬身，然而他从来没有匍匐在地止步不前的念头，他在躬身的同时，也正在一步步地走向超越。

当一个人虔诚地躬下自己的腰身时，他其实正在逐步接近着“超凡入圣”的境界。忘记了这是哪位先哲说过的名言，但我以为转赠给徐义生先生特别合适。

谨为序。

2003 年 8 月 30 日于深圳寄荃斋

真山真水真性情

——《胡云生画集》序

胡云生往你眼前一站，多半会让你对其产生认知错位。我曾跟云生兄开玩笑，说他是“粗人干细活儿，武人干文活儿，俗人干雅活儿，笨人干巧活儿”。要是换了其他的“文人雅士”，听了这话准会不高兴，可云生兄听罢却哈哈大笑说：“嗨，你别说，这几句话说的，像我！”

真正的雅人从不以雅自居，成天端着个文人架子的，也未必是真正的文人。云生兄总爱自称粗人，但是，这个粗人作画的时候，却是心比针细，一丝不苟；他还老爱自称俗人，可是进到他的画室，看看他的家具陈设，墙上挂的，桌上摆的，你自会判断出主人的格调和品位；云生兄的外表是一副憨憨厚厚、大大咧咧的样子，总爱把“咱不聪明，咱很笨”挂在嘴边。可是，“笨鸟先飞”的道理他比谁都悟得透。据说早年在中国画研究院求学时，他是班长，每天都比别人早到教室，还早早去接授课的先生们，在旁人看来这是件辛苦活儿，可是二十多年后他对我说：“多亏了那些年揽上接送老先生的活儿，我才多吃了很多‘偏饭’，从李可染、何海霞、梁树年等前辈大师那里，学了很多课堂上学不到的东西。”你看，他这个“笨鸟”有多聪明啊！

胡云生是半路出家改学绘画的，他本来是个极有天赋的手风琴演奏家。这个原本靠听觉出道的艺术家，后来却迷上了视觉艺术，情愿废掉已开发多年的耳朵的功能，转而开发眼睛。当然，灵巧的双手不论玩琴键还是玩毛笔，都是最要紧的。胡云生以超常的执着和超常的痴迷，把眼中所见的美景，通过指尖对毛笔的操控，活化在宣纸之上。这套功夫，他练了三十年，直到今天，还自以为没练到家。我曾亲眼见识过他的勤奋。癸未夏末，我随徐义生教授到太白山石沟写生，胡云生是随行的十几位学生中年龄最大的，准确地说，他的角色应该是徐教授的助教。每天上山写生时，出发最早、回来最晚、收获最丰的，一定是他。我曾看着他蹲坐在一处山崖上，全神贯注地描摹山景，炎炎赤日晒得人汗流浃背，还不断有蚊虫飞来袭扰，可云生兄却光着膀子，旁若无人地画着，汗水顺着手臂流到毛笔尖上，他笑称“这倒省得蘸墨了”。望着他的身影，我不禁想到了《庄子·田子方》中写到的那位“解衣盘礴”的真画者！

可巧，后来读云生兄的写生画稿，发现了一段记录此次石沟写生经历的题跋，所不同的是，他说的是写生遇雨：“癸未年仲夏，来石沟写生，午后正画时，突然天气大变，一时间，狂风大作，暴雨降临，无奈卷画狼狈逃窜。画未作完，留下石沟空白无水。”读至此猛然记起，当时确有一日突遇暴雨，大家匆忙夺路下山，到了山下才发现不见云生踪影，徐教授断定他是没画完不肯下山。如今读到这段自述，果然如此。

无数个霜晨夜雨，无数次大汗淋漓，无数张半截画稿，无数条山路崎岖……云生兄对山川灵性的体悟日渐其深，对笔情墨趣的把握日渐其熟，对自然万物的情感日渐其纯，他的画笔渐渐打通了内外两极：“外师造化，中得心源。”千百年的绘画传统与我心手相应，大自然的山川万物与我身心相融。于是，他的画越来越有根底，越来越有看头，越来越有旁人所缺乏的真情实感。或许你可以说，胡云生的技巧还有不足之处，构图也不免粗疏，“时见缺落”，但是，你不能怀疑他在面对大山时的那种坦诚、那种真诚、那种虔诚。徐义生教授说他“见过大世面”，那是说他既沾受过大师们的雨露阳光，也鲸吸过大山们的玉液琼浆。只不过，他的实在和厚道，使他不屑于以“机巧之心”去经营、去炒作，或去谋取炫人耳目的头衔和光环，更不肯让画笔脱离山川本色去追逐光怪陆离的新潮以哗众取宠。他自称“粗人”，其实质是要与那些所谓的“细人”划清界限；而其自视笨拙与粗俗，背后却昭示着一种不肯与那些善于钻营的“机巧之徒”同流合污的另类清高。然而，他对传统、对前辈、对大自然，却永远是匍匐在地、顶礼膜拜。我在他的画室，见到过他对前辈大师们那种类似宗教崇拜一般的神圣感和敬慕感，令人闻之起敬、见之动容。由此，我悟到了云生兄内心的高远之境。

云生兄的绘画事业正处于攀登途中，方之于上山写生，正是“美景初现”时，却也是“登山吃力”时。峰巅在望，前路更难，唯有心无旁骛，殚精竭虑，毕力凭险，方能登上绝顶，饱览那“无限风光”，并将那天下奇景，一一收入画囊。

云生兄，你大胆地朝前走，朝前走，莫回头！

是为序。

2010 年 8 月 23 日于深圳寄荃斋

真诚

——李志强其人其画

（一）

那一回，李志强跑到西双版纳去写生，去时兴高采烈，回来后却对我说："不行，没找到感觉，一张画也没画成！"

过些天，他因公去大西北。本来没打算画画，回来时却兴高采烈，对我说："嘿，这回找着感觉了，画了一大批画！"

我笑道："你果真是黄土地的子孙！"

旧时曾有一联语云："骏马秋风冀北，杏花春雨江南。"表面上写的是大江南北的不同景致，实质上却揭示了中国文化的同源异流。体现在美学观念上，前者尚阳刚，后者重阴柔；前者多壮美，后者多柔美；前者如烈酒，后者若清茶。李志强生于冀北幽燕之地，长于海河之滨。中国北方淳厚粗豪的民风浸染着他，黄河文明的营养也早已不知不觉地渗入了他的血脉和骨髓，因此，他似乎同黄河以北的黄土大漠有着与生俱来的亲情，对这方水土所孕育的阳刚之美、粗犷之美、野性之美，则更是一拍即合、一见钟情、一往情深。江南的丽山秀水、玉女金童、杏花春雨固然可以成为许多画家百画不厌的题材，但却无法激发李志强的创作灵感。他固执地抵制纤细柔弱，抵制妩媚甜俗，甚至抵制亭亭玉立、婀娜多姿。他爱画人体，他把人体视为大自然最杰出、最无与伦比的创造。然而，他却执拗地不肯把瘦弱、纤细、病态的曲线和搔首弄姿赋予他的人物。尽管，贾宝玉早就讲过"女人都是水做的"；尽管，水和女人都是自古公认的阴柔之美的极致，但是她们到了李志强笔下，却像被灌入了无穷的生命力，那么强壮、那么丰满、那么“足绷”，肌肉中仿佛蕴藏着内在的张力。再加上那粗犷的线条，奔放的笔触、大面积纵横涂抹的色块，都使画面中的女性充溢着北方所特有的骨气、豪力与丈夫气。即使是以傣族妇女为母题所创作的西双版纳系列油画，他也无例外地注入了某种粗犷的阳刚之气，使素以柔媚似水著称的傣家女子，也平添了几分壮美的因子。而这恰恰是李志强心目中的理想之美。

他天性喜爱那莽莽荒原和猎猎秋风；喜爱那力的狂飙与情的狂热；喜爱那纯朴的黄土地和与黄土一般纯朴的男人和女人。他为他们造像，为他们传神，为他们勾勒未加修饰的线条，铺洒未经调和的颜料。他想画出他们的本色、原色与特色，他想追出他们的神情、神韵与神髓。然而不论他怎样去画、去追，最终留在画上的主人公却只有一个，那就是画家自己。

画如其人，李志强的画质朴得出奇，那是因为他本人出奇的质朴；李志强的画色彩反差极大，黑白红黄蓝，泾渭分明，绝少中间色，那是因为他本人色彩反差极大，喜怒哀乐皆形之于色，从来不掩饰；李志强的画总是透着一种纯真的稚拙感，仿佛一个孩子洞开的心窗，那是因为他本人至今依然保持着孩子般的天真，虽然在他的眸子里并不缺少机敏，甚至狡黠，然而每当他调皮地向你挤挤眼睛时，你却分明看到了一泓清澈见底的心泉。

李志强爱画公牛，那是雄强和伟力的象征，在《大地》《女人、孩子和牛》《太阳出来喜洋洋》中都有。然而他笔下的公牛虽然彪悍，虽然健壮，但又何等温顺、何等憨厚，充满了脉脉温情。难怪他常说：“这些公牛全都像我！”

（二）

李志强 1982 年毕业于天津美院国画系。可是在此后的艺术履历中，他却留下了很长一段时间的空白，就像是乐曲中出现了不应有的休止符。

1984 年，年方 29 岁的李志强被任命为久负盛名的杨柳青画社社长，随后又兼任了总编辑。他在领导岗位上一干就是六七年，培养了敏锐的思维、果断的决策力和严谨全面的分析能力。但是，繁重的行政工作也迫使他放下了画笔，天长日久，人们几乎忘记了他会画画，只知道他是一位精明干练的领导。他自己也不得不压抑着不时涌动的创作激情，把全部精力投入画社的事业。

如果不是一个偶然的契机，强烈地触动了他的心弦，或许，他会轻车熟路地干一辈子行政管理，从此不再作画。然而，值得庆幸的是，命运之神刚好在一个关键的十字路口，给他安排了一次不大不小的屈辱，结果倒促使他浴火重生。那是全国某协会的一次年会，李志强以画社社长的身份应邀赴会，但在会议开幕前的一瞬间，一位工作人员看完他递上的入会表格，竟毫不客气地说："我们这是画家的协会，你是行政官员，又不是画家，怎么能参加？"李志强一时语塞。他没作任何解释，悄然离开了会场。他漫无目的地在街上游荡，心中填满了无以言状的屈辱和郁闷。尽管在他缺席的情况下，与会代表们仍把他选为理事，但这却丝毫不能补偿他内心所受到的重创。回到家里，他铁青着脸对妻子说："从今天起，我要画画了！"

像火山喷发，像熔岩奔流，压抑得愈久，爆发力愈大。他像一头被囚禁多年的蛮牛，一旦挣脱羁绊，便拼命狂奔。他画得好苦，没有人算得出他熬过多少不眠之夜，没有人知道为了挤出一点作画的时间，他要费几番运筹，计几多分秒。人们只看见他上下班的自行车上，从此多了一个驮带画框的支架；只看见他的画作越来越多地出现在各类展厅里、画刊上；只看见他为了开拓新的艺术天地，风雨无阻地出入母校，在职进修了三年的油画；只看见他在画社的管理和决策上，视野更加开阔，目光更加锐利，更加胸有成竹，如虎添翼……

渐渐地，人们的眼光变了，不再只把他看作一个行政领导，一个“官儿”。他终于以加倍的心血和汗水，以惊人的牛劲和韧劲，重新迈上了他几年来魂牵梦绕的艺术之路。

（三）

李志强的艺术之足，第一步便迈向了黄土，迈向了民间，迈向了西风古道，迈向了滚滚黄沙。

十多年前，当他还是一个年轻艺徒时，他就被山西芮城那片黄土高坡上的永乐宫壁画迷住了。在那黑洞洞的大殿里，他虔诚面壁，笔追神摹，那一根根飞动的线条，那一缕缕飘拂的须发，令他叹服，令他沉醉，令他寝食俱废，令他物我两忘。正是永乐宫壁画，使他参悟了中国传统绘画“骨法用笔”的精义，并练就了过硬的线条功夫，而更重要的是，将他最早带入了黄河文化的艺术氛围，使他对华夏艺术中所蕴藏的雄强之美、雄壮之美、雄浑之美，有了最初的认知和崇拜，这就如同一粒艺术的种子，一落地便把根须扎在了民族与民间的黄土垄上。

比永乐宫更向西去的敦煌，是李志强心目中的另一个艺术圣地。十年前他闯进大漠，在鸣沙山下一住就是一个多月。在这里，他沐浴着中华先民从远古传递而来的美的灵光，他体味着那熔铸于绚烂色彩与奇谲造型之中美的真谛。他曾经蜷曲于狭仅容身的洞窟，借助微弱的光线摹画壁上的飞天；他曾经冒着危险攀上几十米高的峭壁，钻进人迹罕至的小洞，去寻觅那被人们遗落的艺术奇葩；他曾经病饿交加，“弹尽粮绝”，以至情急之下，打电报向初交的女友求助“几张宣纸，几管颜料”……这些往事，他很少对人提起。然而，当众人看到他那一卷卷精心摹绘的敦煌彩图时，顿时明白了：原来李志强在搁笔多年之后能如此迅速地重新崛起，并不是偶然的！

李志强像渴鹰饿虎般地从滚滚黄河、漫漫黄沙、厚厚黄土中，吸吮着中华民族的传统艺术的养分，并由此构筑起自己的美学观念。他不媚俗，不邀宠，不怕被别人讥笑为土、为丑、为憨、为笨，他将拙朴自然视为更高层面的美，为了追求这种美，他拒绝雕饰、拒绝浮华、拒绝细腻、拒绝纤巧，他宁可粗糙、宁可稚拙、宁可生涩甚至丑陋。而这却恰好使他的艺术别开生面，迥异于人。他的某些画作已经初露大朴而近大雅的端倪。

与这种美学观念一脉相承，他还特别喜爱民间艺术。除了他所专擅的民间年画，举凡各地民间流行的剪纸、泥塑、编织、刺绣、木雕、砖刻乃至民间玩具、民间泥模，只要沾上“民间”二字，他都爱不释手，在他的多幅工笔重彩画中，若《夫妻逗趣》《兰花花》《看秧歌》《茉莉花》，无不深深地打下了民间艺术影响的烙印。

同样基于这种审美观念，当他把艺术触角从国画伸向油画，从东方伸向西方时，他自然而然地与西方那些具有东方气质和原始风格的绘画大师们，隔代相知，意合神侔。他偏爱塞尚的稚拙感与质量感，偏爱凡·高的狂热和暴烈，偏爱高更的野性和原始的风格，偏爱马蒂斯东方式的线描和平涂的色调，偏爱蒙克的直觉表现和梦幻般的怪诞……总之，他完全是借这些大师的酒杯，浇自家胸中的块垒。他生就一副强健的脾胃，贪婪地吞食着一切有用的东西，甭管是东方的还是西方的、古代的还是现代的、粗俗的还是高雅的、易于接受的还是难以消化的，统统先吃下去再说。尽管难免咀嚼不烂而消化不良，但毕竟总有一部分营养会溶于他的血液。于是，在他的作品中，便幻化出缤纷五色、别样风神；国画中时见油画笔法，如《雨不洒花花不红》，便颇有马蒂斯的风味；而油画中又不时糅进国画的韵致，如《戏剧人物》，俨然就是写意国画的变种；《阅读》一作显见借用了敦煌壁画的某些表现手法；而同题材的《读书女》，则分明是塞尚"圆柱体"理论的活用……

李志强像一株正值生长旺盛期的树木，其根系牢牢扎在民族与民间艺术的沃土，其枝杈却在竭力伸展着，承接着现代艺术的阳光雨露。如今，他把自己结出的第一批果实，采入了这本画册。它们有的已经成熟，形色俱佳，其甘如饴；有的芬芳初溢，尤带青涩，尚须假以时日；也有少数果实显然尚未成熟。但是我坚信，这些果实经过汰选和优育，一定会成为品质卓越的良种，并再生出更加优异的新品。这是因为，李志强毕竟还很年轻，其生命力和创造力还远未达到高峰，他的真正丰收季节，还在那可以预期的未来！

（四）

一日，我翻看李志强的画照，向他发问："你生在城市，长在城市，为什么不画画都市生活？"

他略一思忖，答曰："城市是人造的，而原野却是大自然造的。我喜欢大自然！"

我又问："那么你画人体，为什么偏要把他们搬到野外？"

他答曰："在城里，人与人交往，容易变得虚伪圆滑；在野外，人与大自然交往，容易变得纯洁、真诚。我喜欢真诚！"

我无言，转而去看他的画。那幅画的题目叫做《圣洁》。

朴实无华的大地，朴实无华的树林，朴实无华的山川，朴实无华的江河，与那朴实无华的人物融合在一起，构成了大自然与人的亲密无间，揭示着人与大自然的深厚恋情。这是人类永恒的爱，这是大自然永恒的爱。在这天地之间，最真挚、最纯净的爱河中，我们同那画中的痴情母女一起，躬下腰身，投入河水，虔诚地接受大自然的“洗礼”。于是，我们获得了心灵的慰藉，如同经历了一次“醍醐灌顶”，涤荡了灵与肉的污秽，从而懂得了何谓“圣洁”……

我由此顿悟，为什么李志强如此偏爱这幅黄色调的画作，以至执意要把它印在画册的封面。

李志强作画从不复制什么理论，他任凭着自己的直觉，以画笔倾诉自己的心声。每当他赤裸着身躯，把自己反锁在画室里，面对着一张皓如白雪的宣纸或者画布时，他就如同面对永恒的自然。心灵完全挣脱了尘俗的羁绊，如此空灵、如此宁静、如此纯洁、如此赤诚，手中的画笔好像化为琴师的十指，而色彩、线条、物象则如流动的音符；或忧伤，或愤怒，或欢快，或激昂，一时间全都冲决了理智的闸门，奔涌着，咆哮着，铺洒到画面上。此时此刻，什么技法、规范、具象、抽象，统统退避三舍。他只须遵从生命的呼唤，冯虚御风，吐纳八荒，听任心中的勃郁、孤愤、哀怨、欣喜、七情六欲一股脑地宣泄而出。这是真正的天马行空，直抒胸臆。在这样的境界中完成一幅画作，真好似奏响一曲生命的乐章。李志强每每沉浸在这样的境地而乐不思蜀、陶然忘归。只有这时他才真正地感到绘画对他来说，与其说是一种使命与一种事业，毋宁说是一种生命的本能。

国画大师李可染先生曾有名言曰：“把本领变成本能。”斯言至矣！一个画家，只有当其完全抛弃掉一切功利的欲求，只是本能地抒写心灵与大自然相贯通、相交融、相撞击所产生的真实感受时，他才能真正做到“精骛八极，心游万仞”“心无挂碍，得大自在”；他才有可能自发肺腑，自鸣天籁，与大自然“神遇而迹化”。李志强所追求的正是这样一种高超、高妙、高远之境。我相信他会成功，因为在他的画作中，我分明已看到了他对艺术对人生的这种真诚！

1992 年 8 月 28 日于津门寄荃斋

大自然的赤子与艺术的虔徒

——林鸣岗其人其画

（一）

林鸣岗先生寄来了他在香港大会堂举办展览的请柬。他在附信中说，这次展出的主要是他从巴黎回到香港之后的新作，他还给我寄来了一些展品的照片，他希望我能去香港看看原作。

上一次去香港看他的画展是在 2005 年的春天，展馆是在香港大学，当时林鸣岗刚从巴黎回港，展出的作品以他笔下的巴黎风光为主。我看过之后很有感触，当即在画展的留言簿上写下了这样一段感言——

你从东方走向西方，带着炎黄的血液；你从西方回到东方，带着欧洲的气息。你在西方的艺术形式中，融入了东方的韵致；你以东方人的笔触，描绘出西方的美景。你是一个美的信使，往来于东西方的天宇，抒发着一个东方艺术家的情怀；你是一个诗人，你的诗人气质不假语言，只凭色彩和笔触，泼洒在美的画布上。读你的画，如同读着隽永的诗章，亦同聆听优雅的钢琴曲。徜徉于展厅，心境澄明，的确是一种美的享受。

一晃，三年过去了。林鸣岗在这短短的三年中，在香港山水间寻找着、发现着、描摹着，把香港（特别是靠近深圳的新界一带）那些不为人知的山野小景一一收入画幅。更重要的是，他在这三年中，四处奔走，到处写生，他的故乡福建留下了他寻根的足迹；西藏的昊天广漠记住了这个来自远方的艺术浪子；北京与巴黎纬度相近，那里的山山水水无不映衬着东西方的景色各异；还有那雄奇苍郁的太行山脉，令林鸣岗双目为之惊艳、双手为之疾驰、心灵为之震撼，那种北方山水特有的壮美和大气，让林鸣岗看到了中国传统绘画中回荡千年而不衰的那种民族魂魄。他曾对我描述过身处太行山时的真切感受，说那里的每一块石头都好像有生命，山岳林木都像是北方大汉那么有棱有角，充满了血性，那是他在西欧的起伏丘陵和故乡的灵山秀水中从未发现过的阳刚之美。他把从山里带回来的写生画稿拿给我看，眉宇之间闪现着只有对大自然无比痴迷的艺术家才会有的那种兴奋和满足。

是的，林鸣岗就是这样的艺术家，他对大自然具有一种孩童般单纯的热爱，一花一草，一石一木，强光暗影，溪水流云，大自然的一切微小的变幻，都能引发他内心的感动。他的内心是敏感的，目光是敏锐的，画笔是敏捷的，那些美妙的景致一旦被他锁定，他就会把全副身心都倾注进去，不仅要描绘出景物表面之美，更要探究那背后的光之韵律、石之纹理、气之虚实。在他画室的后窗外，有一座小山，山脚下有一条小径，还有一条潺湲的小溪。他时常临窗而望，观察那山与那水的细微变化。他跟我说，他经常从那小径登山，其实那小径可以走很深很远，有不少令人意外的发现。有一次，他专注于描绘一处山脚，天色渐渐昏暗了，只有那一线山脚被阳光斜射，简直美不可言。那天他写生太忘情了，返回时只带着自己的画夹，竟把书包遗忘在山野，下山之后才发现，此时已天黑如墨，无法行路了。他只好第二天清晨再上山寻找，竟发现书包就在作画的原处，而环顾四望，却发现眼前的景色已焕然一新，他心中大喜，立即开始了新的创作。对身边的寻常景色尚且如此醉心，更何况置身于太行山那样的大山大水面前了。他对我描述那些崇山峻岭带给他的视觉感受时，用上了“惊心动魄”这个词眼。我想，林鸣岗对大自然的这种单纯之爱，大概就是王国维先生在《人间词话》中最为看重的那种“赤子之心”吧！

在这次的展品中，我们看到多幅描绘北方景色的油画作品，如《太行山之晨》《七棵杨树》《凤凰岭夕照》《凤凰岭小路》《凤凰岭暮色》，等等。我尤其喜欢他的那几幅雪景，如《大雪纷纷》和《四只乌鸦》。我觉得，林鸣岗笔下的北方景色，其实已经融入了他作为南方人精致细腻的审美情趣与欧洲油画对色彩极为精确的把握。这样，他所表现出的北方风景也被打上了浓重的林氏烙印，这是一个有风格的画家最值得珍视的艺术特色。

（二）

林鸣岗是一个对艺术非常执着的画家，有一位旅居西方的画评家说他“对绘画有种强烈的宗教感”，这实在是知人之论。

林鸣岗是在1990年放弃香港的安稳生活，跑到巴黎国立高等美术学院去做一个艺术虔徒的。在此之前，他已在香港举办过个展，并且参加过众多国内和国际大展。如果不是怀着强烈的艺术理想，谁会放弃已经获得的一切而从零开始呢？在巴黎求学期间，他接受了最严格的素描和油画训练，看看他已出版的素描集，就不难想象他在基本功方面付出的辛劳。除了课堂学习之外，他把全部课余时间都泡在罗浮宫里，他怀着朝圣一般的心情，经年累月地临摹西方大师们的杰作。每天早晨怀揣着一块面包和一瓶水进入那艺术的圣殿，一直画到灯昏夜暗，直到闭馆的钟声响起。于是，我们今天才能看到他临摹得足以乱真的那些名画：法国画家大卫的《舍利吉雅夫人和她的儿子》、荷兰画家勃吕格汉的《二重唱》以及伦勃朗的《拔示巴浴女》……

林鸣岗说，临摹这些名画的过程，绝不仅仅是对大师作品的简单复制，而是一次由表及里探索大师作画过程和破译大师所用颜料构成的绝好机会。油画的核心是色彩，而大师对颜料的独特处理方法则是形成一幅画面的色彩语言的关键。油画的色彩又不是一次完成的，需要层层叠加，底层的色彩与表层的色彩互为映衬，才能形成最终的画面效果。这些关节点绝对是课堂上和教科书里找不到的，只有直接地对着原画反复揣摩并深入体悟，才能逐渐接近大师艺术之堂奥。林鸣岗对此感触极深，他的作品直接从欧洲油画传统的核心部位取法，其用功之刻苦、观察之细腻、研习之精深，恐怕在众多留学巴黎的艺术学子中也是罕见的。用他自己的话说，在大师面前就是要潜心学艺，绝不偷懒，绝不耍滑，绝不走捷径，绝不玩小聪明。如此虔诚的心态，确实近乎宗教情感了。倘以这样的心态去追求艺术，那么无论多么高远的目标，最终都将实现！

林鸣岗在罗浮宫里临摹名画整整一年。这是一段开眼界、长本事的难忘经历。然而，他的艺术趣味似乎更偏向于罗浮宫对面的那座艺术殿堂，也就是由巴黎旧火车站改造而成的奥赛博物馆。奥赛博物馆以收藏和展示 19 世纪以后的艺术品而闻名于世。在这里，林鸣岗被 19 世纪中晚期风靡世界的法国印象派绘画深深打动了。这种既突破了古典油画的写实传统，增加了某些率性和变形的成分，又不失对景写生的准确性和光影造型的节奏感的绘画风格，使林鸣岗为之着迷，在他眼里，印象派绘画简直就是一首首色彩抒情诗，恰好与他早年濡染过的中国画所强调的“要在似与不似之间”的审美趣味，可谓一拍即合了。

林鸣岗一旦认定巴黎是孕育印象派大师的一片沃土，他就要化为一粒种子，种在这里，并深深地扎根。他从艺术宫殿走出来，迈向了印象派大师的那些名作孕育诞生的地方。他依然以一种朝圣的心态，老老实实地沿着莫奈、毕沙罗、西斯莱以及塞尚、凡·高等大师的足迹，在巴黎郊外寻觅着他们写过生、作过画的原址，追摹他们对色彩的感悟和对画面的处理。他不光要探究他们作品的效果，还要探究之所以会出现这种效果的背景。他画得很苦，思考得也很苦，他常常把大师们的名画层层分解，尽精刻微，以揣摩他们的用色和笔法；他还常常仿照大师们的做法，在一个特定景点上反复描画，就像莫奈一再描绘鲁昂大教堂和他家花园里的荷塘一样，以观察四季光线的变化与景物色调的构成关系。他有一组油画是表现塞纳河景色的，从清晨到黄昏，从春夏到秋冬，他画了很多幅，每一幅都有一种特殊的色调；他还有一组油画专门描绘一座欧式楼房的四季景致，春天的清新昂扬，夏季的生机勃发，秋季的红叶斑斓，冬季的萧杀阴郁，真好似作曲家谱写的四季组曲，让人在悦目悦耳之余，更有一份悦心的功效。

我曾说，林鸣岗是绘画方面的“苦吟派诗人”，一步一推敲，一步一摸索，由此，他才一步步接近了印象派绘画的精髓。在我看来，在当代画坛，若论以印象派油画为主攻方向的诸多东方画家，恐无出其右者！

（三）

林鸣岗赴巴黎学画的年代，正值西方现代派思潮甚嚣尘上之际，大家都巴不得一个花样就一夜成名，而他却如苦行僧一样，在被西方新潮派视为落伍的印象派艺术小径上踽踽独行。这种专注，这种执着，这种视艺术为生命的赤诚，每每令我深受感动。由此，我知道他的每一幅作品都凝结着超量的心血，他是一个“以难得为可贵”的画家，却偏偏不懂“以尽量小的投入来换取利润的最大化”这一市场经济的铁律。有个最简单的例子正好可以说明他的性格。林鸣岗作画从来是用最好的颜料，连调和颜料的松节油都要用进口的，即使他一时手头并不宽裕也绝不将就。于是，有些聪明人就告诉他，如果画的是已被订购的作品，完全可以降格以对，使用一些便宜颜料，不是可以降低一些成本吗？况且外行根本看不出来呀！林鸣岗对这些所谓“好意规劝”从来是嗤之以鼻。在他看来，艺术是来不得半点虚伪的，画家的本分就是画出最好的作品，为此不惜调动一切可以调动的手段。艺术作品怎么能像工厂流水线一样批量生产？更无法想象在艺术品的创作过程中锱铢必较。

林鸣岗对当今时髦的自我营销法则的漠视和无知，愈发使我感受到一个真正艺术家的纯粹和真诚。他的执着近乎偏执，他的痴迷近乎自我陶醉。然而艺术界的现实却常常令人心理失衡。当他目睹那些海内外的所谓“艺术玩家”打着现代派的幌子，变着花样标新立异，炫人眼目，花言巧语，骗人钱财的时候，他的愤懑溢于言表。我曾读到过他的几篇抨击这类艺术骗子的文章，那真是论点鲜明，论据充分，纵横捭阖，雄辩滔滔。我猜想，那些标榜“玩艺术”的人士，一定会不习惯甚至不喜欢他的这种执着和痴迷。然而，纵观古今中外艺术史，不正是这种难得的偏执、痴迷与自我陶醉，成为无数艺术家的成功要诀和艺术天性吗？这不禁使我想起了徐悲鸿先生的一副自况联语：上联为“独持偏见”，下联为“一意孤行”。将这副对联挂到林鸣岗的画室里，不亦宜乎！

只有真诚的艺术家，才能在作品中倾注其真诚的情感。林鸣岗画如其人，他对大自然的满腔赤诚和对艺术的无比虔诚，都在他的画里。你要识其人，最好去看他的画！

2008 年 11 月 23 日

《庄锡龙漫画》序

庄锡龙是个多才多艺的艺术家。这么说，是因为他除了漫画之外，还有许多才艺不为世人所知。譬如，我曾在一次新闻界的晚会上，欣赏过他即兴表演的口技，那真是惟妙惟肖、艺惊四座；我还经常在朋友聚会的饭桌上，听他忽而广东话，忽而四川话，忽而上海话，忽而天津话，甭管饭桌上的客人来自何方，他几乎是无所不能地可以用你熟悉的家乡方言，跟你谈天说地，海聊半天。这样的本事，时常令客人们毫不犹豫地把他认作老乡，而他却总是不动声色地告诉你：他是正宗的广东潮州人，让所有在座的客人都大跌眼镜。我曾跟庄锡龙讲，就凭他这超强的模仿能力，不学相声，实在可惜。不过转念一想，如果庄锡龙真学了相声，固然中国的演艺圈里可能会多个笑星，而中国却少了一个出类拔萃的漫画家，那不是更可惜吗？

好在相声和漫画，按照漫画大师、相声研究专家方成先生的说法，同属于“笑的艺术”，是沾亲带故的“表兄弟”。而庄锡龙以一个漫画家、身兼相声演员的幽默感和语言表现力，岂不是如虎添翼？翻开他的漫画集，你常常会被他画面上的幽默感所牵引，情不自禁地会心一笑，若《慈父》《猪八戒招亲》《父母是孩子的第一任老师》等作品，只见庄锡龙略施点墨，就把他的幽默感轻松表露出来了。

当然，轻松幽默只是庄锡龙漫画的一个侧面。作为一个长期在办报第一线从事创作的漫画家，他更多的是以自己的作品揭露丑恶、针砭时弊、讽刺种种不良现象，引发读者的深层思考。从这个意义上说，漫画不光是引人发笑的艺术，更是引人思考的艺术。庄锡龙以新闻记者的敏感捕捉现实生活中的漫画题材，以评论家的眼光对这些题材进行提炼和剖析，然后再以艺术家的手法予以夸张变形，后画成漫画，这个过程，与其说是一个绘制的过程，不如说是一个思考的过程。读他的漫画，读者在发笑之时往往会平添几分沉重。即使画中人的可笑之举，也会让人在忍俊不禁之余，感到一丝无奈、一丝忧郁和一丝愤愤不平。而这恰恰是庄锡龙的高明之处：在你有意无意之间，他已经引导你一步步随他走进了思考的隧道。

庄锡龙从来不讳言自己家境贫寒的出身，他曾跟我讲过，他小时候拣过破烂，摆过小摊，做过小工，在上海的工厂里当过 10 多年工人。20 世纪 80 年代初来深圳之前他是厂工会的宣传干事。他也从来不讳言自己没上过专门的美术院校，画漫画完全是自学成才。我对他说："你的这些经历跟我差不多，所以，我对你更增添了几分敬佩。"这次，我系统地读了庄锡龙的漫画作品，更真切地感受到他作品中那种浓得化不开的平民意识。他的漫画素材，大多取自老百姓在日常生活中遇到的不平之事、不解之疑、不公之理；他的漫画构思，大多采用平民视角，以下层民众的思维方式、处事方式，乃至说话方式，来表现漫画的主旨；他的漫画语言，平易近人、平实朴素、明白晓畅，即使文化水平不高的读者也可一目了然；他的评论观点，更是毫无保留地站在老百姓一方，对弱者的处境表示深切的同情，而对造成这种处境的官僚主义、贪污腐败、欺上瞒下、弄虚作假等社会积弊，他却从来不讲什么含蓄和委婉，而是旗帜鲜明地痛加鞭笞，极尽嬉笑怒骂之能事，其疾恶如仇的态度溢于纸幅之外。读他这部分漫画作品，你会感到痛快淋漓。我想，庄锡龙的这种平民价值取向，无疑同他的出身和早年的谋生经历密不可分。漫画是需要观点的，它不像其他艺术，如音乐可以无标题，国画、油画也可以表现某种单纯的美景或者静物，但是漫画不行，尤其是新闻漫画和时政漫画，必须爱憎分明、观点明确。庄锡龙的漫画是典型的新闻时政漫画，他的爱憎和褒贬是从不含糊的。

庄锡龙不是美术科班出身，这对他的漫画事业同样是利弊参半。从弊的方面说，这将意味着他要比那些受过系统美术教育的同行，花费更多的心血、付出更大的代价。从利的方面说，没进科班也就没有束缚，想学啥就学啥，学到的一定是有用的，这也迫使庄锡龙成为一个多面手。从这本画集中，不难看出庄锡龙的绘画技巧来自诸多画种。虽说线条依然是漫画造型的常规武器，但是，你也不时可以看到像《别再追啦！》《慈父》这类具有某种油画特征的作品；看到像《拜石图》《佛欲静而蜂不止》这类纯以中国画水墨技法绘制的作品。这种表现方法的多样性，我认为是源于庄锡龙早年在自学过程中的广纳博收。而如何进一步将各种绘画技法融会贯通，从而形成自己独特的绘画风格，我想，大概也正是庄锡龙先生今后要下功夫探索的一个课题。

我与庄锡龙是朋友，同时又是供职于同一家报社的同事。做朋友已经很多年了，做同事才不到一年。在我看来，同事总是有阶段性的，而朋友却可以相伴终生。由此可见，还是做朋友更牢靠一些。他把自己新的漫画集交给我来作序，这让我多少有些意外。庄锡龙本身就是名家，他与很多艺术界前辈名家都有交往，照理应该是请他们中的某一位来写序才更合适。然而他却坚持让我这个外行来写，我深知这当中的友情含量是多么深厚。尽管我自知没有资格，却感动于这份友情而未敢推辞。于是，拉拉杂杂写下这些既不专业又不成熟的粗浅见解，以就教于庄锡龙先生及诸位喜欢漫画艺术的朋友们。

谨为序。

2005 年 10 月 3 日于深圳寄荃斋

钱绍武艺术论纲

——《钱绍武作品》序

小引

钱绍武以雕塑闻名于世，但是他的艺术疆土却远远超越了雕塑的畛域。他是从江苏无锡那座大名鼎鼎的钱家大院里走出来的，那本是一方钟灵毓秀的水土，在他的前面，已经走出了钱穆、钱基博、钱伟长、钱锺书……这些如雷贯耳的名字，如今已经高悬在中国文化与科技发展史的浩瀚星空。而作为钱家的晚辈，钱绍武却是这个“名门望族”中唯一的艺术家：得天独厚的家学渊源为他打下了坚实的国学基础；自幼拜家乡的名画家秦古柳先生学画，他对中国的艺术传统笔追神摹，心领神会；父母皆为一流的英语教授，六年出洋留学的个人经历，让他通晓英、法、俄等多种外语，对西方文化艺术有着通畅而透彻的了解和领悟……所有这些文化素养，给了钱绍武非同凡俗的视野和胸襟，并为其艺术创作注入了深厚的文化底蕴和浓郁的中国气派。

钱绍武的雕塑作品大气磅礴，沉雄浑厚，诗意盎然，内涵深邃。近十多年间，他在祖国的大地上塑造了一系列光彩照人的雕像：《李大钊纪念碑》《李白纪念碑》《杜甫像》《张继：枫桥夜泊》《闻一多》《曹雪芹》《瞎子阿炳》《妈祖像》《炎帝像》《孙中山》《孔子像》……每完成一件作品，都会在中国雕塑界引起一阵或大或小的震动。除了雕塑，钱绍武还工于中西绘画，尤擅以中国传统的水墨白描笔法勾勒人体；精于书法，是以笔墨抒情、在纸上歌舞的高手；他还对中国古典诗词具有独到的领悟，长吟短哦，神思渺渺；此外，他在艺术理论方面的建树也足以令人叹为观止……

作为一个融汇中西文化的艺术大家，钱绍武在当今艺坛上巍然耸立，成为一个蔚为壮观的艺术存在。如果仅从雕塑家、书画家、艺术教育家或者理论家等单一角度去研究他，都只能是窥得冰山一角，正所谓“横看成岭侧成峰，远近高低各不同”。我认为，必须把钱绍武的艺术世界作为一个整体来观照、思考、研究，才有可能接近这座高峰的巅顶，同时，也才能对他的各个单一艺术门类进行更加深入透彻的微观体悟和宏观把握。

布封说：“风格即人。”研究任何一个艺术家，都不能无视其个人的人生经历和性格特征。钱绍武作为一个富于传奇色彩的艺术家，一个经历过人生大起伏、大跌宕和大悲欢的艺术家，一个兼具诗人与学者双重气质的艺术家，其个人命运的跌宕起伏和艺术生涯的曲折演进，无疑都对其艺术风格的形成，具有至关重要的影响。他曾“荣膺”过许多反差极大的“头衔”：大学时代曾是一位热血沸腾的学生领袖，声讨辩论，宣传鼓动，撒传单，呼口号，因擅长演讲而被同学誉为“银嘴儿”；年方 22 岁就被选为北京市第一届人大代表，还受到中央领导的接见；随后被选派到苏联列宾美术学院留学六年，专修雕塑，以毕业创作《大路歌》一举成名，并获得了“艺术家”的称号；回国后执教于中央美院雕塑系，成为国家自己培养的“红色专家”；然而，“文革”风潮骤起，一夜之间，他又变成了“反革命”，在批斗会上被逼着大唱“混蛋歌”……十年风雨如一梦，噩梦醒来是晴天，当他被从牛棚“解放”出来，重新恢复人的尊严时，他已年过半百了。此后，各种各样的荣誉“头衔”接踵而来：中央美院雕塑系主任、国家教委艺教委员、中国城雕全国艺委会常委、北京市人民政府专业顾问、深圳市人民政府城雕顾问……

这些“头衔”，记录着一代知识分子在时代剧变中所留下的深深浅浅的足迹，也是时代兴衰沉浮带给那一代人的烙印。

余生也晚，无缘与钱绍武先生同经忧患；更由于隔行如隔山，作为雕塑艺术的门外汉，对他也只能是高山仰止般地从远处眺望。然而，1997 年的一个偶然机缘，使我得以与这位仰慕已久的艺术大师相识、相知，进而结为忘年之交。我凭着直觉对各种艺术现象所进行的直言不讳的谬评，竟得到了钱绍武教授的激赏；而钱先生对中西艺术规律的那些要言不烦、一语中的的论说，则令我茅塞顿开，由衷叹服。就这样，我们成了很好的对话者，每次见面，总免不了要针对一些有趣的话题，进行深入而广泛的探讨。这些对话完全是即兴的自由发挥，信马由缰，天南海北，尽兴则止。令我感到吃惊的是，这位 70 多岁的老人，思维如此敏捷、思路如此开阔、思想如此解放，更没有想到他的谈兴如此之浓、谈锋如此之健，那真是纵论古今，横贯中西，妙语连珠，语惊四座。我几乎调动起自己的全部知识储备，却依然追赶不上他那跳跃的思维和语句。正是在这样多次的对话中，我被引入了钱老的艺术天地，我在畅饮那美妙无比的艺术琼浆的同时，也逐步迈入了钱老的艺术园林，对他的艺术思维、创作理念、美学追求与精神内涵，有了进一步的理解和体味。

本文即是我对这些理解和体味的粗略而肤浅的表述，既用以报答引领我进入其艺术园林的钱绍武先生，又可就教于大方之家。

从西方领回“艺术家”桂冠

钱绍武之于雕塑，无论是个人的学艺经历还是其风格的演变过程，都在中国现当代雕塑艺术家群体中具有相当典型的意义。或者可以这样说，他的艺术道路，刚好是当代中国雕塑艺术发展历程的一个缩影。

1953 年，25 岁的钱绍武被派往苏联去学习雕塑，这使他成为当时新中国艺术教育“全盘苏化”大潮中的一名幸运儿。事实上，在此之前，钱绍武已经在徐悲鸿所主持的中央美术学院接受了系统的西方艺术教育，只不过徐先生所秉承的是法式学院派的教育模式，而苏联的列宾美术学院则秉承的是北欧学派的教育模式。尽管两种模式的风格和侧重点不同，但相对于中国传统艺术而言，无疑都是源自欧洲、源自西方的艺术参照系。

钱绍武对西方的雕塑艺术学得很认真、很刻苦、很虔诚，尤其是苏联的艺术教育重视理性知识，重视基本功的训练，强调造型结构和解剖透视，这就迫使学生在基础训练方面花费巨大的工夫。钱绍武在后来的雕塑实践中所表现出来的超强的造型能力和素描功底，无疑都是当年在列宾美院六年寒窗所获得的回报。然而，钱绍武毕竟是来自中国的艺术家，即使在基本功训练方面，他也不自觉地带有一些东方传统的学艺色彩。在此我们不妨引述一段钱绍武的“从艺自述”：“在留苏期间，我做了一件苏联同学也很少做的事，就是花了一年多的时间临摹列宾美院收藏的几百幅精印的米开朗琪罗素描稿，几乎每天晚上在图书馆临一张，或两个晚上临完一张，大部分是米氏作西斯廷教堂大壁画时的画稿‘粉本’。这是我进行国画训练时所形成的习惯，我以为只有临摹才能认真和深入体会大师们的惊人技巧，而临摹的收获是明显的。我的素描、速写逐渐形成了不同于苏联学派的格调。”（引文见钱绍武《从艺自述》）

从这段自述中，我们不仅可以看到，钱绍武在学习西方的过程中并没有失去自身具有的东方情调，同时也可从中窥得他的艺术取向，他是十分自觉地把文艺复兴时期意大利的艺术大师作为自己的宗师和偶像的。他对米开朗琪罗怀着终生的崇拜，直到年逾七旬，还不止一次地与我谈起米氏的生平和艺术，其敬仰之情溢于言表。而在他的《雕塑和美》一文中，每每谈及米氏的作品，都如数家珍，滔滔不绝。此外，我们还从他的自述中了解到，他早在出国留学之前就读过姜丹书先生翻译的《罗丹艺术论》，对这位法国雕塑大师也是深为服膺，对其艺术思想更有十分透辟的见识。而钱绍武先生在论及这些西方大师的艺术特征时，总要强调他们的一个共同特点：他们都把传递和表达情感作为雕塑艺术的归依和真谛。对此，钱绍武先生也有一段精辟的回忆：在列宾美院的“另一个重大收获是冬宫博物馆的精彩收藏，我们学校离冬宫很近，步行也只需一刻钟左右，而更重要的是冬宫对美院学生不收门票，于是所有的课余时间全花在冬宫里了。这些真正的世界第一流大师的艺术作品是最好的老师。第一流和第二流艺术家们的不同，创新者和继承者之间的不同，就清楚地表明了关键所在，这种比较奠定了我自己的追求目标，我也抓住了艺术技巧的核心，这核心就是真正的动情和真挚的表达，一切技巧都以此为归，也只有以此为归，一切技巧才有用武之地”（引文见钱绍武《从艺自述》）。

一个“真正的动情”，一个“真挚的表达”，这两个要点实际上就构成了钱绍武在雕塑艺术方面的核心理念。而他的毕业创作，也可以说是他的成名作《大路歌》，无疑是他这种艺术创作理念的集中体现。《大路歌》是写实的，更是抒情的，无论是三个筑路工人的面部表情，还是整个作品呈锐角三角形的向前倾斜的构图，都体现着作者饱满的激情和深刻的爱憎。正是凭着这件艺术精品，钱绍武从欧洲人那里领回了一顶“艺术家”的桂冠。

以传情为核心的艺术创作理念，贯穿在钱绍武几十年的创作生涯之中。记得我在一次对话中与钱先生谈到传情的话题，他的回答是斩钉截铁且不容置疑的。我说：“照您的看法，艺术的本质就是传情。如果不能传情，那就不能算是艺术。”钱先生回答：“你说得太对了！艺术就是要传情，除了传情以外，艺术没有别的东西。艺术的功能是解决情感问题。”

由此可见，钱绍武的所有雕塑作品，皆可归于一脉，名曰“抒情派雕塑”。

从西方回归东方

钱先生在“文革”中的厄运就无须赘述了，用他自己的话一言以蔽之，就是：“这一段经历对我的艺术却起了关键性作用。我有了生离死别的切身体会，真正体会到了有时死比生容易，真正体会到痛苦，也只有经历过真痛苦，才能懂得真欢乐，懂得生命的价值。”

从 1959 年回国到 1979 年完全恢复正常的创作，整整 20 年过去了，对于一个雕塑家来说，这 20 年恰值创作的盛年（31 岁至 51 岁），其损失是无可估量的。然而，这 20 年的创作空白，却给了钱绍武一个艺术转型的契机。如果说，从 1948 年考入北平美专到 1959 年留学归国，钱绍武学艺的前 10 年主要是接受西方的艺术训练和美学观念的话，那么，1979 年以后的钱绍武则开始了一次新的、更具历史意义的艺术探险——从西方回归东方，探索雕塑艺术民族化的道路。

钱绍武先生本来就是从中华传统文化的熏陶中走上艺术之路的，他在深入研讨过西方的艺术之后，重新回到自己民族的艺术土壤上耕耘、收获，其实也是一种顺理成章的必然选择。

在研究和探索中国传统雕塑方面，钱绍武无疑具有一些重要的有利条件：除了前文已经讲过的家学背景，他从小师从乡贤，学习中国书画，对古典画论和画理深谙于心，并且掌握了中国画的基本要领和技巧，这也是一个重要条件；加之回国后，他出于对民族雕塑艺术的喜爱，还专门与民间艺人一道，以原汁原味的民间工具和技巧，临摹了家乡附近的保圣寺宋代泥塑罗汉像，完整地学习了民间的传统雕塑方法；还广泛考察并重点临摹了云岗、龙门、麦积山、大足等地的石窟艺术，研究学习了汉代霍去病墓前的石雕、唐代乾陵的石雕以及晋祠、双林寺、大同华严寺等地的著名泥塑。这些古代艺术杰作，代表了中华民族在雕塑领域的最高水平，也凝结着中国人的哲学思考与审美情趣。对它们的广泛涉猎与深入研讨，极大地扩展了钱绍武先生的艺术视野和创作空间，使其艺术生涯步入了最为精彩、最为辉煌的华彩乐章。

钱绍武对民族雕塑的学习和探索，从技巧入门却并不止步于技巧，而是一步步地上升到理论的高度，从中国古典哲学的层面，对中国雕塑艺术进行整体性的概括和研讨。他发现，中国的雕塑艺术，尽管有着非常丰富的作品可供观摩和借鉴，但却很少有系统的理论阐释。这显然与古代文人一向把雕塑视为工匠之事，有着直接的关系。中国文化的诸多领域，几乎全都无法避免地打上了文人的印记，唯独雕塑这个领域，尽管或多或少也受到一些文人意趣的影响，但却大体保留着民族与民间艺术的原生状态。而正因为文人的较少介入，中国的雕塑艺术具有与其他艺术门类迥然不同的淳朴特色。对此，钱绍武认为：“中国雕塑，既一脉相承地保留着写意的传统，但又不同于中国绘画的‘文人’化，虽然也善于夸张变形，但始终保持了写实的基础。欧洲人要么‘具象’，要么‘抽象’，都较极端。李可染先生说，我们是‘意象’，我觉得这就是我们雕塑传统的精彩所在。”

钱绍武对雕塑艺术的阐释非常重视，他认为，没有做出准确阐释的艺术品，只能算完成了一半。一个艺术家必须有能力把自己的作品阐释清楚。要知道，你想表达的意思，公众并不必然会了解。雕塑是一种很特殊的艺术，它本身就有很强的概括性和多义性，如果不加以阐释的话，就容易产生误解。可惜的是，中国的雕塑家往往不重视这个环节。从古代到现在，中国有很多好东西，就是因为阐释得不够，几千年来，没有得到应有的重视。因此，钱绍武身体力行，从最基础的工作做起，他写文章，拍电视教学片，搞普及性讲座，努力弥补雕塑艺术在阐释方面的不足。在他看来，阐释的工作不但要做，而且要有很高水平的人来做，需要一个很强的队伍。反过来说，如果搞雕塑艺术的人不去阐释，那些“半瓶子醋”、有商业目的的人，就会给艺术品添油加醋，岂不是谬种流传？

阐释的过程，其实也就是理论思考的过程。正是在不断的阐释中，钱绍武写出了大量的理论分析文章，对中国雕塑艺术进行了深刻的论述。他论写意、论气韵、论天趣、论阴阳、论形式、论虚实，以中国传统画论书论的思想，结合西方的符号学、阐释学等新兴美学理论，来阐释雕塑艺术的规律。大教授所写的小文章，每每发前人所未发，生动活泼，深入浅出，读来令人耳目一新。

随着钱绍武对民族雕塑的学习研究逐步深入，一件件具有浓郁民族风格和中国气派的雕塑作品，在他的手中诞生了：从 1982 年的《杜甫像》到 1984 年的《江丰像》；从 1986 年的《李白纪念碑》到 1990 年完成的《李大钊纪念碑》……从这些作品中，不难看出钱绍武思考的轨迹、探索的轨迹、创造的轨迹，不难看出被他阐释过的诸如刚与柔、方与圆、阴与阳、虚与实、写意与写实、气韵与形体等理念的综合运用。这标志着钱绍武从西方向东方的回归，终于迈出了可喜的一步、关键的一步、历史性的一步！

走向融合

20 世纪 80 年代中期，各种各样的西方美术新潮蜂拥而至，短短几年间，中国大地上几乎把西方 20 世纪近百年中所上演的各种艺术悲剧、喜剧、闹剧、丑剧，统统翻演了一遍。更有些急功近利之辈，以现代派为标榜，以反传统为职志，以标新立异为手段，以开宗立派为目的，全然不顾观者的感受，甚至以谁都看不懂为超越现实之标识，似是而非，莫衷一是。尽管这些“新潮派”之间也是各有山头，势不两立，但有一点却是共同的，那就是对中华民族的艺术传统不屑一顾，甚至极尽贬损丑化之能事。

钱绍武正是在这样一种特殊的历史文化背景之下，开始探索雕塑民族化的，其孤独与艰辛可想而知。尤为难得的是，钱绍武是以一种非常宽容的心态和兼容的胸怀，来面对和接纳这些现代派新潮的。毕竟是学贯中西的学者襟怀，毕竟是眼观六路的大师视野，他对林林总总的新潮美术以及由此派生出来的亚文化现象，一直保持着一种冷静观察、认真探究的科学态度，尽管未必同意其观点和做法，但却客观地研讨其发生和存在的原因与价值。钱绍武先生的这种科学态度和包容精神，在 1997 年主持深圳南山雕塑院《永远的回归》全国雕塑邀请展时，表现得尤为明显，各种流派，各种风格，无论新锐还是传统，只要是好作品，一律兼收并蓄。这使钱绍武先生赢得了全国雕塑界人士的敬佩。

然而，钱绍武对弥漫在美术界的浮躁浅薄、哗众取宠、一味崇洋以致生吞活剥地拾人牙慧等不良现象，也是十分反感的。凭着他对西方文化的深入了解，他觉得，与其浮光掠影、支离破碎地从洋人那里舶来一点人家早已玩腻的玩意儿，去冒充新潮，招摇现代，倒不如扎扎实实、认真研究一点真正的西方现代艺术。近年来，钱绍武先生沿着西方现代雕塑的主脉，追根溯源，从罗丹、马约尔、穆希娜、亨利·摩尔等雕塑大师入手，探索西方雕塑从具象到抽象，从再现到表现，从注重内容到注重形式等关键性演变的历程，从而把握住西方现代派雕塑的核心。谣言和假象止于智者，当钱绍武已经对真正的西方现代派大师的思想和艺术有了深切的理解和体悟之后，再去面对那些千奇百怪的、打着新潮与现代的旗号唬人的东西，他自然是火眼金睛、洞若观火了。我曾与钱绍武先生就这些话题做过非常深入的对话，他以一言以蔽之："凡是作者没有投入真情的东西，凡是单以怪异新奇来哗众取宠的东西，凡是妄言自己的艺术不是给当代人看的东西，大多是'皇帝的新衣'！"

钱绍武先生近年来对西方现代艺术的探索，使他的思维空间进一步拓展，艺术视野进一步开阔，其所带来的引人瞩目的变化就是：他的艺术创作开始走向东方与西方、古典与现代的进一步融合。

对西方艺术大师的深入研究，使钱绍武先生得以从一个新的视角来观照中国的艺术传统。这一点在他对罗丹和亨利·摩尔的研究中，表现得最为典型。他曾对我谈起他对罗丹的名作《巴尔扎克》的研究心得，他发现，这件罗丹最为用心却遭受攻击最多的作品，竟然与中国传统的"大写意"风格有异曲同工之妙，那粗犷的线条、简略的衣纹、传神的形貌，完全与中国古典美学的精神意合神侔。钱绍武据此推测：罗丹的这件作品有可能是受到过东方艺术观念的某种启发（依据是：20世纪初，西方曾兴起过一阵东方艺术热潮，凡·高、高更、毕加索等都曾从东方汲取过艺术营养）。倘若并非如此，那就只能说明，这位西方大师对艺术规律的探索，已经达到了一个超越自身文化背景的更高层面，完全可以与东方艺术对话了。遗憾的是，罗丹这个孤身前行的先行者，走得过快过远，与他同时代的艺术界人士跟不上他的脚步，故而对他的这件超凡之作完全无法理解，致使罗丹也不得不中止了自己的探索。《巴尔扎克》在罗丹众多作品中，始终是一件孤品。罗丹本来已经找到了打开东西方艺术沟通之门的钥匙，但是他只开了一扇门又被迫关闭了。钱绍武先生的这一论点，既是以东方艺术家的眼光来观察西方艺术家，同时又是以西方大师的艺术实践来反证东方的艺术理念，不啻是一种高屋建瓴的中西交融思维方式，在我听来，实在是一个闻所未闻的独得之见。

钱绍武对英国现代雕塑大师亨利·摩尔的研究用功最勤、发掘最深、心得也最多。在现代西方雕塑家中，亨利·摩尔无疑是一座高峰。较之于那些把小便器直接当做雕塑作品送去展览的恶作剧，亨利·摩尔的严肃、认真与勤奋是令人钦佩的。钱绍武先生对亨利·摩尔的关注从20世纪60年代就已开始了，但是，从现代派雕塑的发展变迁的角度，研究亨利·摩尔则是近年来的事情。

现代派雕塑的一大特色，就是越来越抽象化，这也是它告别古典雕塑的标志之一。有人据此认定谁越抽象，谁就越现代。这无疑是对现代艺术的一个严重误读。亨利·摩尔作为现代雕塑的一代宗师，他的作品的确有相当明显的抽象因素，但他对抽象的看法却与那些貌似激进的观点不尽相同。钱绍武先生对这一现象的揭示，具有非常重要的启迪作用。钱绍武先生分析道："他（指亨利·摩尔）的这种'抽象'方法和'纯抽象'又大不相同，严格说来，其实只是一种分解和综合的方法。……正因为如此，亨利·摩尔并不承认自己是纯抽象派。"为了证明自己的这一判断，钱绍武不厌其烦地引述了大量亨利·摩尔的原话，来论证他对抽象的看法，如亨利·摩尔在1934年的论述："所有艺术都是某种程度的抽象，对一件作品的价值来说，设计的抽象质量是根本的，但对我来说，心理的、人性的因素也同样重要。"再如他在20多年后，即1960年的论述："对我来说，雕塑蕴含着生命和动力，有机的造型尤具感性，能传达感情和暖意。抽象的雕塑，我个人认为应通过如建筑等其他艺术形式来表达，较为合适，这是我不专攻抽象造型的原因。"由此，钱绍武先生得出了结论："看来，在这近三十年间，他对抽象艺术的态度似乎起了点变化。但有一点是共同而坚定的，那就是他从来不搞'纯抽象''冷抽象'。他总是强调要传达感情和暖意，要求具有心理的、人性的因素。……其次，他又十分强调对客观事物的研究和观察，而并不像很多'抽象派'作家那样满足于'自我价值'的表达。他说：'观察自然是艺术家生命的一部分。'"

亨利•摩尔对人类历史和艺术传统的看法也引起了钱绍武先生的高度关注，因为这恰恰是他与其他现代派论者的区别所在。他说："我并不认为我们将会脱离以往所有雕塑的基本立足点，那就是：人们。就我自己而言，我需要的是组成人的因素。从这个意义上说，我的作品是具象的。"他又说："形体本身的意义和重要性几乎和人类的历史有着千丝万缕的联系，例如圆形表达了果实累累、母性。大概因为大地和妇女的乳房和大部分果实都是圆的吧。这些形体的重要性在于它们来源于我们的感觉习惯……"钱绍武先生由此生发出自己的见解："这一席话使他和很多现代抽象派画家显得大异其趣。他不主张'纯雕刻'，他承认形体雕刻要唤起联想，而这种联想和人类的历史有着千丝万缕的联系。正是这种人类共同的历史形成了共同的感觉习惯，从而形成了产生共鸣的客观基础。欧洲有不少美术理论家，把艺术作品的价值全部纳入表现作者的个性之中。他们认为个性就包括了共性，在理论上似乎也说得通，但事实上个性的千差万别，言行的偶然因素，都造成了人类不能事事相通。纯主观的判断往往导致无人能解，不考虑共同的感觉习惯也就等于自己说梦。在这里我们看到了现代雕刻大师亨利·摩尔以其理论和实践给我们展示的可贵的另一面。”（以上引文均见于钱绍武《亨利·摩尔的创作方法初探》）

钱绍武对亨利·摩尔关于空洞与实体的论述十分重视，认为这就如同罗丹的《巴尔扎克》一样，是西方艺术家与东方艺术理念相交融的一个范例。记得1998年钱绍武先生在与我的一次对话中，专门谈起了亨利·摩尔的这一重要论点，他认为，亨利·摩尔所说的“一个空洞与实体同样具有造型意义；洞在有意识的安排下可以加强雕刻而不是削弱；洞可以使雕刻增加三维空间感；洞可以引起人们的神秘感……”等论点，与中国古典书论中的“计白当黑，计黑当白”以及“虚实相生，以虚代实”等理念有异曲同工之妙。只不过中国的艺术家比较多地把这种理论应用于书法和绘画，而亨利·摩尔则创造性地把它直接应用于雕塑。观看亨利·摩尔的作品，可以真切地感受到他对空洞与实体辩证关系的把握，这对中国雕塑家的创作同样具有借鉴意义。

显而易见，钱绍武近年来对西方艺术的研讨，已经与早年的学习模仿截然不同，他更多地是以东方艺术家的视角，对东方艺术和西方艺术进行比较和研究。正是在这种比较和研究中，钱绍武先生的艺术观念更加明确，对中华民族雕塑艺术的探索也更加有的放矢。他的作品也随之被赋予了更多的民族气派和现代气息，更具有人类意识。这种变化更多地表现在他20世纪90年代的作品中，如1993年的《观音像》、1995年的《曹雪芹头像》，显然是平添了几分抽象的意味；如1998年的《神农头像》更在形式感的营造上迈进了一大步。从这些作品中，我们不难看出他对西方现代艺术观念的吸纳和扬弃，也不难看出他对中国民族艺术形式的继承和发展，他从东方走向西方，又从西方回归东方、回归民间，最终走向了东西方在更高层面上的融合，这或许预示着他的艺术将在新的世纪一步步迈向人类共同的美的理想。

对书法的兴趣甚至超过雕塑

我在与钱绍武先生的多次交谈中，常常发现他对中国书法艺术的兴趣甚至超过雕塑。一位留洋出身的雕塑家，为什么对中国的“土产”书法如此迷恋呢？

钱绍武先生对此曾做过这样一段“夫子自道”，他说：“我的家族是非常传统的，对中国古典艺术是作为童子功来要求的。所以，我的书法训练也是从小就开始的，而且我对书法的兴趣是随着年龄的增长而增长，越老越浓，对书法的奥妙也是越老体会越深。”

在钱先生的记忆中，他少年时代随秦古柳先生学画，而秦先生每天下午的时间都用来练习书法。正是在老师的熏陶下，他也从小就成了一个书法迷。从那时开始，至今年逾七旬，有时可以不画画，却从未中断过临池习字。即使在“文革”期间，他也靠抄写大字报来体味书法的奥妙。钱先生把书法艺术视为认识“抽象美”的捷径，是懂得“构成”因素的要途，是把结构、空间、线条、韵律、节奏都变成情感的基本功，是把严格的规则和个人的创造激情融为一体的最好训练。

钱先生对书法艺术的痴迷，不仅表现在他数十年临池不辍上，更表现在他对书法艺术规律的认真钻研以及与西方各种艺术的深入比较研究上。钱绍武认为，中国的书法之所以能够成为一门独特的艺术，首先是因为中国文字是一种古老的象形文字。象形文字具有丰富的造型基础，而它又和埃及的象形文字不同。埃及的象形文字从来就没有普及过，它只是在记录官中代代相传，记录下皇家某些需要的东西。另外就是一些高层人士会写会用，远没有普及到社会生活中去。它的象形文字每一张都是一幅严格意义上的画，并没有加以抽象和简化，因而也就没办法普及，消失也很容易，几代人不运用它就消失了。而中国的文字则不同，中国文字的普及程度很高，这是因为它的象形成分很快就简化到极点，因此也就巧妙到了极点。文字只有简化了才能普及，普及以后就会有许多新的创造，再也不会失传。这样就使得中国文字既有丰富的造型基础，又有广泛的群众基础。而造型基础的丰富性是形成艺术因素的重要环节。

钱绍武先生凭借自身懂得多种外文的独特体悟，还对比了中国文字与其他拼音文字的区别，他据此提出“凡拼音文字都成不了真正书法”的观点。钱先生的基本论点是，凡是艺术，其表达手段都不能太简单，太简单了就无法成为艺术。而拼音文字的造型因素过于简单了，英文只有26个字母，日文即使把一部分汉字吸纳进去，片假名和平假名加起来也只有几十个，仍嫌太简单了，形不成书法。真正的日本书法家是不满足于只使用片假名平假名的，他们还是要用汉字，否则他的感情就表达不清楚、不确切、不充分。由此可见，中国是走了一条与世界上其他国家相反的道路：世界上大多数国家的文字都是越来越简单，书写越来越方便，这是一个总的发展方向。可是中国正相反，汉字的书写是越来越难。汉字本来就比较难，结果我们又发明了软毫的毛笔，用软毫毛笔写字比用硬笔写字要难得多了。单讲软毫，在晋代王羲之还是用的鼠须笔，属于软毫里的硬毫，也还比较容易掌握；但是到了宋代以后，羊毫就出现了，比鼠须毫软了许多；到了明代羊毫就加长了；直至清代，到了邓石如、包世臣他们手里，又用起了长锋羊毫，那就更难了，长锋羊毫蘸了墨水，软得就像一摊鼻涕，用它来写书法，还要写出骨力，写出金石味道来，那真是难上加难了！

除了笔的方面之外，纸的难度也是越来越大：从目前所能见到的实物来看，唐代使用的纸还是以半生半熟为主，譬如有名的薛涛笺，等等。明代开始用皮纸。到了清代就用宣纸了。宣纸是最难掌握的，特别是生宣，一滴水下去就阴湿一大片。为什么文字越来越简化，可是书写却越来越复杂？唐代的张怀瓘写了一本《书断》，他在书中点破天机，他说中国人写书法要“如见其人”。这就是说，你的全部心情，你的喜怒哀乐，通过书法都能表现出来。不仅仅是字面的意思，而且是书法本身所表达的感情，都要让欣赏者感觉到，就好像一个人站在你的对面一样。正是这种要求，使得书法艺术越来越难。你想，假如要把你的情感全部表达出来，还要表达得丰富、确切、多样、细致，软毫确实比硬毫要好不知多少倍，生宣也比熟宣要好得多。那种轻重缓急，浓淡干湿，全部的层次都能表现出来，真是千变万化。这样，就增加了艺术表达的丰富性和多变性。越是高档次的艺术，越是要求灵活多变，丰富多彩，这也就是中国书法越来越难的道理，也就是中国书法能够成为真正艺术的道理。

书法，表现的艺术

钱绍武先生看重书法艺术，还源于他对书法的表现功能有清醒的认识。我们在前面已经引述过钱先生的一个观点，即所有艺术都是表达情感的。不能传情也就谈不上艺术。而书法作为一种高度抽象的艺术，同时又是高度抒情的艺术，这种独特的艺术个性，也是令钱绍武着迷的内在原因之一。

对于中国书法的这种表达情感的功能，早在汉代扬雄就有过论述，他说：“书者，心画也。”心画就像心电图，是传递心情的。沿着这种思路，书法就逐步发展下来，从真草隶篆一直到狂草，形成了一系列表达情感的手段，就像音乐一样，成为丰富多彩的动情艺术。

很多人都认为中国的书法最主要的是线，把中国的绘画也看成是线的艺术。对此，钱绍武先生有不同见解。他认为，线在中国书画艺术中只能说是一种表达方式、一种表现手段。中国人从来不讲书画是线的艺术，而是讲笔墨，讲用笔。用笔和用线是大不相同的，用笔的范围要比用线宽广得多。比如梁楷画《泼墨仙人》，几笔墨块儿泼上去，没有线，但是完全符合书法的原则，是典型的用笔，用笔的表现力比用线要宽得多。一笔下去，全部情感都包含在其中。该是点就是点，该是线就是线，该是空就是空，该是飞白就是飞白。如果单纯讲“线”，飞白就很难运用，点也很难理解。但是一讲用笔，那就一通百通，点是用笔，块面也是用笔。所以从实质上看，用笔才是中国书画艺术的基本语言，而“线”并不是基本语言。

钱绍武还从中西艺术比较的角度，分析了欧洲人在 20 世纪以来最爱讲的“点、线、面”的概念。他认为中国人的用笔，类似于欧洲人所讲的笔触，欧洲人很早就懂得笔触。但是中国人对用笔的理解和掌握，却是欧洲人所无法比拟的。假如问：中国艺术对世界艺术最大的贡献是什么？那就是用笔的原则。在用笔方面，能够像中国人所做到的那么精微奥妙、那么丰富多彩，对欧洲人来说是根本不可能的。原因也很简单，他们没有中国这么广泛的群众参与和创造，也不可能积累如此丰富的用笔经验。欧洲人讲写实，讲究点、线、面，目的是把现实物象模仿得像，从古希腊开始就一直是模仿论。中国艺术从来就不是模仿的，中国人认为单纯的模仿不是艺术。我们的艺术传统是写意，是表情达意的，是抒情的。这是中国艺术的最根本的目的。抒发感情，也就是西方人讲的表现，中国的书法艺术绝对是最古老的表现主义。

中国的书法艺术之所以被称为表现的艺术，是因为它特别重视即兴的美。书法家张旭就说过，他喝醉酒以后作书，自以为神书，醒后不可复得。唐代诗人戴叔伦也有一首诗谈到怀素的这种创作心态："心手相师势转奇，诡形怪状翻合宜。人人细问此中妙，怀素自言初不知。"心，当然是指理性，手是什么？是单纯的肌肉运动吗？不是。手是潜意识，是即兴。即兴就是潜意识，就如李泽厚所说的，是"长久的文化积淀所形成的"。这就是"心手相师"：心里本来有一个基本的构思，然后就让潜意识自由发挥，在潜意识发挥的过程中，心又加深理解，心和手互相师法，互相启发，互相促进，就使笔下的书法作品"势转奇"了。"人人细问此中妙"，人人都要问怀素怎么这么妙呢？"怀素自言初不知"，怀素自己倒说我不知道。

中国从古至今就懂得潜意识的发挥，而对艺术家来说，懂得潜意识的发挥尤其重要。在西方，是弗洛伊德真正揭示出潜意识的重要性。他提出了潜意识和显意识的区别、潜意识的作用……这些发现非常重要。当然，他过分地强调性在潜意识中的作用，显然是有偏颇的。但是他提示艺术家要重视潜意识、充分利用潜意识，的确是点到了一个非常要害的问题。而这种创作方法在书法中早已形成了传统。一个最简单的事实就是，中国的老先生教学生写书法，都会强调"一笔下去不能改"。这个原则和欧洲的做法正好相反，欧洲人是强调用橡皮改来改去，画得不好就涂掉，直到改得准确。可是中国人却不准改，准确不准确倒无所谓，一笔下去，是什么样就什么样。可以说，中国的书画家是从小就养成了不改的习惯。为什么不改呢？因为他懂得潜意识表达的价值。如果你按照显意识去改，你有可能改掉了外在的缺点，却同时把你内在的优点也改掉了。这种由潜意识所带来的即兴的优点、即兴的美、即兴的价值，中国人是完全理解的。中国书法的根本原则是表情达性，是表现主义的，是即兴挥洒的。也就是说，它是写意而不是写实，是抒发而不是模仿，是表现而不是再现。类似的观念，在西方直到 19 世纪下半叶，也就是凡•高、塞尚等人的后期印象派出来之后，才比较明确地提出来。凡•高的油画如果去掉他的用笔、去掉他的笔触，那就不称其为凡•高了，所以说他是真正懂得表现的。后来，他的主张影响到欧洲的各种表现主义绘画流派。可是在中国，表现则是作为一个艺术体系的必然流露。中国的书法对世界艺术的最早、最重要的贡献，就是这种用笔的心态和表现的原则。这种原则影响了东方艺术的整个走向。

钱绍武先生的书法成就，长时间为他的雕塑家之名所遮掩，而一向谦逊内敛的天性，又决定了他从来不事张扬。这使他的书法艺术直到古稀之年才大放异彩。钱先生的书法大气磅礴，雄风浩荡，以魏碑垫底而掺以隶书和行草的神韵，真个是笔酣墨畅，神完气足。我曾见他当众挥毫，一张生宣高悬于素壁之上，钱先生以超长锋软羊毫饱蘸浓墨，向壁而书，气贯双腿，力达两臂，重笔若高山坠石，轻笔若春蚕吐丝；章法布局，似成竹在胸；轻重缓急，皆心手相应。那种从容蕴藉，那种潇洒自然，那种力鼎千钧的气象，那种外圆内方的含蓄，全都在点划飞白之间凸现于纸端。

钱绍武先生对自己的书法艺术是十分自信的，这种自信来源于他数十年临池的基本功，来源于他对这门艺术的深入研讨和深思熟虑，更来源于他在艺术实践中真正达至的那种直抒胸臆的酣畅淋漓。一个艺术家最了解哪种艺术手段是利于表现自我的。作为一个雕塑家，他的表现常常受制于材料、题材以及制作周期，他积蓄在内心的情感，往往需要更加便捷、更加通畅、更加淋漓尽致的艺术手段来抒发来倾诉来宣泄来表现，钱绍武选择了中国最古老的书法艺术，这与其说是一种偏爱，不如说是一种宿命。

而社会各方，特别是艺术界对钱绍武书法艺术的肯定、喜爱乃至激赏，无疑也是对他的自信心的一种超值回报，正所谓“桃李不言，下自成蹊”。尽管钱绍武先生习惯于自称“业余书法家”，但其书法作品却越来越呈现出洛阳纸贵之势。如今，他的书法作品高悬于机关的会议大厅，高悬于祖国的名山大川，高悬于培养美术人才的高等学府，高悬于那些游人如织的风景名胜……他的书名现在正以突飞猛进之势，岌岌乎几欲盖过他的雕塑家之名，作为雕塑家的钱绍武先生，似乎正面临着一个日益崛起的书法家钱绍武的新的挑战！

这对钱绍武来说，是福是祸尚难定论；但我以为，这对钱绍武艺术的广大爱好者来说，无疑是好事一桩。

水墨人体开新风

我们在前文中曾讲到，钱绍武在留苏期间曾对素描下过苦功，而且他还临摹过数百幅米开朗琪罗等大师的画稿，这使他的素描水平一下子与同学拉开了距离。

当时的钱绍武或许根本想象不到，几十年后，他会把当年练就的一手素描本领，与中国古老的毛笔宣纸结合起来，创造出一种独属于自己的艺术形式：水墨人体。

1979 年，钱绍武曾出版过一本《素描与随想》，里边收录的 50 多幅作品都是严格意义上的素描人像，与我在这里所论及的水墨人体似乎并无关联，但书后附录的几则钱绍武先生的教学随笔却引起了我的重视，因为他在其中论述了自己对中国传统笔法的认识，尤其是对宋代人物画大师梁楷的三幅作品的不同笔法，进行了相当深入的探讨。

钱绍武所举出的三幅梁楷画作分别是：《六祖撕经图》《李

白行吟图》和《山阴书扇图》。基于三个人物的身份、性格及所正在从事的活动的不同，梁楷采用了三种截然不同的笔法来描绘他们的形貌、服饰和动作，对此，钱绍武先生发表了这样一段评述："梁楷所画这三位人物都曾穿着宽袍大袖，如果仅仅从客观表面现象来看，大体样子和基本质感应该是差不多的（指衣服本身），但是梁楷所用的笔法竟这么不同。可见它们绝不是对客观对象的简单模仿和表面抄袭。这种不同的变化，绝不是轮廓线的明暗、远近、硬软等概念所能解释的。相反，梁楷遵循着另一个原则，即'笔法'的原则，'笔法'变化的依据除了包括对象表面特点，更重要的是对象的感情和性格，经作者加以体会以后，产生的感受和理解。这种笔法就不为表面真实所局限，也就更深刻地、更本质地、更强烈地表现了对象。"

我在这里引述钱绍武先生在20多年前写下的这段论述，意在提示这样一个事实，即钱绍武其实很早就开始了对中国画"笔法"作为一种独立的艺术表现形式的探索。这种"笔法"，作为中国画的基本语言，钱绍武不仅是深谙熟知的，而且对它的理论思考也早在20世纪70年代就已经开始了。

如果说，几十年前对中国画笔法的探索，还只是为画好素描和做好雕塑服务的话，那么，当钱绍武先生年近七旬的时候，他转而把这种笔法当成了表现千姿百态的美妙人体的主要手段。自20世纪80年代末开始，钱绍武以水墨白描的形式勾勒人体的小品越来越多，也越来越精妙。渐渐地，这种独到的画法成了气候，甚至成了钱绍武的看家绝活儿。人们每每惊叹于老画家的造型之准确、观察之精细、笔墨之娴熟、画面之简练，与其大器晚成的书法艺术一样，几乎成风靡之势。殊不知，这看似简单的画面，蕴含着艺术家数十年的从东方到西方，又从西方回归东方的苦苦探求和心灵孕育，实在非一日之功也。

钱绍武先生写过一篇《我画水墨人体》的文章，简要地谈了自己的创作心得，他写道："研究人体，表现人体的美和生命力是艺术家的天职之一。而作为雕塑家，更是离不开人体。因为这是他表现思想感情的主要对象和主要手段，也就是说，我们以人体为基本'语言'。……正因为如此，对人体的练习和追求始终坚持不懈。前几年，法国籍的熊秉明先生来和我一起画了几次画，使我懂得了从'构成'的角度来观察和表现，于是，我的画增加了一点'构成'意识，但也只是带一点影子，多少考虑点'构成'因素而已。根本原因是我所看见的对象实在太美了，下不了狠心把它'抽象'掉。"

在谈到为什么画面越来越简的时候，钱绍武写道："一个人老了，就怕事，万事求其简要，总觉得多一事不如少一事，因此，我们中国画家越老越走简化的路子。我年轻时讲解剖，讲精到，讲深入刻画，现在就不想那么画了，觉得笔墨精简一点，反而给人们留下想象的余地，让人们去'想象'，就把有限变成了无限，高妙之极，何乐不为？这是我现在所奉行的第一个原则，而且在实践中深感'简'要比'繁'难得多。第二点，我现在全用毛笔宣纸作画，这是因为，我本来是学国画出身，对笔墨的掌握有点基础，再加上自己又是个业余书法家，对笔墨、宣纸情有独钟，觉得毛笔宣纸对传达感情要比其他工具灵敏、充分、直接得多。就这样画来画去又积累了好几百张。"

欣赏钱绍武先生的水墨人体画，画面的造型以及人物的表情之类已被淡化到极点，剩下的只有那简约而充满力度的线条和笔触。那一根根挺拔的、富有弹性的墨线，表现着画家在创造时的精神状态，其浓淡、干湿、虚实、疾徐，无不体现着画家彼时彼刻的心情。画中人物的俯仰屈伸已经不重要了，重要的是画家寄寓在形体上面的笔墨要素。这是一种高度凝练、高度抽象的艺术，既包含着中国传统的简笔人物画的精华，也熔铸着明显的速写画的因子。我以为，如此精彩的水墨人体画，只有像钱绍武先生这样学贯中西、精通诸多艺术门类的艺术家才有可能创作出来。

更令人不可思议的是，钱绍武的这些人体小品，都是用一种长锋细软的羊毫笔勾勒出来的。在下不才，也曾斗胆试用过这种毛笔，只想拉出一根短线亦不可得。请诸公不要笑话，在下也曾在书法方面下过20多年苦功，一般的笔墨技巧早已不在话下，我在这里强调这一点，只是为了说明钱绍武先生所用工具之难于驾驭，惟其难也，方显出先生的手段高明，功力深厚。

钱绍武的水墨人体，开拓了中国传统人物画的疆域，丰富了中国传统笔墨的表现力，同时也为中西绘画技巧的融合，开辟了一条新途。从这个意义上说，其“但开风气”的作用，可能要远远大于其本身所具有的观赏价值。

国学为根，诗思为魂

中国画家，画到最后就是画学问——这是一位名画家的至理名言。其实无论从事何种艺术，应用这一原理都是颠扑不破的，因为这是规律。一个艺术家一生所能达致的最高境界和最高水准，其实并不完全取决于他平生有多么勤奋，也不取决于他曾遇到过多么好的机遇，虽然勤奋和机遇对艺术家的成功绝对是重要的。然而更重要的，却是一个艺术家的综合素养和文化根基，没有什么比这个更重要的了。可惜，现在真正意识到这一点的艺坛中人，确实并不很多。

钱绍武先生在诸多艺术领域都取得了骄人的成就，这当然与他的天资有关，与他的勤奋有关，也与他的机遇有关。但更重要的是，与他的深厚国学基础和诗人气质有关。他是一个艺术家，但同时他又是一个渊博的学者，一个敏悟的诗人。国学是他的艺术之根，诗思是他的艺术之魂，有了这两点，他的艺术实力就雄厚，艺术空间就开阔，艺术想象就丰富，艺术境界就高远。这也就是那些平庸之辈面对艺术高峰永远自叹弗如的根本原因之所在。

数年前，我曾有幸陪同钱绍武先生为其《孔子言志群像》打稿，亲聆他对孔子的学说是如何了如指掌，对孔子的经典是如何倒背如流。他不仅对孔子的身世、生平以及弟子们的情况非常谙熟，他还从大量文献中考证出孔子中年曾患胃病，从而推倒了千百年来流传的孔子是个大胖子的谬说；他还依据“子见南子”等故事，推断出孔子的身高应在一米八左右，而且相貌是英俊的，从而纠正了古代画像中把孔子描绘成一个粗陋矮胖之人的旧习，并为自己的设想提出了令人信服的论据。尤其是他对孔子与弟子们各言其志的场景把握，更是既精审又传神。试想，如果没有深厚的国学根基垫底，要想创作出这样富于历史真实感的大型群雕简直是不可想象的。钱绍武先生的孔子像一经问世，立即得到学界与大众的普遍认可和赞赏，绝非偶然！

钱绍武先生是一个充满诗人气质的艺术家，对中国古典诗歌的造诣非常深。我曾聆听过先生以吴音吟诵古诗，那音调或凄婉，或激昂，或高亢，或低回，确实是韵味绵长，使人久久难忘。每每与我坐而论道，钱先生更是吐珠蕴玉，旁征博引，古人的名诗佳句，随口即出，令人惊叹其超常的记忆力。当然更重要的是，钱绍武先生的古典文学功底，在其大量的雕塑创作中无疑起到了画龙点睛的作用。评论界早已注意到了钱绍武雕塑作品的一大特色，那就是充满了浓郁的诗意。殊不知这正是其深厚的文学底蕴对作品意境的升华。钱绍武的雕塑作品大多取材于诗，他与古往今来的诗人们似乎特别有缘，他为“诗圣”杜甫造像，为“诗仙”李白传神，为张继的《枫桥夜泊》写意，为李清照的

“千古词魂”留真。他以红色大理石刻画闻一多的“红烛”，他以白色大理石打造谢冰心的晶莹，他让曹雪芹的“清泪”依稀欲滴，在似有似无间发出“墨点无多泪点多”的浩歌……

钱绍武这些表现诗人和诗意的作品，形神兼备，意境深邃，往往体现出斯人独具的精神内涵。这绝对是源于钱绍武先生对诗人的身世、作品、人生命运及其风格特征的深刻理解与切身感悟。基于此，他所塑造的诗人形象才会卓荦超群，别具神韵。

中国艺术从来就是诗的艺术，诗书画的交融已经成为中国艺术所特有的传统符号。钱绍武的独特贡献就在于，他把这种早已存在于平面视觉艺术中的传统符号，创造性地移植到三维的雕塑艺术中，从而使其雕塑作品也浸染上浓浓的诗意。这，不正是钱绍武艺术中那种浓郁的中国气派和民族风格的渊源所自吗？这，不正是其艺术境界高远深厚、胜人一筹的内在原因吗？是的，钱绍武的艺术不愧是诗的艺术，钱绍武的雕塑不愧是诗意雕塑，这一切，盖因钱绍武本身就是一个以岩石和泥巴塑造诗情画意的特殊的诗人！

2002年4月7日午夜

范曾艺术论纲
——《范曾谈艺录》编后记

大约12年前，我曾向范曾先生提出编辑他的美术论文集的建议。当时他正忙于捐建南开大学东方艺术大楼，以为这尚属不急之务，并未首肯，只是委托我注意收集相关资料，以备来日编务之需。倏忽十二载转瞬即逝，今天，这本《范曾谈艺录》终于编定，即将呈现于诸位读者面前。手抚书稿，一缕岁月沧桑之感不禁油然而生。

这本谈艺录中所收录的文字，最早的发表于1959年8月，最晚的发表于2000年1月，其时间跨度40余年。也就是说，几乎涵盖了范曾先生从事学术及艺术活动的最重要时段。其间，时代风云之波诡云谲，个人命运之起伏跌宕，自然都会在这些文字中留下其心灵的波光鳞影；而艺术家在不同时期所关注的艺术问题及所阐发的艺术观念，则恰恰标示出其艺术思维的演变历程。作为一个享誉海内外的画家和成就斐然的诗人，范曾先生的学术研究往往为其画名和诗名所掩。然而，以当今学术泰斗季羡林先生所领衔的一批杰出学者却慧眼独具，先是礼聘范曾先生为北京大学文化书院导师，继而又推荐范曾先生为南开大学历史系博士生导师——以国画大师之身份，兼任艺术系和历史系双料教授已属罕见，以其文史方面的学术成就，卓然超乎于诗画之名而荣膺名校名系的历史学博士生导师，不啻中国画史第一人也！

从这本《范曾谈艺录》中，世人不难领略范曾先生作为历史学者的深厚国学功底、作为文艺理论家的深邃哲思与作为诗人的色彩斑斓、清新典雅的文笔。而我作为编者，既得先睹之良机，自然有责任把自己的一得之见公诸同好，同时，也算是对自己十多年来面聆范曾先生之雅教、潜心研究范曾艺术的一个小结吧。

（一）

范曾先生出身于江苏南通一个十二代诗人世代相继的家庭。香港著名学者曾克耑先生曾编著过一本《通州范氏十二世诗略》，我曾有幸翻阅过这本专著。其中所辑迄自明季范氏先祖范应龙，止于范曾先生的父亲范子愚，凡十二世，代代出诗人，且都有诗集传诸后世。其中尤以晚清大诗人范当世伯子先生诗名最为显赫，在同光时期与陈散原三立先生同领诗坛盟主，开一代诗风。其诗作激昂慷慨、雄浑沉郁，显现出晚清知识分子目睹外侮欺凌、国土沉沦，满腔郁闷而不得舒展的深刻悲怀。范曾先生生于兹、长于兹，自然身受浸染，沐浴诗教。据他自述："余自弱冠即随先严学诗，10 岁而诵《离骚》，12 岁背《万古愁曲》，俯仰吟哦，感慨悲怆，有不可自胜者。"（见《范曾历下吟草》自序）这种耳濡目染的熏陶，不仅为其打下了坚实的古典文学基础，更重要的是为他熔炼出一腔激越奔放的"诗情"、一双视角独特的"诗眼"、一支灵动曼妙的"诗笔"和一种包容万象、极尽精微的"诗思"。这，恰恰构成了范曾艺术最重要的文学基础。

范曾先生在诗歌创作方面的成就，早已为世人所咸知。自 1985 年第一本诗集《范曾吟草》问世，近年来又陆陆续续出版了 4 本诗集，可谓成果丰硕。其早年诗作激越昂扬、忧思难忘，还甲之后，诗风呈现出某些耐人寻味的变化，渐渐转向空灵恬淡、独自沉吟。作为范氏诗人之家的第十三代传人，范曾先生以自己的大量出色诗作，丰富了当今并不兴盛的古典诗坛，赓续了家族的诗脉，这是足堪告慰于先祖的。

然而，范曾之于诗，意在遣兴抒怀，“本无志为诗人”（见《范曾历下吟草》自序）。但是那种诗人的情怀和诗人的眼光，却对范曾的艺术思维产生了极其关键的影响，进而直接决定了他的艺术取向：在写实与写意之间，他一定是偏向写意的；在说理与抒情之间，他一定是偏向抒情的；在现实主义与浪漫主义之间，他一定是趋近浪漫的；在“黄荃富贵”与“徐熙野逸”之间，他一定是喜欢野逸的；在繁金错彩与逸笔草草之间，他自然会偏爱逸笔；在“十日一水，五日一石”与“当其下手风雨快，笔所未到气已吞”（苏东坡形容吴道子句）之间，他也会毫无疑问地选择后者……这些，与其说是艺术理念在起支配作用，倒不如说是渗透到骨髓血脉里的诗人气质，决定了其艺术创造的审美趋向，正所谓“性相近”耳。

范曾自19岁转入中央美术学院，20岁入人物画大师蒋兆和先生工作室，受到极为严格的传神写照的基本功训练，其造型之准确、勾勒之精审、结构之严谨、用笔之精到，自为第一要义。毕业之后，随沈从文先生编著《中国古代服饰研究》，为该书绘制了数百幅服饰资料和插图，为此他临摹了几乎所有存世的古代人物画。这是一段艰苦单调的劳作经历，同时也是难得的积蓄艺术能量、磨砺手眼本领的过程。但是，从一个画家艺术创作的角度讲，这还只能说是酝酿准备阶段。以范曾的艺术个性来衡量，这一时期还没有找到宣泄情感、抒发诗情的最通畅的渠道。他在探索与寻找中曾经感到苦闷和彷徨，忍受着心灵被局限、被束缚、被羁绊的痛苦。然而，1977年的一次偶然契机，竟使范曾的艺术能量勃然喷发，其风发的才情从此在大泼墨人物和简笔人物中，得到了充分挥洒的载体。他在数十年后曾这样描述当时的情形：“至1977年于荣宝斋，米兄嘱大笔泼墨写易元吉戏猴图，画甫成，举座惊叹。自兹以还，十有一年矣，余之画能虎步东西，盖米兄之推波助澜使然也”（见《米景扬画集》序）。

从表面上看，范曾成为举世公认的泼墨和简笔人物画大师，是缘于这次偶然的激发。然而，倘若深入研讨一下就会发现，这一艺术抉择其实并非偶然，而是范曾本身的性格、气质、艺术口味、审美趋向等要素相契合的必然结果，换言之，还是诗人本色的自然流露，泼墨和简笔不过是其满腹诗情得以倾注笔端的最佳突破口而已。

范曾的诗人气质决定了他观察世间万物，皆以诗眼取像，正如《文心雕龙》所谓“登山则情满于山，观海则意溢于海”，方之于范曾，正可谓“化人现身外身”（注：钱锺书默存先生曾题词于范曾画上曰：“画品居上之上，化人现身外身。”故有此说）。身外之身者，形肖之外的精神所归、情感所附、诗意所凝也。在范曾笔下，所有人物都是一种理想人格的体现，都是一种被画家诗化了的文化符号。他画屈原、陶潜、杜甫、李白、谢灵运、苏东坡，所有诗人到了他的笔下，都成了某种精神、某种情感、某种人格、某种理想的化身。他凭着对这些诗人的深刻理解和对其作品的反复咀嚼，可以穿透皮毛外像，直抵诗家灵府，以精妙的画笔摄取人物最传神的形态，使其成为自己心目中的“这一个”。范曾的诗学功力，世所共知，而其对诗人身世、性格、命运遭际等了然于心，更有助于他对画中人物的整体把握和深入刻画。故而，他笔下的历史人物往往是人人心中所有而目中所无者。难怪一画既出，顿时风行电照，不胫而走。曾记得当年听著名学者叶嘉莹先生讲楚辞，自述其心中之屈原形象，虽中外奔走多年而未得传其神者，及 20 世纪 80 年代某日观画展，抬头忽见一幅《屈子行吟图》张之素壁，竟如梦中屈原活现于纸上，不禁心如潮涌，不能自已。当即打听画家姓名，知为江东范曾也。此后，旋赴南开讲学。临别之际，校方以珍贵礼物相赠，展开一看，竟是范曾亲绘之《屈子行吟图》也，叶教授欣喜异常。盖因叶先生心中之屈子，亦南开校方心中之屈子也。彼时，范曾尚任教于北京，与叶嘉莹先生尚无一面之缘。而其对屈子形象之认同则一，这绝非偶然巧合也。

若干年前，也曾听到某些圈里人对范曾人物画的非议，其中有一条就是讲范曾画中人物“千人一面”。这种说法的荒谬性本来是不值一驳的，但凡有一点艺术识别力的人，都可以把范曾笔下的屈原、李白、苏东坡摆到一起，只需进行一分钟的比较，就可以分清其各不相同的形貌。以范曾在人物造型方面的深厚功力，让千人千面亦不过举手之间事。然而，我今天重提这一旧话，却意在提请各位读者留意这样一个事实：尽管范曾所画的人物形貌各异、举止不同，但在眉宇之间，确实充溢着一种大体相近的神气，那是一种浩然之气、凛然之气、清脱之气、俊逸之气。如果说，范曾的人物在外形塑造上还基本依循着客观形态的话，那么在人物精神世界与内在气质的把握上，画家则更多地诉诸个人的主观意念了。也就是说，范曾的人物常常是貌异而神合，在各不相同的外在形貌的背后，却充盈着一脉相通的精气神，它是属于被描写者的，更是属于描写者本人的。这种主体与客体精神气质的统一，使得范曾的画面上无论画的是李太白还是苏东坡，在其形貌背后总是活跃着一个鲜活的、充满诗意的生命，那就是范曾自己！

从这个角度说，范曾的人物画几乎可以说都是另外一种意义上的“自画像”，是自发肺腑自揭须眉，借古人之酒杯，浇自家胸中之块垒。在这一点上，范曾笔下的人物，很像石涛笔下的山川——“山川使予代山川而言也，山川脱胎于予也，予脱胎于山川也”“山川与予神遇而迹化也”。

如果说，石涛笔下的山川都是经过画家主观诗化了的山川，那么，范曾笔下的人物也无一不是经过诗化了的人物：他的眉宇、他的须发、他的举止、他的神态、他的服饰、他的器物、他身边的牛马猿鹤、他脚下的野草闲花……皆是大自然的诗化。

只有理解了这一点，我想，人们才有可能真正悟到：范曾先生何以一再强调中国画要“以诗为魂”了。

（二）

1956年，范曾先生不满18岁即辞家北上，就读于天津南开大学历史系。然而对中国画的酷爱使得这个被认为具有良好史学素养的学生，只读了一年多便要求去北京学画。德高望重的明史专家郑天挺教授是当时的南大历史系主任，他以长者的宽容和学者的睿智，对这个不安分的学生表示出极为可贵的理解和关爱，同意放他转入中央美院就读。弹指一挥间，30年过去了，当范曾以一位成功画家的身份，于20世纪80年代中期回到南开创办东方艺术系时，他已经46岁了，而当年教过他历史课的教授们则已入耄耋之年。据说，当时范曾前去探望著名历史学家吴廷璆先生，老教授曾感叹说：“当年郑先生放走了一个范曾，使中国多了一个大画家，却失去了一个大史家！”

然而，人生的变幻亦如历史之演进，时常出乎人们的预料：十多年前的吴老先生或许并未想到，他的学生范曾在书画艺术领域卓然大成的同时，并未终止对史学的钻研，在返回母校的15年后，竟以其斐然的学术成果，为久负盛名的南大历史系增添了一个新的博士点。世事轮回，固难逆料；然溯本寻源，踪迹宛在。就范曾而言，少年耽迷诗文；青年痴于绘画；中年聚文史哲诸学以融汇之，使丹青得学问之滋养而成绝艺；及至还甲之年，笔墨已为画家余事，而国学传统与人类文明之延续与弘扬，遂成文化托命之职志。由此观之，范曾先生之回归古典，亦如水流千遭终归大海也。

其实，在中国文化史上，书画艺术与文史哲经诸学科并无严格的泾渭分野，古代文人琴棋书画、文翰辞章，诸艺兼擅，方为通才。而精细的学科划分乃是近代科技教育发展的结果。这种貌似科学的学科分类固然对自然科学、产业革命的发展起到过重要作用，但也不可否认，硬性将原本浑然一体的中国文化大系统条分缕析，割裂为互不关联的独立学科，无疑切断了各门学问之间的有机联系，这对中国传统文化的传承和演进显然并无助益，甚至有所遏制。于是，中国几千年绵延不绝的诗教传统被湮没了，五千年中华文明的主要传承者，即文人阶层也几乎被铲除了赖以产生和成长的土壤。就治学而言，学史而不谙诗文，学文而不通史哲，已成制约学术之通病；就艺术而言，习画者单论笔墨，学书者不懂说文，业西画者不问国学，学国画者不知文史。长此以往，画家沦为画匠，书家变成笔奴，也就不足为怪了。

然而范曾先生却是一个罕见的例外。他秉承家学，自幼接受了最传统的诗教；他博闻强识，从小打下了牢固的国学基础；他敏悟好学，从未放松过对画外功夫的研讨；他多思善断，擅长把诸多学问融会贯通、学以致用。他的书画艺术因学问滋养而丰澹绚烂；他的学术研究亦因艺术思维的贯通而灿然可观。以传统文人和现代学人的双重标准来衡量，范曾可谓身兼继往与开来，承接传统与现代，既是完全符合古典传统的标准文人，又是极富现代意识和开阔视野的现代学者，具有如此特质的艺术家，在当今中国几如凤毛麟角。

范曾的历史学修养对其国画事业的最直接的助益，便是其绘画题材的选择。虽然他早期也曾画过各种现代人物，还创作出有名的《鲁迅小说插图集》等现代题材的佳作，但是，最终使他大展宏图的却是历史人物画。从古至今，从事历史题材创作的画家很多，然而范曾却正是在这条并不宽阔的道路上，开辟出一块独属于自己的艺术蹊径，此中奥秘不言自明。

读范曾的历史人物画，你常常会惊叹于他对人物性格把握之准确，对人物所处的生存环境刻画之精审，以及对人物一生中最典型阶段的特定情貌表现之传神。这种准确、精审与传神，源自画家对这个历史人物的个人命运与彼时社会背景的谙熟与深悟。读他的大幅画作《丽人行》，你会真切地感受到盛唐时期贵妇游春，百媚丛生，穷奢极欲，恣纵娇嗔的盛世景象。然而画家的着眼点并不在单纯展现春和景明时节，杨柳轻拂，美女踏春，他要表现的是“摧毁开元天宝盛世的不仅是安禄山的刀戟，这脂粉队何尝不是叛军的先遣？”他的画外之旨在于：“这鸾铃清脆的响声，和那时代的丧钟齐鸣。危机的信号到了。盛唐繁华的外貌中已险象丛生，大厦将倾。”这种独特的历史思维，决定了画家在表现传统的《虢国夫人游春图》的景象时，能够迥异于前贤，不仅增加了画面的动感，而且别出心裁地把当朝宰相杨国忠和一黄门侍者跃马扬鞭，横冲直撞而来的骄横形象，置于画面的中央部分，使画面左半部分的静美，与右半部分的动感构成明显的反差和冲突。如果不是对当时社会环境有着深刻的领悟，对盛唐的兴衰演变有着清醒的体认，怎么敢涉猎这一早已被古代大师周方和现代大师傅抱石所画过的题材？又怎么能创作出如此前无古人的画面呢？

对中国美术史的研究是范曾先生治史的重点与强项。收录在本书中的《中国古典绘画的精神》《中国近百年绘画纵览》以及对前辈画家的论述如论石涛、论八大山人、论吴友如等等，都显示出范曾研究艺术史的独特之点：从历史的大背景着眼，透过一个个艺术家的人生命运来揭示艺术流派的形成和艺术发展的过程，从而总结出历史的规律。与一般史家所不同的是，范曾作为一个艺术家，他对前辈艺术家的分析，往往诉诸设身处地的体验，这使范曾的艺术史论，无形中蒙上了一层感情的色彩。试举他在《中国近百年绘画纵览》中的一段文字为例：

贫穷和愚昧是文化保守主义滋生的最佳土壤，这是事物的一面。另一面是动乱不安的生活，也会造就一批桀骜不驯的天才，他们的成就有时会超过承平之世娇生惯养的艺术家，这是艺术和政治、经济发展不平衡的规律在起作用。没有安史之乱，就不会有杜甫的《秋兴八首》；没有南唐的灭亡，也就没有李后主的《虞美人》；宋代李清照的万贯家藏不在战乱中丧失殆尽，就不会有她不朽的《金石录后序》这篇千秋妙文。近代乱世偏出才人：鸦片战争爆发时，赵之谦才十一岁，虚谷十六岁，吴昌硕两岁，任伯年刚呱呱坠地……震荡的时代风云对沉闷腐朽的现实，宛若飕风狂澜对积垢太久的海面无情地冲击，是件好事。而天才艺术家，总是需要一点刺激，方能使其耀眼的光华脱颖而出。

丰富的史料成为扎实的论据，而结论的产生亦如水到渠成。这种范曾式的史论文字，在本书中其实是随处可见的。

再举一段范曾论述八大山人的文字：

明朝宗庙既隳，八大山人由儒而佛，由佛而道，他依旧逃脱不了世网的羁绊。他在南昌城建道院青云谱，但青云谱也不是一个清静的去处。一个小小的临川知县胡亦堂便可以将八大山人从青云谱拉出，禁锢于府邸，前后达一年之久。这种芝麻小官、饾饤腐儒对天才的凌辱和扼杀，代有其人。如宋代李宜之之于苏东坡。然而八大山人没有引决自裁的勇气。他还得活着，他的佯狂哭笑、遗矢堂中，便是他为争得生命权的最后一着棋，一种可悲的生存艺术。他之所以题名八大山人为“哭之笑之”，其中隐藏着他内心的巨大创痛。

巨大的创痛化为一种冥顽的内力，这种内力的外化，便是八大山人的笔墨。它来自八大山人丰厚的学养，学养的受抑，受抑后的宣泄。这种宣泄，不是表面的狂肆和对绘画原则的鄙弃。八大山人的心灵冲决了地狱的魔障，经历了炼狱的锤炼，最后接受了天堂的洗礼。他的笔墨是从这样的心灵中流泻而出的，这是他唯一的、至高的、空所依傍的伟大艺术语言。八大山人的笔墨不仅有这样的心灵的渊源，也有中国文人画历史的渊源。我们不妨认为陈淳和徐渭给了八大山人洗练的启示，而董其昌则给了八大山人清醇的感化。当洗练和清醇的外衣加上了自己百炼柔钢的内核，那种真正的外包光华、内含坚质的笔墨就诞生了，八大山人笔墨的诞生，为中国文人画开创了一个新的世纪。它的伟大价值是，中国画可以毫无愧色地和普天之下各国大师，无论今天的或古典的最伟大的画家站在同样的高峰峻岭。而对八大山人之前的或之后的画家，我们不敢作如此豪迈的断语。

如此纵横捭阖、立论新颖、史料翔实、掷地有声的史论文字，读起来令人痛快淋漓，读后又能发人深省。倘若不是对八大山人的人生轨迹了如指掌，不是对八大山人所处的险恶环境感同身受，不是对明末清初的中国社会和艺术进程有着深刻而准确的把握，以如此简练的语言，是不可能阐发出如此精辟的论说的。这，恰恰是范曾先生驾驭此类题材所特有的举重若轻、收放自如的本领。

作为艺术家的范曾，当其挥毫状物之际，眼前却时时浮现着画中人物于彼时彼地上演的一幕幕历史剧；而作为历史学家的范曾，当其秉笔为文之时，内心却时时与其所论说的古代先贤、诗魂烈魄们互通着隔代知音的心曲。他在与古人的对视中窥探到他们心灵的低吟，他在与先贤的对话中参悟到历史烟云背后的真相。于是，他的画笔融进了历史的厚重，他的文章也浸透了岁月的沧桑。观其画，品其文，我们似乎不仅体味到什么叫做渊博，更应领悟范曾先生所传递的那一份深沉、一份凝重和一份历史的苍茫。

（三）

探讨一位艺术家的哲学理念是一件极其困难的事情。而要探讨像范曾先生这样一位学问精深、诸艺兼擅的艺术家的哲学理念，更是难上加难。然而，这又是一件无法回避的事情，因为任何艺术都是以一定的哲学理念作为其内核和基础的。从某种意义上说，解析一个艺术家的哲学思想发展演变之轨迹，不啻是洞悉其艺术风格之形成、走向乃至理解其艺术作品精神实质的一把钥匙。

我自知在这方面是低能的、愚钝的，这一点在编辑本书的过程中早已暴露无遗。然而，既然承担了编书的使命，那就没有理由回避这一课题。在此，只能不揣浅薄地发表一些并不成熟的一孔之见，以就教于大方之家了。

通州范氏是宋代名儒范仲淹的后人，范曾的祖父范罕和外祖父缪篆都是有名的教授，父亲范子愚和母亲缪镜心也是通州著名的教育家。范曾先生生长在这样一个教育世家，自幼就受到了非常传统的家教，所受的影响自然是以儒家的世界观、价值观为正统。而先祖所留下的“先天下之忧而忧，后天下之乐而乐”的名言，也就成为世代相承的家训。因此，入世的、先忧后乐的、积极进取的人生态度，别无选择地成为范曾青年时期的思想主调。而这种积极进取的人生态度与新中国所倡导的理想、信念是很容易互相融通的。然而，范曾的艺术家气质却使他不善于以理性思维来分析事物，天真率直、狷介不驯的本性又使其永远学不会察言观色、三缄其口，这使他在“文革”的浪潮中大吃苦头。

人到中年之后，随着时代风雨的洗礼和自身阅历的增加，范曾的哲学观念中开始融进一些道家和佛家的因子，且举一个小小的例子：在其四十岁前后，他开始使用“抱冲”二字作为斋名，这显然是从老子“大盈若冲”的名言中提炼出来的。然而他在一篇名为《闲话抱冲斋》的文章中却做了这样一番阐释：

我自号“抱冲斋主”，这真有些老子哲学的意味。其实，我对老子恍兮惚兮的理论不甚了了，而对他理论体系中的思辨因素，却十分钦慕。老子讲“大盈若冲”，那是讲真正的充实往往是冲虚而不盈满的。我以为一个艺术家或学者，一方面在人生道路上勇猛精进，艰苦搏击；而在个人品性的砥砺上，则又应当怀抱淡泊冲虚，不为名缰利锁所羁，保持着一种博大而虚怀的精神境界，那么，这才具备了创造心智果实的最佳状态。

从这段“夫子自道”中，我们不难看出，此时的范曾只是取老子哲学中的一些有益理念为我所用，而其思想的主流依然是“在人生道路上勇猛精进，艰苦搏击”，也就是说，还是积极入世的，属于儒家的理想境界。此后不久，他又采纳了楚辞专家文怀沙先生的建议，以“十翼”为字。“十翼”典出于《易经》。《易纬·乾坤凿度》云：“孔子五十究易，作十翼。”《易正义序》论“十翼”云：“孔子所作，先儒更无异论。”显然，此时的范曾先生对儒家的理想信念价值观等等，还是基本认同的。他在1987年曾在一本画集的附录中顺便谈及取字“十翼”的意味，还是“欲通古今之变，成一家之言耳”。

谈到范曾先生名字的改易，我想在这里不妨再做一番考证：范曾先生早期名“罾”，字“木上”。这是出自屈原《楚辞》的一句名诗“鸟何萃兮苹中，罾何为兮木上”（见《九歌·湘夫人》）。即使在他取了“十翼”这个新字之后，也还常见他在画面上题款“又字木上”。可知对其偏爱之深。这不禁使我联想到范曾先生对屈原的推崇和钦敬，可以毫不夸张地说，屈原是范曾内心深处最折服、最崇拜的“精神导师”，这不仅因为屈原是一位伟大的诗人，更是一位伟大的爱国者。他的满腔赤诚、他的忧思悲怀、他对真理不懈求索的精神，每每使范曾激动不已。而他的悲剧命运，更令范曾感慨唏嘘。他曾在一首诗中写道：“一叶凌波怀屈子，千年怨愤祭孤魂。”而屈原的理想主义、浪漫主义和爱国情操，与儒家的积极进取、自强不息、先忧后乐、兼济天下等人生信条，在范曾的哲学理念中是相与表里、融为一体的，这便构成了其中年时期的思想主调。

正是在这种思想主调的支配下，范曾先生在 20 世纪 70 年代末至 80 年代中后期，成为一位积极的社会活动家和青年教育家。他在多所高校向青年学子发表演讲，以古代圣贤故事和自己的亲身经历，阐述对祖国、对人民、对文学艺术事业的深深挚爱；他四处奔走，竭尽全力，为兴建南开大学东方艺术系而殚精竭虑；他在青联、政协等各种会议上大声疾呼“重振雄风，再造民魂”，为现代化建设建言献策；他还将自己卖画所得的 400 余万元人民币悉数捐献给南开大学，用于兴建东方艺术大楼……这一时期，范曾先生的所有言行都贯穿着一条主线，那就是他一再倡导的忧患意识和奉献精神，他是在身体力行地实践着自己的理想和主张。这种理想和主张与其说是政治性或者功利性的，莫如说是一种文化的选择，其内核也就是深入骨髓的儒家兼济天下的思想和屈原的忧患意识。

我想在下面引述范曾在 1987 年所作的一次演讲中的一段话，或许能够比较清楚地看出他当时的文化取向：

我赞成五四时期的“德先生”万岁、“赛先生”万岁，民主和科学永远是一个民族进步的杠杆。但我以为，中国的传统哲学、文学、宗教、道德，同样有去粗取精、去伪存真的过滤过程。事实上，在儒家和道家的思想中，也的确有不少进步的因素。有人以为中国的儒家和道家“使人变得软弱、卑微、病态，变成精神上的废人，使人生变得苍白、黯淡、阴郁”。我想，受道家思想影响很深的李太白和苏东坡，都会站起来反对这种结论。我不知道，在全人类的历史上，还能不能找到这样豪放、倜傥、豁达不羁的诗人。受儒家思想影响很深的文天祥，那种临危不惧、视死如归的精神，难道不是光芒万丈吗？难道是苍白与黯淡吗？即以儒家的代表人物孟子，也还讲过“民为重，社稷次之，君为轻”的思想。孔子也曾提出过反对苛政，“苛政猛于虎”，主张“有教无类”“学而不思则罔，思而不学则殆”。这些都是他们哲学之中可取之处。我们今天评儒，不能只停留在五四时期的水平，更不能像“四人帮”“评法批儒”时那样一概抹杀，对道家也一样。

从这里我们不仅看出范曾对儒家思想的认同，也发现了他对道家思想的关注。还有一点应当指出的，就在同一篇演讲词中，范曾谈到在回答一家出版社寄来的问卷时，在“您最尊敬的一个人”一栏里，他填的是“释迦牟尼”。在这里，儒释道三家异乎寻常地聚首了。这反映出此时此刻范曾先生的哲学取向已经变得比较复杂、比较兼容了。

记得徐复观先生在《中国艺术精神》一书中曾经谈到，在中国艺术发展进程中，真正起主导作用的是道家思想。林语堂先生也讲过大体相近的话。考察一下中国艺术史，也不难发现，许多艺术家都是道家思想的实践者，而更多的则是由儒而道。禅宗是佛教中国化的代表性思想，而在林语堂看来，庄子的思想“完全预表佛教的禅宗”（见《道山的高峰》），这说明禅宗与庄子哲学有着许多相同或相通之处。这也足以说明为什么像李太白、苏东坡等艺术家都是既推崇道家又迷恋禅宗了。就中国绘画史而言，基本是道家（后来又加入禅宗）一统天下。客观地说，以儒家所谓“成教化，助人伦”为圭臬的文艺价值观，在中国古代的文学领域确曾大行其道，但在绘画领域却影响甚微，除了少数为当朝政治服务的宫廷绘画之外，中国画的主流一直是沿着道家的崇尚自然、直抒胸臆的方向发展，以至于在中国绘画的诸多画种中，山水和花鸟等直接以描摹自然景物为主的作品，蔚为大观。这与西方绘画艺术以历史、宗教等题材为主流的发展走向，形成了鲜明的对比。这种独特艺术景观的出现，无疑是与中国艺术一向以道家思想为归依的哲学取向，有着直接的、关键性的关系。

我在前面已经讲到，在范曾先生的内心深处，儒家的入世观与道家的出世观并行不悖，两者互相融合，只不过随着客观现实的不断变化和人生境遇的跌宕起伏而此消彼长或彼消此长。当他作为一个成功者被社会所推重，而他自身也努力扮演着一位社会活动家和青年教育家的角色时，他的内心鼓荡着先祖大笔书写《岳阳楼记》时的激情，以天下为己任的爱国情怀使他与无数志士仁人心路相通，这时的范曾是一个典型的心忧天下的儒者；而当他回归画室，面壁挥毫，澄心凝虑，独自沉吟，其角色复原为一个纯粹的艺术家时，他又自然而然地像他的无数古代同行一样，成为大自然的信徒，进而成了老庄的知音。按照林语堂的说法：“道家哲学为中国思想之浪漫派，孔教则为中国思想之经典派。”而范曾先生自幼接受儒家经典之熏陶，其自身又是一个颇具浪漫色彩的艺术家，这种矛盾的心态就决定了他必然是常常在儒道之间徘徊，这既是其文化背景使然，亦是其性格特征使然。

1990 年以后，范曾先生移居法国巴黎。在一段时期内，既远离了社会的纷争，更摆脱了许多原有社会角色的羁绊。这使他有可能过一种更单纯、更宁静的从书斋到画室的文人生活。在这种情形之下，他的思想更加趋近道家哲学。他开始认真地研读老子、庄子的著作，每有心得，便随手记录下来。他的画面上也越来越多地出现老庄的形象。1996 年底，范曾先生在深圳举办了其归国后的第一次画展，其展品中竟同时出现了 16 幅形态各异的同题画作《老子出关》。在本书中所收录的《老子皓髯》一文中，范曾写道：

我和老子恐怕是结下了一世之缘了。悲鸿之马、黄胄之驴、可染之牛都有着符号意味，而当今之世一提及范曾，大概立即想到老子。而有趣的是，先祖文正公，西夏人称他“小范老子”。……我喜欢画老子，画他的说法演教，画他的闭目神思，画他的骑牛出关，而旁边总有一个稚拙无邪的村童做他的书仆，背着他的几卷《道德经》和饮水的葫芦。老子则素衣布鞋，须发皓如积雪，而头发披散，不着巾帻，有飘飘欲仙、不与世争的风神。他微微地欠着腰，半睁半闭着那双洞察天地古今的慧目，寂然凝虑，悄焉动容。那童子不正是对老子永怀敬意的范曾我吗？在老子面前，我心灵上有一种无法言状的感动。

除了老子，庄周梦蝶、惠子有诘等以庄子书的内容为题材的画作，也更多地出现在范曾先生的笔下。题材之外，更有画风上的进一步发展：泼墨和简笔人物本来就是范曾先生的独特风格得以形成的基石。年近花甲之际，范曾在这方面的艺术探索，又出现了突飞猛进的发展，其《简笔老子》《泼墨钟馗》《乐天诗情》《万古千秋五字新》等画作堪称代表。其笔墨之酣畅、线条之风动、人物之传神、造型之奇绝，均达到了前所未有的高度。这种艺术境界的升华，我以为是大大得益于他近年来对老庄哲学的深刻参悟。此外，近年来，范曾先生的审美口味也越来越偏向于简淡、冲融、宁静、疏朗的画风，尤其对八大山人用功甙勤，他说，近来“我开始全副热情地研究八大山人，漏卮豪灌八大山人的佳醑。‘忘形到尔汝，痛饮真吾师’（杜甫句），自视八大山人为异代知己”。这，恐怕也与八大山人画中所体现的道家风范有着直接的关系。

范曾先生的这种转化也体现在其诗歌创作中。我们读他近年的诗作，每多低回婉转、天淡云闲之境，与其早期诗中的慷慨悲歌、豪气干云，已拉开了一定的距离。在范曾先生 1998 年底为自己的一本诗集所写的自序中，他也谈到了这种变化："先曾祖范伯子先生以诗行天下，先祖范罕以诗授大学，先严子愚翁则以诗为自娱，此足证近世以还古典诗歌之渐趋式微。至于十翼竟如何？亦曾有以诗辅天下之志，故其时之作往往激越慷慨，久之，了无反听，则索然无味矣。缘时代已不可以旧体诗飨广大群体，崔健之一吼，胜诗人之万首。于是孤踪自往，此时之诗往往驰思于云天之际，且也不复事功，吐纳英华遂莫非性情矣。纵览平生诗作轨迹，由儒而庄，了然分明。"（见《范曾自书七绝百首》序）

这段自述心迹的论说，我以为是非常重要的。它为理解范曾先生哲学思想的发展轨迹，提供了一个入口。只有由此深入，我们才能更深切地品悟到范曾近年来艺术面貌变化的深刻根源。从中年时期自谓"对老子恍兮惚兮的理论不甚了了"，到如今能够写出收编在本书中的两卷学理深邃、真知灼灼的《老子心解》《庄子心解》，这期间的心路历程确实是耐人寻味的。当然，探讨这一深刻变化的内在与外在之原因，已不是我的浅薄学养所能胜任的了。在这里，我只能提出问题，解答它只能留待饱学之士了。

（四）

2000 年第一期的《散文选刊》上公布了 1999 年度中国散文排行榜的评选结果，范曾先生以《凡•高的坟茔》一文入选，同时还有一篇《警世钟》获得提名。在名家荟萃、高手如云的入选作家名单中，范曾是唯一的一位画家。

范曾先生对这次入选感到有些意外，当然也不免有几分惊喜。他从北京打电话告诉我这个消息，称这是“无心插柳柳成荫”。我在兴奋之余，对范曾先生说：“这说明众多的读者和诸位专家评委是很有眼力的。您的散文本来就是一流的，只不过被您在书画方面的名声给盖住了。”

事实正是如此。据我所知，早在20世纪80年代中期，范曾先生就曾以一篇《新潮赋》获得了天津市好新闻作品评选的一等奖，随后在由人民日报社等单位主办的散文大奖赛中，以一篇《将军白发新》获得一等奖。进入20世纪90年代后，其散文力作《风从哪里来》又被《中华散文》评为一等奖。而这些几乎都属意外的收获。了解了这些前因，我们就不会对此次范曾先生入选中国散文排行榜感到奇怪了。

范曾先生对中国古代散文传统浸淫甚深，许多名篇都可以背诵。我就曾亲耳聆听过范曾先生大段地背诵贾谊的《过秦论》、鲍照的《芜城赋》、司马迁的《报任安书》、范仲淹的《岳阳楼记》以及王勃的《滕王阁序》等古典华章，那真是语调铿锵、情绪激昂、低回婉转、荡气回肠。对西方的文学名著，范曾先生也多有涉猎，这使他得以在广阔的文学天宇中上下求索、广纳博收，进而在创作实践中融各家之所长，取自家之所需，形成独特的散文风格和创作理念。就如同范曾先生的散文作品是其整个文艺创作大观园中的一朵奇葩一样，他的散文理念也是其整个文艺理论体系中的一个重要组成部分。

数十年来，我与范曾先生时常聚首谈艺，问道切磋，叨陪末座，获益良多。每每论及散文，语多警策，不同凡响。尤其是范曾先生所首倡之“赋体散文”，更是我多年来心之所思、口之欲言者，一经先生阐发，顿使我茅塞顿开，心胸大朗。由此，范曾先生的“赋体散文说”也成了我学写散文的不二法门。

关于“赋体散文”，范曾先生曾在多篇文章中述其文理，发其精义。其中尤以《“赋体散文”发微》和《散文小议》这两篇文章论述最为周详。范曾先生写道：

一篇美文必是胸次徘徊、勃郁已久的产物。所以意有所郁结，足以成文；意有所畅达，足以成文；思往事，追来者，足以成文；观今世、振聩聋，亦足以成文。……凡足以传世者，必有浩荡庄严的意味在，必有凄楚沉痛的情愫在，必有剀切凌厉的判断在，必有美奂绮丽的幻想在。而要达到这山回路转、三致其意的境界，为文者自当有所感怀、有所激扬、有所铺陈、有所赋比，这就渐渐有了赋体散文之风神。而人类思维之左右相背、上穷下达、疏近导远，与夫比比皆是的宇宙对称律，必致骈俪面貌的或隐或现，而中国文字的音律对仗排比，更使这骈俪有了依托。

范曾先生论文，最重气势。他曾讲道：“古往今来的散文家，没有一个不是以气胜。你讲，散文就是要散，或者说文散而意凝，这都是不足驳斥的悖论。你的意念不执着、文气不贯通，那你的散文就没有气势、没有风骨，这能叫好散文吗？”范曾先生多次与我论及“势”与“骨”对散文的重要，他认为，“沛乎六合的博大气象，使你有了一双超越时空的眼睛，生就一对高翔死水泥淖的翅膀。而散文的‘骨’，则在于作者摈弃俗念凡思，远离颠倒梦想。有气势、有风骨还不够，还得有文藻华彩、有排比骈俪”（见《“赋体散文”发微》）。

范曾先生非常重视文章的民族风格和气派，而他之所以倡导赋体散文，在很大程度上是着眼于发扬中国文字的形式美、对仗美和音律美。他认为“中国历来文章的大手笔，决不放弃骈俪排比对仗、不放弃铺陈赋兴纵横的妙用，我们以为这种美文的传统不唯和中国人的思维方式也和中国文字的特质相关联。昔闻一多提倡新诗之格律化，谓为带着镣铐跳舞，如果这意味着在严格的约束之中获得的自由，那么语体的散文赋体化、骈俪化，实在是一方值得聊浮游以相羊的天地”（见《“赋体散文”发微》）。但是，范曾先生也一再申明，提倡赋体散文并不是要兴灭继绝，恢复骈文之旧制。在他看来，“以骈文衰飒，回天无力，今人撷取对仗节律之美而为文，或有新境。苟必为四六之体，则迂阔甚矣”（见《散文小议》）。

收录在本书中的文字，或谈诗论画或阐发学理或臧否人物，文体不一，意旨迥异，然若以文章之气势、风骨、文采、境界观之，则皆是上佳之散文也。在范曾先生的手里，学术论文与散文随笔的界线已不甚分明，即使是谈老子和庄子那些玄而又玄、恍兮惚兮的哲理的文章，范曾先生也照样能够写得词彩绚烂、理趣盎然，这种化幽深玄谈为云章妙笔的本领，确实非等闲写手所可梦见。试举《庄子论道：齐一、无差别、混沌》一篇的结尾文字为例：

中国历代诗人中的浪漫派、诗论中的境界说，与其情感升腾、迷不知所向的时候，都和庄子在冥冥之中邂逅，如果没有庄子，就不会有谢灵运、陶渊明和苏东坡，此说当不为过，举例以证之：

庄子在《德充符》中有一段文字，孔子称赞鲁国的一个被砍掉一只脚的圣人王骀，说他能远天地、忘生死，不随物化而自守宗旨，根本的原因是他对宇宙万物抱着“齐一”的混沌的态度，故能做到“自其异者视之，肝胆楚越也，自其同者视之，万物皆一也。夫若然者，且不知耳目之所宜而游心乎德之和”。这里的“耳目之所宜”指局限于时空的间间小智，而“德之和”则指超越了时空，万物齐一的闲闲大智。苏东坡是深会此义的，在清风徐来，水波不兴的明月之夜，当他和黄庭坚、佛印游于赤壁之下的时候，人们很自然地发出“哀吾生之须臾，羡长江之无穷”的咏叹，然而苏东坡很快地用庄子的齐一说化解了人间的烦恼，他问那位感时伤世的朋友："客亦知夫水与月乎？逝者如斯，而未尝往也；盈虚者如彼，而卒莫消长也。盖将自其变者而观之，则天地曾不能以一瞬；自其不变者而观之，则物与我皆无尽也，而又何羡乎？"这和上面引述的《德充符》的一段文章如出一辙，只有当艺术家从时空的我执之中解脱，才能达到忘生死、忘是非，物我交合、物我俱化的大化之境，这种乘物游心而忘其身的精神是艺术家接近宇宙大美的前提，那时才能"入无穷之门，以游无极之野。吾与日月参光，吾与天地为常"（《在宥》）。苏东坡不正是在庄子这种哲学的感召下，才能淡视自己宦海的沉浮，才能摆脱一己的痛苦，而冯虚御风、遗世独立的吗？"无穷之门"何在？在你体道得悟，万物齐一的心灵里；在那虚涵凝寂的宇宙本体或质言之中，在庄子书所谓的"气"之中。"无极之野"何在？在你插上那逍遥游的鲲鹏之翅，"抟扶摇而上者九万里"的时候，当你远离世俗的野马尘埃，你的眼前是"天之苍苍"（《逍遥游》），一片湛蓝，一片明净，这儿，你不知道什么是痛苦，也不知什么是快乐，不知道生之足爱，死之足哀，也许这就是永恒。

我在这里引述这段文字，意在使读者比较完整地感受范曾先生的那种纵横古今、汪洋恣肆的气势，意会其文风的跌宕起伏、境界空阔，同时更想请读者仔细体味这段专以论述庄子有关"间间小智"与"闲闲大智"等深奥哲理的文字，写得何等生动、何等清晰、何等收放自如、何等周赡典雅。像这类说理与描摹并行、叙事与议论不悖、既富玄奥哲理又富瑰丽文采的文字，在本书中可谓比比皆是、不胜枚举。

在论及散文与历史、哲学等相关学科的关系时，范曾先生曾有过一段十分精彩的论述，不妨引在这里，以为参照：

散文是很难和史、哲、诗划清界限的。屈原的《天问》，诗也。对宇宙、历史、人生，放言无惮，咄咄追问，实有韵之散文也；《庄子·秋水》，哲学也。以恣纵不傥之词，阐发对宇宙本体齐一、相对的概念，固雄奇瑰玮之散文也；贾谊《过秦论》，史也。然旁征博引、雄谈阔论，亦扬清激浊之散文也。此皆不求为散文而为散文者。……文人而非史家，作宏观纵横之说，必有疏讹；非哲人，作发微探奥之论，难免浅薄。反是，史家、哲人而具文采如季羡林。其《站在胡适之先生墓前》一文，哀而不愠、微而婉，而其锋芒所向，直有横扫千军之势，以四两拨千斤，把一场闹剧，批判得入木三分，从而恢复历史的真面。此所谓外包光华、内含坚质，最见其学养功力，正如陈骙《文则》所云："平平说去，亹亹不断，最淡而古。"这"平""淡"二字，是容易做到的吗？文章不难于巧，而难于拙；不难于华，而难于实。为文之道，于此最为重要。

读其文，品其理，我们自然会更加深切地领会范曾先生的散文观。

（五）

范曾先生对以季羡林先生为代表的学者散文，给予高度评价，称其为"外包光华、内含坚质，最见其学养功力"。而作为一位同样学识渊博的学者，范曾先生的文章也处处充盈着丰厚的学养，读其文，常有身入宝山、目不暇接之感。

范曾先生之文，厚积薄发，取精用弘，其知识厚度和信息密度均令人一读即知其文章的分量。《老子心解》和《庄子心解》两篇宏文，旁征博引，发微探幽，不啻是一位艺术家对老庄哲学的心领神会。更绝的是，范曾先生还对诸如今本老子与帛书老子在"不争"与"有争"这两个特定词语上的歧见（见《画家精神的释放》之开头一段）以及对郭象的庄子注与庄子本意的差别等问题，进行了非常专业性的考证和辨析，发表了自己独到的见解。这种工作如果不是具有丰厚学养和国学功力，是无法涉足其间的。而对一些看似轻松的小品，范曾先生也总是另辟蹊径，以其渊博的学识和摇曳多变的笔触，写得丰赡厚重，容量倍增。一篇《说马》，起笔第一句："英雄、名马、美人三位一体，构成了多少壮烈而又艳丽的传奇和故事。"从而引出一系列流传千古的历史活剧：从霸王别姬到貂蝉献马；从萧萧班马鸣的战场杀伐，到五陵年少的裘马轻狂，从唐人咏马的名诗到伯乐相马的哲理……最后归结到画家笔下之马，古有曹霸，今有悲鸿，而自己所画之马"自视得骏骥风神，庶可不过分自惭矣"。显现出一种并不夸张的自信。通篇文章可谓文气迂回、满目珠玑。此外如《苍鹰画作殊》《说龟》《万物相亲》等篇之谈鹰、龟与鼠，皆为缘物寄情之佳构，其比兴铺陈、回肠九转，说古论今，妙语连珠，实在是其"赋体散文"理念的集中体现。

范曾先生之文，每多真知灼见，剀切深沉，尤其对其自视为异代相知的诗雄文擘，理解之准、论述之深，常有旁人不及之处。譬如他论谢灵运，并不回避这位天才诗人在世时的恶德，他写道：

谢灵运绝对不是一个可爱的人，出身的高贵、袭封康乐公的荣禄、才气过人的骄傲、帝王的青睐和呵护……使他成了一个狂躁、残暴、奢靡的怪物。他"性奢豪，车服鲜丽，衣裳器物，多改旧制"。皇帝看重他的文才，他却不愿为主上所戏弄，以为大材小用。朝中奸佞嫉恨他，重臣弹劾他，地方不堪其骚扰，老百姓怨恨其侵凌，门生恐惧其杀戮。最后还谋反。……他被杀头，那是势在必行了，当时他才四十九岁。

在列举了谢灵运的种种恶行之后，他笔锋一转，文章也急转直下，凸现出一段精辟的分析：

那么，在谢灵运的为残暴、贪欲、奢靡、偏执所充塞的黑暗心灵里，有没有一方光明的净土和一片清澈的湫潭？啊，有的，有的，这就是作为人的复杂性。确实还有一个谢灵运，这个谢灵运开创了中国文学史上山林一派，与陶潜的田园一派并称“陶谢”，他的的确确是一个令人叹服的诗人。

如果我们把谢灵运的“寂寞心”作为一种特殊的社会现象来看，那么元遗山的论诗的确是一把打开谢灵运心灵另一侧的钥匙。我们不要忘记，谢灵运饱读史籍，在现实生活中的乖张、恣肆和他所知道的古贤大哲的高迈追逐南辕北辙。然而他确有所感，确有所得。他在《山居赋》中讲“谢子卧疾山顶，览古人遗书，与其意合，悠然而笑曰：夫道可重，故物为轻；理宜存，故事斯忘”。这段话的意思是，他卧病山顶，发现古人所著书与其意合，所以感到愉悦。能够重道，则轻于物欲；能够存理，则可淡忘俗事。谢灵运在现实中的怀才不遇和社会上下对他的排斥，大体都是他自己性格使然，怪不得人的，可以说“不遇于今”；然而心灵必须寻找寄托，他从古人的典籍中找到自我，心灵得到慰藉，这就叫“必得于古”。而只有大自然的怀抱可以容纳这个为社会所不容的怪胎，而当谢灵运的天才与大自然融汇的时候，那优美的诗篇便诞生了，这是大自然的宽大胸怀培育了谢灵运的诗章。

文章写到这里，一个性格复杂、表里迥异的诗人形象，已经跃然纸上。接着，范曾先生回到了自己的画：“我画出了一个心灵中理想化的谢灵运，那不是‘性奢豪、车服鲜丽’的令人憎恶的谢灵运。我和元遗山、李太白异代联手，想为人们追回另一个谢灵运，一个‘寂寞’的谢灵运，一个‘不遇于今，必得于古’的谢灵运。我们应该具有大自然一样宽阔的怀抱接纳他。”

在《梦游天姥》一文中，范曾先生也把李太白的两面性作了一番剖析，他写道：“清醒时的李太白不能免俗，《与韩荆州书》即有阿谀，只是遣词豪宕，不显寒酸。……然而这毕竟不是李太白的真面，只有在醉梦之中，一个千古不朽的诗人才巍然而立。那是从世俗的牢笼中挣脱的伟大灵魂，具有独立不羁的高尚人格。那时，他不再希求帝王大臣的青睐，不再希求锦袍玉带的荣耀。其实李太白总是在玉盘珍馐、宦门帮闲和蓬飘蒿居、独立人格之间选择。凭着他诗人的本性，他的终极选择必然是后者。”这一段言简意赅的评述，将李白的诗作《梦游天姥吟留别》产生的内在原因以及画家画作的历史根据，统统讲得清清楚楚。像这种一语中的的知人之论，不能不说是范曾散文的一大特色。

纵观范曾先生的散文创作，我以为乃是以史家之识见、哲人之思辨、诗人之情感凝结而成的文字，也就是说，他的散文是集诗、史、思为一体，再加上艺术家之想象力，遂形成了其沉雄博大、奇谲瑰丽、文采飞扬、语言典雅的独特风格。其文脉不仅袭自家学，更远接屈骚汉赋、唐宋古文，近承明清以降之性灵小品，且从“五四”以来的大家手笔处直接汲取了丰厚营养，方使其文笔游刃于大千万象，上下驱策，左右逢源。而艺术家之独特思维方式与夫胸怀天下、关注全球命运的人类意识，则使其秉笔为文之际，足以登高临远、俯察万类。相信每一位读过范曾先生《警世钟》的人，都会被作者对人类终极命运的深邃忧思和宏阔悲怀所感动。

（六）

范曾先生无论作画、吟诗，还是秉笔为文，都不喜欢模山范水，刻意雕琢。他的所有艺术创作，均意在抒发一己之胸怀，他曾讲过："一个画家最快乐的时候，也莫过于关起门来当皇帝的那种自我陶醉的瞬间，斗室独坐，对着自己的作品心驰神往，以为万法皆备于我。"这种物我同一、宠辱皆忘的境界，是艺术家的大幸福。但是，这种工作方式也必然带来一个负面效应，那就是当他每次"抒情"告一段落，其作品的直接"功用"也就宣告完结。范曾先生的画作早已世有定评、洛阳纸贵，自然不会随风飘散，但是其诗稿却难免"随写随丢"（范曾语），文章更是一经出手，便无踪迹。数年前，我为编辑《范曾序跋集》曾特别留意收集他的序文。一日，某青年画家上门拜谒，展其画作以求范公作序。范曾先生对其作品颇为欣赏，当即挥毫疾书，20分钟成一序文，随手交对方带走。我情急之下灵机一动，敦请范曾先生把此序诵读一遍，以飨众人。范公慨然应允，读罢即因事起身他往了。事后，我根据当时现场录音，将此序重新整理成文，交范曾先生过目，他竟十分诧异，问："你从何处得来此文？"我笑称："此'虎口夺食'也！"（范曾先生本属虎，故有此谑）仅此一例，即可知范曾先生文稿散失之端倪也。

即使如本书所收之《老子心解》《庄子心解》这样的长篇宏论，范曾先生也是写罢即"藏诸名山"，并未想到拿来发表。我只记得1996年底范曾先生来深圳办展时，曾随身携带一部文稿，据说是为南开大学历史系研究生开讲座而准备的一篇演讲稿。某晚一时兴起，为我等三五友人高声朗诵其中的精彩段落，被我采录到录音带上。此后再未听说这部文稿的下落。这次，我为编辑这本谈艺录，特意翻出历年所存之录音带，无意中重听了当晚所录的文章片断，顿时兴奋异常，认定这是一篇了不起的艺术哲学论著。随后即赴京面谒范曾先生，力促其翻箱倒柜，寻找这份文稿。时过境迁，范曾先生几乎把这部文稿遗忘，当他重新找回并重读之后，当即认同我的意见：这确是一篇重要文章，应当编入本书。经他亲自校读、增删之后，这部演讲稿变成了本书中的两个重要章节。

我在这里不惜篇幅地讲述这些所谓“虎口夺食”的经过，并不是炫耀自己有什么功劳。恰恰相反，我此刻的内心正时时感到不安，因为我知道一定还有许多重要的文稿会被遗漏。譬如，据我所知，当年为了主编“中华文化集粹”丛书，范曾先生曾打算执笔写一部很有特点的中国艺术史，并且已经写出了数万字（我曾读过部分文稿）。但是，如今连范曾先生自己也不知这些文稿流落何处了。由此可知，摆在各位读者面前的这本《范曾谈艺录》，远不是一部完整的范曾艺术论文的合集。好在范曾先生还甲之后，健笔如椽，新作源源不断，而且篇篇精彩。这就为我们提供了编辑更完备的范曾艺术文集的机缘。让我们寄望于不久的将来，这个心愿能够实现。

最后，请允许我向给予我最大信任、理解、支持和帮助的范曾先生表示由衷的感谢！人生短，艺术长，而真诚的友情则足以使短暂的人生与悠长的艺术融为一体，进而得到生命的永恒。

本书是我所编辑的范曾先生的第二部文集，距离上一部《范曾序跋集》的出版过去四年了。就在这四年之间，范曾先生度过了花甲大寿，而我也鬓生二毛。遥忆十多年前，我曾与范曾先生一同谋划过一个庞大的出版计划，而今检点收获，实在相距甚远。“望崦嵫而勿迫，恐鹈鴂之先鸣。”让我们共祷范曾先生艺术之树常青；同时，我也自勉要收获更加丰硕的心智成果，以不辜负范曾先生及各位同道的期望。

2000 年 3 月 1 日于深圳煮茗簃

《范曾序跋集》编后记

(一)

范曾先生有一篇文章《走向人类》，如今范曾的名字已伴随着他的艺术一起走向了世界。从东方到西方，范曾先生赢得了越来越多的欣赏者和崇拜者，这无疑昭示着这位中国艺术家所营造的艺术园林，具有巨大的和超乎民族、地域、宗教信仰等诸多因素之上的艺术张力，而这恰恰又是东方艺术所特有的迷人魅力的体现。

范曾的艺术属于东方，属于中国，属于在黄河两岸孕育生长五千年的华夏民族，这是他的血脉、他的源泉、他的根。他深知这一点，并且以此为自豪。他挚爱着养育他的祖国和人民，眷恋着神州大地的锦绣山川，故园的茵茵绿草、潺潺小溪，无不牵动着他那诗人的情思。这种深情早已浸透了他的每一根血管和神经，即使经历千磨万劫也不会改变，走遍天涯海角也不会磨损。范曾对中华历代的先贤圣哲，永远怀着虔诚的敬意，面对前代艺术巨匠所建树的一座座艺术高峰，他从来是孜孜矻矻、不遗余力地躬身攀登，没有对民族艺术虔诚的信念和丰厚的传统文化修养，就不会有今天范曾的艺术。从这个意义上说，范曾艺术是典型的中国艺术，其民族风格和传统色彩都是显而易见的。然而，古往今来的无数事实已一再证明：越是具有鲜明民族特色的艺术，就越是易于为全人类所尊重所认同。这一点范曾同样是深谙熟知的。范曾的艺术是一个开放系统，他的“走向人类”，决不意味着轻视乃至放弃优秀的民族文化传统，而去以拾人牙慧来标榜新奇、哗众取宠。范曾过去是，并将永远是华夏优秀文化传统的崇拜者、继承者和倡导者。在这一点上，他甚至不惜公开宣称“我保守”（见《范曾巴黎新作展》序）。他的弘扬东方艺术、使东方艺术最终跻身于世界艺术之林的理想，不仅体现在他数十年来的艺术生涯之中，而且也见诸他的许多文章、诗词的字里行间。本书所辑录的序跋和诗词，大多直接或间接地贯穿着范曾的这一鲜明的艺术观点，而这正可以说是范曾艺术的灵魂。

（二）

范曾先生的文名一向为画名所掩，但这似乎并不包括那些深知范曾文才的艺术界人士，否则，何以会有那么多的画家、书法家、文学家、摄影家乃至舞蹈家、集邮家、学者、记者等等，纷至沓来地请他为自己的作品挥毫作序呢？当然，只要认真读一读范曾的这些文章，你就会由衷地叹服这些求序者是很有眼力的。

范曾的序跋，绝无这一类文字所常见的敷衍应酬的弊病。无论是百字短文还是万言巨制，皆文采飞扬，立论精审，感情充沛。在本书所收录的近百篇序跋中，既有阐发自己艺术思想，回溯自己学画、习诗经历的自述，也有评点时人画作，论述当代画潮的论文。或探微发奥，透析前人画理；或独辟蹊径，阐发一家之言；或针砭时弊，敲响振聋发聩的警世之钟；或扶掖后学，为无名者评优点劣。书中既有对李苦禅、徐悲鸿、蒋兆和、李可染、赵少昂诸位大师的率真的评论，也有对许多尚在奋进中的艺坛新人的客观评价。从点评他人中，读者可以更真切地了解范曾先生的审美思想和价值取向。

范曾具有多方面的艺术才能，这一点从本书中亦可窥见一斑。单是序和跋，就涉及绘画以外的许多领域，如书法、篆刻、诗词、散文、摄影、集邮、舞蹈、新闻等等，真是色彩纷呈，振聋发聩。从中不仅可以了解一个艺术家对各门艺术的独特见解，而且可以窥探到范曾艺术的“全景”。对于一个真正的艺术家而言，所有艺术门类其实都是相关、相通、相交融、相辉映的。

题材的广泛性决定了文章风格的多样性。范曾的序跋，不论是洋洋洒洒万言的长文，还是一两百字的短论，都是文气流畅，各臻佳境：有的偏重于叙事记人，情真意切；有的着眼于阐发画理，逻辑严谨；有的借物抒情，激昂顿挫，荡气回肠；有的以小见大，一言九鼎，吐纳八荒。一篇《赴台首展感怀》，不啻是一篇艺术家的宣言；一篇《信天游》则更像一阕献给书信的赞美诗；而作于自西欧归国之后的两篇《刍议》，则渗透了画家在历经沧桑变幻、比较中西异同之后，对中国书画艺术更深邃、更冷峻的理性思考；至于那篇一经问世便赢得众口争传的《莽神州赋》，则简直就像是一首浓缩提纯的祖国颂，把画家对祖国的一腔挚爱之情宣泄无遗……

文如其人，文中见人。读范曾之文，你会感受到一种独特的古典之美、韵律之美、激情与理性相交织相映衬的和谐之美，难怪国内文坛有人慨叹，说“范曾之文不亚于画”！

（三）

中国画家自古就有借题在画上的短文或诗作来阐发艺术见解的传统。而画史上的《苦瓜和尚画语录》《南田画跋》等均是绘画理论的名著。而这些文字，几乎都是画家在作画时随手题写于画面之上的。范曾先生亦擅题跋，每每作画有感，信笔挥洒，警语隽言，不期而至，许多见解都是随着画作创作过程中的独特感触迸发而出的，因而时常闪现着平日里难以刻意追求的真知灼见。但是，这部分题跋往往文随画去，不可复得，散失者何止十之八九。编者为搜集这部分弥足珍贵的资料，勤征苦索，数年不辍，不弃吉光片羽，终于集腋成裘。这些被冠以“十翼题画”的短笺与同样苦集而成的“品画自跋”，一同构成了这本序跋集中最具特色的一部分内容。

本书还选录了范曾先生的百余首题画诗。中国文人历来讲究诗书画“三位一体”，而范曾堪称这方面的典范。画上题跋与题诗，原本是一脉之双流，诗跋同样是一种特殊的跋语，收入序跋集中自是顺理成章。本书收入的题画诗，有论画谈艺之作，也有借画论人、以画抒情之作，既有七言、五言的格律诗，也有古风和词曲，与画中的长文短语相映成趣，别有洞天。这些题画诗中少数已见诸《范曾吟草》，但大部分则是首次结集发表。编者对部分题画诗作了注释，对一些文章也视情况作了重点注释，所有释文都请作者本人重新订正。这些工作将使读者阅读起来更加方便，也使本书增添了某种研究价值。

（四）

本书的编辑肇始于1988年前后，至今已历八个春秋。其间风云起伏，世事变迁，“知交零落东西”，残篇分置南北，致使这本小书迟至今日才得问世。手抚泛黄的书稿，我不禁又忆起了当年在津门寄荃斋中，一篇篇、一段段搜集零章片语的情景。而今弹指一挥，水流云在，我已举家南迁，落户鹏城；而范曾先生自花都归国，已越三载。纸上之墨迹犹新，鬓边已白霜初染。以一书之命运窥视人生，着实令人感喟良多。

此次，应海天出版社之约重整旧稿，在范曾先生的大力支持下，得以将其旅法三年在海外所写的序跋，悉数收录，同时又将归国三年中所写的新作增补入书，此外，还将范曾先生近期所作的数十条题画跋语，抄录进来。眼前的这部书稿，我不敢说没有遗珠之憾，但是可以说是迄今为止最完备的一部序跋合集了。校毕最后一页诗稿，我顿感如释重负。但愿我这八年的劳作，能给众多关心范曾先生、喜爱范曾艺术的读者朋友们带去多年睽违的阅读的欢欣与愉悦，因为，这毕竟是八年来国内编辑出版的第一本范曾先生的文集，其中所透露出的画家丰富而曲折的心路历程和艺术轨迹，无疑是极富新鲜感和吸引力的。

还有一点需要向读者说明的是，本书收录的少数几篇序文，或因所序之书尚未面世，或因种种原因，原书不能付梓，致使序因书滞，结果，倒使本书得到了难得的首次刊布的机会。而那篇不满千字的《董寿平书画集》（日文版）序言，由于原稿散失，只能由日文转译回来，幸得赵哲兄的译笔相助，方不使此序成为遗珠之作。

当此《范曾序跋集》付梓之际，范曾先生从巴黎择日东归，其字斟句酌、刻意求工的精神，令我深为感动。没有他的真诚信任和鼎力支持，要完成这部书稿的编辑工作是不可想象的。最后，我还要向在本书出版过程中给予我许多帮助和鼓励的毛世屏先生、薛亮女士、张进贤先生表示深深的谢意，我衷心希望我们在这本书上的愉快合作只是一个开始。

1996 年 10 月 15 日改定

陈骧龙诗书画集序

（一）

我画我愿意画的，我写我愿意写的；

您看您愿意看的，您说您愿意说的；

如果这里有您愿意看愿意说的，那是我的荣幸；

如果没有，我也不抱歉。

上面引述的是陈骧龙先生为自己的书画展所写的前言。这是我迄今读到的最具个性、最有趣味的一个前言，能写出如此不同凡响的文字的艺术家，肯定不是凡人！

非凡的艺术绝对是由非凡的艺术家创造的。而作为艺术家的陈骧龙，其非凡之处恰恰在于其前言开宗明义的第一句“我画我愿意画的，我写我愿意写的”。这看似平常的一句话，不啻是陈骧龙的一个艺术宣言。

古往今来，真正的艺术家无不以追求心灵的自由和创造的愉悦为其艺术人生的目标。从庄子大为称道的“解衣盘礴”的真画者，到石涛的“我自发我之肺腑”，两千年的中国艺术史，几乎就是一部艺术家的自我表现史。然而，一代代艺术家之所以前仆后继、不懈追逐这样一个理想的境界，恰恰从反面证明了要达至这种艺术境界，其实是非常艰难的。陈骧龙的一句“我画我愿意画的”，又何尝不是将他几十年的人生坎坷与上下求索蕴含其中了呢？或许，正因为他早已尝遍人生的酸甜苦辣，深切体味过那种禁锢心灵、束缚手脚，双手不能自由抒写、画笔不能自由描绘、诗思不能自由翱翔的困境，他才会万分珍惜如今这种心手相应、自由挥写的精神愉悦感与创作快感，他才能够充满自豪与自信，甚至带有几分洋洋自得而向世人宣告：“我画我愿意画的，我写我愿意写的！”

这句话一出口，也就意味着：那种艺术家无法按照自己的内心需要和美学追求去画去写的时代，终于一去不复返了！

（二）

陈骧龙的这两句“艺术宣言”，带有极强的主观导向性。作为艺术家的“我”，主导着艺术创作的走向。于是，如何确定自己的艺术走向与如何达到这个既定方向，就成为决定其艺术创作成败利钝的关键。世界上什么道路最宽广？不是阳关大道，不是十里长街，在陈骧龙看来，没人走的道路最宽广。尽管荒僻崎岖，杂草丛生，尽管孤独寂寞，峰绝滩险，但是，无限风光尽在险绝之处，艺术创造又何尝不是如此？让我们看看陈骧龙为自己所选择的“险绝之路”吧。

先说书法。众所周知，陈骧龙是书法大师吴玉如先生的入室弟子，倘若按照老师的路数一路写下去，成名固不难，成家也是把握中事。可陈骧龙却偏偏让开大道，独选早已荒芜多年的泥金小楷书，作为自己的书法主攻方向。这是自清代康乾时期达到顶峰之后，再无后人敢涉足的一门绝艺。单讲写金所必需的瓷青纸，且不说市场上买不到，就连当年纸厂染纸的方法都几乎失传了。记得 20 世纪 80 年代末，我与陈骧龙初识之际，正当他为染纸南北奔波之时。那次他从安徽的宣纸厂刚回到天津，立即兴高采烈地打电话叫我到他家看纸。那是我第一次见到纸在深蓝色的衬托下闪闪发光。陈骧龙陶醉地抚摩着那些纸，毫不掩饰内心的激动。他告诉我，为了重现三百年前的瓷青纸原貌，他把家藏的老纸样子带到纸厂，一遍遍地试，一遍遍地染，总算把老祖宗的玩意给拾回来了！

泥金小楷，以金为墨，这又是一门常人不敢问津的绝艺。技法上的复杂繁难自不待言，挥金如墨的高成本更是令人咋舌。对此，陈骧龙曾说过一句流传甚广的名言："把金子挂在老婆脖子上，俗了；写成字幅挂在墙上，那多雅！"走笔至此，我眼前不禁又浮现出当年在他的旧宅里看到的难忘一幕：三伏酷暑，只见骧龙兄身穿一件满是破洞的挎带背心，气定神闲地伏案写金。物质的蹇促与精神的富有，活现出艺术家眼中的雅俗之判，同时也折射着陈骧龙艺术探险的卓绝与坚韧。

如今，三十年过去，陈骧龙在泥金小楷写经这个书法艺术的传统领域里，无论是从作品的数量和质量，还是他所达至的艺术高度来讲，已经是无可争议的当今中国第一人。他的贡献不仅仅是兴灭继绝，恢复传统，更重要的是，在书法艺术的发展与创新方面，同样取得了傲视古人的成就。看看他为曲阜孔庙所写的巨幅八条屏《论语》全书；看看他为众多寺院所写的《金刚经》《华严经》等长篇经文……那字里行间，不仅饱含着美的灵光，而且饱含着一个正直艺术家对中华文脉的拳拳深情，饱含着对和谐、安宁、太平盛世的深深祈盼，笔墨精而功力深，立意高远而襟怀开阔，这样的书作是无愧于古人而足以传之后世的！

（三）

"写字，拿起笔来要考虑的第一个问题是写什么，而不是怎么写。"陈骧龙这句话像是一句傻话，其实是他重视书法内容的表白，书法不光是写字，书法创作其实应该包括内容的创作。陈骧龙说，"王羲之的《兰亭序》是第一部写自己文学创作的书法作品”，“有本事不光把字写出花来，在内容上也要玩出花来”。他不光写自己的诗，他抄现成的诗也能抄出花样来。他写了一套《十二月诗屏》，选唐宋以来的诗，要求必须每首诗头两个字是月份。因而，他在读诗的时候，见到月份开头的诗就抄下来备用。有的月份多达数十首，可是十一月开头的诗一直没有，这个诗屏看来有麻烦了。有一天他闲读《白氏长庆集》的时候，突然发现有“十一月中长至夜……”此刻，两个肩膀都软了。回过头来看，从开始集诗起，已经十年了。我看他这套诗集真是名副其实的“十年磨一剑”！说是诗屏，并不是传统的十二条屏。而是新旧、颜色不同的一尺见方的笺纸、绫绢写成真、草、隶、篆等不同字体，装成日式镜框组合而成。五色缤纷，精彩而雅致。他问我：“你瞧，好玩吗？”我看到的是他构思的精巧，写字的功力，读书的广博，创作的执着。诗是传统的、现成的，书体是传统的、现成的。可是，在此之前，居然没有人办到过。在他平淡的不声不响里，蕴含着一种出神入化的创作能力。其实这就叫“踏实”。学问，见识，真正意义上的艺术作品，都是踏实出来的。那些尚无一得之功，只有一孔之见的人，写了一笔，画了一道，就漫天地“忽悠”，这些“忽悠”，除伤时害事，还能做什么呢？

（四）

再说绘画。一般而言，具有深厚书法功力的人，进入绘画领域的最便捷通道乃是文人画。从书画同源的角度说，文人画以线条为造型手段，与书法一脉相通；从审美趣味的角度说，笔墨意趣从来是文人画的审美主旨，而笔情墨韵也同样是书法艺术的最高境界。倘若陈骧龙去画文人画，简直是轻车熟路，信手拈来。

然而，陈骧龙却放着熟路不走，专找险绝之径。他把自己的艺术目光放得很远，越过当代，越过明清，直入唐宋，遥接远古。那里是中国绘画的原生之地，那里蕴藏着虽尘封千年但醇美异常的艺术琼浆。他要到那里去寻幽，去探险，去挖宝，他要把湮没已久的色彩找回来，他要把金碧辉煌的画面找回来，他要把高难度，高技巧，高水平的青山绿水找回来……

这又是陈骧龙自找的一条险路，但这是他最愿意画的。他曾眉飞色舞地跟我“鼓吹”他的艺术理念：“中国画原本不是只有水和墨的，你说墨分五色，那也太单调了！当年展子虔、李思训、张萱、周昉、顾闳中的绘画，还有唐代的壁画，那色彩多丰富啊！那色彩多讲究啊！那才是真玩意儿！可是现在咱还玩得出来吗？咱跟老祖宗比，差得太远了！所以说，我就想试试，画点他们那样的东西，找找中国画的老根儿！书画根本不同源，书是书，画是画。我的画上不题字，谁也别占谁的便宜。”

于是，我们面前渐次出现了一些迥异于时下流行的中国画模式的新画面——色彩艳丽而毫不甜俗，层次丰富而简洁纯净，构图奇崛而意境深远，视野开阔而空间博大……近代也有不少画家尝试过青绿山水或金碧山水，但是大都不肯舍弃笔墨这个看家要素，而陈骧龙却以极大的勇气和魄力，把笔墨压在了浓重的色彩底下，让色彩凸显出来成为画面的主体。他跟我聊天：“古人说绘画是丹青，后人说是水墨。这个不同是减法，我认为还是带色的好，越丰富越好。”陈骧龙有一枚闲章，直言“寡人好色”，看似戏言，实为真谛。他的绘画以鲜明卓异的个人风貌，在当今中国画坛独树一帜。这些绘画精品既是古典精神的复归，同时也是现代意识的表现。观其画而知其人，我不能不佩服他的胆识和毅力，尤其是他那自甘寂寞、不为世风所动的艺术定力和“咬定青山不放松”的锲而不舍的探索精神，如此专注、如此执着，独持己见，“一意孤行”。有这样的坚毅和恒心，想不成功都难！陈骧龙以他几十年孜孜矻矻的创造性艺术劳作，为我们奉献出非凡的艺术奇葩——我们在这本书画集中所看到的，正是其中的经典之作。

（五）

陈骧龙的艺术品产量很低，那是因为他太追求完美。他有句口头禅，叫做：“要玩儿就玩儿个地道！”他不喜欢对付，对那种为迎合市场把不成熟、不完美的“玩意儿”随便出手的做法，更是嗤之以鼻。他对自己的每一片鳞羽都万分珍惜，纸张要最好的，颜料要最好的，装裱也要最好的。有时一张画要花几个月时间反复渲染润色，真是不计工本、不惜代价。记得十多年前，他心血来潮，要用纯金来表现黄河波涛，这又是一件前无古人的尝试。他画好初稿之后叫我去看，我立即感受到画面的巨大震撼力。但是他显然对金色与其他部分的协调性还不够满意。几个月后，他又把我叫去看，我不禁大吃一惊，整个画面焕然一新，黄河巨浪与嶙峋怪石浑然一体，除了画面的震撼力，更平添了水奔山屹的强烈对比。陈骧龙对我讲，这几个月来，他满脑子都是这张画，光是金子就多用了好几倍，总算画出了黄河波涛的大气势。我开玩笑地问他：“你这张画成本多出好几倍，要卖多少钱啊？”他淡然地说：“那就不是归我管的事情了！”

是的，陈骧龙似乎并不在乎市场，只在乎他的艺术。他写字也好，画画也好，其实都是“哄着自个玩儿”；如果拿给您看，那就是“我哄着您玩儿”；如果您说好或者提意见，那就是“您哄着我玩儿”；万一您不喜欢怎么办呢？正好用上陈骧龙在前言里说的那句看似不近人情，实则尽显风范的大实话：“我也不抱歉。”

陈骧龙的“不抱歉主义”，隐含着一种对自身艺术的自信和自尊。在市场和金钱面前，在欲望和诱惑面前，在旁人的冷眼和同行的轻视面前，他的“不抱歉主义”成为保护自己人格独立和艺术尊严的心灵铠甲。一个真正的艺术家只有不盲从、不奉迎、不屈就，他的艺术品格才能完整、才能纯净、才能高大。陈骧龙就是一个这样的艺术家，他的艺术恰恰是他人格的外化。

（六）

书生本色是诗人。陈骧龙在古典诗歌方面下过很深的功夫，只是很少示人。不过，他的写经之外的书法作品以及他在画面上的题跋，绝大部分都是自己的诗作。于是，品读他的书画作品，也就成为欣赏他的诗作的一个重要渠道。陈骧龙的诗，通俗晓畅却并不浅显，不避俚语却严守格律，形象感很强又暗含着深邃的意象和哲理，这些特色，使得他的诗作能够雅俗共赏，特别适宜入书入画。如他题《白皮松》一诗：“本色生来是姓名，寒凝玉骨碧烟轻。结邻愿与斑斓叶，俱是风吹雨打成。”这是写松树更是写人格。再如他的《赏物组诗》，无论是赏茶赏菊，还是赏雪赏荷，皆是以物拟人借物抒怀之作。这些作品都收集在这本书画集中，读者尽可一边赏书，一边读画，一边品诗，从中细细体味中国传统文人“诗书画三绝”在当今中国并不多见的绵绵余韵。

是为序。

2008年1月4日于深圳寄荃斋

《陈骧龙诗文辑存》编后记

《陈骧龙诗文辑存》分为上下两编，上编为诗，下编为文。我的编辑工作是从下编开始的，自癸巳新春开始一直持续到六月中旬，将近三十万字的文集部分编讫；随即开始上编的编辑整理工作，至八月下旬，诗集部分告竣。今天，当我凝神静气地写下这篇编后记时，电脑屏幕上仿若映现出陈骧龙先生的亲切面影，我在心里轻声对他说："骧龙兄，您当年托付的事情，总算完成了。"

那是在2008年吧，骧龙先生来深圳小住，一天晚上，他和夫人刘静珍老师步行来到我家，聊天时，他说起心里很想做的种种事情，其中就提到要把自己几十年的笔记、诗稿、札记等文字资料，花一段时间整理出来。他说道："那里边有很多好玩的东西，还有很多有趣的想法，都是我随手记下来的。可惜这些年一直瞎忙，还没顾得上整理。我觉得，这些东西请你帮我弄弄是最合适的了。这是你的专业，可以帮我把文字和观点都推敲一下，咱也不指望出版，自个儿留着总是个玩意儿，你说是不是？咱俩定个时间吧，你啥时候有了空儿，给我一个信儿，我立马飞到深圳，集中一段时间就干这件事儿，你看如何？"我说："那太好啦，光是跟您聊天就是一种享受，何况还有妙文佳句可供把玩，那简直是一种奢侈了！"

这番话，彼此显然都不是随口一说。此后，骧龙先生身染沉疴，手术之后我去天津看他，他的身体还在恢复中，一见面他就信心满满地跟我说，咱俩的约定，也许过不多久就能实现，他现在又能读书写字了，说不定哪天一高兴就跑到深圳去了。我说我们全家都盼着他早日南下呢！在 2010 年 5 月 13 日的来信中，他写道：“五月六日最后一次化疗结束，所验指标均告正常，以后每三个月复查一次即可，‘则吾进退岂不绰绰然有余裕哉’，南来北往可待矣。”我在收到来信后给他打过一个电话，他再次谈起南下之事，他还问我：“你能不能专门挤出一个月时间来，咱俩一块儿整整那些文稿？”我说只要他能来，我绝对全程陪同！

遗憾的是，我最终也没有在深圳等来骧龙先生。壬辰严冬，骧龙先生驾鹤西游，他的心愿变成了遗愿。癸巳春节前夕，我回津探望刘静珍老师，她跟我谈起天津文史馆要为陈骧龙先生出版诗文集的事情，并郑重委托我来接手编辑这部文稿。我毫不犹豫地答应下来，因为这对我来说，其意义远非编一本书那么简单，这是完成挚友生前的一份重托，这是实现先生与我的共同夙愿。

这项编辑工程是浩大而繁琐的。骧龙先生留下的诗文手稿数量浩繁，且生前来不及整理，显得芜杂而零乱。尤其是大量的随笔札记、诗文散页，多为只言片语，灵光乍现，却如吉光片羽，弥足珍贵。因为是随想随写，初无定法，故而行文若天马行空，无拘无束；更因其视野开阔、思维跳跃，心无挂碍，直抒胸臆，故而充满真知灼见，常有惊人之语。更因骧龙先生乃书法大师，所写常用异体草字，殊难辨认，这使编辑工作更加繁难，必须谨慎取舍，不敢有半分轻率。无数次，我在难以辨认某个字或每句诗时，幻想着倘若骧龙先生坐在面前，只需一问，便可豁然，那该多好啊！

然而，天公忌才，不假时日，心愿未了，遽然辞世。编者既承挚友重托于生前，复秉家人邀约于身后，惟有殚精竭虑，贯注全神于陈公之遗篇，字斟句酌，条分缕析，敬惜笔墨，集腋成裘。是编既成，慨然长叹，倘骧龙道兄天堂有知，当不会怪我草率唐突耳！

文集分为四辑：书画丛谈、诗文散论、文史札记及散文随笔。如此分类，只是为了编辑和阅读的方便，并非完全合理。谈书画必涉诗文，谈诗文不离文史，而散文随笔更是一个包罗万象的概念，读者自当融会贯通，方能领悟陈骧龙先生的文化理念、学术观点、美学追求和文学创作之全貌。而诗集的编次则参照天津文史馆所编《吴玉如诗文辑存》之体例，以古诗、绝句、律诗及联语的顺序编订，另有新诗一卷，附于其后。鉴于作者的原稿大部分未标明创作时间，故而本书中的诗文作品未能按照严格的时间顺序编排。有些诗作原稿没有标题，一律以“无题”或“题画”来标注，并在其后以括号引用其诗的首句，以示区别。

对陈骧龙先生的文稿诗作的搜集工作尚在继续；就我接触到的手稿而言，还有不少是残章断简，难以成篇；还有相当数量的讲课提纲、发言草稿等文字，往往只留下提纲挈领的几行字或几段话，实难据以演绎成文；更有许多诗文作品随着陈骧龙先生的书画墨迹而流布社会，一时无法辑入本书……因此，这部诗文辑存显然还难言完备，只能留待今后陆续补入了。限于编者学力水平之不足，书中难免存在各种疏漏，尚望各界方家和广大读者批评指正。

2013 年 8 月 25 日于深圳寄荃斋

第二辑

周南海的融合之路

——《周南海的异材篆刻新作》序

十年前，我为周南海写了一篇评论，题为《异才周南海的异材篆刻》。那时我还没有见过他，完全是被他的那些新奇而精彩的篆刻作品所吸引。如今，十年一瞬，我与周南海已经是艺坛同道：我搞“集印为诗”，他提供印文；我夫人李瑾搞“我拓我家”，他不仅为其治卷首之印，而且翻箱倒柜，找寻可供拓印之陶木砖瓦，此后又挥毫题跋，参与创作。十年间，随着接触越来越多，我对这位极具个性的篆刻家有了越来越深刻的理解，对他的异材篆刻也愈发地欣赏和喜爱了。

近日，南海说他要在西泠办一个展览，还要出版新作，约我再写一篇文章。而我也对他这十年来“埋头磨剑”的成果兴趣浓厚，当即答应。几天后，两大本书稿寄来了，我展卷细读，立即发现了一些前所未有的新意。

十年前，他的异材篆刻（以其《陆离集：周南海异材篆刻》为代表）还比较多地专注于取材之广和异材之异；如今，他已经把专注点转换到作品与材料的深度融合上。显然，他现在所用的材料不像十年前那么宽泛了，我曾做过统计，他当时用于篆刻的异材多达四十余种，现在由博而约，减少到十几种。但是，材料的档次更高，玉石、玛瑙占了大多数，而且，这些材料的形制已不再局限为一般的印章料，而是加工成各种实用器皿，如首饰、项链、挂件、摆件等等。这就意味着，篆刻原有的实用功能被淡化，而材料本身的美学价值则被凸显出来。更确切地说，单件作品中，原有篆刻的实用性被完整地保留了下来，材料本身的美学价值提高了，两者在实用和审美这两方面的比重有了明显的倾斜，艺术家提供给收藏者的收藏价值也就得到了相应的提高。一块和田玉本身就有极高的价值，而加上精美的雕工和与之相应的篆刻（也包括刻工和词句两个方面），无论谁收藏，都会加倍珍爱。周南海的“异材篆刻”，恰恰是在这一点上，找到了一个最佳的融合点。

“艺术的出路就在于融合”，这是三十年前我的一篇艺术对话录的标题，语出自德国作曲家瓦格纳。随着近年来艺术实践的增加和对艺术规律认识的逐步加深，我对这一观念的真理性也有了更加深刻的体悟。周南海的“异材篆刻”无疑是为这一“融合论”提供了一个最新的例证。

篆刻是以汉字为载体的视觉艺术。汉字的内涵一旦与材质的形式融合起来，自然会变换出无穷新意：玉雕是个马头，周南海顺势刻成“天马行空”；印纽是大象和猴子，周南海则利用谐音，直接刻上“封侯拜相”；章料顶端有一点红色的俏色，他就来个“鸿运当头”；玛瑙上雕着两条鲤鱼，他就在鸟虫篆“上善若水”的印文顶部和底部，巧妙地添刻了几条游鱼。当然，这类“融合”尚属浅白的类型，我更看重的是他通过材料与内容的深度融合，开掘出新的意境。一件玛瑙天生花草纹路，仿若密林幽径，周南海精选唐代裴迪的诗句为印文：“归山深浅去，须尽丘壑美。”并在边款上引用全诗。这件作品显然更具有文人趣味，值得反复把玩和品味。还有一方大印，是和田玉精雕的山水人物，云中山径，丛树幽居，还有一架大水车，周南海以鸟虫篆刻出印文“赏心乐事”四字，在边款中则刻下苏东坡的一段长跋：“清溪浅水行舟，微雨竹窗夜话。暑至临溪濯足，雨后登楼看山。柳荫堤畔闲行，花坞樽前微笑。隔江山寺闻钟，月下东邻吹箫。

晨兴半炷茗香，午倦一方藤枕。开瓮勿逢陶谢，接客不着衣冠。乞得名花盛开，飞来家禽自语。客至汲泉烹茶，抚琴听者知音。”我猜想，倘若欣赏着、把玩着、吟诵着这样的美玉和佳句，或许会暂忘这是一枚印章，是的，它是一件美的综合体，是美玉、精雕、名句与篆刻诸艺融合的经典之作。

跳出篆刻的畛域来看，周南海所采用的许多材料，其本身就是高超的工艺品，如玉雕、石雕、铜雕等等，可谓名家林立，高手如云。而周南海的高明之处，就是把自己所擅长的艺术形式，与各路身怀绝技的高手巧妙地融合起来，共同完成各自的作品。而篆刻家由于是最后的完成者，往往成为无可替代的“画龙点睛”的角色。周南海非常清楚这个角色的重要性，他也充分利用了这个角色所带来的独特魅力，使得这些与各路高手合作完成的作品，由篆刻来实现最后的“决胜”。譬如，那件“一念之间”，玉雕师傅以独运之匠心，在玛瑙上刻出半面佛像与半面魔像，放到周南海手上，他选的印文是禅语“一念之间”，又在边款上作出进一步阐释：“花开生两面，人生佛魔间。浮生若骄狂，何以安流年。”真是形式与内容贴切自然，物我同一。更绝的是，他还巧妙地利用“间”字中间的空间，又精心雕刻了一尊小佛像，如此一来，整件作品的主题更加鲜明，材质、雕工与篆刻浑然一体了。这样的“异材篆刻”成批地出现，标志着周南海的探索更有深度了，其境界也得到了进一步的升华。

中华文化博大精深，而篆刻作为直接从中华文化取法的艺术品种，只有更深、更广地浸润到中华文化的营养液中，才能拓展出更加广阔、更加深远的艺术空间。周南海深谙个中真谛。近年来，他不惮繁难地篆刻经典，如《论语》《老子》《庄子》《心经》《孙子兵法》……而这次又推出《易经》百印，煌煌大观，令人感佩。先贤的智慧不仅充实着艺术家的心灵，也成为传播和普及中华文化的特殊载体。一部经典的刻成，不仅会让藏家本人终身受益，而且会成为一件附着审美价值的传承物，香远益清，传之后世。而篆刻家的艺术生命不正是靠着这样的延续方式，代代相传的吗？篆刻的性质注定是一种小众的艺术，不是流行歌曲，也不是相声小品，不可能成为万众追捧的艺术形式。那么，它的传播和传承就只能选择加大内涵和提高附加值的方式，在充分发挥其使用价值的同时，花更多的心智去提升其文化和审美的浓度，升华其精神境界。周南海无疑是一个孤独的探路者，他用自己几十年孜孜矻矻、昼伏夜作的辛劳，用一个传统篆刻家转型为一个雕刻大师的成功实践，为后来者闯出了一条新路。尽管这条路还充满曲折坎坷，荆棘丛生，也许还会有塌方和滑坡，但是，你不走就不会有路——如今，周南海以他的果敢和韧性，已经成功地迈出了第一步，他对后来者的启迪和昭示作用，也许会在若干年后才能显现出来。这使我对周南海未来的十年，更加充满期待！

执着于稚拙

——《樊鸿宾书法作品集》序

中华民族自古就深谙并且偏爱稚拙之美。在中国人的审美体系中，常常会用到一个非常独特的评价词语："稚拙感"。顾名思义，稚就是童稚与天真之气；拙就是粗拙与古朴之气。在中国人的审美标准中，稚拙的美学价值要远远高于那种工细巧密、尽精刻微之美，这是一种更高层次的美。

如果追溯一下这种审美观念的源头，大概与老庄哲学有着内在的渊源。老庄倡导"以物观物""复归于婴""复归于朴"，无疑是这一审美观念的肇始之基。此后，佛教西来，又演化出佛教的中国本土版——禅宗，禅宗强调"当下顿悟"和"直指本心"，又为这种"尚古"与"尚朴"的美学观念，添加了一丝率性和直白。这些哲学观念一经出现，立即受到中国文人士大夫的追捧和激赏，随即演化出一系列直接导入艺术创造的妙论，如笃信禅宗的元代书画大家赵孟頫就提出"作画贵有古意"之说，"若无古意，虽工无益"。明代茅一相在《观画之法》中进一步引申其说，提出"见巧勿誉，反寻其拙"；到了清代初期，大书家傅山更把这种"尚拙论"发挥到了极致，提出著名的"四宁"说：宁拙毋巧，宁丑毋媚，宁支离毋轻滑，宁真率毋安排。"宁拙毋巧"是"四宁"的核心，而真正把"尚拙论"应用于自家的书法实践的，当属"扬州八怪"之首金农。金农的"尚古"与"尚拙"是自觉的创造，他在《杂画题记》中有句名言，叫做"游戏通神，自我作古"，即以游戏的态度连通神域，以稚拙的笔墨直抵古朴。他首创的“漆书”，将古隶之字形、二爨之笔意、古籀之意蕴熔为一炉，把世人所忌讳的“笨”“板”“呆”“涩”等贬义概念，经过大胆汲取和濡化，化丑为美，翻出新意，反倒酿成一种醇厚苦涩的别样美酒。后人推重金冬心（即金农）的书画作品，将其标举为“稚拙之美”“高古之美”“朴雅之美”的典范，良有以也！

吾友樊鸿宾酷爱金冬心，不仅对金冬心的艺术主张高度认同，对金冬心的人品与画品深深服膺，更对金冬心的“漆书”偏爱有加、心追手摹，尝言“恨不早生三百年，向金冬心先生案前问道”。然而，自 20 世纪 90 年代南下鹏城，靠着一枝秃笔打拼生计，鸿宾一直处于压力与动荡之中，很难有时间和精力潜心于书法。他要画画，他要弄瓷，他要处理各种杂事，而书法是慢工细活，且经济效益更不可与绘画和制瓷同日而语，故而一直无暇专注于此。直到年过半百，忽然间身染病渴之疾，他才蓦然发现，几十年的操劳奔波已损害了健硕的身体，他必须做出调整，让自己奔忙的脚步逐渐慢下来，给那份列满未来艺术目标的人生规划，适当做做减法……于是，他开始回归书法。

书法是养心的、是怡神的、是顺气的、是健身的，当平心静气、伏案习书，只觉得万籁俱寂、心如静水，点画线条、皆成心画，轻重缓急、顺应性情。鸿宾正是在这种生命形态的转换中，重新亲炙他所向往、所钟爱的金冬心。那天，他夹着一大卷书法近作，让我对其评点一二。然而不等我开言，他就滔滔不绝地讲起近日临池作书的艺术感悟和心路历程：每日临池作书，只觉得心境澄明，以往的那些焦虑、急迫、烦躁俱已离他远去，代之以徐缓的运笔、安谧的心境、内敛的笔力，更重要的是心灵的自由和艺术感觉的升华……

我一边听着他的“夫子自道”，一边展卷而观，从那一幅幅带着淡淡墨香的书作中，我读到了鸿宾的童稚之心、率真之意、拙朴之情与古逸之美，而这恰好与他以往的绘画和瓷艺创作，形成了某种艺术上的互补。我毫不掩饰对那几幅“漆书”作品的偏爱，如曹操的《观沧海》，如周敦颐的《爱莲说》，如毛泽东的《沁园春•雪》，等等，古朴浑厚，稚拙纯真，对金冬心的艺术特色把握得准确而传神，是难得的书法佳作。而另外几帧大篆作品，同样是苍古质朴，用笔干渴而用墨秀润，让历来严谨、凝重的大篆也变得稚拙、直率，一派天真。我笑言：“鸿宾，你这是要将稚拙进行到底啊！”

鸿宾还拿出几件他临习王铎行草的书作，笔势流畅有力，结体似斜反正，一望便知是从孟津家法中来。然而，我也对鸿宾直言，他的这些行草书相较于他的“漆书”，显然还有一些差距，恐怕是临习时日尚短，对其用笔规律体悟尚浅所致。倘若在临习王铎的同时，溯源以上，从钟王颜米诸家取法，以便直探王铎书体的源头活水，假以时日，则挥毫运腕之际，定能成竹在胸，从容潇洒，进而挣脱形似之顾念，最终达致王觉斯奇谲跌宕、汪洋恣肆之神韵。鸿宾兄，勉乎哉!

是为序。

诗意的方寸

——《印象福田：第二届深圳篆刻家邀请展作品集》序

篆刻看似小道，细品却乾坤广大，满目烟霞。回溯中国艺术发展史，刻画先于书写，刻刀先于毛笔，可谓渊源有序，脉络分明，甲骨、钟鼎、石刻皆为篆刻之源头活水。然而，相当长的时间里，刻印一直属工匠之事，文人并未参与。即便后来成为篆刻圭臬的汉印，也绝少文人染指的记载。因此，严格意义上的篆刻艺术，其实是出现在书画艺术已充分发达的元明之际，着实是一门晚熟晚育的艺术。这一方面是缘于以花乳石为代表的软石，恰在此时被文人们发现并用来奏刀；另一方面，也是源于此时画面题诗已蔚然成风，书画融合形同水乳，姊妹艺术已对篆刻这个小兄弟发出了呼唤。于是，文人篆刻闪亮登场，立即成为中国传统艺术阵容中的一支新锐。由此可见，篆刻艺术从其发端之日，就已注定了其诗意的属性。而诗意必然是抒情的、表现的、写意的、个性张扬的。质言之，篆刻应当是最具文人情趣的艺术。

然而，就像书画在当今艺坛常常被慨叹文人色彩缺失一样，篆刻艺术也面临着同样的问题。一百多年来，中国人对自己的文化传统进行了一次次无情而决绝的扫荡，所有沿着历史长河驶来的锦绣云帆，都曾被扫进“封建糟粕”的烂泥塘，以至于百年前曾被蔑视、被批判、被摈弃的中国文化，百年后已然变得支离破碎、伤痕累累，甚至踪迹杳然、面目全非。文化断层，意味着人亡道衰、薪火难继，意味着我们这一代乃至后面几代人很难寻觅并承继前辈的文化血脉。对传统文化持续不断地批判了一百多年，其结果是，当我们蓦然回首时，却发现传统已经离我们渐行渐远了。如今，当中华民族奋然崛起，已然跻身于世界民族之林的当口，我们必须向世界寻求自我文化身份的重新认定，进而重新争回自己的文化话语权，唯于此际，我们才会重新发现传统文化的无可替代的价值。于是，文化上回归传统，艺术上回归古典，势必成为未来艺术走向的一种趋势与一种潮流，这不仅是感性的需要，更是理性的选择。这也就意味着，我们再次站在了百年艺术发展潮流的历史性湾口。当此之时，能否顺应潮流因势利导，自觉地将艺术创作纳入这一历史嬗变的进程之中，确实是一个关键机枢之所在。深圳的篆刻家对艺术脉动的感知一向是敏感的，如何让自己的方寸之地重现传统精神古典风韵，我认为，强化诗意的表达无疑是一条必由之路。

近两年来，我因首倡“集印为诗”，接触了大量古今篆刻作品。目之所及，手之所触，时时被那方寸之间的浓浓诗意所感染、所陶冶。除了欣赏刀法、布局等形式美，我更看重印章中的文学性，这是一块长期被忽略的宝地，也是当代篆刻家与前辈篆刻家相比，尤显薄弱的环节。我一再提及当今篆刻艺术诗意的缺失，其实也是源于篆刻与文学的日渐疏离。古人治印，大多心有所感，情动于衷，而对此情此感的抒写方式，大多是选择最切合彼时心境的文辞，或为箴言，或为隽语，或为诗句，奏刀之时，手随情动，兴尽而止。这种创作，情感由诗意引发，方寸间饱含诗情，或激昂，或闲逸，或沉郁，或欣悦，往往留在刀痕线条中。反观当代一些治印者的作品，除了名章、斋号等应用性表达，闲章的文辞多是世俗吉语，千篇一律，不耐细读；有些印文只是对某些烂俗的成语典故的机械铺排，毫无文学底蕴可言；更有些治印者为迎合官商客户需求而滥造媚俗之语，谫陋粗鄙，殊为不堪。有感于此，不揣外行论道之讥，而发诗意补课之吁——书家不懂诗，可以从唐诗宋词中讨饭吃；画家不懂诗，可以题穷款摹古画；而印人不懂诗，则印文诗意从何而来？进而言之，印人不惟要懂诗，还要懂画，还要精于书法，否则方寸之空间何以设计？印章之篆法何以表达，更遑论笔墨中的金石气象？故曰：篆刻家之文人素养乃是印章诗意之母本，恰如古人论诗所谓“功夫在诗外”，今借以论印，则曰“功夫在印外”也！

令人欣喜的是，我刚刚读到此次《印象福田》篆刻展的部分参展作品，作者中既有熟识的朋友，若李贺忠、周南海、车帝麟等，更多的则是不太熟悉的篆刻家。粗读一过，已然感受到此间浓郁的文化气息拂面而来。作品风格多样，个性鲜明，各有师法，异彩纷呈。有工稳一路的，则古意盎然；有写意一路的，则新意迭出。还有一些作者以古为新，或远溯汉字之源头，以甲骨、钟鼎、碑版等入印；或取法民间刻画，将瓦当、砖铭、封泥乃至元押化用其间；也有不少印人直接从近世诸名家汲取艺术营养，力求突出自家风貌。我从这些作品中，看到了一个孜孜矻矻研究学问，勤勤恳恳刀耕印田的篆刻家群体。我相信，以这种真诚的态度治学治印，假以时日，蔚然成风，深圳篆刻的整体水平必将卓荦超群，诗意盎然！

我与福田，渊源既深，感情亦厚。遥想十多年前，福田区始建文联，我曾忝任首届副主席。其后应约撰写《福田铭》，并镌刻于大型浮雕墙之侧。其文中有句云：“湖山拥福，片石而镌百年沧桑；田地生辉，一卷而收万千气象。此地多福，先民远涉千里，至此驻足；斯田有幸，今人汇聚四方，争来创业。……福盈田而田沃，田拥福而福长！”今日移来形容“印象福田”篆刻展，不亦宜乎？福田真福地也，不惟人才会聚，卧虎藏龙；而且地处首善，大纛高标。既领风气之先，自应导夫先路。值此《印象福田》篆刻作品邀请展结集付梓之际，应深圳书法院赵永金院长之约，略陈管见，成此短文，以就教于诸位大方之家。

是为序。

翰墨通才夏天公

“金城夏天公，翰墨通才也。时自京华返深，共襄《百龙墨宝》之盛举。元旦至寒斋小酌，品茗论道，何乐如之？”

这段文字是我题在一块汉瓦当拓片上的，题记的末尾注明是“丁丑岁阑”，丁丑年即1997年，算起来距今已经20年了。这张拓片是我的珍藏品，因为这是我妻子李瑾的“平生第一拓”，而她的启蒙老师正是夏天公。

读着这段文字，我的脑海中顿时显现出20多年前，我们全家人与天公一起赏玩翰墨、“品茗论道”的那一段快乐时光。

我与天公初识于1993年，当时我刚刚南下深圳，供职于一家报社，有一天忽然接到一个电话，听筒里传来一个浑厚的男中音，说是从报纸上读到我的一篇文章，很感兴趣，希望有机会跟我见面聊一聊。他还顺带告诉我，他也是刚到深圳，是搞书法篆刻的。我初来岭南，也正渴望有同道切磋交流，于是，一拍即合。到了约定的时间，我与李瑾一道登门拜访。结果，彼此皆有相见恨晚之感，遂订交。

从1993年到1996年，是我们全家人与天公联系最为密切的时间段：我与他品诗论文，他与我谈书说印，畅言无忌，多有互补；李瑾则热衷于向天公请教如何拓边款、穿手串、辨识古玉；而我女儿侯悦斯则拜天公为师学习书法，每天以临写《张迁碑》为日课。天公那时还是单身，几乎每天都要与我通话，隔三差五就要来我家聚聚。天公擅酒，我好喝茶，李瑾当厨，三杯两盏淡酒，一顿家常便饭，可抵三更清梦，那时的天公俨然是我们家庭的一员了。然而，好景不长，欢宴难继，1996 年天公随公司北迁而移居京华，这段快乐时光也就戛然而止了。

说实话，我对天公北上京师是真心支持的。搞艺术自然要到北京去，这是无需多虑的选择。初到北京，天公也确实是顺风顺水，艺术才华得到了充分的展现与发挥。记得我们曾专程前往他所供职的公司总部大楼去看望他，欣喜地发现公司拿出整整一层楼作为他的专属艺术天地。他兴奋地带着我们参观他的画室、展厅、书房和茶室，所有空间都被他精心设计过，到处都悬挂着他的书画作品，我对他那幅以魏碑体书写的大观楼长联击掌叫绝，认为是难得一见的艺术精品。面对我的赞赏，天公仰面朗声而笑，连那长髯的每一根胡须都荡漾着笑意。我相信，那是他多年梦想得圆的美妙瞬间。

然而，又是好景不长。一个猝不及防的变故突然袭来，那位激赏他的艺术，全力支持他的公司老板暴病而逝，新的领导层不谙艺术也无此雅兴，天公只好把梦想重新揣进怀里。我深知这次变故对天公的打击巨大，他从此销声匿迹，隐遁江湖。我身滞岭南，音讯阻隔，真不知他是如何渡过那一段艰难岁月的。

此后十多年间，我们天各一方，相距遥远，见面的机会骤减。不过，我们依旧关注着他，也时常能打听到一些他的近况，譬如说，他成家了，生女了，当上全职奶爸了，我们为之高兴，成家有利于立业嘛；譬如说，他在京城古玩圈里玩成了“腕儿”，还跟名家边平山一起办了展览，别人展的是画，他展的是各式珠子，我们闻之欣慰，这至少说明他已衣食无忧了；接着又听说，他参加了不少电视纪录片的拍摄，包括万众瞩目的大片《故宫》。我们虽然甚感钦佩，但此时却已心生隐忧——这个“翰墨通才”怎么离“翰墨”越来越远了呢？

我为此感到惋惜，甚至有些遗憾。当然，我知道天公是个自尊心极强的人，因此一直没有把我的想法告诉给他。前几年，我持续关注他的朋友圈，却发现他又痴迷上摄影了，甚至玩相机的时间远远超过弄翰墨，这一回我实在憋不住了，就在微信里直言相劝，且言辞激烈，口无遮拦——原文早已忘记了，但意思却记得清清楚楚，大意是说，你身怀翰墨通才的真本事，理应向着书画篆刻艺术的高峰去探索去攀登，怎能半途而废转行去玩摄影，岂不是太可惜了？过去摄影还算一门技术，现在都变成数码了，那就连技术都算不上了，是人人皆会人人皆玩，从三岁小童到八十老翁都用不了十分钟就能学会的简单玩意儿，是土豪大款最热衷也最爱显摆的时髦游戏，哪里值得你去为它花费宝贵的时光、心力和体力呢……

我相信，我的这番直言对天公的刺激是很深很痛的；我也相信，在他的朋友圈里绝对不会有第二个人能如此直言不讳地直击他的痛点，向他发出如此尖锐的逆耳之言。天公起初还回复我一两句，随即就沉默了，许久一言不发。后来，李瑾告诉我说，天公当时绕开我去到她的微信里撂下一句狠话："我一定要拿出一些过硬的东西，让侯爷（这是他对我的昵称）改变看法。"

转眼间，又是一年多过去了。李瑾的"我拓我家"传拓作品展继年初在深圳展出后，金秋又要移师天津。她认为，这回展出一定要把天公最早教她拓印的那张拓片，纳入展品之中。于是，我们约好时间，专程前往拜会天公。那次聚会，说拓片的时间很短，聊摄影的时间却很长——天公拿出了一组组得意的摄影作品，一件件摊开在他的大画案上，逐一讲解他的拍摄时间、光影处理、构图思路以及后期制作。我则静下心来，认真而不带偏见地欣赏着琢磨着，试图深入到创作者的内心深处，理解其创作的意旨和妙处。这是我第一次如此集中地看到他的原作，以前总是在微信里看缩微小图，全然不似今天所见的这么精彩这么震撼。

显然，天公为了迎接我的此次造访是做足了功课的，备了一大批“过硬的东西”试图说服我改变看法。谁知我只看了一半，就已经被其强烈的艺术感染力所征服了——在真正的艺术家面前，一切都是以作品说话的。我从事艺术评论三十多年，对艺术品的优劣自问还是有专业眼光的。当初对天公玩摄影，所有的惋惜和遗憾皆源于担心其艺术含量太低而流于平庸，浪费这位“翰墨通才”的才能。而今，看到面前的这些摄影作品，我切实感受到其独有的艺术魅力，也看到同样的数码相机到了天公手里，竟然幻化出如此美妙甚至让人匪夷所思的奇妙世界——我从他这些“过硬的东西”里，看到天公的艺术才华非但丝毫没有被浪费，反而得到了发扬和升华，这难道不是一件值得庆幸的事情么？

我把此时此刻的感受和观点，同样直言不讳地告诉了天公，我看到他的嘴角上闪过一丝浅笑。接着，我从艺术评论的角度，就天公的这些摄影作品，谈了自己的观感。

其一，天公的摄影作品，大气磅礴，雄浑浩莽，很像他家乡的戈壁大漠，天地宏阔，大开大合。这固然与他选景的偏好有关，但是更深层次的原因只能从其深潜于心的审美偏好中去寻找。如果说，传统的书法绘画篆刻受到材质、篇幅和笔墨等等的局限，在表现大场面大山水大空间方面还有某些局限的话，那么相机却无形中把这种局限彻底打破，也就是说，摄影反倒拓展了天公在艺术上的表现空间，这一点确实是我此前所始料不及的。

其二，天公的摄影作品，构图精巧，画意盎然。他是在用相机去捕捉绘画的灵感，用眼睛去构造绘画的瞬间。这种绘画感和镜头感，恐怕与他早年在电视台从事美工有着直接渊源。殊不知，对于摄影家来说，学没学过绘画、干没干过美术，其实是差别巨大，甚至形同天壤。天公得益于他的美术素养，才会拍出如此绚丽多彩的画面；得益于他的电视工作，才会从取景框中“抠出”如此稍纵即逝的美感。这样说来，天公之于摄影，倒也真是得其所哉了。

其三，天公的摄影作品，充满现代构成的意味。讲究构成几乎是所有摄影家的偏好，天公的特色就在于，他对画面构成的处理是柔性的、诗意的、含蓄的，特别是那些水墨迷蒙的照片，点线面的搭配是那么朦胧、那么散淡、那么虚融，从而避免了西方现代构成中常常出现的那种刚硬、刻板和规定性组合。我想，这种艺术特色的形成，与天公长期受到中国传统文化的熏陶，有着一定的关联性。天公雅好古玩，收藏颇丰，每日把玩着秦汉砖瓦、唐宋古陶、明清瓷玉、前贤文房，其审美情趣中自然会浸透温润而隽永的文化因子，这些文化因子自然也会渗入其摄影作品中。天公的许多作品都经过了精心的取舍和剪裁，哪些留白，哪些舍弃，一念之间，乾坤已定。读天公之作，品悟其温润隽永的诗意构成之美，吾知其渊源所自矣。

我尤其赞赏天公对摄影作品展示方式的创新：宣纸打印，传统章法，书法题跋，篆刻点睛。这使得他的摄影作品同时兼备了国画的特质，古雅清逸，别开生面。更重要的是，让天公在书法篆刻等方面的艺术能量得到了充分释放——这又是一件令我深感欣慰的事情。我近年来一直专注于“艺术融合”的思考，并开始尝试把德国作曲家瓦格纳的名言“艺术的出路就在于融合”，逐步贯注到艺术实践中，先后搞了“集印为诗”展（诗书印的融合）、“诗意丹青”展（诗词书画的融合）和“我拓我家”展（书画与传拓的融合）。如今，我看到了天公的艺术实践，这不同样是一种艺术融合的新尝试吗？他把古老的书画篆刻与时尚的摄影艺术高度融合在一起——天公不愧是个“翰墨通才”，他让传统“翰墨”一下子通到了现代摄影那里！

由此，我理解了天公的追求，也理解了他所选择的艺术路向。每个艺术家都有选择自己艺术之路的自由，天公选择摄影，其实并非是对原有艺术积淀的放弃，事实上，他对书画篆刻艺术的探索，一直都没停止，反倒在他的摄影作品中得到了更具体更独特的显现。

我这些评论显然让天公十分受用。临别时，他悄悄对我说，你放心，等我老得跑不动了，我还会回到书斋画案跟前，重操旧业的。我听罢，脱口反问了一句："你这些年，真的离开过书斋和画案吗？"两人相视一笑。

2016 年 7 月 6 日于北京寄荃斋

《陈少梅常用印存》编后记

2013 年年底，陈长龙先生找到我，谈起编辑他父亲陈少梅先生的印谱一事，我起初并没在意。当时，我正忙于“集印为诗”外地巡展的事情，也确实无暇他顾。转眼到了甲午（2014 年）新春之际，陈先生再次把我邀至家中，径直把两个装帧极为考究的锦盒摆到了我的面前，锦盒上赫然写着五个大字：“陈少梅印章”。一望而知，这大字是老友米景扬先生的手笔。打开一看，怦然心动：一枚枚大小不一的印章，均被精心置于精致的小印格里，纤尘不染，清雅至极。近前细观，柔和的阳光斜照在那些印石上，可见一层细致的包浆，那是岁月赠予这些非同寻常的石头的特殊奖赏。我心底忽然生出一丝感动，眼前的这些印章都曾留下过少梅先生的手泽啊。这一念头仿佛一下子拉近了我与少梅先生的心灵距离，而这个原本不在计划中的编辑使命，也瞬间变成了一份无法推卸的责任。于是，我接受了陈长龙先生的这个重托。

（一）

接手之后才知道，编辑印谱实在是一项非常繁难而复杂的工作，远不似我原先想象的那么简单。且不说每个印章都要制印蜕拓边款（这些技术活儿多是由我妻子李瑾承担），单说对每一个刻印者的考证，就颇费周折。毕竟我对篆刻艺术并不熟悉，尤其是民国那一段艺术史，更是很少涉猎。而这本印谱不同于其他印谱之处还在于，这并不是治印者的作品集，而是使用者的藏品集，而使用这些印章的画家又英年早逝，来不及留下更多的文字记载，故而旁证稀缺，线索无绪。我常常对着这些无言的石章、铜章和牙章冥思苦想，不知是谁创作出它们，更不知在它们的背后，隐藏着怎样曲折精彩的人生故事。

在恶补了一阵篆刻知识之后，我的编辑工作才开始有些进展，突破口就在于从米景扬那里得知：那个在数方印章上频频出现的边款署名，原来是“印丐”二字，而“印丐”恰是大篆刻家寿石工的别号。真是“一层窗户纸，点破见光明”。由此入手，我慢慢梳理出王福庵、童大年、张志鱼、金禹民、高心泉等印人的简介。我本来把所有无法辨识和确认的印家，列出了一个长单，随着时间的推移，这个长单越来越短了。

为了探明这些早年印人的情况，我曾两赴津门，第一次专程拜访年逾八旬的篆刻名家华非先生，摸清了署名“伯年”的那方印章，确是出自津门名家吴伯年之手；第二次则是通过老友孙福海先生，找到了陈少梅生前好友彭钝夫的后人彭成秋先生，意外地获知一方牙章的作者，原来是津门印家陈子羊。我之所以说这是一个意外发现，是因为我此次赴津，首要任务是征得彭成秋先生的同意，把20世纪40年代由陈少梅亲赠给彭钝夫的两方名章，名正言顺地“收录入谱”。令我欣慰的是，彭成秋先生不仅慨然应允把这两方陈少梅印章收入本书，而且提供了一些难得的第一手资料，包括20世纪30年代陈少梅先生办画展的请柬照片；陈子羊当年为彭钝夫所刻印章的原作印蜕等等。这样一来，本书所收录的印章数目增加到54枚。我可以比较自信地说，这是迄今辑录最齐全的陈少梅先生常用印谱了。

（二）

米景扬先生是陈少梅的女婿，也是与我相识相交20余年的忘年老友，因其身材魁梧，我们都叫他大米。据陈长龙先生讲，当初他与大米商量编印谱时，就是大米力荐了我。当然，这也成为我不能婉谢这个使命的重要原因之一。

我相信，没有米景扬先生数十年的精心守护，陈少梅的这些珍贵印章可能无法躲过时间的浩劫，还能如此完好地存留于世。更令人钦佩的是，当举国上下皆知艺术品价值连城、奇货可居之时，米景扬先生却高风亮节地决定：将这些原本由陈少梅夫人冯忠莲女士所珍藏，继而由陈长玲、米景扬夫妇所精心保管的艺术遗产，完整地转交给陈氏家族的直系继承人。当我闻知这批艺术遗产的流转内幕时，不由得对米景扬先生愈发地肃然起敬了！

我在北京专程拜访了睽违多年的米景扬先生，他刚刚生过一场重病，出院不久，正在家中疗养。老友重逢，格外亲切。他的声音依旧那么洪亮，说话底气十足，全然没有一丝病态。他与我谈起他岳父的艺术，谈起北派山水的现状和前景，也谈起了这些印章的来龙去脉，令我获益良多。我则有些惭愧地告诉他，尽管我已尽了很大努力去考证、去探究，终因才疏学浅，至今还有三四位篆刻家没能考证清楚，有的是因所刻的落款字迹难以辨认，有的则是查遍现有的篆刻史料却找不到此人的名号，只能存疑待考了。大米对此表现出长者的理解和宽容，他说："能编到这个程度，已经很不简单了。我了解你的性格，事事追求完美。可是，这些印章已经问世快一百年了，我的老泰山已逝世六十年了，往事如烟啊，一旦飘散就很难追寻。况且，民国那一段时期，人脉纵横，实在太复杂了。你先编出这本东西，等于是给社会提供了一个资料，供大家继续研究。假如连这部印谱都不推出来，这些印章就只能是‘养在深闺人不识’。”

米景扬先生的这番话，让原本感到几分内疚的我，顿时得到了宽慰，我心里一下子释然了很多。不过，我依然觉得这是作为编者的一个遗憾。我衷心希望读者中的有识之士能够继续研究考证，尽快破解本书中的这些存疑待考之谜。

（三）

编辑这本印谱，使我有机缘亲眼欣赏并亲手拓印这些出自先辈名家的印作，心追手摩，获益良多。

这些印章的作者，大多是晚清民国年间的实力派篆刻家，其精品除了在博物馆里偶然得见之外，民间已罕见其真迹了。而他们当年为年轻画家陈少梅所刻的名章，却历经近百年的风雨沧桑，静静地摆放在我的书案之上。每每想到这一点，我会油然生起一种敬畏之心，不再把繁杂枯燥的编辑琐事视为苦差，反倒觉得这是一次亲炙先辈篆刻珍品的天赐良机了。

这些作品风格迥异，色彩纷呈。王禔（福庵）的两方印作于壬午（1942 年）之夏，当时他已年逾六旬，正是炉火纯青之时，其小印清雅秀逸，是典型的王氏风神。寿石工先生与陈少梅是忘年之交，他对这位少年俊彦青眼相加，时常为陈题画，更为陈刻了六枚印章，可见其扶掖后学的力度和诚心。寿石工最擅治微型小印，而为陈所刻小印尤多，一方“少梅”小石章，不足五毫米见方，却运刀自如，转折有力，令人叹服。相形之下，张志鱼的两方印章则是另一派风貌，张是京城刻竹高手，治石乃其余事，他的刀法干脆飒利，边款更是带着一股粗豪直爽的北方汉子气，可谓刀刀见骨。我的妻子最喜拓印他的边款，刻得深且有力，黑白分明。

为陈少梅刻印最多的非金禹民莫属，本书收录了他的十九方印，超过全书的三分之一。金禹民是寿石工的弟子，自然与陈少梅交往甚密，感情笃深。金禹民为陈少梅治印几乎贯穿其短短三十余年的艺术生涯，不同时期所刻印章，风格也不尽相同。不过，整体来看，大多属于清丽典雅，工稳精致一路。这恰好与陈少梅以工笔仕女和北派山水为主调的绘画艺术要求，相映成趣，相得益彰。

除此之外，还有一位署名“定可”的印家值得关注，他有三方小印辑入本书。其“云彰长寿”和“少梅画印”两方为阴阳文对章，章法规范，刀法沉着，一望便知为治石高手。另一方闲章“志洁行芳”，篆法婉转多变，细朱文回环曲行，显得别有情趣。然而，对这位印家各种文献记载阙失，询之于前辈行家也多语焉不详，殊为可惜。

（四）

为了让读者清晰地看到这些印章在陈少梅画作中的实用形态，我们还特别选配了一些相关的画作，附于重点印章的后面。这种做法在以往的印谱类书籍中十分罕见。一般而言，读者读画家之书，往往偏重绘画而忽略印章，这是情理之中的事情。但是，如果一本专讲印章的书，特意附上了相关的绘画，会不会喧宾夺主呢？我想不会，恰恰相反，只有让读者直观地看到画作中的印章，才会更真切地体味到这些印章在大师绘画中的不可替代性，无形中，或许也会拉近读者与早已远去的大师之间的心灵距离，就像我初见这些印章时所闪现出的心态变化一样。

我们将陈少梅现存的 52 枚印章，依照篆刻者和印章的材质进行了适当分类，编为 16 组，并对所有印章进行了统一编号。

这样做当然是为了阅读和检索的方便，并无厚此薄彼之意。对那些一时还难以确认的作者及印章，我们也在注释中标明是“存疑待考”。

非常感谢陈长龙夫妇对我们的高度信任，这种信任是建立在我们两家十多年交往中所生成的深厚情感基础上的。遥想当年，陈长龙先生在其故乡湖南衡山重新发现了祖父陈梅生的墓志铭，运回深圳之后，急需找人拓印几张墓志铭的拓片。闻知我妻子李瑾略通传拓技艺，立即把两块重达百斤的碑石运到我家，老两口还亲自和我们把碑石搬到楼上，亲自铺纸濡墨，为拓印作准备。此情此景，至今历历在目。如今，他们又把如此贵重的艺术珍品，直接交到我们手上，陈先生甚至坦言：“你们把这些宝贝整理好了，我就放心了。”这种无条件的信任，不恰恰是当今社会最稀缺的东西吗？而我能拥有这种被信任的幸福，岂不更是荣莫大焉？

在此，我还要感谢妻子李瑾，她一张张刻边款，一遍遍拓印，案前灯下，废屑成堆，真可谓心手并用，废寝忘食。尤其是一些极微小的印章和边款，刻得细如游丝，浅若水痕，有些边款的小字比芝麻粒还要小，要拓印清晰异常困难。但她从不轻言放弃，试验了各种纸张和墨汁的拓印效果，从无数张拓样的比较中，选优汰劣，精益求精。虽然对某些印章和边款的拓印效果，她依旧不是十分满意，但是条件和技能所限，她已竭尽全力了。从这个意义上说，她也是这本印谱的直接编辑者和制作者。

书中肯定还有不少疏漏和缺点，热望广大读者批评指正，这对本书进一步完善和改订，是至关重要的。

2014 年 4 月 26 日于深圳寄荃斋

溯古以寻源　返璞为开新

——简论终南印人郑朝阳其人其艺

（一）

终南山，自古便是钟灵毓秀、卧虎藏龙之地。周、秦、汉、唐历代文人墨客，都喜欢在终南山里寻半亩方塘，觅源头活水，安顿疲惫的身心。得意者在此悠游山野，吟诗作画；失意者在此隐居避世，啸傲山林。由此，这片寻常山水不再寻常，成了盛产名诗、名文、名画、名人的文化高地。

郑朝阳很幸运，降生在终南山下。他的家乡陕西户县（现西安市鄠邑区）就管辖着终南山的大部分境域，因此，他总喜欢对朋友说，他是终南山人，他参与的印社叫终南印社，他组织的篆刻活动也叫终南雅集，后来，他把自己的篆刻艺术工作室也搬进了终南山，这一下，他这个终南印人真是实至名归了。

壬辰之夏，我曾专程前往终南山去看郑朝阳的篆刻工作室，那是在一片风景绝佳的山岭深处，近旁就有飞瀑高悬，郑朝阳带着几分炫耀告诉我，这就是有名的高冠瀑布。高冠景区在汉代本是皇家上林苑的一部分，唐代时成为帝都长安近郊的旅游胜地，唐代边塞诗人岑参曾在瀑布下面筑屋耕读，还写出了专门吟诵高冠瀑布的诗句："崖口悬瀑流，半空白皑皑。喷壁四时雨，傍村终日雷。"郑朝阳选择这么一个既有名头又有故事的地方濡墨治石，那感受自然非同一般。进到他的工作室，只见满墙皆是笔墨丹青，多为文朋诗友的题词留墨，案上则散乱着各色印石陶钮及锦盒，郑朝阳说，这是一套刚刚刻好的《心经》组印，正准备发往新加坡。坐定品茗，我问朝阳，在这样的环境里读书治印，是不是很惬意？朝阳说，山里真是安静。这个季节还是旅游旺季，人还比较多。到了冬天，大雪封山，在这里做事，真是两耳不闻山外事，全神贯注在这把刀上了。那才叫心静，才叫过瘾！

我知道朝阳说的是真心话。这个农家子的少年梦想，就是要找个安静的地方一心一意刻石头。他小时候曾在砖窑当小工，每天趁着下工尚未天黑的一点空隙，拿起刀子刻砖头（那时他还买不起印石），直到砖窑里黑得伸手不见五指才摸出来。有一次，他被困在迷宫一样的黑砖窑里出不来了，惊恐万分，大声呼救，才被领出来。当他十七岁时，第一次进城去买石料。店老板看他衣衫褴褛，面露菜色，就把一般石料说成是田黄哄骗他，谁知却被这个看似木讷的后生一眼看破，几句话就把各种印料的石质纹理说得头头是道，让在场的人另眼相看。这当中恰好就有一位高人，西安交通大学的老教授屈梁生院士。屈教授慧眼识才，看出这个农家娃不简单，几天后就把一大摞文史艺术类书籍寄到了郑朝阳家里。这对一个尚未出道的农家娃来说，不啻是天降甘霖。随后，屈教授又把郑朝阳引荐给陕西省大名鼎鼎的书法家钟明善和篆刻家赵熊，使他一步跨进了名师之门。从此，郑朝阳步入艺术正途，开始了苦行僧一般的学艺生涯。正当他学有小成的时候，一个吃“皇粮”的机会又光顾了他，他欢欢喜喜去乡政府上班了。可是，很快他就发现，吃上了“皇粮”却离自己“找个安静地方一心一意刻石头”的梦想渐行渐远，因为他每天做的并不是内心喜欢的事情，而且不那么自由了。郑朝阳心里好生郁闷，终于有一天，他把“皇粮”辞了，回老家去当农民。所有人都不理解这个青年人的心思，但是郑朝阳清楚：只有身心自由，刻出来的石头才有灵性。他辞的不光是一份公差，而且是那些有可能束缚心灵的绳索。

回乡种地，以农时为轴心，农忙时拼命干活，农闲时专心刻章，这样的生活节奏郑朝阳很适应也很惬意。正是在这段时间里，他在两位名师的指导下，篆刻艺术突飞猛进，几次大展得以入选，郑朝阳的名字开始为圈内外所认知。

（二）

郑朝阳第一次艺术飞跃，当属2000年的一次艺术探险。这个二十多岁的青年为自己老师的老师，八旬诗翁霍松林先生篆刻了“百首诗词组印”，不仅得到了老先生的赞赏，而且在篆刻界引起了一阵不大不小的轰动，全国艺术界名流王学仲、韩天衡、李刚田、孙家潭、顾志新、陈振濂、王崇人等纷纷为这个小辈题词，郑朝阳的老师钟明善和赵熊两位先生都撰写了专文予以推介，而霍松林先生则写诗赞道：“刻石镌金夜复晨，秦山渭水见精神。兼综浙皖开新派，始信关中出印人。”这既是老诗人对“诗词百首组印”的赞赏，更是对这个关中印人“兼综浙皖开新派”的远大目标的期许。

正是在这次成功艺术实践的鼓舞下，郑朝阳开始向更高更远的目标攀登。他的心思更加专一，创作计划也愈发宏大，十年间，先后推出了《兰亭序》《般若波罗蜜多心经》《三十六计》等成套组印，这些艺术实践在篆刻界引起越来越多的关注和反响，他的名声渐渐走出终南山，走出陕西省，开始被全国乃至海外的艺术鉴赏家所推重和喜爱，越来越多的收藏家慕名给他发来了订单，这不啻是为郑朝阳的篆刻艺术注入了新的原动力；而远在上海的篆刻大师韩天衡欣然接纳这个陕西农家子为入室弟子，更为郑朝阳打开了更加开阔的艺术视野；2010年，中国篆刻界的最高学术团体西泠印社正式吸收郑朝阳为社员，这个从终南山走出来的农家娃，终于以顽强的毅力和超诣的才华，迈进了古老篆刻艺术的最高殿堂。

由此，郑朝阳完成了一个篆刻爱好者向篆刻艺术家的华丽转身，同时也开始了对自己艺术走向的深刻反思和探问。作为终南印人，如何发挥自身的优势，探索出一条具有关中风采和秦汉气派的艺术风格，让自己的作品成为个性鲜明的“这一个”。年富力强的郑朝阳正在用自己呕心沥血的一件件篆刻作品，来回答这个发自内心的终极探问。

（三）

郑朝阳的篆刻作品，不仅数量众多，而且风格多样，目前正处于一个快速成长期。现在就对其艺术风格进行定位和评价，显然为时尚早。然而恰恰是这个时期，往往决定着他未来的艺术走向和艺术个性的形成，因此至关重要。适当地梳理和阐释他在众多艺术作品中所显现出来的艺术特色，从理论上予以分析和点评，可谓正其时也。我并不是篆刻艺术的圈里人，充其量只是一个篆刻艺术的爱好者，我的分析可能很粗浅，我的点评也可能是野狐外道，但是，这些看法或许反映了读者一方的观感，从接受美学的角度说，对郑朝阳也许更有参考价值。故而不揣浅薄，姑妄评之。

郑朝阳的篆刻，带有鲜明的古意。在中国传统审美中，“古意”是一个非常重要的概念。在篆刻艺术发展史中，率先倡导“古意说”的是元代大艺术家赵孟頫，他在书画领域提出“作画贵有古意”的观点，对书画艺术审美标准的确立产生了深远影响。他在《印史序》中，则把这一观点直接用于篆刻艺术，提出好的印章必须“古雅”，必须“合乎古法”；他还把“好古者”与“好奇者”对立起来设论，他写道：“谂于好古之士，固应当于其心，使好奇者见之，其亦有改弦以求者，易辙以由道者乎。”这显然是对唐宋以降“以新奇相矜”“不逸余巧”（赵孟頫所用语）之类流俗的讥讽和规劝。赵孟頫“古意说”所标举之古，主要是指汉印。后世篆刻家皆以汉印为千古不易之典范，大抵是由此发端进而世代承袭的。

郑朝阳显然遵循着这一古训，从汉印取法甚多。不过，以汉印为基点，他的眼光似乎看得更远，从周秦古玺、金文甲骨汲取了更加丰厚的营养，这无疑是发挥了他得天独厚的优势。前人哪里见过像今天这样丰富多彩的出土文字？前人又哪里识得像今天破译出的那么多甲骨遗文？明代朱简《印品》说：“印字古无定体，文随代迁，字唯便用。”这句话正可用在郑朝阳的印品之上。他身在周秦故土，耳濡目染，尽是夏商古彝；目之所见，无非秦砖汉瓦。广纳博取，兼收并蓄，使他的篆刻从选字到拟形，从线条到章法，都充溢着浓浓的远古气息。如果说，他的“百首诗词组印”还基本上是以汉印为宗的中规中矩之作，那么，他此后创作出的《兰亭组印》《心经组印》等，已开始大量吸纳古玺、封泥、钟鼎、甲骨等文字的营养，显现出篆刻内容和造型上的别样风神。

倘若将追求“古意”简单地当作保守和落后的代名词，那就大错特错了。殊不知，“原始与现代”在当今世界艺术的大潮中，往往是具有交叉性乃至同一性的概念。在现代派艺术家中，不乏信奉原始主义的大师，如原始画派的创始人高更就曾明确讲道：“原始艺术从精神中来，利用着自然；所谓精致了的艺术是从感官的诸感觉出来，服务于自然……有多少次我退回到很遥远的时代，回到比刻帕特农神庙（古希腊最著名的神殿）的马更远的时代。”西班牙现代派画家毕加索一直追寻着远古艺术和非洲的原始艺术，从中吸取营养，丰富了他的立体派绘画；同是西班牙的超现实主义画家米罗也说“我喜欢历史上离我们最久远的画派——原始艺术家们”。这些最现代、最新潮的西方艺术家对远古艺术原始风格的推重，恰恰体现着一种现代审美观念，即对远古那种质朴、简单乃至稚拙之美的重新发现和阐释。由此可见，对远古意象的追寻并非复古，而是一种更具现代意义的创新。

从古至今，这种“以古为新”的范例多得不胜枚举，如意大利的文艺复兴，如唐代的古文运动，皆是以复古为旗帜的文艺创新典范。而我对郑朝阳在追寻古文、古意、古风、古趣方面的努力，同样视为是创新意识的体现，对他的这种尝试，理应予以明确的肯定和热情的鼓励。

（四）

中国艺术的审美内核，在于具象、抽象与意象的和谐统一。齐白石论画：“要在似与不似之间。”太似则媚俗，不似则欺世。也就是说，过于具象就容易甜俗，格调低下；过于抽象则远离真实，疑似蒙人。于是，中国美学中就出现了一个介于两者之间的审美概念：“意象”。书法和国画均以意象取胜，篆刻又当如何？我认为，同样应以“意象”作为重要的审美标准。

郑朝阳的篆刻以严格的传统汉印来打底，这就像戏曲演员的童子功、书法家的临碑帖一样，是从法度中入门的。他曾对我言及，少年时临刻汉印不下千方，这样的基本功训练使他打下了坚实的传统功底。但他深知，汉印承载的只是两千年前创作者的美学感受，今人却不能以古人的美感来替代当下的审美诉求，只有将今人眼中之美与古人的艺术规范实现完美的融合，才能构成表现当下“意象之美”的源泉。而篆刻又是一门实用性极强的艺术，所有印章都要被应用，也只有在被应用之后，篆刻的艺术价值才算体现出来。这一特性又使篆刻家的创作意念必须与篆刻的内容相协调，与使用者的要求相吻合，更重要的是，还要在刀与石的搏击较量中，将自己胸中的宇宙大千浓缩在方寸之内。无疑，这就比一般书画家的纸上创作更多了一重难度。

高难度其实是与艺术魅力的高低成正比的。越是高难度的艺术探险，对艺术家的吸引力和魅惑力就越强。郑朝阳正是这样一个偏爱探险的艺术家。他的篆刻，用字奇特，构图奇谲，意境奇险，已摆脱了传统汉印那种四平八稳的章法构成，形成了既有古韵又有新意的篆刻风格，我将其概括为“抽象形式的构成”和“画意布排的章法”，进言之，前者偏重于抽象，后者则偏重于具象，但都与具象和抽象拉开了一定的距离，而归结为意象。

汉字本身具有象形的因素，同时又从象形文字中抽象出来，应当说是最适于表现意象之美的文字。篆刻家如果深谙此理，就会抓住汉字的这一特性，使之走向两极：一极为抽象的形式，另一极为画意的布排。郑朝阳正是这样做的，他的一些作品，着力于抽象线条的组合变形，使印面充满形式感。如《三十六计》组印中的“声东击西”，把“东”字的上横与下面的撇捺夸张拉长，形成突兀之势，打破了印面的平衡；而“瞒天过海”则有意识地把“瞒”字的目字旁移到下方，显现出眼目被移位被挤压，从而突出了“瞒天过海”的主题。这类例子在郑朝阳的作品中是屡见不鲜的，若“苦肉计”和“美人计”；《兰亭组印》中的“是日也”“放浪形骸之外”“悲夫”等印章，均是形式感很强的作品。而对汉字中“画意”的提取和巧用，则构成了其篆刻的另外一种风貌，若《兰亭组印》中的“引以为流觞曲水”一印，将“流”字处理成数股细流从上往下滴注的形貌，而把“曲水”二字还原为象形的画意，“曲”字为三角形构图，“水”字则一波三折，充满了形象感。其他如《三十六计》中的“调虎离山”和“趁火打劫”等，也是巧妙利用了汉字的象形因素，让印面形成具有特殊画意的章法。这些作品展现了篆刻家的匠心独运，也体现出其独到眼光和创新精神。

细审郑朝阳的篆刻作品，不难发现他的组印往往与印文内容和使用对象，构成相对协调的对应关系。这是一个非常有意思的现象。举例来说，他为赵国经王美芳夫妇所篆刻的三十多枚常用印章，整体风格是严谨而规范的，且稍显细腻。这是因为这对画家夫妇是以绘制工笔人物画著称于画坛的，细腻的工笔画面自然要配以工细的印章才算和谐。而《兰亭组印》几乎采用了小篆、大篆、古玺、封泥、金文、甲骨等各色字体，形式变化虽多但不失规整，突出的是整体的书卷气。《心经组印》则以凝重庄严为主调，同时掺入些许荒寒苦涩，多用涩刀慢行，很少修饰，以突出其超凡脱俗的禅意。最为诡异的是《三十六计》组印，字体似斜反正，章法变化多端，可谓出神入化，充满了想象力和跃动感。《三十六计》是一组陶印，在陶土上刻印或许更容易出现戏剧性变化，郑朝阳显然是刻意利用了这种印材的独特性，使这组印章刻得别具一格。

（五）

自从明末清初的傅山提出“宁丑毋媚”的美学命题以后，传统美学中便形成了一种审丑的新风。事实上，中国人素来懂得审丑，也善于审丑，刘熙载论观赏石说：“怪石以丑为美，丑到极处，便是美到极处。”同样地，园林盆景也以盘曲丑怪为上品，书法绘画也多有以丑为美的例证。有人认为，学会审丑，乃是审美眼光的超越和升华。而作为传统艺术的重要组成部分，篆刻艺术同样具有审丑的特质。

最早把“丑”作为篆刻艺术的一个美学范畴提出来的，是与傅山同时代的大画家石涛。他在晚年曾给忘年好友高翔写过一首论印诗，前两句提出的一个重要命题“书画图章本一体，精雄老丑贵传神”，把“丑”与精、雄、老诸概念并列为“传神”的要素。在这里，“传神”是艺术创作的最高宗旨。而在石涛看来，“丑”不但可以转化为审美的对象，而且是足以“传神”的。此论一出，顿时将千百年来篆刻艺术的美学思路进一步拓展开来。从此，印章中的审丑意识逐步生发延展，使与“丑”相关联的“拙朴”“稚气”“狂怪”等美学概念，也逐渐被纳入了审美的范畴。

郑朝阳似乎天生就具备审丑的能力，这大概与关中这方水土的民风民俗有些内在的关联。户县农民画以稚拙朴素而闻名天下，陕西的手工艺品也大多是憨憨笨笨的泥土风格。这种审丑民风早已渗入了郑朝阳的血液，因此，不论是有意为之还是天然本色，我们确实从他的篆刻中看到了不少审丑的例证，譬如“受想行识”印的古拙、“心无挂碍”印的童稚、“无挂碍故”印的生涩、“以逸待劳”印的粗率、“釜底抽薪”印的怪异、“关门捉贼”印的憨笨……无论用什么字眼来形容，这些印章乍看上去确实是其貌不扬，远非那些端庄规范的白文汉印或精巧恭谨的细朱文印那么讨人喜欢。但是，这些以丑为美的作品却经得住品咂、耐得住琢磨，越看越有奇趣，越品越有韵味。我不讳言偏爱这类看上去似有缺陷的作品，我觉得郑朝阳的艺术个性恰恰是在这些毫无做作、“天然去雕饰”的“丑印”中，获得了另类的展现。

（六）

郑朝阳正处于风华正茂之年，应当说，其艺术之路才刚刚步入坦途。这里所说的坦途，并不是指今后会一路顺风，对于从事艺术创作的人来说，一路顺风永远只存在于梦想之中。我说的坦途是指他迄今为止所走的路子很正，起点也很高，这是极为难得的。虽然他的有些作品水平还不时出现上下浮动，印风也还处于不断摇摆变换之中，个别作品还显得主观意念过强而实际操作力有不逮，但是，凭着他的勤奋多思，凭着他对艺术理想的执着和顽强的毅力，我相信，他的前途定不可限量。

中国的传统艺术深不可测，高不可攀。行至高处，往往比的，不是技法，不是勤奋，不是功夫，甚至不是聪明，而是学养和悟性。正所谓“腹有诗书气自华”，这是亘古不易的至理。郑朝阳是有理想也有条件，在未来登上篆刻艺术高峰的，而当下最需要做的事情，愚以为并不是再多刻几组套印，而是静下心来读书思考，涵养心神，让心胸装得下苍山大漠、绝峰深潭。惟其如此，未来十年、二十年才有可能步履矫健地登上十八盘，“会当凌绝顶，一览众山小”。朝阳，我期待着你的更大成功！

2012 年 11 月 10 日于深圳寄荃斋

郑朝阳的大快乐

用陕西话说，郑朝阳是个苦娃，少时家境贫寒，田间劳作，放牧牛羊，还曾在砖窑脱坯，干的都是最苦最累的活计，却常常衣食不保。那时如果有谁预言他未来是个有名头、有成就的篆刻家，十里八乡恐怕没人相信。但是，他今天做到了。

同样地，他之所以能取得今天的艺术成就，也是因为他吃得了别人难以想象的苦，受得了常人难以承受的累。譬如说，早期学艺之初，干了一天重活儿，砖窑里的工友都下班回家了，他却留下来，找块平整的砖头（他买不起石头）吭哧吭哧地刻字，一直刻到天黑无法下刀。有一回还在黑漆漆如迷宫一样的砖窑里迷了路，扯着嗓子喊人，才把他救出去。再譬如，当他刻出了一些名堂，已经可以喘口气享受劳动成果的时候，他依旧不敢停息也不愿停息，即便是一刀失手差点戳透了手掌，不得不停下来养伤之际，他还要改用左手继续摸索着刻印，石头刻不动，就跑去瓷厂定制些陶印来刻。那年，我去他在终南山的工作室，见他刻石采用的是“大把抓”的握刀法，感到诧异，以为这是他的独门绝活，他憨憨地笑道：“啥绝活儿呀，这手刻伤以后，再也无法像以前那样用力了，没办法呀！”我不由得对面前这位锲而不舍的年轻人肃然起敬了，如此勤苦力学殚精竭虑之人，不成功是没有道理的。

如果把笔墨停在这里，这篇小文也算到了一个结点，可以打住了。但是我又往深处想了想，如果郑朝阳一路这么苦过来，又一直这么苦下去，恐怕他也无法长久支撑下去。这种支撑，单用理想志向之类庸凡的大道理，恐怕也解释不通。他所不肯停息、不忍放弃的，绝对不只是那些苦，一定还有更大的乐。换句话说，他一定是切身感受到艺术创作的“苦中之乐”，且这种快乐是非比寻常的大快乐，他才会有动力、有活力、有毅力、有超凡的创造力。苦，只是旁人看到的表象；乐，才是郑朝阳内心真切体味到的实相。

这么一想，一通百通。譬如，旁人认定吃上“皇粮”，旱涝保收，是求之不得的美事。而郑朝阳却在当上公务员之后，切身感受到这份差事不如他自由自在“刻石头”更快乐，便毫不犹豫地辞了职，回家专心刻石头。旁人不解其意，讥讽其傻。更有心地不够纯良者，想当然地断定他一定是犯了啥错误，在衙门里混不下去，被撵回家了。而郑朝阳却安之若素，任你说三道四，我只管醉心地刻我的石头。我猜想，他当时说不定还在心里鄙夷那些说三道四者，“你们这些聪明人哪里知道我的快乐，这是常人做梦也难以体验到的乐趣啊！”

由此，我也理解了，郑朝阳何以会在尝遍了汉印、古玺、甲骨、金文、鸟虫篆、写意印等诸多印风之后，在刻成了无数成套的《论语》《庄子》《心经》《兰亭序》《孙子兵法》、东坡诗词等大件之后，忽然转向了篆刻数以百计的佛像肖形印。除了创作出新作品的艺术追求使然，我认定还有一层内在的原因，那就是：他一定从刻佛像的过程中感受到了超越以往的大快乐。是的，在人类的精神世界里，艺术的美感（亦可称之为审美快乐）要远高于世俗的口腹之乐、情色之乐、功名之乐乃至财富之乐，而艺术美感一旦与宗教美感相融合，其精神愉悦的档次和质量自然会更上一层楼。艺术家并不都是宗教信徒，然而为何古今中外那么多艺术家迷恋宗教题材？无论西方还是东方，无论绘画雕塑还是刻石写经，无论画的是耶稣基督还是道释圣贤，概莫能外。我想，从艺术家本我的内在体验来观照，他们一定是从艺术创作中或深或浅地体味到了类似宗教美感的精神享受，亦即佛教常常讲到的大自在和大快乐。古往今来，那些常年在荒山野岭打造佛窟造像的匠人们，那么艰苦、那么劳累、那么孤寂，但是他们却能孜孜矻矻地坚持下来，日复一日，年复一年，甚至终生与之为伴，信仰的力量固然不可或缺，但宗教美感所带来的愉悦，更是必不可少的心灵滋补剂。我相信，郑朝阳在深山大漠奔波遍访古代石窟造像的时候，应当感同身受，一次次地真真切切体悟到这种以身体的巨大付出所换回的心灵愉悦。他在短短一两年中，以常人难以想象的近乎疯狂的创造力，镌刻出如此丰富、如此精彩、如此风格多样、如此精美绝伦的佛造像肖形印，他从中所感受到的心灵震撼和无法言说的“禅悦之境”，绝对足以抵消甚至超越世间一切凡俗之乐，使他坚信这一切付出，都是值得的！

丙申之夏，我路经终南，曾在郑朝阳的望仙阁中与他一起品赏那一方方大大小小的佛印：佛祖的庄严法相，菩萨的婀娜多姿，罗汉的千姿百态。听着他要言不烦的讲解，似乎我的欣赏过程也平添了几许超越凡俗的宗教美感。临行之际，朝阳找出一枚最大的菩萨造像，为我加盖在一张宣纸上，动作那么庄重，神态那么虔诚。盖好印章，他自己先端详一下，觉得满意了才递到我的手上，轻声对我说：“您带回去，有空拿出来看看，美得很！”

是啊，“美得很”，这三个字用陕西话讲出来，具有独特的感染力和穿透力。就在那一刻，我也真真切切地体悟到郑朝阳内心的大自在和大快乐，并且，瞬间分享！

2016 年 10 月 17 日于北京寄荃斋

欧阳福的幸运
——《欧阳福书法集》序

生于书法之乡，乃是一个书法家先天的幸运。欧阳福生于书风浓郁、笔墨飘香的四川蓬溪，可谓上天之厚待。一方水土养一方人，蓬溪出过不少书法名家，这方水土因人而兴、因人而荣、因人而彰。欧阳福作为蓬溪书法界的一个突出代表，在蓬溪创建书法之乡的过程中，既是运作者又是实践者，俨然成为这方水土的一个“象征符号”，蓬溪最终荣膺“中国书法之乡”的美誉，亦非偶然也。由此观之，蓬溪养育出一个欧阳福，也可以说是蓬溪的幸运。

2010 年岁末，我随中国报纸副刊研究会的采访团走访蓬溪，一进书法之乡，顿感蓬溪与众不同的气质。接待人员先请我们参观大型书法篆刻展览，接着又备下笔墨纸砚，邀请远道而来的我们挥毫泼墨，交流书艺。我被诸位同行抛将出来，当众献丑，勉强题写“蓬溪常碧”四字，聊表对书法之乡的赞赏之情。当我写罢搁笔之际，旁边竟传来激赏之言，随即有一中年汉子走上前来，与我热情握手致谢，并递上一张名片。这就是我与欧阳福先生的初识了。

一次偶然造访，便与蓬溪结下了书缘。一幅即兴信笔之作，却被蓬溪人所珍视，并请当地篆刻家专门刻一印章补盖于名下，如此专业、如此细致、如此郑重，令我很感动，也很难忘。而主其事者，依然是欧阳福先生。我由此悟到，我与蓬溪之所以结下书缘，盖因与欧阳福先生之人缘也。

从一个书法家的为人处事，可以看到其人品与性格，亦如从其书法作品，可以窥得其艺术修养和人文造诣一样。我与欧阳福先生虽只有一面之缘，但此后鱼雁往还，电话短信，谈书论艺，品诗嘱文，两年之间，并未中断。我读其诗作，赏其书法，聆其妙论，深感其为人之谦和，待人之诚挚，尤其是对书法艺术近乎痴迷的挚爱，令我印象深刻。我常常想，一个对书法艺术如此全神贯注、全情投入、全力以赴的书家，想不成功都难！

以我的目光所及而浅论之，欧阳福的书法，颜为其肉，碑为其骨，汉隶章草为其形貌，苍茂浑厚为其风神。他所追求的乃是古风浓郁、苍雄拙朴的上古书风，而非时下流行的浮滑巧妍、光怪陆离的快餐书法。他固执地拒绝清秀而偏爱浑厚，宁要稚拙而远离圆熟。这种艺术取向，注定了他必须要比那些朝学执笔，暮已成家的“速成书法家”付出更多的努力，注定了他要在广纳博取的基础上，潜心砚海，默默耕耘，积年累月，才能探索出适合自己的艺术道路。我不敢说他的艺术风格已经成形，但我分明看到他在一步步艰辛而执着地跋涉前行。虽然在这条山野小径上行走不免感到孤寂，然而，只有那些深谙书法艺术真谛的人才知道：唯有这样的山野小径才能通向高远的艺术之巅。

世界上大概没有哪个艺术品种，像书法这样与诗文相伴而生、并肩而行了。中国的古代文人，秉笔濡墨，落纸成诗；展卷诵读，出口成章。笔墨纸砚为其表达工具，诗文辞章为其书写内容，点画章法为其书法美感，人文素养为其文化底蕴，此四者融会贯通，互为表里，相得益彰，缺一不可。而当代书法艺术最大的缺憾，不是技法失传，也不是功夫下得不够，而是人文精神的缺失与诗化人生的匮乏。别的不讲，单论当今书家们所书写的内容，恐怕十之七八都是抄写古人的名句，难怪外界常常把书法家讥讽为“抄诗家”。欧阳福对这种现状是清楚的，他也深知要改变这种多年的积弊，单凭一己之力是无力回天的；但他不愿随波逐流，宁可选择“以身试法”。我读了他的很多书作，同时也是他的诗作，自书自诗，这在古代本是司空见惯之事，但在当今书坛可谓多年暌违了。我并不是说欧阳福的诗作写得多么了不起，我们也不应该用古人论诗的标准来苛求。我想表达的意思是：我从欧阳福“自书自诗”的作品中，看到了一种坚守、一种追求、一种当下稀缺的人文向往，殊为难得也！

欧阳福告诉我，他生性好古，喜欢收藏古代的砖瓦泥范，还总想把这些古意醇厚的东西融入自己的书作中。从他发送来的一些书法新作电子资料中，我也看到很多汉砖拓片瓦当图纹，被他巧妙地嵌入自己的书作中。作为一种造型艺术，适当融汇其他视觉符号以增强书法的视觉美感，无疑是有益的探索，也是被前人实践检验过的成功做法。我感兴趣的是，欧阳福偏偏把最具苍厚拙朴之趣的古砖古瓦请进自己的书作，显然也透露出他独到的审美眼光和艺术偏见。没有偏见的艺术家，永远无法成为在艺术上开宗立派的大师。徐悲鸿就曾写下一副对联自励“独持偏见，一意孤行”，其实说的就是这个道理。欧阳福的艺术偏见，就在于他刻意求拙、求简、求古、求险，他在挥毫书写之际，似乎并不在意能否博得旁人的喝彩，他更看重的是能否痛快淋漓地抒发自己内心的情感。这种艺术偏见，恰好与汉代人对书法的终极追求殊途同归。西汉扬雄说：“言，心声也；书，心画也。”东汉蔡邕说：“书者，散也。欲书先散怀抱，任情恣性，然后书之。”如此说来，欧阳福偏嗜汉代的砖瓦碑版，也堪称是这些汉代书论家的隔代知音也。

细观欧阳福的书作，我还常见他每每于题款时特意注明是“醉后所作”。书家嗜酒，自古已然。酒是“先散怀抱”的前奏曲，是“任情恣性”的催化剂。醉后作书，什么字形结体，什么规矩法度，什么美丑装饰，统统可以抛到九霄云外，书家只管直抒胸臆，墨气淋漓，解衣盘礴，放笔直取。这才是书家最惬意、最舒爽的境界。欧阳福显然非常享受这种任情恣性的状态。或许，正是因为他平时身在官场，行为举止必须循规蹈矩，怀抱难以舒散，性情不得恣肆，而对艺术家而言，“情态自由”就如同阳光空气之于生物一般的须臾不可或缺，他才更加珍惜醉后的感觉，在这种感觉中写出来的书法，也往往最见才情和个性。欧阳福是一个很守规矩的公务员，同时又是一个激情洋溢的书家兼诗人，这两者原本存在着某种天然相悖的成分，然而欧阳福却有本事将两者平衡于一身。我猜想，这种平衡的重要杠杆之一，便是酒。酒给了他任情恣性的理由，也给了他解衣盘礴的状态，墨汁里掺进了一丝酒气，下笔如有神助，诗情如泉奔涌，或许正是在诗酒与书法的交融中，欧阳福终于找到了其艺术生命的大自我、大自由与大自在！

这是欧阳福的幸运。

2012 年 5 月 6 日于深圳寄荃斋

古意绵绵似陈茶
——品读《郎鸿叶书法集》

民谚云："墨要陈，茶要新。"这大概是很多茶人都认可的说法。茶以新为上，大抵是在散泡绿茶兴起以后才形成的观念，因为绿茶要保持其嫩绿和鲜香，这才有了"宁饮清明前，不喝谷雨后"之类的茶俗。可是翻看茶史就会发现，绿茶的兴起时期其实在晚清，萌芽期固然可以上溯到唐宋，但蔚为风气应当是在明清之际，相比于拥有数千年历史的中国茶史而言，绿茶实在是个晚辈后生。这也就是说，以新茶为上的风气，其实并不古老。

近年来，从南到北兴起了一股陈茶之风，先是普洱茶扬起了"陈年为上"的大旗，接着各种茶类都有跟风的迹象，武夷岩茶、铁观音也都开始倡导隔年乃至多年老火陈茶的韵味，前不久，深圳还有一家茶馆打出了陈年碧螺春的招牌。看来，新茶与陈茶的对垒将使未来中国茶界越来越热闹。

本以为陈茶之兴乃是最近几年的新鲜事，然而，读了刚刚收到的《郎鸿叶书法集》才知道，原来倡导陈茶并非始于现代，而是古已有之。郎鸿叶先生在书法集中收录了一首清代学者周亮工的茶诗："雨前虽好但嫌新，火气难除莫近唇。藏到深红三倍价，家家卖弄隔年陈。"郎先生还在诗后写下一段考证跋语："清人周亮工诗为最早记载茶叶香久益清、味久益醇、越陈越贵重的文字。武夷民间素有一年是茶，三年是药，十年变宝的传说。"这令我感到十分新奇，一本书法作品集，却包含着如此专业、如此广博的学术含量，这不仅昭示着书者的艺术造诣，更显示出这位书者与时下走红的所谓“流行书法家”确实判然有别。

我与郎鸿叶先生从未谋面，却在两个方面志趣相投、心曲相通。一是我们都爱茶如命，不只喜欢品饮茶香，更看重茶的品格和茶的韵味。从某种意义上说，我们是因茶而结缘的，中介人就是著名导演张子扬。子扬兄也是爱茶之人，2007年我的茶文化专集《品茶悟道》出版后，我第一时间就给他寄了一本。过不多久就接到子扬兄的电话，说是我寄的茶书被一位茶友看中了，非要拿走不可。他舍不得割爱，问我能否再寄一本转赠之。我当时手边尚有余书，当即又寄去一本。记得子扬兄让我在扉页上题赠的名字，就是郎鸿叶先生。这，应该算是我与郎鸿叶先生的初识了。大概两个多月后，我忽然收到一篇寄自山东威海市的文稿，作者正是郎鸿叶，那是他的大作《品茗赋》。我展读之后，不禁心生共鸣，尤其喜欢其中的那些佳联妙句：“兴来做赋，三杯笔下千言；苦后回甘，七碗风生两腋。杯倾逸趣陶然，兴阑余香未尽。观日影方知时换，睹倦鸟始悟当归。”写的都是真正的茶人心曲。这样的原创妙文实在难得一见，我当即安排编发在《深圳特区报》的“罗湖桥”副刊上。随后，我写了一封短信，把样报给他寄回威海。由此，我们开始了远隔千里的文字之交。

再者，我与郎鸿叶先生都酷爱书法，当然，他侧重于创作，我侧重于鉴赏。但是我们的艺术观念却惊人地相似。这个发现是我从他的这本书法集中读出来的。他在该书的后记中论及自己的书法观念：“而今，作为书写工具，毛笔已经淡出了人们的生活。古时由一笔一画的童子功练起，坚持不懈终至有成的习字道路，已难为今人所仿效。多元化、快节奏的生活，迫使人们去寻找成功的捷径，并曾经形成这样的书法潮流——即通过摆布、变形，再加以若干‘构成’‘抽象’等当代艺术理念，即能‘创造’出书法作品来。而遵循古人、把字写得漂亮、好看，反倒成了错失与不足；学习传统，甚至竟然成了保守、陈腐的代号。孙过庭在《书谱》中曾批评过这样的人：‘薄能草书，粗传隶法，则好溺偏固，自阂通规。’换成今天的话说，就是刚刚了解了草书的笔画结构，仅仅知道了隶书的基本法则，就顽固地以自己的好恶为评判标准，而难以领悟书法的普遍规律及欣赏法则。看起来，这种华而不实、投机取巧的作风，在唐代就已经颇有市场，并为孙过庭所厌弃了。……关于当代书法的风向，众说纷纭，莫衷一是。但我宁愿囿于自见，坚持把字写得好看、容易辨识。现在还时时有朋友劝我‘变法’，但当我从剑拔弩张重回温润内敛的轨道时，心中有一种平和与愉悦，是否为风气所容，已不在思虑之中了。”我由此而将郎先生引为同调。读他的书法作品，只觉得端庄秀润，大大方方，绝无忸怩作态、故作乖张惊人之状。其书风既有王赵之古韵，兼具苏黄之潇洒，充溢着传统的文人意趣与书卷之气。考其书写内容，则茶诗茶文之外，更有大量自创自书的诗词文章，从中依稀可见千百年来中国文人书家们信笔挥洒，酬唱抒怀的古风遗韵。当今之世，由于传统文人阶层的百年凋残，这种古风已经日渐式微，因而，当我读到郎鸿叶先生其诗其文其书作时，禁不住心生感动，好似与某一位明清先贤偶然相逢。这种遥远的文化亲近，使我真切地感受到一种复归古典的“平和与愉悦”，这种感受与郎鸿叶先生从容书写这些书作时的心态，大抵是相近乃至相同的。

饮茶，由崇新而尚陈；书法，由追新而尚古。这两者看似风马牛不相及，实则理念相通也。我们偏嗜陈年老茶的醇厚隽永，自然也会从郎鸿叶的书作中品出悠远而深厚的绵绵古韵。这种古韵，实在是久违了！

郎鸿叶先生在自己的书作中，数次提到我的茶书，如在《墨韵茶魂》长卷之后，他写道：“读侯军先生著《品茶悟道》一书，甚有所得。虽尚未至悟道之境界，亦大畅吾怀。因择书中所引之诗词曲联之佳句书之。”写书的人，最大的幸福就是能有读者喜欢你的书。我深知自己写的绝非畅销书，有知音三五若郎鸿叶先生者，则余有荣焉！

追摹古人得高趣　别出新意成一家

——《顾志新书法篆刻集》跋

新鲜面市的《顾志新书法篆刻集》，从津门故土穿江越河寄到岭南，令我这个离乡近二十年的津门游子，捧读再三，感慨良多。这当中不仅包含着志新兄春华秋实的艺术硕果，更蕴藏着志新兄那份沉甸甸的深情厚谊。所以，当志新兄来电约我写篇文章谈谈新书的读后感，我毫不犹豫地答应了。

纵观全书，我认为这是一部富于学术性和探索性的创作成果。当今书坛，出版书法作品集已是司空见惯之事，即便如我这样的“圈外票友”，一年也会收到十几本乃至几十本各式各样的书法集、篆刻集以及书画合集。翻来看去，真正令人感觉可说可道、可圈可点的集子，确如凤毛麟角。而志新兄积数十年临池创作之功力，殚精竭虑，厚积薄发，年近七旬方推出这一皇皇巨著，无疑使那些其作者功夫不到、自我感觉超好、艺术欠火候、极力炒作的豪华印刷品们，变得轻飘飘没了分量。毕竟艺术最终还是要靠作品本身的高低优劣来说话。在这本装帧设计都显朴素的集子面前，我们真切地看到了艺术本身的魅力和能量。

（一）

志新兄成名很早，三十多年前就已名扬津门，二十多年前就在中国书坛占据了一席重要位置，对于他的书法风格人们不能说不熟悉。但是，当我翻开这一卷书法艺术集锦时，眼前一亮，充满了新鲜感，为何？细细想来，这新鲜感的产生，一是源于“全”，二是源于“新”。

先说“全”。过去读志新兄之作，往往是三三两两，难窥全豹。概言之，知其行草书风者多，知其篆隶功底者少。即使与志新兄相交多年如我者，也只看过他的少量篆隶作品，仅知其当年临写鲜于璜碑用功甚勤，且得其神韵。然而，这次读到本集中的大量篆隶作品，很多都是从未见过的鸿篇巨制。就书体风格而言，涉猎之广泛，面貌之多样，功力之深厚，都足以当得上“震撼”一词。若《孙克纲画展前言》《肇庆七星岩书明代王泮诗碑》《顾氏碑记》《文天祥正气歌》《苏东坡前后赤壁赋》《吉祥经》《菜根谭节选》等隶书精品，若《甲骨文唐诗二首》《杜甫春夜喜雨诗卷》《曾国藩家书轴》《元好问诗卷》《苏东坡赤壁怀古词卷》《文姣平词卷》《鲁迅诗卷》等篆书力作，无不令人赞叹其博采众长、汲古为新的艺术功力。在这些作品中，既有甲骨文、金文、古籀、小篆等名作风采，也有张迁、勤礼、二爨、鲜于璜、邓完白诸碑帖的神韵，可谓千姿百态，各臻佳妙。一个书家能够遍临天下名碑，将各家特色融会贯通，化为己用，秉笔之际，历代名作只需心念召之，即可奔来腕底，不仅形似，更以神随，如此全能的书家，当今书坛能有几人？

在一部书中如此全面地向世人展示自己的艺术实力和多面书风，我想，志新兄也是第一次。而作为读者，能够在一集之中遍览书法家的艺术全貌，一次性看到这么多精品力作，也不啻是难得的阅读享受。由此，此卷之艺术价值无需赘言矣！

再说“新”。书法艺术的出新，素来是一个渐进渐变的过程。那些刻意以快速出新为目的，不惜牺牲书法艺术的基本要素，费尽心机制造狂怪乱丑以炫目唬人的做法，绝非出新之正途。顾志新是属于那种甘于寂寞，长期在尺幅之间勤奋耕耘的艺术家，他从来不想一鸣惊人，也无意于登高一呼而万人景从。他只陶醉于自己的艺术天地中，为每一个点画而倾心，为每一幅佳作而动情。他的书作宗法严明，点画规范，寓个性于法度之中。观其个人风格的演变，以岁月积淀为经纬，以情感抒写为标识，以潜移默化为形态，几十年风霜染鬓，几十年废笔成家，笔墨由圆熟而生涩，再由生涩而冲融。这种书风的递进转化，完全符合书法艺术的演变规律，更是书法艺术创新求变的不二法门。我们试举他的三幅行草书为例：一为创作于丙寅年（1986 年）的《节临王铎诗卷》；二为创作于戊寅年（1998 年）的《日本病僧诗轴》；三为创作于庚寅年（2010 年）的《王维送别诗轴》。这三幅均为寅年创作的书作，时间跨越了 24 年，基本上贯穿了顾志新书法生涯的最重要时段。而我们从这三幅行草中，分明看到了他书风渐变的轨迹。《节临王铎诗卷》明显带有临书的严谨和庄重且略显拘束，书者并非着意于抒写自家情感，而重在捕捉王铎的书形和特征，点画结构中规中矩，个人风格尚不鲜明。但是，书者对王铎的书风特征把握得非常到位，几乎达到了神似的地步，可见其用功之深。《日本病僧诗轴》已是写于 12 年后，书家的独特风格已跃然纸上，笔力清峻，似熟中带生；结体瘦劲，若饥鹰渴骥；破锋与飞白参差，章法与字形摇曳。显然书者是在追求一种开合有度、似斜反正的气势，一望可知是盛年精力饱满之作。及至《王维送别诗轴》书写之时，书家已逾耳顺之年，点画、字形、结构、章法等技术性要素，均已化为书家余事，运笔之际，一任自然，不问妍媸，直抒胸臆。有的字看上去并不好看，但放在整幅作品中却是恰到好处。有些笔法的勾连起转，看似漫不经心，细审却与诗中“但去莫复问，白云无尽时”的散淡意境，天然契合。若把这幅作品与 26 年前的《节临王铎诗卷》放在一起观赏，那几十年的书风变化踪迹清晰、昭然可见。在此卷之封底，有一方志新兄亲刻的印章，文曰："追摹古人得高趣，别出新意成一家。"何谓"得高趣"？何谓"出新意"？此之谓也！

（二）

志新兄这本作品集的另一可贵之处，在于其对书法艺术载体与形式的创新。书法艺术本身具有抽象性，因此，书法艺术对形式感的要求也格外突出。传统书法的形式比较单纯，白纸黑字加上红色的印章，三种色彩相得益彰，简单朴素。然而，书法艺术进入现代人的视野，客观环境发生了一些微妙的变化，譬如说，古人写字大多是手札手卷，供三五知己品评观赏足矣；即便是挂在书房轩室，也多是写成对联中堂，供十数人观赏也就不得了了。而现代展厅，动辄数十人或上百人同时观赏，而且是几十幅乃至几百幅书作同场竞技，没有一个书家不担心自己的作品被湮没在书海之中。于是，如何增加作品的视觉冲击力和吸引力，就成为现代书家必须要考虑的问题。

要让自己的作品从千百幅书作中"跳"出来，当然首先是字要写得好。但是，形式上的新颖和别致也是吸引观者注意力的一个重要因素。志新兄担任过众多书法大展的评委，对此自然深有体会。因此，在书法作品的载体和形式上，他也动了很多创新求变的脑筋。单看本集作品，我可以给他归纳出三个新招儿。

一是改变传统形制，放弃两翼，改攻中路。简单地说，就是将传统对联或斗方把上下题款分别写在作品两边外侧，改为集中写在作品的中间部位，造成新奇而独特的视觉效果。如本集中的《清风朗月》（斗方）、《刚柔相济》（双色斗方）、篆书《芷芸芬芳》（双色斗方）、隶书《室雅花香》（双色斗方）、《观海听涛》（双色纸朱墨题款斗方）以及隶书对联《玉宇芙蓉》《联族同源》

（双色对联）等。我还注意到，这些“中间题款”的作品，多是辛卯年（2011 年）的新作，也就是说，这种新造型乃是志新兄的新尝试。我认为，对这种勇于突破传统格式的新尝试，应该给予肯定。

二是增加书作的画面感和色彩要素，使传统的黑白分明的书法作品变得色彩丰富，充满画意。志新兄充分吸纳了古人拓印彩笺的思路而加以变通，把自家收藏的汉砖及瓦当纹样直接拓印在作品上，不是作为底纹，而是作为画面的一个组成部分，文字内容有的与这些拓印直接相关，有的并无关联。这样，拓印的图案成为整幅作品的一个美学构成。志新兄还特意围绕拓印图案，选择墨笔和朱笔两种颜色来书写各体诗文题跋，令这些书法作品呈现出多层次、多色彩的艺术效果。他的这种尝试，不能说是首创，却是对前人做法的丰富和发展。我相信，在偌大的展厅里，他的这类作品肯定在吸引眼球方面，显现出独特的优势。

三是在书写内容方面，引进了一些新奇的具有艺术表现力的文字，造成在形式上的某种陌生感，进而增加了观者对书作的新鲜感。在本集中，我第一次见到了名气很大却从未见过的瑶族女书，见到了由蒙古族女书家写的蒙古文书法，而且写的是歌德的诗歌，这种中西合璧、汉蒙融合的书法创意，确实令人耳目一新。志新兄的这些作品，虽然在书中所占比例不大，还属于探索性的尝试之作，但在拓展现代书法创作的思维空间和引入新的艺术形式方面，显然具有相当重要的启迪作用。

（三）

走笔至此，我不由得记起 1993 年春节前夕，我即将举家南迁岭南，特意前往天津书协向志新兄辞行。志新兄闻之，半晌不语。旋即起身，走到办公室外，站在楼道里大声呼唤。我感到有些惊诧，不知他是何意。随后发生的事情令我终生难忘。只见志新兄在楼道里摆放的那张乒乓球台上铺开毡子，展纸挥毫，奋笔为我书写一幅四尺大字，边写边说："老弟呀，舍不得你走啊！今天写幅作品，给你壮行吧！"说话间，从各个办公室里先后走来数位熟悉或不熟悉的书法家，他们都是被志新兄招呼出来的。"来来来，大伙把笔墨家伙拿出来，给白春老弟送送行……""白春"是我在天津常用的笔名，我所写的有关书法绘画方面的文字大部分是用这个笔名发表的。一时间，我的眼睛湿润了。这是我平生经历的最独特的一种送行方式，颇具顾氏风格。我知道，那天我收到的并不只是几位名家的墨宝，更是志新老兄和各位书协朋友的一片深情啊！

说起我与天津书协的渊源，同样与志新兄密切相关。那是在20世纪90年代初，我在《天津日报》上连续发表了12篇谈论书法"现代意识"的系列短论，在书坛引起了一些争议和反响。书协和报社顺势而为，联合发起并组织了五次专题研讨会，围绕我所提出的问题，邀请天津文化界和书画界的名流学者进行研讨。那段时间，惠公先生委派我与唐云来、顾志新等书协同仁保持热线联系。有一天，志新兄忽然问我："你是不是书协会员？"我说："还不是。但是，我是书法艺术的狂热爱好者，从少年时就拜宁书伦先生为师练习写字。近些年，则主要关注中国传统文化（如古代书论）的研究。"志新兄闻言，说道："在书法界，就缺你这样既懂书法理论又能写字的人，你应该参加我们书协。这样吧，我来介绍你入会，你看如何？"就这样，我与天津书协从此结了缘。

我离开天津前往深圳之后，有一次回津探亲，在文联大楼里碰到了志新兄。他一见面就关切地问我，在广东是否还能参加当地的书协活动？我说，我是天津的会员，哪能参加人家广东书协的活动呢？他听罢立即把我拉进他的办公室，说各省书协之间是可以转会的。说着，提起笔就给广东书协的莫各伯先生写了一封介绍信。于是，我带着志新兄的亲笔信顺利转了会。当然，转会之后我并没有像在天津一样参与当地书协的活动，其实原因很简单，毕竟广东没有一个像志新兄这样志同道合又古道热肠的好兄长啊！

一转眼，我离开天津已经近二十年了。其间，我在鹏城也接待过几次匆匆而来又匆匆而去的志新兄。最近的一次是在辛卯年之夏，他与四川画家谢定超、陕西书家高雍君和篆刻家郑朝阳一起欢聚于深圳。我闻之，前往拜望。就在那次会见中，志新兄得知我曾给深圳的荔枝公园撰写过一副表达游子思乡的对联："无意秋风迷望眼，多情细雨洗乡思。"志新兄当即要我给他写下来，说他喜欢这个对子，留着有用。时隔不久，我就接到志新兄的电话，说他正在筹备出版一本重要的书法篆刻作品集，还把我的那副对联用篆隶笔法写成了一幅作品，收录其中了。

由此，我再次领受到志新兄那份沉甸甸的深情厚谊。眼下，这本《顾志新书法篆刻集》就摆放在我的书案上，我抚摸着书的封面，深感与有荣焉！

2011 年 11 月 1 日于北京平斋南窗下

守住宁静

——《朱德玲书法展》前言

金陵自古多才女，朱德玲则是我认识的金陵才女中的佼佼者。

初识朱德玲是在2008年深秋时节，她“纠集”另外三位才女：南通沈绣传人张蕾、宜兴制壶高手范建华、景德镇制瓷名家陈小青，自号“朱砂手绢”组合，在深圳办了个跨界的艺术联展，我应邀前去观看，由此有缘相识。德玲儒雅谦逊，蕙心纨质，待人诚恳，坦荡率真，仿若不着市井烟火之气，在诸位女艺术家中显得很有亲和力和凝聚力。自此以后，鱼雁往还，诗心翰墨，遂成书香同道。

德玲擅小楷，清丽典雅，结体别致，笔力内敛，似斜反正，无论是敬录《心经》时的恭谨，还是挥洒宋词时的率性，皆在雍容淡定中溢出一股淡淡的书卷幽香，令人一望而倾心。然其大字却锋芒毕现，苍劲沉雄，线条如古藤盘根，用墨如浓苔枯藓，风神凌厉，充满阳刚之气，令人不敢相信是出自钗裙之手。年届半百，始研草书，风华婉转，曲水流觞，刚劲中寓清秀之风姿，流畅中藏枯涩之笔意，尤其是那疾徐有度的节奏，提管捻按的自如，确非寻常书家所能望尘者。金陵毕竟是出过“草圣”林散之的城市，德玲的书法恩师陈慎之先生亦出自林公门下，书风浸染，入骨及髓，德玲之草书日后必成大观，应是毋庸置疑的。

癸巳金秋，我曾有金陵之行，其间得晤书坛前辈尉天池先生，偶然论及金陵书家，尉公慨然叹曰：“当今书坛浮躁，真能像朱德玲那样静下心来写字的书家，太难得了！”真是一语中的，斯言至矣！

由此，联想到德玲在一篇《创作感言》中写下的一段自白：“在忙碌的生活中，获得静观人生的安逸和超脱，享受生活，享受书法带给你的一片宁静世界。喧嚣中，守住这份宁静，便守住了自己的心田。”

读其文而观其书，观其书而思其人，吾知德玲襟抱矣！

毛锥同仗剑，吟啸任徜徉

——《尹连城诗书集》序

现代人所向往的人生状态应该是：一半时间在路上，一半时间在书房。在我所认识的诸多朋友中，尹连城先生无疑是最接近这一理想人生状态的。

几天前，他在前往上海赶飞机奔赴肯尼亚的途中，给我打来电话，说是要出版三本作品集，一为楷书《千字文》，一为草书《千字文》，还有一本是自书诗稿。“想请你给这三本书写一篇序言，你对我的书法很熟悉，也看过不少我的诗词，由你来写最合适了。”我当即答应下来。我知道，给尹连城这样一位卓有成就的艺术家写序，我并非最合适的人选，我的书法造诣无法望其项背，我对诗词的谙熟程度也与他不在一个量级上。但是，我与他在心灵指向、价值观念、审美趣味乃至对人生的看法、对生活的态度等方面，却是异常吻合。我想这大概是尹连城把写序之重托交付给我的关键因素吧！

在我开始写下这篇文字的时候，他或许在非洲草原上拍摄角马与大象，在越野车上与偶然蹿上车顶的猎豹嬉戏，在喘息着攀登乞力马扎罗山峰……这是尹连城的常态化生活，他每年总有一半时间是在路上行走，行色匆匆；当他回到天津的书斋里，摆弄他的笔墨文字、康乾老纸、陈年普洱、南亚沉香、景德镇新瓷的时候，他又仿佛沿着时间的长河，回溯到中华文化郁郁葱葱的林莽之间，那依旧是一条漫漫长路，他依旧是在路上行走，行色匆匆，这同样是尹连城的常态化生活。我相信，他在路上的所见所闻与所思所想，都会潜移默化地融入他的笔墨；而他在书房里的所作所为与所感所悟，更是对客观外部世界的美学观照和理性升华。从这个意义上说，他无论是在路上还是在书房，其实都是在做一件事情：让生命丰富多彩，让艺术超诣出尘。

（一）

世人咸知，连城是一代鸿儒吴玉如先生的入室弟子，而且是在风雨如晦的“文革”中始叩师门的。吴老先生作为中华文化所深深浸化的一代学人，不忍眼见自己深爱的中华五千年文脉走向衰亡，遂以文化托命之深旨，课徒授业，焚膏继晷，殚精竭虑，兴灭继绝，把自己的全部文化理想，都寄托在几位敢于在乱世沉浮中向自己求学问艺的青年人身上，希望靠着这些年轻的文化生命使华夏文明薪尽火传。而尹连城恰恰是在此时此境投拜于吴老门下。对于尹连城来说，能够在一片喧嚣中得遇博学硕儒为师，实在是他一生的幸运。从此，他在吴老的引导下，渐渐步入汪洋恣肆的中华文化之海，他以自己的勤勉好学、敏悟多思、触类旁通与淡定守恒，赢得了吴老的赞赏，吴老曾在一则题跋中写道：“连城年来临池不间，将来必有可观。”弹指40年后，吴老当年的断语，已然变成现实——如今的尹连城已是一个独具文化情怀、诗文书印兼擅的卓然大家了。

连城的书法，得益于吴玉如先生晚年书风甚多。也就是说，连城从老师那里学得最多的，并不完全是早期的“二王”路数，而是晚年略带颜鲁公、翁同龢笔意的苍劲书风。这使尹连城的书法风貌，既令人一望可知是出自吴门嫡传，细品却又比世人所认同的“吴家样”平添了几分厚重、几分雄浑、几分苍茫。加之连城自幼生长在古属燕赵之地的海河之滨，深受粗豪旷达的北方民风影响，其为人也是豪爽耿介，开朗热情，很有些侠肝义胆，纯属性情中人，情融于书，致使其书法作品既有清新灵动之气，又具浑厚苍茫之神；既不失古趣，又别生新意。尤其是他的大幅行草，笔墨酣畅，气势夺人，朴拙丰茂，俊逸沉雄，已经与老师的风貌拉开了一定的距离，形成了自家面目，这确实难能可贵。

（二）

连城的书法根植于古典传统的沃土之上，功力弥深，基础深厚。但是他学古而不泥古，主张继承传统也需应时而变，不断吸纳新的营养。在书法创作上，他从不拒绝外来的东西。而最能说明他这种开放态度的是，1987 年 10 月，他以不惑之年负笈东瀛，赴日求学，增广见闻，开阔视野。

连城兄曾与我谈过他当年赴日的内在缘由。他说他不赞成中国一些年轻书家盲目地模仿日本的“墨象派”或者“少字数”，以所谓新潮相标榜；也不赞成一些老书家对日本书风持完全排斥的态度。在他看来，中国书家首先要做的，是潜下心来，先把人家的东西搞明白，然后再决定自己的路向。显然，他所选择的是最吃功夫、最掺不得假的一条路子，当然也是最可靠、最有效的一条路子。他认准了这条路子，就不打折扣地走下去。于是，他抛弃已经成就的功名，不当老师而去当学生；他告别温馨的家庭，去住最廉价的学生宿舍；他克服了难以想象的困难，冲过了语言关；他放下了名书家的身架，向某些方面其实并不如自己高明的异国书家讨教自己不懂的东西……

随着他对日本书法艺术的理解逐步加深，他的自信心越来越强；同时，随着他在日本书法界的影响逐步增大，他作为中国书法家的自豪感也越来越强。他以海纳百川的胸怀和气度，去领悟和吸纳别人的艺术理念和风格，他的书作不但增加了新的品种和套路，而且他对传统书法如何融入现代生活等关键性问题，也有了崭新的认识。如果说，当年他是以最大的决心杀进传统，那么如今，他又以最大的毅力从传统中杀了出来。对于一个浸润传统已经很深，并且已经在书坛建立起自己的固有坐标的书法家来说，要做到后者，往往需要更大的勇气和实力。连城不愧是津门书坛的大智大勇者，他的成功是典型的“以狮搏象”（李可染语）式的胜利。正因如此，我才对他怀有一种由衷的敬意。

（三）

连城属于那种坐标非常稳定的艺术家类型，他心无旁骛，不求闻达，专事翰墨，孜孜不倦。几十年如一日，笔耕于砚田，遨游于墨海。转眼之间，他已过了耳顺之年。照理说，应该多为自己安排一些“出场亮相”的机会。然而，他这些年来所思所想所做的，更多的却是弘扬和传播恩师吴玉如先生的艺术。他极尽精力搜求恩师的遗墨，连片言只字也不放过，于吴老去世后不久，与众师友联手举办了吴老的遗作展；随后，又和师友合力整理编辑出版了《吴玉如书法集》《迂叟自书诗稿》《吴玉如论书简注》等专著；他还先后撰写了数万字的回忆吴老的文章，将吴老的许多鲜为人知的事迹披露于报端……尤其令人感动的是，他自1998年起，与其弟子一起耗费相当大的财力和精力，自费购买汉白玉石料，刊刻自己所藏的吴玉如先生墨迹，并于2010年出版了《吴玉如墨痕刻石》大型图册，随后又在2012年以自己所珍藏的吴老书作为主题，办了一次专题纪念展。我曾问连城：“下这么大功夫做这些无利可图的事情，究竟是为什么？”连城沉思许久，说他只有一个心愿，就是让老师的艺术能够世代流传。我听罢，不禁怦然心动：假如吴老得知自己的文化薪火能有这样一些优秀的学生来继承、传续，也应含笑九泉了。

（四）

《千字文》是一篇几乎涵盖了半部中国书法史的名文，作者周兴嗣奉南朝梁武帝之旨，从王羲之的存世书法中精心挑选出一千个字演绎成文。从此，历代书法家均以这篇千字名文作为展现自己艺术风貌的首推之选。

吴玉如先生曾有小楷《千字文》、魏书《千字文》等代表作传世，吴门弟子无一不是从先生的这些书法范本中入门学艺的。从某种意义上说，《千字文》也可视为“吴门家法”。尹连城此番以真草两种字体书写《千字文》，一是用以纪念恩师的教泽；二是以此展现自己于传统题材中所创出的新意，可谓意旨良深。

当今书坛，喧嚣浮躁，流风浅薄，急功近利，丑怪盛行。市面上流行的是哗众取宠的机巧书风，而真能俯下身心，深入传统之堂奥，探究前贤之精髓，尽精刻微，取精用弘者，真如凤毛麟角。那些充满机巧之心的“聪明人”岂肯花费数十年临池之苦功，忍受青灯黄卷之孤寂，去探求千年书法之奥义？在他们眼里那实在是赔本买卖。他们首先要做的，是以最快捷的方式博取名利，以最简单的手法攫取金钱。故而，他们既不肯在书房“读万卷书”，也不肯在路上“行万里路”，整日里“朝扣富儿门，暮逐肥马尘”，献媚邀名，佯狂欺世，晨学执笔，暮已大师……在如此浮躁世风中，书法逐渐沦为一些人混迹官场、弄潮商海、游走江湖、坑蒙拐骗的“工具”，而离清新俊逸、高雅卓荦的经典书风则渐行渐远。当此之际，尹连城反以千年书史上早已高峰林立的经典文本《千字文》作为自己的艺术标识，这就如同他在旅行中为自己设定了无形的喜马拉雅，他要聚糗而前，拾级而上，屏蔽窗外之鼓噪，沉潜点画之精微，接续前贤之余脉，攀登时代之新峰。没有大智大勇，岂敢行此大道；倘无真功绝技，焉能揽月摘星。故而我相信，尹连城的真草《千字文》势必成为他延续“吴门家法”的扛鼎之作；进而更坚信，那些真正懂得中国传统艺术真谛的书法爱好者，一定会从尹连城的这种艺术抉择中，悟出一些书法之外的义理。

（五）

如果说，在路上行走的所见所思，还只是间接地融入尹连城的书法风貌中，那么，在他的诗词创作中，这种“行走的感悟”则更直接地融入他吟啸山林的字里行间。换言之，作为尹连城两种常态化生命存在方式的“在路上”与“在书房”，恰好在其诗词里自然而然地融为一体。

连城之诗，乃行者之诗。闲坐书斋吟不出他的视野，寻章摘句更写不出他的襟怀。他的诗词是用脚步丈量出来的，是用血汗滴洒出来的，是用心智熔炼出来的。读这样的诗词，可以使人心胸豁然开朗，如同跟随着作者的脚步，心游大地山川，目极江河湖海。他带着我们去赏东京的樱花，“迤逦木屐踏青来，花间林下抒歌舞”。然而，正是在繁花瞬间凋谢的自然演化中，他感悟到：“君不见世间万物终黄土，一霎争荣究焉补。君不见岁岁花开花似海，明年花开我何在？”（引文见古风《樱花行》）本应轻松欢快的赏花之旅带给诗人的却是深沉的思索和无边的浩叹。当他行走到川西大邑，站在川军抗战纪念馆陈列的那面老父送给儿子的“死字旗”前的时候，心灵受到极大的震撼，一首七古长诗《死字旗歌》从心底喷涌而出：“有子请缨狼烟扫，临行送子旗一面，上书死字申怀抱，皮不存兮毛焉附。……伤拭血兮亡裹身，贼不擒兮莫回顾。”然而，这面大旗在战火中没有损毁，却在“文革”中被付之一炬。这让连城感慨唏嘘：“关河冷落前尘事，血色凋零凋朱殷。饕风虐雪天地漫，桧乱嵩奸等闲看。劫波十载惊魂远，死旗无奈投秦爨。殇于国，慨当歌，哀荣身后费琢磨。”在诗的结尾他写道：“无言独立日沉西，国人到此头应低，泣地惊天多少事，莫付山深鹧鸪啼。”

翻开尹连城的诗稿，这类行走的诗篇几乎占其大半。目之所及，心之所感，行之于笔，发之为诗。这成为尹连城诗歌的一大特色，如《车过戈壁观落日》《雨中登峨眉》《武侯祠》，如《过三峡夜宿宜昌》《涠岛观涛》《梵净山》《丽江游》，等等。恰如他在《甲申远游归来》中的“夫子自道”：“透脱胸怀事，游踪任往还。毛锥同仗剑，云壑供投闲。涠屿朝寻渡，罗浮晚欲攀。陶公心系我，何处不南山。”原来，诗人在行走中所追寻的，正是古今文人心向往之的“悠然见南山”的理想境界。

连城之诗，乃隐者之诗。此言一出，或许会受到诘问：一个人整日游走世界，何以称之为隐者？盖隐者之谓，有隐名者，有隐身者，亦有隐形者。虽身居偏远，而心不离庙堂者，绝非真隐；虽暂远红尘，而随时准备重返长安道者，亦非真隐。从古至今，这种挂牌儿的隐者可谓不胜枚举。然而，真隐者居于闹市而心静如止水；行于要冲而心远地自偏。神思如天岸之马，驰骋自如；身体若高天之云，游走随意。身怀绝艺而不炫名于世，目光如炬而不傲视群伦。游走路上，逢人懒道其名；安栖书房，关门即是深山。如此之真隐者，恐非连城莫属焉！

读连城之诗，我们自会读出他的一分安逸与二分悠闲，同时，更会读出他的三分孤独与五分寂寞。我猜想，当年他之所以毅然决然地走出书房，长年累月地奔走于山野林壑，其深层原因或许正是源于心灵的极度孤寂，或许还有几分是对俗世中追名逐利、尔虞我诈等污浊世风的厌恶和逃避。大自然是不会撒谎也无需伪装的，它如坦荡君子，真实不虚，如绰约美人，丽质天成。在大自然的怀抱里，尹连城身心得到滋养，灵魂得到净化，精神境界得到升华，艺术灵感得到激发，而其诗思也被鼓荡起来，一支毛笔顿时幻化成澎湃诗情的喷发点，一首首饱蘸真情、蕴含哲理、富于禅意的诗章流泻于尺幅绢素，透露出这位“毛锥同仗剑”、隐于山林者的真实心声，“无语对青山，山接云间树。正是人行寂寞时，能有真情悟”（引文见《卜算子·洛香至肇兴，无车载，徒步中作》）。

连城之诗，乃智者之诗。随着人生屐痕的延展，他踏遍青山，目极四海，从青藏高原到天涯海角，从戈壁大漠到古刹深林，近年来更痴迷于艺术摄影，痴迷于海底深潜，痴迷于追踪野生动物……随着行走的步履越走越远，行走中的静悟也越来越深，他的心境愈发澄澈、心态愈发淡定、心神愈发洞明。人生的大智慧往往是在如此情态下倏然光临。是的，读连城之诗，我不时为他的冲融与豁达所感染，为他勘破表象、直抵灵府的深刻所感动。读这样的诗句，足以疗心疾、祛心病、解心忧、除心结，令人怦然心动、若有所悟。如《客有羡我者，戏答》中“此间消息不难问，舍得功名自在身”；如《吊古战场》中“当年蚁战荒蛮月，空照荒蛮草木稀”；如《题范曾老子出关图》中“世外衣冠开大化，天边心胆到无为”；如《论书》中“书生最耐是清冷，把定乾坤任渭泾。云烟不染炎嚣事，只作风悲雨泣听”；如《水调歌头·有感老三届》中“不应世事看破，徒使气消磨。宠辱百年一笑，功业千秋一扫，行迹自婆娑。携手登高处，舒卷看山河”……非饱经沧桑深谙人性者，何能对世事看得如此“明白”？而我个人比较偏爱的，则是他的那首《一剪梅》，尤其是下阕：

“一向随人议短长，毁也寻常，誉也寻常，孤云舒卷自成章，来也徜徉，去也徜徉。”这种达观与透彻，恰恰是我向往多年而尚未达致的玄妙之境。品其诗，赏其字，不知连城兄何以教我！

谨为序。

2013 年 8 月 11 日

篆刻艺术的忠诚守望者

——骆芃芃书法篆刻作品集序

茶人芃芃

我与芃芃，相识于茶。

那是在20世纪90年代初，中国茶文化尚处于起步阶段，远没有当今这么热门、这么显赫、这么风靡一时、这么名利双收。那是一个充满激情、振兴国饮的时代，是一个筚路蓝缕、毕力耕耘的时代，是所有参加者皆以建构中华茶文化的学术根基为己任的时代。当时，几乎所有参与其间的茶人，都是因诚心爱茶而结缘，很少有功利之念。所以，那时的茶界可谓风清气雅，茶人之间的交往是真诚而亲切的，是素朴而淡泊的，是富于学术色彩而绝少商业味道的。就是在这样的氛围里，骆芃芃袅袅婷婷地出现在众人面前，立即成为大受欢迎的茶人。一时间，各种茶会的邀约纷至沓来，芃芃成了各地茶会上不可或缺的一道风景。

我是在哪次茶会上与芃芃相识的，如今已记不清了。只记得是一席倾谈即成茶友。芃芃给我留下的第一印象是温文尔雅，宁静冲融，仿若一缕飘着茶香的清风。在茶界，我与芃芃都属于“票友”，茶事并非本行，她是艺术家，我是媒体人；她在北京，我在深圳，如果没有这杯清茶，我们或许永远天各一方，无缘相见。然而幸运的是，我们都喜欢这杯清茶，并且喜欢这杯清茶背后所蕴涵的博大精深的中华文化，这就使得面前的这杯茶越品越有味道。我跟芃芃多次品茶，不仅一同观其形、辨其味、嗅其香、论其色，更时常会论及茶诗、茶画、茶史、茶人。她读过很多书，对茶与艺术的渊源深谙熟知，而我那时正醉心于研究中国传统文化，并且把茶文化当做探索传统文化的一个“方便法门”。这样一来，我们品茶的话题自然就涉及各自最感兴趣的领域，举凡古代文人的七件雅事“琴棋书画诗酒茶”和百姓的七件俗事“柴米油盐酱醋茶”，皆汇于我们的茶杯里了。

我十分看重芃芃的茶人身份，那是因为我深感这种“茶人气质”对一个艺术家的精神境界、性格内涵、审美取向乃至艺术风格，等等，都有着不可低估的潜移默化的影响。譬如那种虚融冲淡，那种气定神闲，那种光华其外、坚质其内的禀赋，其实都与“茶人气质”相通相融。笔墨中有了茶味，书法自会少一些浮躁而多一分沉静；刻刀里沾了茶韵，篆刻也会少一些肤浅而多一分深厚。芃芃于茶，实在是受益良多；她以茶人之心从艺，同样使其艺术风貌幻化出别样的精彩。因此，我相信芃芃会感激茶的启迪和滋养，就像我感激茶使我与芃芃结缘一样。

书家芃芃

我对芃芃的艺术的了解，先自书法始。

我在初识芃芃之际，就在一次茶会上，目睹了芃芃当众挥毫的情形。那是一次小型笔会，主持者听说在座的有北京荣宝斋来的书法家，立即大声宣布并热情邀请芃芃上台献艺。芃芃并未推辞，只是淡然一笑，起身走到案前。当时现场有些嘈杂，而她却仿若入定，从容不迫地展纸，选笔，蘸墨，双眼凝视宣纸片刻，兀然俯身，下笔如山倾水泻，酣畅淋漓。顿时，全场变得鸦雀无声。当时芃芃以隶书写成“君子之风”四个大字，举座叹服，掌声四起。这是我第一次见到芃芃当众挥毫，似乎也是十多年来唯一的一次，但留下的印象却是如此强烈。这个稍嫌纤弱的女书家，落笔却有力擎九鼎之势，行笔如流水行云，顿挫如高山坠石，墨浓如烟雨氤氲，笔枯如颓崖嶙峋，我由此知道，芃芃作为书家的真功夫和大本领。

书法与篆刻一向被视为孪生兄弟。前者以毛锥刺纸，难在以柔制柔，还要显出刚劲之力道；后者则以钢刀刻石，难在以硬制硬，却须凸显书法之气象。一般而言，优秀的书家未必是治印高手，而优秀的篆刻家不擅书法者，则亘古未之见。芃芃以篆刻名于世，然其书法功底之深厚，笔墨表现之精到，诸体形貌之娴熟，非亲见者不能谙其全貌。十多年前，我曾特意将芃芃请到家里，拿出自己以小楷行书抄录的《陆羽茶经》向她请教书法三昧，她细细审读之后，为我指点迷津，要言不烦，句句皆中肯綮，我在豁然开朗之余，更对这位女书家的艺术眼光和学术涵养，有了深层认识。

此次，芃芃寄来其新出版的作品集，其中书法虽然不多，但件件都有嚼头，尤其是以篆隶所书的几副对联，如“茶香紫云露，琴乐白兰风”五言篆书联和“微风不动天如醉，润物无声木自春”篆隶兼客七言联，皆是融古意于新奇之间的佳构。读其书作，仿佛观其治印，运笔如冲刀，疾如闪电；转折若凝丝，枯墨润石。而几件扇面小品则看似率意随兴，实则用心经营，以放笔直取的气势，令方寸之地真气充盈，气象万千。这种艺术效果的取得，显然是与芃芃治印的思维方式密切相关的。由此可见，书法与篆刻在芃芃手里，原是同源共生的。

篆刻家芃芃

初识芃芃之印，是从十多年前读到她题赠的一本《芃芃印拾》开始。当时暗自吃惊，在我的印象中，芃芃是一个性格随和、充满女人味儿的茶人，可是从她的印谱中，我却看到了一种全然不同的艺术风貌。那种粗犷、那种雄强、那种豪迈、那种刚健，活生生地从她的篆刻作品中散发出来，令我心灵为之一震。在美学欣赏方面，我一向有个未必正确但十分顽固的偏见，即：珍视女有男风，鄙视男有女气。芃芃以女性之手治印，却具有超越一般男性印人的阳刚之气、霸悍之气与稚拙之气，在我看来是弥足珍贵的，从此，芃芃在我心目中的形象大变，我情愿在艺术领域视其为我的一个兄长乃至一个哥们儿，因为在篆刻领域，芃芃绝对是一个不让须眉的“女中大丈夫”！

篆刻是一门汇集了中华文化诸多要素的综合艺术，以汉字为母体，以书法为胎盘，以文学为衣装，以哲学为灵魂，此外，还要具有历史传承、文字训诂、形式设计等各方面的修养，最后凝结在一把刻刀的锋刃上。芃芃深知刀法之于篆刻艺术的重要性，她曾写道：“一个人气质的纤弱和雄劲，修养的深厚和浅薄，禀赋和性格的深沉和浮躁，心胸的大度和狭隘，都可以从其印章的刀法上呈现出来。”所以她认为，“刀法是实现这一切的、唯一的也是最终的途径”。（见骆芃芃《创作丛谈》）芃芃的刀法，继承了吴昌硕的浑厚大气，也吸取了齐白石的凌厉老辣，却有意回避，乃至摈弃明清以来那些以纤细柔美见长的尽精刻微的印风，从而形成了自己独特的“外刚内柔”的艺术风格。这种“芃芃印风”在当今印坛独树一帜，既不可复制也无可替代。

芃芃重视对以往艺术传统的学习和继承，更重视在此基础上的创新。她说：“创新是创作的灵魂，甚至是创作的生命。没有创新的创作几乎等于是复制，正如没有意义的生活只能叫做‘生存’。”（见骆芃芃《创作丛谈》）

对于创新，芃芃不但有清晰的理念，而且有明确的操作路径，她提出的三条路径为："其一是将从前否定的东西，重新给以肯定，并有机地运用；其二是构建出一种前所未有的艺术表现形式；其三是其价值取向或引领当代，或超越未来。"这三条，哪一条的实现都需要深厚的功力、坚韧的毅力和超人的勇气。试想，要把从前被否定的东西重新加以诠释和吸纳，没有对这些前人艺术实践的精深研究和透彻理解，何以达到"有机地运用"？而有底气提出并实践这一条，本身就已经昭示出这位艺术家的勇气和实力。

在艺术表现形式的创新方面，芃芃的探索更是充满睿智，展现出她卓然的现代视野。自20世纪初在西方兴起的现代派艺术，风靡世界，影响深远。其中最核心的理念就是抽象化和形式感。芃芃虽然从事的是最古老的传统艺术，但是其艺术观念却是开放的，广纳博收，兼容并蓄，以现代人的视角创造现代化的艺术，成为她"构建出一种前所未有的艺术表现形式"的契机和着力点。我们从她的篆刻新作中，不难看出这种探索的蛛丝马迹，若《明》《半日闲》《上善若水》《日长》《永昌》诸印，分明显现着作者对几何图形的刻意强调，而几何图形的分割和排列，恰恰是现代派艺术家情有独钟的表现形式。再如她的《从心》《怀石》《龙井》《人长久》《月长圆》《心游万仞》诸作，依稀可见她在利用汉字的象形性特征，同时又在努力创造一种具有抽象意味的表现形式，正在进行着旁人难以想象的艰苦探索。这是寂寞的探索，是充满风险的探索，也是考验智力和耐力的探索。试想一下，倘若一次探索失败，就有可能面临挑剔的评论界对自己整体艺术的重新评价；而即使成功了，又有几多慧眼能够识得这探索的真正价值呢？

然而，芃芃毕竟是艺高人胆大，她的探索还涉及将传统艺术形式"改造"成极富现代感的篆刻作品，最显著的例子莫过于她娴熟地把汉代瓦当的形式“转换”为一方方印章，如她为篆刻申遗所创作的《篆刻：人类非物质文化遗产》大印和为北京奥运会刻的印章《同一个梦想》以及《陆羽二〇〇六》《喜逢丁亥平步青云》诸印，似乎皆属于“前所未有的艺术表现形式”之列。令人欣慰的是，对芃芃这种勇于创新的精神和探索创新的成果，读者是欢迎的，艺术界是肯定的，其对未来篆刻艺术的影响也是可以预期的。

或许，这就是芃芃所期许的“引领当代，或超越未来”吧。对此，我们不妨拭目以待！

守望者芃芃

读芃芃的印谱，曾为她的一则边款所感动，那就是前面提到的“申遗大印”的边款“守望篆刻”。这无疑是芃芃的心声，也是她近年来为篆刻艺术作出的诸多贡献的真实写照。从这个意义上说，她是一个实至名归的“篆刻守望者”。

为了让古老的篆刻艺术薪火相传，芃芃在中国艺术研究院里创办了篆刻艺术研究院，并担任了常务副院长；为了培养篆刻艺术的高层次专业人才，她又以中国第一个篆刻艺术硕士生导师的身份，招收了第一批研究生，随后又创办了中国第一个篆刻艺术硕士研究生班；为了让篆刻这朵中国传统艺术奇葩走向世界，她又担纲将篆刻艺术作为“人类非物质文化遗产”向联合国进行申报，作为项目负责人，她主持并组织了与“申遗”相关的全部工作，直至 2009 年 9 月 30 日联合国正式将“中国篆刻艺术”列入世界“人类非物质文化遗产”代表作名录……

芃芃以几十年不离不弃、不懈不断的守望，终于使古老的篆刻艺术焕发青春；而作为守望者的芃芃，也从这艰辛曲折、经年累月的付出中，获得了极大的满足和超值的回报：她被全国网民投票评选为“2008 年度当代篆刻十大名人”，并高居榜首；她还荣获全国美术界 2009 年度“十大人物”提名；2010 年又荣膺“巾帼建功”先进个人和“非物质文化遗产”保护工作先进个人称号。

芃芃坚持认为：“一个艺术家的自我价值是通过对社会做贡献来实现的。”她正是通过对篆刻艺术的忠诚守望，使自我价值与一门古老艺术的命运紧密联系起来。如果说“申遗”是从国家层面上对篆刻艺术的守望，那么，芃芃近年来致力于把篆刻艺术融入当下文化生活乃至日常生活的努力，则是从学术和民间的层面，为篆刻艺术在现代社会的生存和发展，开拓出一些新的畛域和空间。她把篆刻与平面设计融合起来，使之成为极具装饰色彩的展示题材，在上海世博会上她策划推出的“中国篆刻艺术精品展”吸引了全世界的目光；她把篆刻与园林艺术结合起来，将篆刻这种典型的文人书斋艺术搬进了大名鼎鼎的北京“恭王府”，使中国传统园林的亭台楼阁成为篆刻艺术的最佳展场；当然，作为一介茶人，芃芃自然不会忘记把篆刻与方兴未艾的茶文化结合起来，于是，她把篆刻与陶瓷艺术结合起来，使篆刻成为紫砂茶壶及各种陶瓷茶具的醒目标识，进入了现代都市人的茶几书案……

芃芃是个特别有创意的守望者，也是个充满激情的守望者。篆刻艺术有了这样忠诚的守望者，不啻是这门古来艺术的大幸；同样地，芃芃能够如此全情投入地参与到这一亘古罕见的“全方位守望”中，又何尝不是一个篆刻家的大幸呢？

守望者是幸福的，尤其是当她亲眼看着自己所守望的艺术珍宝浴火重生的时候——当一个艺术家的自我价值被融入一个民族的某项文明成果之中时，还有什么幸福能与之相比呢？

当然，我也深知芃芃的守望还在继续。我真心希望：今后也能与芃芃一道，分享这份守望者的幸福！

是为序。

2011 年 8 月 16 日于深圳寄荃斋

养浩然之气而致中和
——陈浩篆刻集序

（一）

陈浩在深圳是名人。我第一次知道他的名字，就是在报纸的头版新闻上——1997 年 10 月 8 日，时任宝安区政协副主席的陈浩在公交车上以一人之力与四名持刀抢劫的歹徒殊死搏斗，令歹徒仓皇而逃，而陈浩双臂都被砍伤。这一见义勇为、舍生忘死的壮举，在深圳引起轰动，市委书记亲自写信慰问，全国政协发出通电予以表彰，一时间，陈浩成了家喻户晓的英雄。

在当时的报道中，有这样一段文字格外值得关注："陈浩这位中国书法家协会会员，用自己拿笔的手与劫匪搏斗。不少看望陈浩的人，见到他那血肉模糊的右手，都很痛心。有人问道：'为了保住一点财物，差点连赖以进行艺术创作的手也失去，值得吗？'陈浩回答道：'这是正义与邪恶的较量，并非是财物与艺术的比较！如果我们都失去了是非观念，失去了正义感，任由犯罪分子为所欲为，那我们的社会还有什么希望？'"（见《人民政协报》1997 年 10 月 22 日一版头条《政协委员陈浩勇斗劫匪》）

这段十多年前的往事，陈浩自己从不主动提起，大概在他看来，此事与艺术无关。但是，当我在提笔撰写这篇纯粹谈论篆刻艺术的文字时，却无法将面前这位儒雅谦和、颇具江南才子之风的艺术家，与那个怒目圆睁、勇猛无畏的血性汉子的形象联系在一起。看着他那双臂上的累累刀疤，我不由得想起孟子那句充满金石之声的名言："自反而缩，虽千万人，吾往矣！"

（二）

一个人的艺术风格，与其个性与品格密不可分。布封说："风格即人"，说的就是这个道理。陈浩的名字中有一个"浩"字，这使我联想到孟子的另一句名言："我善养吾浩然之气"。何谓"浩然之气"？孟子的回答是："其为气也，至大至刚，以直养而无害，则塞于天地之间。其为气也，配义与道。"也就是说，这种至大至刚的浩然之气，是与道义密不可分的。

中国的读书人历来崇尚"铁肩担道义，妙手著文章"，出身于诗书世家的陈浩对这种儒家文化传统不仅是认同的，更是身体力行。他在浙江海宁即热心于组织紫微印社和诗社，传播中华文化，培养艺术人才，倡导并践行以艺术"成教化、助人伦"，至今仍为故乡的艺术同行们所津津乐道；来到改革开放的前沿城市深圳，他立即投身于特区的火热生活，既不以文化人的清高去漠视和抵触炽热之商风，也不以降格以求的现实心态去屈从于物质之诱惑。他一度担任公务繁杂的街道办副主任，难免为此耽误艺术创作，而他却不惮烦难，恪尽职守，甘愿为公众利益而放弃一己的乐趣。更难得的是，当权力面临巨商大贾的挑战，在道义与利益发生不可避免的冲突时，他却是"位卑未敢忘忧国"，毅然选择道义而拒绝开发商的百般威胁利诱，坚持遵章办事，不肯随波逐流。这种对人类精神高地的坚守，并不亚于他在面对持刀歹徒时所表现出的勇气和力量。在当今物欲横流的世风中，当艺术界的芸芸众生纷纷抛弃维纳斯转在赵公元帅膝下之际，陈浩却身在滚滚红尘而固守着君子品性，显得尤为可贵。我想，艺术同道们或许比较熟悉陈浩的艺术风貌，大概很少了解陈浩入世做事的"另一面"，而只有了解了他这"另一面"，你才会理解：陈浩的见义勇为勇斗歹徒，非但不是偶然的"一时冲动"，反而是他勇于担当，不惜舍生取义的社会责任感的必然之举——何谓“当仁不让”？此之谓也！

与孟子的“浩然之气”相对应的，还有一个历来为中国文人所崇尚的“大丈夫精神”。孟子说：“富贵不能淫，贫贱不能移，威武不能屈，此之谓大丈夫。”这无疑也是陈浩这个当代文人内心深处向往与追求的人生境界。这个文弱的江南书生之所以会在关键时刻，瞬间化为一个怒目金刚式的硬汉，盖因其骨子里本是一个傲骨铮铮的“大丈夫”！

（三）

浙江海宁自古文风昌盛，文人辈出。一百多年前，一位海宁人说过一句话，对陈浩影响至深，这就是王国维所说的“无高尚伟大之人格而有高尚伟大文章者，殆未之有也”（见《文学小言》）。这位海宁老乡还说：“词人者，不失其赤子之心者也。”（见《人间词话》）王国维指的是文学家，但方之于书法篆刻家，不亦宜乎？

这种对艺术家人格与心性的关切，直接决定了艺术家的价值取向和审美趣味。他一定是遵循正道而不走偏门的，一定是尊重传统而否定虚无的，一定是以庄重雄浑古朴华茂为美而力戒轻浮浅薄狂怪鄙俗的，其作品一定是令人观之有清新静穆之感、赏心悦目之效，而无狂躁迷乱之惑、心浮气躁之态……凡此种种，一言以蔽之，即儒家所推崇的“致中和”！

《礼记•中庸》写道：“喜怒哀乐之未发，谓之中；发而皆中节，谓之和。中也者，天下之大本也；和也者，天下之达道也。致中和，天地位焉，万物育焉。”也就是说，“中”是一种自在未发的不偏状态，“和”是一种应时而发的合宜状态，而最终达致“中和”之境，则天地和谐，万物有序，这大抵也是从古至今中国人心目中的最高境界了。以如此高远的境界来观照于艺术创作，则艺术家的心胸自然是博大的，视野自然是开阔的，当其遇到艰难险阻时，自然也会焕发出超常的勇气和毅力，去百折不挠地攻坚克难，直至登上理想的艺术之巅。陈浩深谙此理，他曾有一段精彩的“夫子自道”论及“中和之境”：

“在创作观的把握上，我认为‘中和’是种很高的境界，各种艺术法则在矛盾的冲突中要达到‘中和’是件很不容易的事。唯其至难，才显至高。所以无论是理性和情趣，还是风格的收与放之间，都应辩证地处理对待，最难的也就是恰到好处。以‘中和’为目的，从而表现一种自然率真之趣，将‘做’寓于‘不饰’之中，所谓‘夸而有节，饰而不诬’，方能求得真趣、真韵。”

这段话看似很虚，其实很实。它直接关乎艺术创作从大势的选取到细节的处理，甚至直接关乎艺术风格的取向。陈浩说：“在风格取向上，我个人较倾向于‘雄浑古拙’。同样，‘雄’与‘秀’也应是一种有机的结合，太‘秀’则易见媚俗，过‘雄’则见粗野霸气，何其难也！”陈浩在此处说的是书法，其实，观其篆刻，同样可见端倪。

陈浩的篆刻，宗法于浙派先贤，尤其对吴昌硕印艺用功甚勤钻研甚深。他之所以钟情于缶翁的篆刻艺术，除了浙江地域文化的血脉联系，我认为吴昌硕那种大气雄浑的阳刚之美，恰恰是陈浩所偏好的，正所谓“性相近”也。在江南地域文化中，“秀美”本是主流，“壮美”乃是另类。直至吴昌硕一出，顿时别开生面，风气大变。陈浩在诗中曾反复吟咏他对缶翁的崇敬之情：若“缶老才情开新面，高标逸韵向天真”（见《西泠印社成立一百〇五周年志庆》）；若“丁黄刀笔见高情，浙派一出万象新。最是缶翁知变法，孤山印证百年春”（见《西泠归吟其一》）；若“缶翁铁笔出雄浑，风格高标堪绝伦。一扫文何矫饰气，亦工亦放是精神”（见《吴昌硕印谱》）。这些诗赞，其实也委婉地反映了陈浩本人的审美取向，比如，他推崇“高标逸韵向天真”，他赞赏“铁笔出雄浑”，他不喜欢“文何矫饰气”而盛赞缶翁“开新面”，他主张篆刻应该“亦工亦放”，也就是说，要在工细中显现功力，在旷放中抒写豪情。读其诗，观其印，可谓诗中见印，印证其诗也！

（四）

环顾当今印坛，风潮迭起，花样翻新。以创新为招牌，掩饰其功力肤浅者，有之；以流行为标志，兜售其狂怪劣品者，有之；以速成为噱头，教人以偷工减料为能事者，有之；以前卫为口号，专以哗众取宠赚取眼球为炫耀者，亦有之。反倒是，甘于寂寞苦心孤诣于治印之道者，日渐稀少。以狮象相搏之勇气，深入传统；再以狮象相搏之胆识，突破传统，进而开辟新径的篆刻家，更如凤毛麟角。而陈浩身居闹市，心静如水，孜孜矻矻，老实治印，这种艺术定力和审美取向本身，就足以令那些印坛名宿们表现出一种出乎意料的惊喜。于是，叶一苇老人赞赏他的篆刻“朴茂纯正，清新自然，不染时习”。柯文辉老人说：“他的篆刻以素美求雄浑，出神处能动之以旋，均衡而不板滞。”俞建华老人说：“我很喜欢他对汉印静穆的涵咏和对浙派雅逸的品味。……正因为他把握了‘亦工亦放’的奏刀手段和审美追求，因此，他的创作呈现了丰富的奇情逸趣。”而最有意味的评价来自湖州诗艺兼擅的百岁老人谭建丞先生，他在论及陈浩印艺时说：“篆临石鼓，上窥先秦，故其治印浑穆典雅，非野狐禅率尔操觚者可比。”

陈浩对这些老人家的赞誉，多少有点沾沾自喜。他看重这些评价并不是想用以自炫，更无意借此炒作一把。他十分在意这些前辈的看法，更重要的是从中汲取继续孜孜矻矻下去的力量。毕竟，文化的坚守需要力量，孤寂中的坚守更需要来自他所崇尚的文化阵容的鼓励和支持。他不是不懂如何炒作，他在商海中经过风雨见过世面，他对商业运作也很有一套，但他却“非不能也，是不为也”。因为他知道，一个文化人最终的骄傲，只能是文化的骄傲。炒作固然可以换点银两，但却与文化的骄傲南辕北辙。

（五）

我与陈浩相见恨晚。同处一城之中，同守一个信念，却一直缘锵一面，可见文化人本质上是不抱团儿的，古人所谓“君子之交淡如水”，今人所谓“学问之道乃二三素心人之事”，确实都是至理名言。然而，同声相应、同气相求者，一旦相见即成相知。我与陈浩，虽只一夕之晤，他便径直索序于我，既令我感到几分突然，又令我油然升起几分感动。尤其是当我知悉陈浩与诸多艺术大家均为知交，却将自己这本重要的篆刻集序言委之于我，使我隐约掂量出这当中文化的分量似乎高于友情的分量。我没有推托这份重托，尽管我知道我来谈论陈浩的篆刻，原本就是野狐外道。

直至文章煞尾，我对陈浩的篆刻作品基本上是未发一言，我只是引述了一些真正知者的高见，足以给读者以参考。读印是要用心悟的，每个读者都要在欣赏的过程中参与再创造。有读者的一双双慧眼在，又何需我在此置喙呢?

是为序。

2010 年 7 月 25 日于寄荃斋

亦狂亦逸，悟得书家真谛

——陈浩其书其人

崩云者，气象也。天地鸿蒙，万物源于自然。而气之所至如云水翻腾，山呼海啸，龙翔凤翥，若飞若惊，化而为书，则骨气风神俱备。所谓行神如空，行气如虹。巫峡千寻，走云连风。此乃大气象也！非高古俊逸者，不能为也！丙戌年春杪，即兴挥毫于积微堂之阳台，快意哉！兴之至，笔酣意拙，旭素若见，或可笑我狂逸小子耳！

上面引述的这段话，出自陈浩一幅大字榜书“崩云”，是他为这件得意之作所题写的一段长跋。其文浩莽奔流，颇有气势，亦如这幅书作墨气淋漓，力扛九鼎。这段文字，读者既可视为作者的精辟“书论”，也可视为书家的自我“告白”，而最能打动我心的却是他在最后一句所用的奇特自谓——“狂逸小子”！

好一个“狂逸小子”！这句看似轻松的自嘲，实则却有意无意中道破了书法艺术中具有枢纽意义的两个关键理念，即“狂逸”二字也！

（一）

何谓“狂”？古来说法多不胜数，大多是负面的、贬义的，在此无需举例了。然而，溯源追本，唯有孔夫子对“狂”字做出过一个石破天惊的新解——在《论语•子路》篇中，孔子说：“不得中行而与之，必也狂狷乎。狂者进取，狷者有所不为。”这是古往今来第一次对“狂”字做出积极而正面的解释。了不起的孔夫子，他从“狂”字中看出了进取精神，看出了不肯墨守成规的超前意识。正如刘梦溪先生所说：“‘狂’是超前，‘狷’是知止。总之‘狂’和‘狷’都是有自己独立思想和独立人格的表现。”（见《中国文化的狂者精神》）而作为一个书法家恰恰最需要这样的超前意识，这样的进取精神，这样的独立思想和独立人格。换句话说，只有具备了这一股子“狂劲儿”，其艺术作品才能超诣群伦，卓尔不凡。一部书法史，名家辈出，高峰相望，哪一个不是带有三分癫狂五分醉态呢？唐有张癫醉素，宋有米癫拜石，明有“书中散圣”徐渭的狂草写意……可以说，狂是艺术之酵母，是艺术家情态自由的另类体现，没有这种解衣盘礴、无拘无束的创作心态，没有这种“于无佛处称尊”、关起门来当皇帝的创作状态，要想获得艺术上的升华和突破简直是不可想象的。

陈浩本是一个温文尔雅的江南书生，从外表而言，实在看不出他有什么狂态。就其美学价值观而言，他是以儒家的入世观念为机枢的。这一特点，我曾在为其篆刻集所写的序言《养浩然之气而致中和》中有过充分的论述，陈浩自己也不止一次谈到他所追求的书法艺术的终极境界，就是儒家的“中和之境”，即“以‘中和’为目的，从而表现一种自然率真之趣。”陈浩还说：“在风格取向上，我个人较倾向于‘雄浑古拙’。同样，‘雄’与‘秀’也应是一种有机的结合，太‘秀’则易见媚俗，过‘雄’则见粗野霸气，何其难也！”

是啊，要达至儒家的“中和之境”，何其难也！在孔夫子的理念中，本来“中和”“中道”“中行”等概念都是最高的理想境界，但是他以毕生之力去弘扬推广这些理念，却处处碰壁，“不得中行而与之”。于是，孔夫子不禁发出“必也狂狷乎”这样的感叹！后来，孟子就此发议论说：“孔子岂不欲中道哉？不可必得，故思其次也。”（见《孟子•尽心章句下》）也就是说，在孔孟看来，“中行”固然是终极追求，求之不可得，“狂狷”就成为退而求其次的必然选择。也就是说，“狂狷”并非是“中行”的对立矛盾体，相反，正是通往“中和之境”的一个必然阶段。从这个意义上来理解艺术家之狂，也就使得古往今来曾被称为狂生狂士狂徒的张癫米癫们，都获得了具有合理性的狂狷正解，甚至其癫狂无忌的故事也成为具有艺术审美价值的欣赏对象。

（二）

陈浩的“狂逸”之说，也正是从儒家鼻祖的论述中，得到了最有力的支撑和佐证。事实上，陈浩之狂从来就没有也不可能形之于外，他的狂是从骨子里生成并潜移默化出来的——他做人的独立人格和独立精神是极强的，不光在艺术上坚守信念，即使在公务中也是敢说敢为，坚持原则，这既可以解释为是一种传统文人的风骨，也可以解释为是一种正直耿介的天性——否则，他就不可能冒着风险用自己的微薄权力去抵制位高权重者的强权；否则，他也不会面对持刀抢劫的歹徒，挺身而出。陈浩这种不肯媚上不肯屈从的性格，难道不是一种阴柔之狂吗？而表现在书法艺术上，陈浩之狂反倒显得更加张扬更加恣肆，毕竟书家从来就是“纸上帝王”。当其饱蘸浓墨，放笔直取，他的身心是无拘无束的，他的思维是自由飞翔的，他内心的情感通过心与手的交映，宣泄在尺幅绢素之上。于是，我们看到了他的诸多狂劲儿十足的草书和大字榜书，若“崩云”，若“心路历程”，若“遗世独立”，若“呐喊无声”，尤其是新近创作的《登长城诗二首》十五米草书长卷，笔力雄强，气势如虹，若江河奔涌，一泻千里。如此狂肆奔放之作，在陈浩以往的书法作品中是从未见过的。我并不讳言对这件书法力作的偏爱，甚至不惜甘冒被讥以“诗圣”自重的“狂名”，要借用杜甫的诗句来表达这种偏爱之情——“惟吾最爱清狂客，百遍相看意未阑。”（诗见杜甫《遣闷戏呈路十九曹长》）

蔡邕《笔论》说：“书者，散也。欲书先散怀抱，任情恣性，然后书之。”这是对书法家临池作书时精神状态的传神描述，同时，也可视为对艺术家散怀恣性的狂态的真实写照。我虽然没有目睹过陈浩书写狂草或大字榜书时的情态，但透过其书作，依稀可见他解衣盘礴、狂肆无忌的“忘情之态”。而他在讴歌徐青藤的七绝中所写的“尽将笔墨写清狂”的诗句，或许亦可视为是陈浩仁兄的“夫子自道”。

当然，书艺之狂，不只意味着对固有模式的大胆突破和超越，同时也意味着创造性地利用固有模式（或曰传统规范）为自己直抒胸臆的情感表达来服务。那种一讲到“狂”，就以为是随心所欲，胡涂乱抹，置所有传统规范于不顾，一味地“粗野霸气”，以致丧失书法的艺术美感，那只能说是对“狂”字的误读和曲解。陈浩对此是极为清醒的。他深知书法之狂绝不是为狂而狂，更不是装疯卖傻，佯狂欺世，而只是“欲书先散怀抱”的必要阶段。书家欲散怀抱，先要给自己的身心松绑，使周身的艺术细胞迅速升温，直至达到极度兴奋的境界，方能下笔如有神。同时，狂也不等于没有分寸感，正如孔子所说，只可“狂也肆”，不可“狂也荡”，因为一旦“狂荡”起来局面就完全无法收拾了。陈浩所追求的终极目标是要达到“中和之境”，单靠这股子狂劲儿终究是不行的，还必须与其他艺术要素相辅相成。陈浩幼承家学，尊重传统，遍临各家法帖碑版，从浩如烟海的书法宝库中汲取了丰厚的营养，这足以使他拥有狂的资本，正所谓“不狂也狂有得狂”；他无论作书还是治印，都把艺术美感视为第一要务，厌恶鄙俗、厌恶粗野、厌恶丑陋，这使他具备了审美的定力，足以划清“狂肆”与“狂荡”的界限；他还特别讲究艺术的精致化和书卷气，这使他的书法艺术得以“雄秀交融”，“狂而不野”，形成其独特的“狂逸相济”的鲜明书风。

在这里，“逸”字的作用显然是与“狂”字同等重要，不可或缺的。

（三）

何谓“逸”？比之于“狂”，这个“逸”字从来都是“正面角色”，被历代书画名家推崇备至。宋代黄休复论画首创“四格”之说，“逸格”被置顶为“四格”之首，高居于神格、妙格、能格之上。他评点“逸格”曰：“画之逸格，最难其俦。拙规矩于方圆，鄙精研于彩绘。笔简形具，得之自然，莫可楷模，出于意表。”明代唐志契《绘事微言》对“逸品”的阐述更加具体而深邃：“山水之妙，苍古奇峭，圆浑韵动则易知，唯逸之一字最难分解。盖逸有清逸，有俊逸，有隐逸，有沉逸。逸纵不同，从未有逸而浊、逸而俗、逸而模棱卑鄙者。以此想之，则逸之变态尽矣。逸虽近于奇，而实非有意为奇；虽不离乎韵，而更有迈于韵。其笔墨之正行忽止，其丘壑之如常少异，令观者泠然别有意会，悠然自动欣赏，此固从来作者都想慕之而不可得入手，信难言哉！”董其昌对“逸品”的论述更是言简意赅，一语中的，他在《画禅室随笔》中说：“画家以神品为宗极，又有以逸品加于神品之上者，曰出于自然而后神也，此诚笃论。”倘若把这些古贤的论述综合归纳一下，我们就不难看出“逸”字的精义所在，即“笔简形具，得之自然”；即“虽近于奇，而非有意为奇”，“不离乎韵，更有迈于韵”；即“出于自然而后神”——从欣赏者的角度言之，“逸品”就是要让观者“出于意表”，“令观者别有意会”。这几句话说起来容易，要想做到，亦如前面说到的“中和之境”一样，真是“信难言哉”！

然而，较之于“狂”字，这个“逸”字距离儒家所倡导的“中道”以及陈浩所追求的“中和之境”，显然是更近了一步。而追求艺术的清逸俊逸飘逸乃至狂逸，历来就是每一个艺术家的“终极”目标。只不过“逸纵不同”，每个书家自然也是各有蹊径。论及陈浩之“逸”，我认为至少有三大特色：其一，他以功力胜，却不以雷池为限。在他的作品中，处处可见传统书法的渊源和痕迹，却从不囿于成法而随时出新，这使他的书作绝少陈腐气和呆板气，充满了张力和新意。其二，他以书卷气胜，却不拘泥于尽精刻微。他对自己的作品有很高的艺术标准，精致典雅是其基本要素。但是，他却不屑于用精巧工细来装饰自己的形貌，相反，他喜欢清新自然，不假雕饰，素面朝天，一派天真——而“自然入神”恰是逸品之肯綮也。其三，他以雄强胜，在审美观念上追求“雄浑古拙”，这就必然要借助三分狂气来逞豪强助雄风，但他毕竟是被浙江古婺的文风水土所滋养，即使仰慕汉唐雄风，却仍不失江南蕴藉清秀之本色，这反倒使他的作品刚中寓柔，外雄内秀。有此三条，陈浩笔底的逸气飘然而生。

纵观陈浩的书法艺术，狂为表，逸为里；狂主气，逸主韵；狂是阳刚，逸是阴柔；狂是烈酒，逸为淡茶；狂是气魄，逸是底蕴；狂造就雄风，逸造就秀润；狂是金戈铁马塞外，逸是杏花春雨江南；狂是“铁板铜琶高歌大江东去”，逸是“曲岸风和低吟小桥流水”。无狂则逸气松散，杳无生气；无逸则狂浮半空，字无根蒂。只有狂逸互补，亦狂亦逸，方显书家收纵之功、张弛之度、折钗之力！

好一个“狂逸小子”，真个是悟得书家真谛也！

2012 年 8 月 26 日于深圳寄荃斋

见山居里独鹤飞

——陈浩《见山居印痕》序

乙未春夏之交，陈浩孤身北上。他是在深圳办理了提前退休手续之后，重返故乡浙江省海宁市，就任张宗祥书画院院长（张宗祥纪念馆馆长）的。这与其说是一次履新之旅，毋宁说是一次归乡之旅。一个离家近三十年的游子，如今要回家了。

他给自己在海宁的新家起了一个很直白的斋号“见山居”。那个居所我去过几次，确实是两面见山，智标塔和紫微阁远近相望，苍翠可观。一条铁路从窗前穿过，时常有轰鸣之声“振聋发聩”。陈浩说，起初被震得睡不着，仿佛三级地震一般，之后就习惯了。偶尔回到深圳旧家，在极端安静的环境中反倒睡不着了。由此可知，他已经与“见山居”融为一体了。

回家，并不仅仅是在故乡找到一个居停之所，更是为精神觅得一个栖息的家园。陈浩生于兹，长于兹，艺术生涯亦起步于兹，在这里，随处可见熟悉的巷陌，遍地可闻亲切的乡音。在这里，他在回望中省思，在寻觅中开悟，在独步中沉吟。他的任所是一代宗师张宗祥的故居，这位从荒园遗址上重建西泠印社的第三任社长，不仅书画印兼擅，而且诗词文俱佳，还是著名的图书版本学家。巍巍乎高山，从前只能远望，如今则身入宝山，令他得以亲炙大师之手泽，探究先贤之妙谛，岂不是如鱼得水，如鸟归林？更有多年不见的至爱亲朋，翰墨师友以及昔日之桃李当下之粉丝，登门拜谒，携侣交游，谈文论艺，举杯畅饮。可以想见，在这“见山居”里，应该是整日高朋满座、热闹非凡的。然而，这只能是我的想象。如今，我在《见山居印痕》中，听不见众声喧哗，看不到鸢飞鱼跃，反倒是一片安谧、一室静寂、一份孤独、一串自语。艺术原本就是孤独的产物，艺术家从来就不可能在热闹中走向成功。而陈浩之归乡，既有高远的艺术目标，更有直接的创作动力，当其执刀治石之际，只能是万念排空，凝心静虑，笔写心声，刀刻心语，印铭心路。当此之际，他只能与艺术星空的大师对话，只能与自己的心灵对话。于是，他刻出了许多内心的独白，若“独鹤与飞”，若“自在独行”，若“独坐观心”……

“异态环境”是催生艺术佳作的一个重要温床，这是已为古今中外众多艺术实践所证实的一条创作规律。陈浩从深圳的“澄怀居”回到故乡的“见山居”，恰恰是从艺术空间上为其营造了一个“异态环境”。他在这样一个既熟悉又陌生的艺术空间里，无论书写还是篆刻，都会产生某些潜移默化的渐变。欣赏《见山居印痕》，我们会发现微斋的这批新作，虽保持着其一以贯之的潇洒印风，但细审之，也出现了某种“两极分化”的倾向——即粗放率意和细致精微这两种风格恰好是逆向而行，粗放者愈加放得开，精细者愈发收得住，这是极为难得的艺术走向。粗放者，若“行藏在我”“不泥古”“泊舟之玺”诸印，刀法率意，力道劲爽，章法也不拘小节，追求的是浑然天成之趣。而印谱中诸多精微小印的出现，则令我在惊喜之余，更有几分欣慰。记得几年前，我曾与陈浩兄谈起艺术家创作生命的阶段性话题，在不经意间提醒他最好趁着当下手眼尚可，要多刻一些细活儿，以免年纪大了，眼神不济，手不应心，后悔都来不及。不知是不是我的这番“逆耳忠告”起了作用，至少在《见山居印痕》中，这些精彩迷人的珠粒小印成为新的亮点。我实在太喜欢这些印中“小精灵”了，为此，真该向陈浩兄额首相贺！

陈浩兄在“见山居”中，度过了自己的耳顺之年。对于一个篆刻家来说，六十岁是非常关键的艺术节点。这三年，他以自己的才华、敏悟和珍惜寸阴的勤奋，不仅为海宁的文化艺术事业做了很多实事和好事，而且创作出一大批有新意、有情感、有温度的艺术佳作。作为“见山居”三年篆刻生涯的一个总结，陈浩兄在这本具有特殊纪念意义的印谱中，以“此心安处即故乡”“行藏在我”与“手挥五弦目送飞鸿”这三方印来开篇，以“过客”“相忘江湖”和“尽吾志而不至者可以无悔矣”这三方印文来煞尾，我认为是别具深意的。想一想，人生又何尝不是如此呢？是为序。

2017 年 5 月 6 日于北京

韧斋印谱序

贺忠兄以“韧”字名其斋，足见其心性。生于北疆边塞，长于动荡之秋，家贫无御寒之衣，辍学无可读之书。待过业，打过工，身处远离文墨之境，却生性喜好金石。这就意味着，他要比常人付出更多的时间、精力和心血，他要具备常人所难以承受的耐性、恒心和毅力。这一切，无韧劲，何以成！

所以，在他的早期印谱中多励志自勉之句，若《知恒》，若《不舍》，若《固志》，若《只争朝夕》，若《无一日之懈》。读其印文，窥其刀法，可知其取法高古，以汉印为正宗。然而，三十年过去，弹指一挥间。自 20 世纪 90 年代中期，韧斋从北疆而迁岭南，石不变，刀不变，然目中之景物大变，人生之境遇大变，贺忠兄的心境和眼界亦难免渐变。观其近作，对照旧谱，知其所变者有三：一是印文内容从励志警句为主，转向人生感悟，尤其是取法老庄的文句日渐增多，如《无为》《无极》《天放》《天籁》，如《方之外》《大道不称》《才与不才之间》等；二是篆刻的宗法从汉印脱出转入战国古玺，时而远溯甲骨钟鼎，时而旁涉简牍封泥，作品更见古朴苍厚；三是章法布局从严整规矩转向疏朗自如，于散淡中渗透着一种随意和率性。以我观之，贺忠兄的这三大变化，昭示着他的艺术正在蓄势待发，面临着一次新的质变和跨越，即，从以往的刻意为之向无意为之跨越；从有我之境向无我之境跨越；从精雕细琢苦心经营向“既雕既琢复归于朴”（韧斋有此印文）的境界转变。这是一次旷日持久的艺术探险，断非一朝一夕可以成功。我寄望于贺忠兄以坚韧的精神和天放的心态，一步步接近那高远的目标。

我与贺忠兄初识于1995年冬天，彼此皆为北人南迁，当时都还立足未稳，且年龄相仿，经历相近，于田原先生家中偶然相遇，倾谈片刻，便成艺友。当时获赠一本印谱，读之心生敬意。十三年后，贺忠兄又集新作付梓，以序相嘱，我以门外汉婉谢之，贺忠不允，爰题读印感言如上。

是为序。

2008年1月13日于深圳寄荃斋

篆云籀雨，回报乡关

——《李贺忠内蒙古省亲书画展》前言

李贺忠告别家乡父老，负笈南下，闯荡鹏城，已近20年了。此前，我在《韧斋印谱序》中曾说他：“石不变，刀不变，然目中之景物大变，人生之境遇大变，贺忠兄的心境和眼界亦难免渐变。”变成什么样子了呢？家乡的父老乡亲关心着他，而他也惦记着远方故土的父老乡亲，正是在这种双向关注的驱动下，朋友们与他商定要办一个回乡省亲的展览，把他近20年来在书画篆刻艺术方面的探索和取得的成绩，展现给家乡人看看，同时也想通过这个展览，把自己积聚心底20年的思乡念友之情，做一次淋漓尽致的倾诉。当年风华正茂的年轻后生，背着简单的行囊只身远去，如今带着满头白发归来，带着满身书香归来，带着满箧书画归来，带着刻满箴言隽语的石头归来，更重要的是，他还带着满怀深情和一颗感恩之心归来了。贺忠兄要以这次规模不大的展览，告慰养育自己的故乡，告慰培养自己的诸位师长，同时也在告慰自己在故乡度过的那些充满艰辛、激情与快乐的青春岁月。

筹备展览期间，贺忠兄跑来找我，让我为这次展览题几个字，我不假思索地写下了四句话：“浩莽北国，奇秀岭南，篆云籀雨，回报乡关。”我问贺忠兄这样写是否合适，贺忠兄说：“说得太准了，我办这个展览，就是这个意思！”

特定的主题，决定了展品选择的思路。贺忠兄的此次展览既然是一次省亲汇报展，那就要突出两个特点：其一是艺术风貌的全面展示，贺忠兄一向是以篆刻名闻乡里，这次特意选择了一批国画和书法作品，与篆刻一并展出。很多作品是第一次公开亮相，我也是初次见到，读之不禁怦然心动。书法是篆刻的基础，书法家未必擅长篆刻，篆刻家却必须擅长书法。因此，贺忠兄擅书并不令人惊异。然而，这次看到贺忠兄的一批国画作品，我着实惊异了。观其画作，严格从传统山水取法，尤以元代黄公望、倪云林和明代沈周诸家为圭臬，笔墨清华而无渣滓，更无后世狂肆烂墨之污浊习气。在他的画面上，拂动着一股清气、静气、古雅与闲逸之气，读之令人心旷神怡。我不知贺忠兄是何时掌握了如此清脱超俗的绘画技巧，这位素来低调的艺术家，竟然能把自己的“怀中利器”隐藏多年含而不露，这种超凡的定力不由人不钦佩。在举世滔滔浮躁喧哗的世风中，一个艺术家能如此气定神闲，涵养精神，其未来之成大器者，必也！

其二是展品的选择具有特定的指向性。我发现，贺忠兄选出的展品并非全是新作，有些是在包头创作的旧作。起初，我以为这只是为了强调创作的延续性，贺忠兄却告诉我：“延续性只是一方面，更主要的是，这些旧作蕴含着几位老师的教诲和手泽，如篆刻《滴水阁》《天人合一》《万物与我为一》《心斋》诸印，有的得到刘金琼老师的指导，有的留有马士达先生的刻痕，而这两位恩师今已作古，展出这几方旧印，其实正是为了表达我作为弟子，对恩师的感恩和怀念。”知悉了贺忠兄的这番深意，再来品读这些创作于不同时期的旧作，心中顿时多了一层感悟，同时也升腾起一丝感动。从他的山水画中，我读出了他对早期国画老师恨石先生的感念；从他唯一一幅静物《赏菊》中，我读出了他对晚年迁居深圳的田原先生的感念；从他的早期隶书对联中，我读出了对杨鲁安、刘永诸先生的感念……是的，贺忠兄是个情深义重的汉子，他对任何一个在其成长道路上扶掖过自己的师长，对那些曾经鼓励过、鞭策过、支撑过自己的朋友，总是念念不忘。北方人念旧，北方人重情，贺忠兄就是这样一个念旧重情的北方人。他在南方生活了 20 年，不知不觉中也浸润了南方人的细腻和委婉，他对感情的表达已不是那么直白、那么显露，而是如涓滴润物，用那些无言而有形的画卷，用那些无声而有温度的石章，来倾诉一个远方游子归来的心曲。读着他的书画和篆刻，我们很难不被贺忠兄的心音所打动，这既是艺术的力量，更是情感的力量。古人云："书者，心画也。"斯之谓欤？

2012 年 9 月 18 日于深圳寄荃斋

《中国内画艺术与技法》序

《中国内画艺术与技法》作为三百年内画发展史上的第一部理论专著，终于在内画名家王立夫的手中完成，这无疑是值得庆幸的。作为王立夫的挚友，能够为这部专著略尽一点微薄之力，这对我同样是值得庆幸的。在这部凝结着作者多年心血的文稿即将付印之际，我决定将自己作为第一读者的几点感受写在这里。

源远流长的内画艺术，何以直到今天才出现第一部研讨和总结其艺术特征及基本技法的理论著述？换句话说，这第一部的“殊荣”何以会让王立夫这个内画界的后起之秀摊上？这看似一个荒诞不经的问题，但确是我初读此书时油然而生的第一个疑问。不是吗？在内画艺术的前辈高手中，也不乏才情出众之士，为什么他们都不曾留下有真知灼见的内画论述呢？是文化水平所限吗？不错，自古以来内画艺术多出于民间，内画艺术家的文化水平一般不高，对于内画艺术的真谛，即便有所领悟，也往往苦于无力概括、提炼；而那些自命清高的文人雅士们，则又囿于偏见，视内画为难登大雅之堂的雕虫小技，不屑一顾。这无疑是昔日内画论述几近于零的一个重要原因。但我认为，这还不是最直接的原因。更深层次的原因在于，以往的内画艺人们，出于谋生的需要，无不恪守“艺不外传”的古训，不要说把自己的内画技巧、诀窍写成文字广为传扬，即使是最亲近的家人，不到垂垂老矣或临终之际，也是断不肯把真正的“看家本领”拿出来的。这种封闭的艺术沿袭方式，怎会产生论艺的只言片语？王立夫对个中道理是深谙熟知的。据我所知，他的一些师长和好友也不时劝他务必要为自己“留几手”，切不可将自己琢磨多年才摸索出的作画规律和盘托出；但立夫对此却另有一番看法。他认为，大凡只靠一两手所谓“绝活儿”混迹于艺坛的人，充其量只能算个画匠，成不了真正的艺术家。艺术精品从来都是艺术家心智与才华的凝结，而不单单是几招“绝活儿”的产物。任何艺术形式要想求得发展，就必须首先打破封闭状态，对外，要广泛吸收和借鉴相邻艺术品种的营养，以充实自己；对内，则应认真总结前人经验，广开渠道，促进内画艺术各流派之间的交流和切磋。立夫向来鄙视那种狭隘的门户之见，不赞成艺术上的“自我封锁”。他在传授技艺方面的“无私”在他家乡是远近闻名的，报刊也曾多次彰扬。他甚至想开办一所内画艺术学校，把自己二十年的“真经”无保留地传授给热爱内画艺术的青年人。只有了解了立夫的上述所作所为，人们才会理解，这本充满真知灼见的内画艺术专著，今天能出自初入中年的王立夫之手，绝非偶然，它所体现着的博大胸怀和无私境界，显然是前人所难以企及的。我想，这或许正是王立夫的不同凡响之处吧！

在王立夫看来，艺人和艺术家之间的根本区别之一，就在于艺人往往只重“技”，而艺术家则不仅重“技”更重“意”。内画艺术之所以长期徘徊于民间技艺之列，难以跻身于艺术殿堂，其致命的病根之一便是一代代内画家只把眼睛过多地盯在技法和窍门上，却忽略了拓展内画艺术的意境以提高画家自身的内在素质，从而降低了内画作为艺术品的档次，结果造成了内画题材陈陈相因，技法刻板单调，情趣流于俗媚等弊端。为了革除这些流弊，王立夫进行了长期的艰苦探索和尝试，他练武强身，读书养性，博览群书，研究中外美学、美术史，努力提高自己的艺术修养和审美情趣；他遍访名师，悉心求教，博采众家之长，融汇于自己的笔端；他曾试图打破内画人物以仕女为主的积习，大胆地让古代武夫猛将、英雄豪杰们“冲”进鼻烟壶，一举拓宽了内画题材的覆盖面；他曾研制内画毛笔，使统治内画三百年之久的传统竹笔退居二线，从而丰富了内画的表现手段；近年来，他又冲出内画的樊篱，注重向倡导“新文人画”的著名国画家学习，笔追神摹，切磋琢磨，力图把国画中的“文人画”气韵引入玉壶的方寸之内……所有这些努力，无一不是力图把内画艺术从民间技艺的地位升华到真正的艺术园林，从长期以来只重技不重意，转变到既重技更重意的崭新境界。天道酬勤，如今，立夫以自己不懈的艺术实践，已在内画创作领域成功地向世人证明了他的主张和探索的价值，也正是在这些实践中，他逐步形成了一套虽还不尽完满，但确已初具雏形的内画理论体系。这本薄薄的小书，正可视为王立夫这套内画理论的缩影。

我在这里突出强调立夫对内画“意境”的重视，并不是说他完全忽略了技法的锤炼。在这本书中，介绍技法占用了一半多的篇幅，可见王立夫对基本技法还是十分重视的。从选择壶料到制作毛笔；从勾线皴擦到调色敷彩，不厌其细，备极周详。更值得称道的是，作者结合自己既精于内画，又兼擅国画的切身体会，时常以对比的手法，论述内画与国画的异同，揭示内画独有的规律和特点，这对于内画初学者，无疑具有指点迷津的作用。立夫的内画技巧是早已为世所公认的了，他被誉为“内画王”完全是凭着他那以纤毫擎万钧的过硬功夫。由深悟此道的高手来讲授技法之要旨，自然是有志于学习内画者所求之不得的。

“设计碎片”的美学意味

——洪忠轩《359 度情趣影像集》序

罗丹说：“生活中并不缺少美，而是缺少发现美的眼睛。”洪忠轩的这本非主流摄影集，恰好是对罗丹这句名言的一次最直观的诠释。

（一）

大千世界，万物自在。芸芸众生在这个世界上来来往往，与万物相交结，各取所需，各为所用，新陈代谢，共生共荣。哲学家说，美是一种客观存在，就在万物之中；而艺术家显然更强调发现的重要性，没有那一双双睿智而敏感的眼睛，美就只能在自然万物的生生灭灭中轮回。关于这一层道理，倒是明代大学者王阳明表述得非常有趣。王阳明在《传习录》中记述了这么一段话：

有人指着花树问王阳明：“天下无心外之物，如此花树，在深山中自开自落，与我心亦何相关？”王阳明答得极妙：“你未看此花时，此花与汝心同归于寂；你来看此花时，则此花颜色一时明白起来，便知此花不在你心外。”

阳明先生的用意自然是阐明他的“心学”理念，而我在这里引用这个妙喻，意在说明此处一个“看”字，对于艺术创造是何等重要。

“看”，需要人的眼睛。如果这双眼睛是隐在镜头后面，那么他看见的世界就是被镜头的方寸尺幅“框住”的。为什么他要这样来“框”而不是那样？为什么偏偏“框住”这个点、这条线、这块面？为什么一个寻常小景，大家每天与其擦肩而过却视而不见，被他这一“框”，就“框”出了千变万化、五光十色、奇形怪状、异彩纷呈？这个问题看起来似乎很复杂，这当中涉及美学、光学、透视学、色彩学，乃至文学、史学、哲学……同样地，回答这个问题也可以十分简单，关键在于：这是一双艺术家的眼睛。

（二）

洪忠轩是位艺术家，但他并不是一般意义上的画家或者摄影家，玩相机并非他的本行。他是一位年轻有为、成就斐然的设计师。

设计是一门特殊的艺术，上面通着形而上的一切学问，下面连着形而下的一切物质。用中国古人千百年来争论不休的“道器之辨”来衡量，这门艺术确实有点尴尬，因为它亦道亦器，又非道非器，可谓道器难分。洪忠轩常常被称呼为“洪工”，他自嘲这是“工匠”的工，显然属于“器”的范畴。而更多的人尊称他为“设计师”，一沾上这个“师”字，就和“道”发生了紧密联系，要不然怎么会有“师道尊严”之说呢？更何况，设计本身就是一门以主观意念为主导的创造性劳动，因而常常被拿来跟“创意”并称。何谓“创意”？创意就是“无中生有”，是“别出心裁”，是“独具慧眼”，是“异想天开”……说来说去，核心还是主观意念的“灵光乍现”。而这些概念，刚好都可以在这本用“创意”设计出来的影像集中，找到形象而巧妙的注解。

（三）

这些年，洪忠轩的设计范围越来越大，从平面到家装，从一般住宅到星级酒店，从大型写字楼延伸到极富专业性的音乐厅、大剧院，如今又从装饰设计走向建筑设计……他所面对的“万物”越来越复杂，对各种各样“创意”的需求也越来越迫切，“道”的理念需要不断升华，“器”的见识也需要不断丰富。而事业的发展也带来视野的扩大，近年来，他的足迹遍及亚洲、欧洲、美洲、非洲、澳大利亚，虽然总是行色匆匆，目不暇接，但目之所及、心之所动，几乎每时每刻都被新奇设计所包围，正所谓“外行看热闹，内行看门道”，这些设计不断地刺激着他、启发着他、点化着他，而紧张的日程往往并不允许他多看、多问、多想。于是，一部“傻瓜相机”被当成了他的“外眼”，他随时把过眼的风景快速而直观地拍下来，与其说这是创作，不如说是一种记录和存储，就好比是一个油画家的素描和速写。洪忠轩称这批影像是“考察和游学”的私人笔记，而我更愿意将它们称作“设计碎片”。

然而，正是这些出自设计师之手（准确地说是设计师之眼）的“设计碎片”，一旦积少成多并分门别类，人们就会从中发现另一种视角、另一种情趣、另一种审美、另一种意味。这真是“无心插柳柳成荫”，非专业摄影家洪忠轩，只不过是用照相机替代了铅笔和电脑，全然不懂，也就全然不会被固有的摄影艺术的理论、规范、原则、习惯所束缚，全凭着自己的设计师思维来取景、来用光、来拍照，结果竟采撷一些不被留意、不为人知乃至常常被人摈弃的影像。于是，“创意”就这样形成了。洪忠轩并非刻意要跟摄影艺术的传统和常规对着干，也无意去破传统摄影之旧而立自家摄影之新，他完全是无意为之，反倒“设计”出这本独具“洪氏风格”的摄影集。我相信，诸位专业摄影家和摄影发烧友，或许都能从这些另类影像中发现：哦，原来生活是可以这么美的！

（四）

不谙熟摄影理论，不等于不谙熟艺术规律。现代设计学的诞生，源于创建于20世纪初的德国包豪斯设计学院，包豪斯的首任院长沃尔特·格罗皮乌斯曾对设计学提出过一个著名的论断："任何形状都好，只要是几何形。"作为从汕头大学设计系毕业的高材生，洪忠轩对包豪斯的设计理念可谓深谙熟知。他把这种对几何形之美的"膜拜"，创造性地融汇到摄影作品里。于是，我们在这本厚厚的影像集中，欣赏到来自世界各地的几何形图式，方的、圆的、梯形的、菱形的、三角形的，当然更多的是这些不同几何图式的排列组合，真是奇思妙想、变幻莫测。如果说，摄影家是捕捉自然界和人世间美妙瞬间的高手，那么，洪忠轩则是捕捉生活中几何形设计元素的专家。从这个意义上说，他对各种"设计碎片"的捕捉，不仅非常专心，而且非常专业。

关于艺术形式之美的论述，从西方到东方，可谓汗牛充栋。不过，最早、最权威的论述，当推英国人克莱夫·贝尔——他所提出的"有意味的形式"这一著名命题，对此后的艺术界和设计界都产生了深远的影响。在其名著《艺术》中，他写道："在各个不同的作品中，线条色彩以某种特殊的方式组成形式或形式间的关系，激起我们的审美感情。这种线、色的关系和组合，这些审美的感人的形式，我称之为有意味的形式。"这段论述的重要性在于，他把一些原本被视为绘画或者设计元素的东西，如线条、色彩，以及它们之间的关系组合，也赋予了审美的意义，成为艺术创作的本体。形式本身就是美的，这个观念对设计师来说实在太重要了。洪忠轩正是把生活中的点、线、面及其各种组合搭配排列构成，都当作审美的对象，一一摄入镜头，使之成为一幅幅“有意味”的影像，你能说这些作品不是美的再创造吗？它们足以唤起我们内心的愉悦感、视觉的舒适感和不时而至的幽默感。因此，读洪忠轩的这本影像集，你会很轻松、很散淡、很随意，有时还会被那些很搞笑的画面逗得会心一笑。如今不是时兴“轻松阅读”吗？这本书就是一个轻松阅读的范本。

（五）

洪忠轩给这本书起了个很怪的名字：359 度。单看字面意思，似乎是说，自己的行程还没有环绕地球一周（360 度）；思忖一下深层的意思，似乎是说，自己的事业发展、艺术探索乃至人生之旅都还未达到圆满之境。

其实，不圆满才是人生的常态。一圆未周之际，乃是一个人最有激情、最有冲劲、最有希望的阶段。洪忠轩还很年轻，未来的路还很长，难免会有曲折和坎坷，这些都是人生的必经之路。意识到这个未圆之缺并勇于把它标识出来，这做法本身就昭示着这位艺术家的睿智和清醒，也昭示着他会更加努力地超越旧我，不断以新的设计和新的作品来创造新的成功与辉煌。

我期待着洪忠轩有更多的新作面世，我也饶有兴趣地期待着在他的某些新作中蓦然发现，那些源自本书的丝丝缕缕的“设计碎片”，被设计师的魔幻之手七扭八弄，竟变幻出全新的“创意”。等着瞧吧，好戏还在后面！

是为序。

2011 年 8 月 18 日于深圳寄荃斋

品味子光

——《百壶百味》序

“艺术的出路就在于融合。”这句至理名言出自德国大作曲家瓦格纳。大约三十年前，我第一次听到同为作曲家的鲍元恺教授谈起这个观点，立即铭刻在心，此后这个观点在我长期的艺术观察中被屡屡验证。

科学的突破往往在“交叉学科”——这个著名论点出自中国科学界的泰斗级人物钱学森等人，我也是在三十多年前直接参与了相关的报道，同样印象深刻。由此悟到，艺术和科学在这一点上其实是完全相通的。

近年来，时尚界流行起一个时髦说法：混搭。我第一次听到这个说法是几年前在著名设计师洪忠轩那里，他在室内装修的设计中大量采用了“混搭”的手法，从而获得了极大的成功。而在我看来，“混搭”这个新潮说法，不过是融合、交叉等概念的通俗化而已。

如今，我把这些概念集中用在了陈子光《百壶百味》的艺术实践中。我觉得，他的《百壶百味》正是在艺术融合、学科交叉和诸多要素“混搭”方面的一个最新例证。在他的这本集子中，融汇了陶艺、茶艺、书法、绘画、篆刻等诸多艺术门类，而其精神内涵则以诗歌这种文学形式来体现。我们且不论这些艺术水平的高低，单讲这种艺术呈现方式，无论是在紫砂壶制作、品茶技艺，还是在书画、篆刻等单项艺术领域里，都具有相当的开拓性和创造性，是独属于陈子光的“夔一足”。

艺术贵在独创，而任何独创都不是一拍脑门就“灵光乍现”的。陈子光在深圳这样一个浮躁而喧嚣的城市里，抱持着坚定的艺术信念，坚守着自己的“半亩方塘”，在寂寞中探索，在孤独中前行，默默耕耘了二十多年，一枝一叶地积攒艺术感悟，一花一果地采撷禅思妙境，终于以这本《百壶百味》实现了一次综合性的艺术突破。

我为子光高兴，因为我深知这一成果来之不易。在他启动这一创作工程的初期，我就率先欣赏了他的一批绘画、壶艺和诗歌，后来又受其委托，翻阅了他的百首诗歌初稿，并提出了一些修改润色的意见。由此，我深知子光这一浩大的创作过程之艰辛。客观地说，在诸多艺术门类中，有些是子光的强项，有些则是他的弱项。这倒有点像田径竞技中的“十项全能”，你不可能每个单项都强，这里比的是综合实力。而《百壶百味》的成功推出，本身就是陈子光综合实力的集中展现。对于读者而言，喜欢陶艺者可以赏壶；喜欢绘画者可以读画；喜欢书法篆刻者可以细品文字的艺术；而对某种名茶有兴趣者，则可读茶诗、悟茶境、回味茶香。记得二十多年前，我曾在河北赵州（今赵县）柏林禅寺开光大典之际，向净慧大师请教何为“茶禅一味”，法师言道：“茶境与禅境相通于自悟，一百个人喝茶，能品出一百种味道，这就叫‘如人饮水，冷暖自知’，这不就是‘茶禅一味’吗？”斯言至矣！

如今，陈子光把这本《百壶百味》摆在了诸位读者面前，我相信，每个读者都能从中品出各自喜欢的味道。

是为序。

2013 年 8 月 27 日于深圳寄荃斋

鸿宾弄瓷

中国文字中的这个“弄”字，实在奇妙得很。古时家里生了女孩叫“弄瓦”，生了男孩就叫“弄璋”；踏浪行舟叫“弄潮”，写文作画叫“弄翰”；古琴曲中有一首名作《梅花三弄》；李白诗中有一名句“乘舟弄月宿泾溪”……可见，这个字眼确实包含着非常丰富的审美因子。因此，当鸿宾约我为他的瓷画作品集写上几句话时，我脑海中一下子就跳出了这个题目：“鸿宾弄瓷”。

鸿宾本是画家，他的绘画作品有一种难得的苍凉气象，即使画的是很小的题材，也充溢着一股大气；即使画的是阴柔到极点的清纯少女，那笔墨之间也会融入一缕阳刚之气。我想，这种画风的形成固然与画家本身的气质性格有直接关系，同时也折射出他自幼浸染其中的西北大漠的地域文化特色。鸿宾来自宁夏，在那片戈壁与绿洲相接、贺兰山脉与西夏古丘遥遥对望的大地上，苍凉构成了一种特殊之美。在那里睁开画眼看世界的艺术家，下笔之际，想不阳刚、想不苍凉，都难！

然而，我却没想到这个西北大汉会忽然对绘制瓷器着了迷。老话说：“没有金刚钻儿，别揽瓷器活儿。”画瓷那可是个细致活儿，以鸿宾的粗犷之笔，遇上光滑细腻的瓷胎，又能变出什么花样来呢？我带着几分疑问，被他领进了他所营造的瓷器库房，立即被眼前所见的一切吸引了、感染了，乃至震撼了。他的画瓷作品的确出手不凡，有些精品堪称是前无古人，那形制、那笔墨、那题材，无不被涂抹出浓重而鲜明的樊鸿宾色彩。

鸿宾的瓷画，既守传统，又有创新。传统，体现在运用精湛的文人画笔墨来表现花鸟、山水与人物等传统题材上。他的人物画独具特色，无论是松下高士，还是“竹林七贤”，都有一种高古旷远的悠然意境。纸上绘画是如此，迁移到瓷面上风格依旧。我以前很少见到鸿宾的花鸟画，不料他此番在瓷器上反倒给我一个不期而遇的惊喜。他的花鸟径直从八大山人取法，笔法简逸，浓淡相宜，尤其是他运釉色如墨韵的本领，颇得八大山人神韵，其画风也隐去了几分苍凉，增添了几分清隽。

创新，则体现在题材和形制的独创性上。西藏风情本是鸿宾纸上绘画的拿手好戏，如今被搬迁到瓷面上，可说是瓷器绘画史上的一个首创。那些以青花釉色勾勒出的藏族少女，衬以洁白如玉的瓷面，更突显出其圣洁高贵的艺术魅力。如果说，这类作品还只是将西藏题材率先引入传统的青花瓷园地，拓宽了青花瓷艺涵盖面的话，那么，更值得称道的是，鸿宾的那些以青藏高原的大山大水为背景、以崭新的瓷板块面为组合造型而创作出的彩釉绘画，其艺术感染力和视觉冲击力无疑是达到了瓷艺绘画史无前例的高度。那苍莽的雪山大漠，那苍冥的高天流云，那苍凉的亘古高原，点缀着渺然如豆的白羊与牦牛，那些身背重负的藏族少女在天地之间踽踽独行，彰显着人类生命的坚毅与刚强。鸿宾还独具匠心地将瓷板上部边缘制作成参差错落的山形，施以彩釉并诱其形成窑变，这种独特的艺术处理手法，进一步强化了这些大型瓷画的整体效果。

单凭这批大制作，就有充足的理由论定：鸿宾弄瓷真是弄出了大名堂！

此前，我还一直有点惊诧：为什么在2009年春天举行的全国工艺品最高水平的评奖中，众多专家评委会把最高金奖，颁给在陶瓷界既无传承背景又无制瓷经历的樊鸿宾？如今，我已看到了答案。毕竟，艺术家从来是靠作品来说话的！

不过，我还是要追问鸿宾：“你是如何学会弄瓷的？毕竟，这是一门需要日积月累、艰苦磨练的特殊技艺啊！”鸿宾不言，用手指指墙上那些并不起眼的照片，那里显现的是一个光着膀子、满头大汗的樊鸿宾，是一个浑身泥土、满手灰釉的樊鸿宾，是一个全神贯注在瓷胎上展现心中美景的樊鸿宾……

我由此悟到，鸿宾之所以敢于弄瓷，是因为他手里已经掌握了“金刚钻”。这是一个经历了无数次失败才赢得的成功，谓予不信，请到网上去搜索“樊鸿宾砸瓷”。那是一段我偶然发现的视频录像，不知是哪位热心网友发上去的，我由此看到了鸿宾弄瓷历程中至关重要的一幕。

原来，鸿宾弄瓷是从砸瓷开始的。无法想像，鸿宾在以往的探索中，究竟砸掉了多少他精心绘制却在烧制中出现瑕疵的瓷器。由此，读者朋友不难掂量出收录在本集中的这些成功之作的分量！

是为序。

2009 年 10 月 31 日于寄荃斋南窗下

多面融合的“大匠”
——《樊鸿宾新作集》序

哲学家黑格尔说：“一个真正的艺术家不应当只是单一的画家，应是兴趣广泛的多面手。”音乐家瓦格纳说：“艺术的出路就在于融合。”这两个德国人均已作古多年，但是他们的理论还活着，至少在樊鸿宾的艺术实践中，还被他一再应用着，并已取得了累累硕果。

在当今人心浮躁、乱象丛生的美术界，樊鸿宾绝对是个另类。他鹤立独行，远离尘嚣，甘于寂寞，埋头干活。他时常自嘲，说自己就是个“美术匠人”：他孜孜矻矻地作画，寓巧于拙地习字，光着膀子拉坯，挥汗如雨烧窑……任凭外面如何喧嚣，他一概是不闻不问，只是默默地为实现自己的艺术理想，躬身拉纤，拾级而上。他心中明白，目标在前，征途尚远，他没功夫去炒作、经营、争辩、自炫，他只管实践、只管探索、只管创新、只管融合。他把传统笔墨与现代观念相融合，创作出令人耳目一新的中国画；他把东方意境与西画色彩相融合，创作出光感十足、明亮和谐的彩墨画；他把文人画风与青花釉彩相融合，创作出笔情墨韵、诗意浓浓的青花瓷器；此次展览，他又把青花瓷与重彩釉相融合，推出了令人观感全新、心灵为之震撼的陶瓷新品……

樊鸿宾真是一个勤奋而睿智的“大匠”，他敏悟多思，胸含万壑；不肯因循，视野开阔；勤于动手，勇于突破。他尤其善于找到相关艺术门类之间的交叉点作为自己的突破口，一旦切入，便锲而不舍，愈挫愈勇，百折不挠，踏石留印。这样的“大匠”，想不成功都难！

是为序。

2017 年 12 月 8 日于深圳寄荃斋

第三辑

《砚溪散笔》序

文者，思绪之表达，心曲之吟唱，人格之外化也。清梅曾亮谓：“见其人而知其心，人之真者也；见其文而知其人，文之真者也。”读砚溪之文，可见其人，更可见其心，故谓：文真，人真，心亦真也！

砚溪善诗文，然其诗文之名素为画名所掩。盖因绘画之于砚溪，乃示人品鉴之艺术，而诗文乃自抒情愫之艺术，两者功用殊异。前者须张之素壁，供人观摩；后者则尽兴抒写之后，聊以自我陶醉。故砚溪之文，往往随写随散，淹沦于岁月之海。而少数敝帚自珍者，则藏诸箧中，秘不示人。以致世间知其画者众，识其文者少。余以文事为业凡三十余载，与砚溪文翰来往亦二十年矣，故深知其文，意旨高迈，哲思精深，情感浓郁，文采斐然，常思如此嘉言妙构，倘随风飘散，岂不惜哉？然砚溪先生每以“陈糠烂谷”自喻其文，从不珍视，更屡拒结集成书之建议。余深感无奈，耿耿于怀者概有年矣。此次借砚溪先生七十华诞之由，几经力劝，方得应允，搜集已刊之旧作，翻检箧底之秘文，疏排门类，略加编次，终成《砚溪散笔》一卷。余夙愿得偿，而诸多同好亦可赏其画而读其文，窥画家缜思妙想，悟作者超逸情怀。倘若更进一步，识其人而知其心，则斯编之功莫大焉。

书分五辑。《诗心谈艺》以画家之眼光，诗人之境界，谈丹青之圭臬，论艺术之真谛。文以理胜，理以文传，直觉感悟，理性思考，若鸷鸟之双翼，车驾之双轮，纵横捭阖，逸兴遄飞，发人深省，启迪后学。尤以《笔墨散论》最富创见，若古贤之画语书论，虽为散珠碎玉，却如乍现灵光，一言既出，必中肯綮。而笔墨之论，浩如烟海，砚溪以数十年心追手摹之体悟，凝结为此，不啻吉光片羽，字字珠玑。个中深意，断非朝学执笔，暮已称家之徒所可梦见也。

《怀人忆旧》皆情真泣血之作。作者忆写石鲁、何海霞、李可染三位恩师，饱蘸深情，笔酣墨浓，大处落墨，细心点染，令三位尊长音容笑貌，毕现纸端。其中描写石鲁身陷逆境，英气卓卓，嫉恶如仇，宁折不弯之性格，堪称宇内所罕见。倘非亲历亲闻者，何能至此？砚溪以精准传神之妙笔，勾勒细节；以呼天抢地之悲情，直抵灵府，令笔下人物呼之欲出。如此鸿篇力作，即使当今文坛高手亦难分轩轾也。

《思絮拾零》乃性灵小品之辑。评点世事，臧否人物，目之所见，心之所动，偶发感慨，聊舒襟怀，嬉笑怒骂，皆成文章。若《菊斋沉思录》之精短杂论，若《厅堂》《苟生》诸篇散文，均笔调清新，行文古雅；若水流云在，舟行景移，令人读之击节。

《山水记游》为屐痕所至、心手相应之作。画家观山临水，迥然不同于常人走马观花。砚溪先生诗心敏悟，画眼精审，故其下笔写景，寥寥数语即可摄魂取魄，“令众山皆响”（南朝宗炳语）。而人在景中，触景生情，时空穿梭，情满胸壑，方有《古道遐思》《旅馆》《重到华山》诸作，眼前景顿成胸中画心中情，或欣悦，或哀伤，或愤然，或悲凉，种种情愫直泻笔端，恰如王国维所云：“一切景语，皆情语也。”惟砚溪之景语，其情至浓且至真也。

《书画序跋》之辑，作者自序居多。除画集外，兼涉诗集印集，可见砚溪艺术涉猎之广博。读此辑之文，若置身杏坛，聆夫子自道，惟觉清风徐来，涤荡肺腑。何谓尊师？何谓谦逊？何谓低调做人？何谓心怀坦荡？于此辑中，均有呈现。要再细细品味，得之于会心一笑间也！

是编付梓在即，砚溪先生嘱为之序。余谓斯书得先睹之快，惟以心得为向导，缀数语于卷首。且感于砚溪先生多以文言笔法为文，典雅丰赡，古意盎然。虽功力不逮，心向往之，遂不避谫陋而效之，幸大方之家勿以东施笑我也。

谨为序。

岁在癸巳之春，于深圳寄荃斋

怎一个“真”字了得

——《四十年·徐义生回忆录》序

每个人的一生都是一部大书，只不过每部书的情节不同、情调各异，写法和结局也迥然有别。而回忆录则是这本大书的浓缩版。因此，写回忆录就如同从记忆的库房里翻检出最要紧的零件，由本人来拼装成册；读回忆录则好似面对面倾听主人公的自说自话，他或侃侃而谈，或窃窃私语，或娓娓道来，或欲言又止……

人生有故事的人大多不愿写回忆录，尤其是那些经历过大风大浪大起大落，见识过波峰也跌入过谷底，品尝过大喜过望的甜蜜也吞咽过生无可恋的苦果的人们，往往不会轻易把那些早已深埋心底的往事重新倒腾出来，把酸甜苦辣百味人生再从头细品一遍，这对过来人而言，与其说是充满人生满足感的回味，毋宁说是一种撕裂旧伤的痛苦，恰如曹孟德所言：“对酒当歌，人生几何？譬如朝露，去日苦多。”既然如此，那又何苦呢？

徐义生绝对属于“人生有故事”的那种人，而且他一度对写回忆录也十分排斥。记得20世纪90年代末，我和他曾有一次难忘的结伴英伦之旅。在近一个月的时间里，横跨东西，朝夕相处，同声同气，无话不谈。那是我第一次从他的只言片语中，知晓他的复杂身世和曲折的求学奋斗历程。我曾为之惊异、为之震撼、为之感动、为之叹息。他以一个乡村少年的天分，能够赢得石鲁的青睐，随后又相继成为石鲁、何海霞和李可染三位画坛巨擘的入室弟子，在一次次命运的跌宕起伏中，他一次次从困顿中奋起，最终成为著名高等学府艺术学院的创院院长，并被誉为

“长安画派”继往开来的传承者和开拓者。这本身就是一个艺史传奇。我当时曾力劝他把这些经历都写出来，让所有怀揣艺术之梦的青年人都来读读这些充满正能量的励志故事。但当时徐老师却以断然的口吻婉拒了我的建议。

不过，也就是从那时开始，十多年间，我几乎每次见到徐老师都会重提撰写回忆录的话题，也算是锲而不舍了。慢慢地，我发现徐老师开始以散文随笔的形式，撰写一些童年趣事；又从追忆恩师的角度，逐渐撩开了尘封多年的珍贵记忆；还以艺术见证者的身份，不时回望昔日画坛的风霜雪雨……直到年近七旬之际，也就是孔夫子所谓“从心所欲不逾矩”的年龄，他才开始将以往所记的片纸零篇串联成章。那是在 2012 年吧，他终于把一沓文稿交到我的手上说：“你不是总劝我写写回忆录吗？我开了一个头，你看看怎么样？”我当时真是惊喜异常。毕竟，此时距我们的英伦之行，已经过去近十五个年头了。

那是我读到的《徐义生回忆录》最初的篇章，也就是本书第一章的部分文稿。此后，徐老师每写出一批文稿，就用电子邮件发送给我。就这样，我陆陆续续读到了本书的大部分章节。

依照原定计划，这本回忆录是要跟《砚溪吟草》一起出版，作为徐老师七十华诞的贺礼的。但是，或许是徐老师觉得本书的成稿还有待完善，抑或是有些重要的回忆内容需要补充吧，这个“贺礼”被临时压了下来，只出版了线装本的《砚溪吟草》。

一晃，又是五年飞逝而去。丁酉新春，忽接徐老师电话告知，回忆录即将付梓了，嘱我写篇序言，我欣然答应，并立即请他发来全稿。我推掉所有杂事，整整花了两天时间，如饥似渴地把全书通读一遍，既有重游旧景之快，更有满目新花之喜。于是，我急切地想把自己先睹为快的感想，不揣浅薄地匆匆写在这里，与读者朋友们分享。

首先，近乎残酷的真实，是这部回忆录的一个突出特色。全书以纯写实的文字，记录了作者自幼及长的成长历程，充满了曲折坎坷，浸透了艰辛苦难。作者以冷峻的笔法，揭开自己亲历的贫穷和身在底层的屈辱，将不堪回首的生存窘况，不加掩饰地一一展现在读者面前。譬如，因衣食无着，他曾拖家带口躲进深山老林开荒放牛，勉强度过三年困难时期；再如，求学期间他曾因没钱买饭而饿晕，最后不得不编个荒唐理由向李琦先生借钱，然后，直奔“担担面小饭馆，一碗一角两分钱的面吃下去立即元神归窍”（见《第五章·清苦岁月见高谊》）。他的文笔看似轻松，读起来却令人心情沉重。而最为惊心动魄的片段，则是他以特殊当事人的亲身所为与亲眼所见，浓墨重彩地描写出大画家石鲁在“文革”前的意气风发、才华横溢、画艺精湛与诗酒放达的风采和神韵以及“文革”期间被侮辱、被迫害的非人处境，更以不事雕凿的细节，展现出石鲁刚强不屈、宁折不弯的性格特征。尤其是描写到石鲁临终前，作者与他朝夕相处的那段真实记录，那些对石鲁谈笑举止的精到描写，对其微妙的情绪变化的传神刻画，无疑是本书最为重要，也最具神采的篇章，其史料价值更是不可替代的。

其次，患难中的真情，是这部回忆录的动人之处。徐义生原本就是个多情重义之人。我们在书中处处可以看到，他对过往给予他哪怕些微感动的人和事，竟然几十年铭记心底，念念不忘：当初，他贸然闯进省美协，声称要见石鲁，那位和蔼的大姐并不嫌弃他是个乡下小子，欣然把他领进了拜见恩师之门，他至今仍记得人家的名字。他赴京求学，几年不能挣钱养家，反倒要贴钱糊口，不免进退维艰。这时，当初带着他走街串巷干漆工的郭子宏老师傅，一句“不行了，我供你！”几乎令读者泪奔。而最令人难忘的段落，则是他写到在北京囊空如洗急难无措之际，忽然收到胡云生从宝鸡寄来的六十元救急钱："我拿着信和汇款单，手里感到发烫，我揉揉发酸的眼睛，急忙去取钱。……在今天的人看来，寄六十元算什么，当时因为"文革"刚过，到处缺少食品，物质匮乏，灾难还没有过去，十八元的工资只够胡云生一个月的吃饭钱，他的亲友又都是贫民阶层，他到哪儿去弄这六十元？何况我二人并非亲故，蔡家坡纸厂初识，岐山文化馆相遇，前后也只有几面之缘，然而却因为相互有一种敬慕之情，竟害得他作了这样不好细问的周旋……"

若干年后，我与胡云生也成了好朋友，我从他那里也听到许多同样感人的故事，却都是讲徐老师如何提携和鼎助他的事情。我想，这就叫真情互动吧。世间总有真情在，于此正可见一斑。

徐义生承受过太多的苦难，也由此收获了太多的患难中的感动。这些平凡的人、朴素的话，常常令他萌生回报无门的隐痛。他只能在回忆录中记录他们的善行，以表达自己的感念之意。于是，我们在本书中读到了这样一些令人怦然心动的章节：《老朋友》《不一般的朋友》《清苦岁月见高谊》……

第三，无矫无饰的真诚，是这部回忆录的精神标识。毋庸讳言，并非所有回忆性文字都能做到不讳过不饰非。相反，倒是常有不少大人物在回忆往事时，往往习惯于有选择地"遗忘"某些于己不利的事实，更有甚者，不惜借回忆之名而争功诿过自炫欺世。徐义生一向自甘低调，喜欢自嘲。他在回忆录中从不掩饰自己的缺陷，在袒露内心方面尤见真切。譬如，在写到 20 世纪 70 年代中期，他偷偷去探望被软禁中的石鲁，当石鲁大声谴责黑白颠倒的世道，反驳宵小的诬陷，倾吐一腔激愤之时，他却以刻刀入骨的笔触，直写了自己的惊慌、胆怯和懦弱，反衬出老师的大义凛然。当写到 80 年代随美院同学赴漓江写生，他因无意之言而惹翻了龙瑞，被他破口大骂的细节时，他的反思和自剖也是切中肯綮。后来，他与龙瑞在漓江边上促膝夜谈，互相道歉，从而冰释前嫌。徐义生写道：“这是我们离开桂林前最叫人难以忘怀的一个夜晚，也是因为理性和人性的全面展现而彼此尊重的难以忘怀的一个夜晚。”

对老师、对同学，徐义生是真诚坦荡的，而对糟糠之妻的真诚坦荡更是令人动容。徐义生的妻子是个农村妇女，是在他最落魄的时候，走进他的生活的。而当徐义生考进中央美术学院，摇身一变成为世人眼中的“天之骄子”时，夫妻的身份顿时产生了巨大落差。在书中，他专门用了一大段文字，记叙当时很多“暗媒”来高校为返京高官的大龄公主们“猎取佳偶”的奇遇——

不久，有一个高级记者找上门来动员我，对我的人品画品赞誉有加。我问他誉辞何来，他说是外面风传已广，声言若能做乘龙之婿，以后前途必然远大。又说我身为高级知识分子而偕一农妇为妻，若不另择高门而就，则将来便无背景，无有背景，以后在北京如何发展？似我难得之才，对社会，对个人岂不因小失大？

如此振振之词，再加上当时所流行的反传统婚姻的喧嚣，似乎我不离婚便是有负社会重望，有违进步潮流而自甘下贱了。

夜深人静的时候，我一个人在教室的清灯之下，拿出妻子的照片。这时候，她的形象已成了某种社会牺牲品的符号……

我用墨笔在照片的背面写了以下两行字：

糟糠之侣，濡沫之情，

高天厚土，永鉴此心。

徐老师的妻子我曾多次见面，我还吃过她做的素臊子面。读到此处，我真心欣羡，因为她遇到了一个待她如此真诚的丈夫！

艺术家本以追求真善美为天职。爱美之心，人皆有之，搞艺术不就是满世界追寻美，以毕生心血和才智创造美吗？而求善之心则发乎天性，人之初，性本善，一个被恶念浸染的生命，又焉能具备美的慧根？然而，唯有真，才是统摄善与美的机枢和灵魂。世间可以有美而不善者，如艳丽的罂粟和斑斓的毒蛇；也可以有善而不美者，如雨果笔下的卡西莫多。然而，有谁见过不真而善而美者？决然乌有也！这是因为，世间万事万物，一旦失真，则全盘皆毁。无论是至高的真理至纯的真情，还是睿智的真知无价的真诚，皆以真为终极之归依——在此，我不禁要套用易安女史的一句名词：怎一个“真”字了得！

《四十年·徐义生回忆录》就是这样一部说真话写真人动真情见真心的书。能为这样一部真实不虚的好书作序，是我的荣幸。

2017 年 3 月 18 日于深圳

笔共烟霞　心同天籁

——《砚溪吟草》序

徐义生先生自号“砚溪”，因为他的家乡在20世纪50年代以前，曾流传着一种祖传的手艺——制砚，石材取自横亘在家乡北隅的古梁山，这是一种远古形成的青色沉泥页岩。制砚的废料就倾倒在家门前的沟里。这个沟可不是一般字义上的小水沟，而是古梁山通向渭河的一个大壑，逶迤纵横，穿过广袤的渭北高原，从东南汇入渭河平原。壑中有清流小溪，丹崖错落，朱鹮翔集，是徐义生先生的童年乐园。所以，他后来把当地的俗名砚瓦沟改成“砚溪”，并以之自号，还把这个充满诗意的自号刻成数枚堪称上乘的印章，在书画作品上长期使用，显然是乡心不改，故土难忘。

诗是个性和情感的产物，是在社会生活和大自然的陶冶鼓荡下的心灵浪花。古人论诗，各种文章精警周备，多方面地深刻揭示了诗在人类通向文明王国的进程中所起到的无可替代的精神构建作用。

大凡诗人必定是内心情感丰富且极为敏感的人，他们善于将外物的情感与生命“移入”自己的生命体验。在徐义生先生笔下，万物皆有情思和生命。他写的晚荷、剑兰、梅花，乃至野草，都是那么清新生动，不仅有着活脱脱的灵性，而且与诗人心性相通。他写案头的菊花：“有幸今夕同进寿，灵石菊酒话重阳。”花与人，共杯酒，同进寿，俨然融为一体。他写峨眉山的兰花：“直拟与君同生死，吟哦朝暮顾盼频。”诗人爱兰爱到“直拟与君同生死”的地步，足见情感之浓烈了。

作为杰出的山水画家，徐义生先生与山川万物有着深刻的心灵契合。山林大壑与险峰峻岭，是他吟哦最多的题材，而秦岭更是他诗兴和灵感的直接源泉。他曾多次到秦岭主峰太白山下的石沟去写生，于是，这个山险林密、人迹罕至的无名石沟，也成为他反复吟咏的诗题。我粗略统计了一下，他先后为石沟写的诗作多达 16 首，如《辛巳长夏，避暑太白县石沟客舍》写石沟的静夜：“晚霞落尽万山龇，头上明星正其时。夜气涛声弥远近，虹桥白首久凝思。”一幅诗人独行山间，思绪浩茫，愁心对月的孤寂景象，跃然出现在读者的眼前。另一首《太白石沟客舍消夏》则写出了身在石沟的闲适：“夏木遮檐庭案绿，谷风带露窗纱薄。朝眠烟雨床头过，午醒诗书枕后脱。”这样的境界显然是身在喧嚣都市的现代人梦寐以求的。诗人还写到酷暑七月进入石沟却遭遇严寒的奇遇：“满目嵯峨苍翠间，烟萝风雨透骨寒。”或许，正因为石沟总能给诗人带来一些“异态环境”，陡然拉大了与城市生活的距离，才使他诗兴勃发，再三吟咏吧。

徐义生先生还善于以词来描摹名山大川，如《浣溪沙・登黄山》：“扶杖急登始信峰，天穹地络几失衡。开怀大笑慰平生。无赖天风吹破帽，有情红叶笑遐龄，抚松欲咏句难成。”此处写天风的无赖和红叶的有情，显然是典型的徐氏拟人诗风。在《木兰花慢・登太白山遇雨》的下半阕，诗人写道：“老来野兴尤佳。频登高，补悠遐。望云翳汉江，虹贯蜀陇，天地豪华。痴心虽云了断，有多少清梦在天涯。千古沧桑旷怨，负了岁月烟霞。”这不啻是诗人的内心独白：既然老来野兴犹在，暮年壮心不已，那就踏遍青山，去品味天地的豪华吧！

徐义生先生出生于“凤鸣岐山”的周原故地（今陕西境内），那里本是孕育了三千年华夏文明的高天厚土，也是孔夫子终生念兹在兹的周公制礼作乐的精神家园。生长在这样一片浸润着深厚传统文化的土地上，他的心灵深处早已埋下了理想主义的种子和儒家文化的根苗。书生报国，心系苍生，成为贯穿于徐义生先生在几十年诗词创作中的一条主线。无论命运何等坎坷，环境何等险恶，他的精神气质总是高贵而昂扬的。在阴云密布、万马齐喑的年代，诗歌成为他困守理想的最后底线和保持精神高贵的雪域净土。

写于 1974 年残秋的《别石鲁》，可视为徐义生先生存世诗歌的扛鼎之作。当时，恩师正在遭受非人的迫害，他本人也受到株连被遣送回乡。一年后，他悄悄返回西安探望病重的石鲁，临别之际，以诗相赠："动地狂飙下凤楼，排山戾气势方遒。人因伟岸将垂死，天毁绳规且作囚。锦绣肝胆污血泪，弥衰浩气释恩仇。乾坤朗日今何在？鬼啸烟霾鬼亦羞。"读着这首写于黑云压城时节的激愤之诗，会感受到一颗年轻的心在滴血、在呻吟、在呐喊。面对黑白颠倒的世道，诗人只有仰天怅问："乾坤朗日今何在？"这一声"天问"响遏行云，穿越时空，四十年后读来，依旧具有振聋发聩的震撼力。

然而，青春热血毕竟无力温热凝寒的大地，在被放逐的漫长岁月里，徐义生先生在山里放过羊，在学校教过书，在工厂做过工，在饱尝生活艰辛的同时，也看透了世态炎凉。在这段颠沛流离的日子里，他以诗自勉，以诗遣忧，写出的作品大多蘸着浓浓的苦涩和忧郁。"水流花谢事全非，地老天荒一念灰。寸断柔肠缘旧梦，千搓泥手盼春雷。不期书至襟垂泪，终恨缘无雪护梅。号月寒鸥秋待尽，风生百感上愁眉。"（见《己未秋答人》）我并不讳言对他的这部分苦涩与忧郁交织的作品的偏爱，因为这当中凝结着诗人欲诉无门的凄惶和报国无路的悲凉，而这种低回沉郁的调子，正接续着从杜甫发端的沉郁诗风的主脉。

在徐义生先生的诗歌中，怀乡与思亲是他用情最深的两个诗题。他的《故乡》前四句写家乡的田园风景，后四句写他与乡亲父老“场间夜话”直至三更方回的情形，全诗无一字写乡情，通篇却被浓浓的乡情所浸润。比乡情更加刻骨铭心的，则是骨肉亲情，《春秋祭》是他为逝去的老母亲写下的一首血泪之作：“村头送罢忆堪悲，二十年来深锁眉。仙逝吞声久困顿，苟活发奋小作为。一声哽咽千滴泪，万烬纸钱满心灰。搜尽襟帕娘为我，今奉美酒我敬谁？”他写得很节制，千言万语欲说还休，只用寥寥五十六字，便将几十年的悲怀化作千滴泪和满心灰，溅落在祭奠亡灵的诗笺之上，令读者为之动容。

应当说，徐义生先生属于忧深思重的诗人，他的心怀中凝结着悲天悯人的大慈悲，也积聚着愤世嫉俗的大烦恼，而他所向往、追求的胸无挂碍的大自在却迟迟未能到来，于是，他的诗词中便充满了愁绪和怅惘、积郁和愤懑。他需要倾诉和宣泄，这使写诗成为一种生命的需要。一旦写出来了，胸中块垒被化解了，他才感到一种释放的轻松。1989 年 10 月，他怀着一腔忧愤和愁思登上东海普陀山，遥望大海发出浩叹：“人情世态两茫茫，天海愁思未可量。一任童心穿利箭，漫挥秋泪望南洋。人生自古原如梦，孽债今宵续黄粱。苦酒千杯寒彻骨，英雄枉断九回肠。”熟悉古诗词的人会从中读出柳宗元“城上高楼接大荒”的诗韵，也不难联想到当年文天祥在南海伶仃洋写下的著名诗章。

2009 年早春时节，诗人再次凭吊岐山周公陵，写下一首《水调歌头》：

大霾暗西陲，下望是人寰。卷阿山头吊古，风雨透衣衫。云坊冲天风厉，金凤振翅声咽，元圣去不还。简册述王道，寂寞旧山川。

丹穴渺，灵泉涸，旧梦残。三年萤火雪窗，回首泪不干。纵有海天胸臆，无奈千回百抖，白首笑残年。世界大同事，歧路十万端。

这首词，咏史抒怀，抚今追昔，既有对自己少年时在周公庙内苦读三载的回忆，又有皓首重游故地的喟叹，更在上下阕的末句发出对中华民族千年忧患的感慨。上阕“简册述王道，寂寞旧山川”，十个字写尽这方圣土的千古兴亡；下阕“世界大同事，歧路十万端”，则把周公当年提出的“世界大同”的理想，直接投射到纷乱不平的现实世界，一声长叹中，实际上蕴含着古往今来无数志士仁人面对天下的几多忧思、几多惆怅！

诗是哲思的外化，诗人们不仅多情，而且多思。不过，诗人之哲思，并不像理论家那样直接阐述，而是通过形象化的诗句曲折而凝练地渗透出来，令读者在品味和沉思中获得心灵的共鸣。前文已讲过，儒家的精神观念一直是徐义生先生的诗词的主色调。不过，细心研读却不难发现，他退休后所写的诗词新作中，也出现了一些微妙的诗风转变，即：由浓重而恬淡，由激扬而淡定，由进取而超然，由快节奏而慢生活，由生命能量的向外放射而转向对内心的关注……凡此种种，都说明他的人生取向正在发生一种潜移默化的“由儒而庄”的演变。就诗作的境界和韵味而言，这一转变是值得肯定，甚至值得喝彩的，因为诗人只有真正回归本性、回归心灵、回归自然，方能吟诵出纯净无杂质的心曲，而对心灵的内视也会强化诗词的深度和浓度。

《退休》一诗，昭示着徐义生先生诗风转变的开始：“青山绿水巧相依，桃李妍秾韭叶肥。新柳垂金江云暖，东风挟雨燕子飞。生机满目有觉悟，局外一身了是非。细草沙洲无限好，且呼老友试春衣。”字里行间充溢着一种“放下”的轻松和“解脱”的闲逸。再看诗人笔下的《庚寅夏太白避暑（其二）》：“大霾浩瀚草齐肩，天到古稀耳目闲。”好一句“天到古稀耳目闲”，立时就把诗人此时此际心态之澄净、生活之悠然，轻描淡写地表现出来了。这种冲融虚淡的意境，确实是他的过往诗作中很少见到的。当然，诗风的演变是个漫长的过程，我们对此不妨静心观察，拭目以待。

我与徐义生先生相识于画，结缘于诗。近二十年来，往来酬唱，可谓交情深厚，对他的品性好恶确有全面的了解。我因其画而识其诗，因其诗而识其人，由此更真切地体悟到，诗与画在他身上其实是互为表里的，恰如他在一首诗中写到的：“笔共烟霞能立意，心同天籁是知音。”在这里，画笔与烟霞共生，诗心则直通天籁，恰如司空图所谓的“天地与立，神化攸同”。如今，我从这两句诗中截取了八个字，径直用作了本文的标题。我觉得，以此来概括徐义生先生的诗画艺术，是再合适不过的了。

谨为序。

写在前面

——《诗意的裁判：范曾艺史谈话录》前言

对话是一种历久弥新的文体。早在公元前四、五世纪，人类文明尚处在其“健康的童年期”（马克思赞扬古希腊文明用语），西方的大哲柏拉图就以他的老师苏格拉底与学人对话的方式，写出了他那部了不起的思想巨著《对话录》；不约而同的是，比他稍早的东方大哲孔子，也由其门生们记录整理出孔子与其门人的对话经典《论语》。如果说语言是思想的载体，那么，以记录、整理和提炼语言精华而形成的对话文体，则不啻是最直接、最精确、最清晰地传递出对话者的思想精华的表达形式之一。

对话文体与文学艺术似乎特别有缘，大名鼎鼎的《歌德对话录》和《罗丹艺术论》无疑是文艺对话的巅峰之作，大凡从事文学艺术的人，很少没有读过这两部对话作品的。自此之后，文学家、艺术家与美学理论家们常常选择用对话文体来阐述其艺术见解，名家名作绵延不绝。而我与范曾先生的这部对话录，也正是在上述两部著名对话作品的启发下，酝酿、提纯、发展、整理而成的。这一工作断断续续大约持续了 15 个年头。

记得那是在 1985 年的秋天吧，我在一次采访中初识范曾先生。那时他刚刚从北京调到天津南开大学筹建东方艺术系，年方 46 岁，风华正茂，雄姿英发，才华横溢，誉满中华。初次见面给我的印象是如此深刻，那天几乎是交谈不足十分钟，我就已为其独具的魅力所倾倒。我当时担任天津日报社政教部主任，恰好主管高等教育的报道。这一工作上的契机，就给我们提供了一个良好的对话平台。可以说，没有这个平台，我就不可能有这么多机会与范曾先生接触交往，进而建立起日渐深厚的友情；范曾先生也不可能把我这个普普通通的新闻记者纳入自己的交游范围，先是作为值得信赖的对话者，进而引为可以推心置腹的挚友。是的，我深信，在我与范曾先生之间似乎有一种特殊的缘分，从相识到相知，十多年如一日，无论是朝夕相处还是多年暌违，无论是近在咫尺还是远隔天涯，我们的对话从未中断，我们的心灵始终相通。这是一种精神上的高度契合，是一种人格上的互相信任。正因为有了这一切，才使我们的对话超越了一般意义上的观点交流而升华为一种心灵的沟通与互动。读者从我们的对话中，不仅能够直接了解范曾先生对一般文学艺术问题的真知灼见，而且能够间接窥见一代艺术大师的丰富情感和高贵灵魂。

与范曾先生长达 15 年的对话，贮存在数百盘录音带中，贮存在数十本笔记本中。它们被我视为珍宝，每每于夜深人静时一遍遍地翻阅和复听，其思想的深邃和语词的淡定，常能使我在浮躁的世风中立定精神；其风发的诗情和睿智的妙悟，更常常使我在孤寂中平添精神的动力。它们跟随着我一次次迁徙，从海河之滨来到岭南边陲。如今，早期的录音带音质已渐弱化，一些笔记本的纸页也日渐泛黄。但是，我和范曾先生却总感到我们的对话依然尚未完成，好多话题依然没有谈足、谈透，甚至还没有谈到。我们的对话好像永远处于正在进行时。近些年，范曾先生时而在北京，时而在巴黎，往返东西，离多聚少；而我则滞身鹏城，编务繁杂，难得北上之机。地域的分割使我们的对话远不如在 20 世纪 80 年代若干年里那么连续、那么系统、那么深入。不过，时空上的距离并没有阻隔我们观念上的交流，相反，每次见面彼此都更加感到一种分享精神成果的强烈渴望。

记得 1999 年夏天，范曾先生与夫人楠莉大姐来深圳小住，日程十分紧张，他却推掉了大部分活动，关起门来与我谈文、论艺、品诗、读画，从白天一直聊到深夜，始终是兴致勃勃，宏论滔滔，妙语如珠，意犹未尽，最后甚至希望我住进他下榻的宾馆，以便翌日继续畅谈，只因我家小女转天要上课，我才不得不抱憾而返。在我的记忆里，这样的情形近十年中曾发生过不下五六次。当我整理历年来的对话录音时，我发现，尽管20世纪90年代以来我们的对话频率有所减少，系统性和连续性不如80年代，但话题的新鲜性和深刻性却大大提高，而且信息含量和理论浓度均超过以往。这不仅说明我们的对话质量并没有因空间的阻隔而受到影响，更重要的是，这也昭示着范曾先生的美学思想和艺术观念，也在不断超越旧我、与时俱进。从这本对话录中，细心的读者不难看出范曾先生对许多艺术论题的见解，确实是逐步递进、逐步深入的。这无疑是给有志于研究范曾者，提供了一个追溯其艺术思想发展及演变脉络的典型范本。

遥想当年，在与范曾先生初步拟定对话提纲之时，我是把他当作一位成就斐然的画家来定位的。但是，很快我就发现这其实是对范曾先生的一种误读——他岂止是位画家，从他的思维深度和广度来看，他更像一位探究宇宙奥秘的哲人；从他的澎湃激情和天纵文采来看，他无疑是一位诗思如天马行空的诗人；从他那深厚的国学功底和缜密的远见卓识来看，他俨然是一位学识渊博、治学严谨的学者；而从他那典雅抒情的文风与举重若轻的行文来看，他又是一位可与任何重量级散文高手比肩而立的作家……

在对话的过程中，最令我感佩的倒是范曾先生的另外一种才能，那就是他作为演说家驾驭语言的才能。事实上，早在20世纪80年代初，中央电视台就曾播放过范曾先生给青年学子的演讲录像，而后，我又多次亲聆他的报告会，对此本来是早已深谙熟知的。尽管如此，我在与他面对面的交谈中，依然时常被其语言火花所点燃，从而生发出令自己也感到惊奇的提问。这样的对话，实在过瘾。每一次对谈都可能碰撞出心智的火花，每一次交流都会获得超出预期的回报，这难道不是一种人生难得的智慧飨宴吗？我暗自庆幸自己曾经独自享用过如此丰盛的飨宴，我每每贪婪地期待着新的飨宴。这，恰恰是我能够坚持十余年不曾间断，也不愿间断，甚至不肯间断这一精神飨宴的最直接和最内在的原因。我从不讳言这样一个事实：在与范曾先生的长期对话中，我是最大受益者！

我曾对范曾先生讲，我这个人生不逢时，赶上“文革”时期，失去了正常的读书机会，自然也没上过大学。但同时，我又是一个不幸年代的幸运儿，因为我从 18 岁跻身于报海，记者的职业使我得到了许多同代人未必都能得到的求学问道的良机，也就是说，我能够有机会与我们这个时代的顶级智者进行对话。而在这些曾经与我进行过各种对话的智者中，范曾先生无疑是与我对话时间最长，使我获益最多，也最令我感念的一位良师。是的，我从这场旷日持久的对话中，学到了太多的知识，获取了太多的学养，得到了太多的启迪。回首漫漫人生路，我从一个普通的记者，渐渐地被人们称作“学者型记者”；从一个文字匠变成了一个散文作者；从一个对艺术知之甚少的门外汉变成了一个艺术史论工作者……正是在与智者的一次次心智交汇中，我的目光变得深邃，思维变得敏锐，心胸变得开阔，视野变得高远；正是在与大师们的一次次观念碰撞中，我得以拾级而上，变无知为有知，变浅薄为深沉，变浮躁为淡定，变自卑为冲融。这哪里是在进行一场文化艺术的对话？分明是一位独具卓识的长者在对一个晚辈耳提面命，一位诲人不倦的良师在给一个学生传道授业解惑。我俨然是范曾先生的一个特殊的“入室弟子”，我所得到的教益实际上早已超过了一般课堂上的学子。

为此，我要给范曾先生深深地鞠一个躬，对先生十多年来的指教，衷心地道一声：谢谢！

我相信，200 年前的爱克尔曼和 100 年前的葛赛尔在完成他们各自的对话名著之际，也应当是以如此虔诚的心态，向歌德和罗丹表示他们的感激和谢意。

记录和整理范曾先生的谈话录音，是一个艰巨而浩大的工程。单是从数百盘录音带中提炼、筛选出精彩的论点，并将其编辑到相关的章节和段落中去，就非易事。更何况，这些录音带分属于十几个年头，谈话的时空不断变换，外在的社会环境和人文环境也常常是时过境迁，对话时的兴奋点和聚焦点自然会随着环境的转变而转变，要准确地追寻到当时的语境，描摹出当时的对话状态，则更难。好在对话是以实况录音的形式记录的，所有语气和情感的起伏变化，都被贮存在声音元素中。我只要追忆出当时的大环境，重新复原彼时彼地的对话氛围，就有可能比较准确地再现范曾先生当时的言行神态和谈笑风生。我不敢说我已经做到了准确地再现，但我确实已经尽了力。

在本书的编著过程中，我所采取的办法是先设定若干个大的论题，然后以合并同类项的方式，将一段段摘自各个时期的精彩对话，依照内容的逻辑关系重新编织起来，使之形成内在的系列和章节。这种编辑方法的好处是方便读者阅读，条理清晰，脉络分明；但其不足则是不得不打乱谈话的具体时间和先后顺序，常常是不同时间的对话被编织在同一个论题里。我之所以采取这种方法，另一个原因是，这本对话录还只是一个精选本，只有采用这种编辑体例，才能最大限度地容纳尽可能多的内容而又节约篇幅。我相信，如果完整地将我与范曾先生的全部对话内容都整理出来，那至少需要上百万字的篇幅，然而这在眼下还无法做到，主要是我还没有足够的时间和精力，将如此丰富多彩的内容从声音转录为文字。即便是诸位已经看到的这些文字，相当一部分也是多亏了内子李瑾的帮忙，才得以同诸位见面。在此，也顺便对她的鼎助表示谢意。

2002年5月3日至8月18日，于深圳寄荃斋

楼乘震《悲欣人生》序

楼乘震是个老记者，在《深圳商报》任职多年，一直是报社派到上海的驻站记者。而他本人又是上海人，曾在《文汇报》做过，因此熟门熟路，人脉很广。对于深圳的报纸而言，能物色到这样一个“路路通”的人选，如同是中了头彩。

更重要的是，老楼不仅是个“路路通”，还是个“样样能”，记者的“十八般武艺”他都拿得起来，采访不用说了，消息、通讯、特写、专访、评论，他都有两把刷子，更重要的是擅长摄影，这一点太重要了。一人到场，图文兼得，这样独当一面的全能记者，无疑是编辑部最需要的。我曾跟老楼开玩笑说：“现在提倡‘全媒体’‘融媒体’，我看呐，你就是我们报社第一代‘全媒体记者’。”

我在 20 世纪 90 年代的大部分时间里，都在《深圳商报》担任文艺副刊部主任，那是我与老楼工作联系最为紧密的一个时期。我在策划选题时一旦涉及上海文化界，立即会指令老楼来个“短平快”。当然，我并不是他的稿件的直接编发者，部里有很优秀的编辑与他保持着热线联系。不过，我一定是他的文章的最早读者之一，因为要审读清样，签字发版，有时还会根据版面需要，不得不删他的稿。老楼从来是无条件接受，从不抱怨，下回依旧是图文并茂，按时交稿。周围的编辑们都有共识，上海有事找老楼，绝对靠谱。这样的口碑分量很重，那是靠着几十年的勤勉工作和心智积淀而生成的信任。

我在 21 世纪初调离《深圳商报》到集团工作，与老楼的业务往来就此中断了。不过老楼非常念旧，每次回深圳，无论是述职还是报账，都会抽出时间到我的办公室来看我，聊上几句天，喝上一口茶，每次见面都是那么亲切。我有时出差到上海，他也会匆匆赶来会面。有几次，我的公务与他没有关系，我就故意不再告诉他，免得他往返奔波，耽误功夫。他却总会闻讯找上门来，有时还忍不住要对我抱怨几句："既然到了上海，怎么能不告诉一声？"我能感受到他的真诚，由此体悟到他对友情看得很重。我相信，他在上海乃至全国各地都有那么多朋友，绝不是偶然的，那是他经年累月真诚付出的回报。

在上海，我有许多值得珍藏的记忆，大都与楼乘震有关。我们一起访贤问道，拜访过施蛰存、邓云乡、杜宣、黄裳等文坛名宿；我们一起去旧书店淘书，感受大上海的文化厚度和浓郁文风；我们一起为《文化广场》组织约稿会，从上海文化界的旧雨新知与他的熟络和率意中，感知到人们对他的认可与信服。而今，读到老楼《悲欣人生》的书稿，看到这么多有血有肉、有个性的人物故事，顿时唤起了我对往昔岁月的许多回忆。在这些面貌各异的人物背后，我读到的却是一个活生生的人，那就是作者楼乘震。

文如其人。楼乘震之文，亦带有其浓厚的本色风采。

首先，他是新闻记者，他的所有文稿都有一个新闻由头：有的本身就是新闻人物，有的是新闻事件的当事人，有的是旧闻翻新的揭秘者，有的则是过往重大新闻的知情人，还有的是对某些新闻人物或新闻事件的研究专家和第一手资料的发现者，总之，没有新闻他是不会动笔的。而在他的笔下，新闻总是被精心地发掘、梳理、筛选和展示出来，他就像一个有经验的"挖参人"一样，每一条根须都不肯放过，都经过精心的安排调度。这是老楼的本事，也是他的文章与生俱来的一个鲜明特色。

其次，他是驻站记者，这就意味着他不像总部记者那样分工精细、泾渭分明。他是全方位、全天候、全覆盖的记者，凡是在上海发生的新闻他都可以涉足，凡是在上海出现的新闻人物他都可以采写，唯一的要求就是要与深圳读者有一定的关联度。老楼在这一点上把握得非常好，至少在这部书稿中，我可以看出他取舍之精审和用心之良苦。这本书中所写的人物，涉猎范围之宽、行业之多、领域之广，都是一般跑线记者无法做到的。而他所写的人物，又都与深圳有关系、有交往，抑或是具有共性，为深圳读者所普遍关注。我由此也可推测，他在确定选题的时候，一定也舍弃了许多有价值、有意思，却与深圳无关的题目。或许正是因为他选题的切口很小也很独特，这本书才显得与众不同，值得细细品味。

再次，他是一个很有文化情结的记者。每个记者都有自己的偏好，楼乘震的偏好也很明显，他对文化人情有独钟，不仅写得多，而且写得深、写得好。他的《铁骨柔情》的副标题是《当代文化人素描》，而这本《悲欣人生》也可当作续篇来看，只是本书的每篇文字略短一些，或可称之为“文化人速写”。我尤其佩服他选取角度的独特和细节描写的精准，倘若事先不下苦功做好功课，是绝对无法做到的。譬如他写到去访问《辞海》常务副总编巢峰老人，就看似漫不经心地带出这样一个细节：“他从这幢老洋房朝西的三层搬到二层一个小间里。要不是上上下下，左转右拐都贴着小纸条指引，陌生人确是很难找到。”这些“小纸条”既写出了巢峰的细心，更写出了他对旁人设身处地的体谅，还凸显出一个辞书编辑的职业特点。再如他写冒着风险保存傅雷夫妇骨灰的奇女子江小燕，写到她在受审时敢于与审问者“四目相对”，最后竟在气势上和心理上压垮了对手，后来那人竟向她说：“你这个人啊！真是又简单又复杂，你很讲义气，比我们讲礼貌。”一篇人物通讯，只需抓住这么一两个精彩的细节，顿时满篇皆活。而在楼乘震的文章中，这样的细节随处可见。正因为他笔下的人物不是泛泛而论，也不刻意拔高，而是靠事实和细节展现人物的卓荦不凡，揭示其复杂深邃的精神世界，故而他的人物才显得有血有肉、有情有义，当事人满意，读者喜欢，同行叫好，真是大不易也！

楼乘震本人是个摄影家，因而对摄影家的追访也构成了本书的一大特色。如世界闻名的摄影大师萨尔加多，如老一代摄影名宿郎静山，如同辈摄影名家祁鸣乃至上海滩前辈摄影家秦泰来的儿子秦一本，等等，都被他一一追访到了，可谓是个摄影方面的“追星族”。倘若加上他在《铁骨柔情》中的《摄者写真》专辑，真够得上是“摄影名家大聚会”了。有一次，我在北京应邀参加著名的“马爹利非凡艺术人物”颁奖典礼，在酒会上偶遇楼乘震，这让我有些讶异。他悄声告诉我，他是专程飞来北京追访世界摄影大师马克•吕布的。“听说他也来参加这个盛典了。”我早就忘记他要采访的是哪位大师了，但是，老楼的这种执着、这种敬业、这种锲而不舍的精神，我真是自叹弗如。单凭这种劲头，他想不出成果都难！

一转眼，楼乘震已经退休好几年了，我也退居二线好几年了，我俩见面的机会越来越少了，但是联系却从未中断。他曾经很苦恼地告诉我，由于糖尿病的困扰，他的视力每况愈下，一只眼睛已近失明，写东西越来越困难了。我也曾经劝慰他，眼睛不好，就少写一点吧！可是，还是时常会在《深圳商报》副刊上看到他的大块文章。我知道，采访写作对于一个好记者来说，已不再是一种谋生的职业，而是一种生活方式。楼乘震钟爱这种生活方式，让他完全放下，很难甚至很痛苦。对他来说，采访写作是一种乐趣，与在不在岗无关，与退不退休无涉。试想一下，年过花甲的他拖着病体四处奔波着，以残存的视力艰难地写作着，然后，捧着登在报上的文章欣慰地阅读着，那是他在享受生命的馈赠。当此之际，他笔下流出的每一篇文章、每一幅照片，都具有了某种生命意义。那既是他生活的一部分，也是他生命的一部分。我由此悟到，楼乘震为何将这本书题名为《悲欣人生》，我从中分明看到了这种生命的意义。

是为序。

2017 年 10 月 23 日于深圳寄荃斋

网络是天生的平等派

——罗烈杰网文集《网住的日子》序

罗烈杰对我说，这本书原拟的书名是《老爸在此》，大概是编辑觉得这个书名过于“私人化”吧，这才改为《网住的日子》。我说，这两个书名各有特色，前者“亲切”，后者“贴切”，都很精彩。

说前者“亲切”，是因为这些文字原本就是一位慈父写给远在大洋彼岸的爱女的“私房话”。想想看，独生女罗致远赴美国留学，年过半百的老父心悬梦牵，唯有寄情于文字。幸好赶上了网络时代，为远隔千山万水的父女俩架起一条虚拟的通衢。当作者每日对着电脑抒写关爱、送去叮咛、倾诉心曲时，那笔端流淌而出的岂止是文字，那是亲情，是父爱，是思念，是叮嘱。梁启超说过，好文章必须“笔端常带感情”，而这些文章哪一篇不是饱含爱意、情深意浓呢？平安夜，他条分缕析地讲着平安的种种，平安是祈求、是牵挂、是生存状态、是人生境界，而贯穿其中的却是女儿从小学、中学直到大学，每天上学路上的“不平安”因素，“念叨最多的是‘自己小心’‘注意安全’‘祝你平安’”（见本书《笔下留情·平安》）。去机场迎接远行归来的女儿回家，他笔下写的却是女儿自幼及长一次次独自远行的往事，如数家珍，纤细不遗，以至于罗致的同窗读到此文时都感叹：“你爸每一次都记得好清楚啊！”而作者的另一位“粉丝”则感叹，“这篇文章让也有女儿的我几乎唏嘘了，可怜天下父母心啊”（引文均见《笔下留情·接致儿回家》

及跟帖）。作者写下这些文字，其实就是要让女儿时刻都能感受到“老爸在此”，同时，他也祈望女儿在紧张繁忙的留学生涯里，能因念及“老爸在此”而时不时地回眸一笑，如果能给老爸“回复”几段“评语”，哪怕只是三言两语，也足以令老爸满心欢喜了……

读着这些充满父爱的文字，我真是感同身受。因为我的爱女也曾只身出国留学，那种“才下眉头，又上心头”的牵挂，那种希望表达，更期盼回馈的心情，我都曾亲身体验过。然而作为父亲，我远不如作者做得那么好，换句话说，我的女儿远没有罗致那么幸运和幸福。“老爸在此”，这是一件多么令人羡慕的事情啊！如果时光可以倒流，我倒是真心希望也能重过一段属于自己的“网住的日子”。从这个意义上说，这本书应该成为诸多为人父者的“教辅书”。

说后者“贴切”，是因为这本书确确实实是一本从网上发端、在网上发布、被网友阅读的“网文”结集，是典型的“网络文学”，其鲜明的网络色彩使其在众多出版物中显得别具一格。

在我看来，网络上的文字多半是把“私家心房”敞开来“晒”给别人看。这个“别人”可以是所有网民，可以是一部分朋友或同事，也可以是自己的“圈子”中人，阅读的范围完全由你“设定”的权限来决定。罗烈杰的这些网文都是发在“校内网”（后来改为“人人网”）上的，显然这是“跟着女儿走”，而且他还设定了比较严格的“添加好友”的范围，只有女儿及少量周围的亲朋好友才能读到，因而更像是“私家心房”的出品。正因如此，作者在这里挥洒笔墨、倾诉情感，才能更自由、更潇洒、更少顾忌。毕竟，作者的社会身份带给他诸多限制，使他在履行公务或者在大庭广众之下，不得不谨言慎行。然而在这里，他却可以全然放下身段，心无挂碍地倾诉情感、评点是非、臧否人物、抨击时弊。不仅写女儿的童言无忌，也写自己的少年糗事；不仅可以就眼下的社会弊端吐吐糟、发发牢骚，也时常对官场生涯的无趣、无用乃至无奈进行调侃和自嘲。他的笔调是轻松诙谐的，文笔是清新自然的，即便是严肃的话题，也写得淡定而平和，看不到一丝严父的威仪和官场的“套话”。网络的特殊环境，褪去了人们的外在包装，裸露出活生生的“本我”。这对执笔为文者而言，是何等难得的“大解脱”。“诗思当如天岸马”“拔去万累云间翔”，这才是文学书写的应有境界。我相信，当作者在夜深人静之际，面对电脑屏幕全情投入地写下这些网文时，他一定是真切感受到这种“情态自由”的快感。只有沉浸在这样的写作快感中，他才有瘾头在繁忙琐碎的公务和家事的缠扰中，执着一念地坚持“把网文进行到底”！

网络是天生的平等派，故而“网文”也最忌高高在上。这里不欢迎空洞说教，不喜欢正襟危坐，更不容盛气凌人。它迫使所有参与者在上网前先把自己“摆平”，否则你就会遭受无情的冷落。在网络上，被冷落是致命的，足以把你干死、渴死、冻死、憋死，直至令你在极度落寞中自动离去。这一特性，迫使所有网文作者必须学会用平等的心态、平等的视角、平等的语汇去写作。罗烈杰原本就是一介书生，虽从政多年，不得不接受官场的“洗礼”，然而一旦进入网络环境，他立即如鱼得水，“原形毕露”。在他的“网文”中，可见父女如朋友，没大没小，自由交流；可见良师如春雨，娓娓道来，叙事说理，不乏幽默；可见一个老网民的喜怒哀乐，对每天发生的大事小事实话实说；可见由当下新鲜事所引发的对往事的联想；也可见对种种社会现象的透辟分析，偶尔还会加上几句痛快淋漓的怒斥……唯独寻不见一个身在江湖的官员。是的，他在文字中

“隐身”了，在网络上“遁形”了，我们所能看到的只是一个普普通通的慈父、良师和网友，他的嬉笑怒骂皆成文章，他笔端的凡人小事、家国大事，都是真情实感的自然流露。这些文字像散文随笔，笔调轻松，语言平实，行文散淡，淡而有味；也像日记书信，若对面手谈，切切絮语，率性随意；有的篇什像新闻特写，专写当日发生之事，而且是亲历亲闻，现场报道；有些篇什则像时评短论，条分缕析，层层剥笋，剖开要害，一语中的。这种自由随性的网络文体，本来是属于“新新人类”的，如今却被作者驾驭得得心应手，游刃有余，这倒让我见识了一个“新瓶装陈酒”的成功案例。总之，这是一本能够让人“轻松阅读”的书。我尤其喜欢看附在每篇文章后面的那些“跟帖”，真实记录了作者与女儿、与网友们平等交流、互动应答的实况，构成了本书的一大特色，为这本“网文”烙下了一个鲜明胎记。

我与罗烈杰相识十多年了，过去的往来多因公务，私交不多，个中原因，不言自明。2002 年底，我收到他的两册签名本，一为《会议实务》，一为《公务礼仪》。我由此了解到，这位学者出身的领导干部，居然可以把开会之类的公务活动当成学问来研究，真是令人刮目相看。我还留意到，这两册新书的版权页上标明是 2003 年 1 月出版，而罗烈杰则在前一年的 12 月就先期题赠给我了，这至少说明我的这位上峰倒是没把我当外人。2010 年，他调任深圳市文联主席，我在他当选之后曾对他说，希望这是他“回归”书生身份的开始。事实上，这也是我们之间重新建立友情的开始。在本书中，有一篇《在寄荃斋品茶》，直观地记录了我们之间从原来那种拘谨的上下级关系走向率真的文朋诗友的微妙变化。这杯茶，喝得温馨，喝得难忘，喝得余味绵长。

如今，烈杰兄把自己的新书交给我写序，我深知这当中的友情含量至深至浓，自然不能推辞。于是，在先睹为快之余，谨述粗浅读后感如上。

是为序。

杂色文章，本色文人
——王艺的《独自闷锅》

我很少给不熟识的作者写文章，这是我读到王艺的《独自闷锅》之后，很长时间不敢动笔的原因之一。我一直想弄明白，写出这些亦庄亦谐、似斜反正的文字的，是个何等样人？

常言道，文如其人。可是读王艺的书，却忽然发现这句老话也会短路、会失灵。单看他的文章，着实猜不透这个作者是啥角色、是啥路数、是啥表情，一会儿嘻嘻哈哈，一会儿正襟危坐；一会儿尖酸刻薄，一会儿温柔敦厚；一会儿像个城府很深的绍兴师爷，一会儿又像街头喷绘涂鸦的叛逆少年；他可以把严肃的国际话题“解构”成家长里短，也可以把家长里短“塑造”成事关人类兴亡的宏大叙事；讲起复杂深奥的哲学、史学、经济学来，他可以条分缕析，侃侃而谈；说起吃喝拉撒、打架泡妞来，他照样可以逻辑缜密，鞭辟入里；长则洋洋洒洒数千言，一泻千里，短则三五百字点到为止，意犹未尽；雅则琴棋书画，诗酒年华，令读者如入他的伴山书房，听高士论道；谐则一本正经、面无表情，说出的玩意儿却令人捧腹，亚赛相声小品，一抖一个响儿的“包袱儿”……这是怎样的一支生花妙笔，如神龙见首不见尾，云里雾里，辗转腾挪，舒卷自如；这是怎样的一个百变写手，只管自己在纸上、在网上、在新媒体上，说着、笑着、写着、骂着，看似漫不经心、随心所欲，实则笔锋如刀、刀刀见血，把各路看客折腾得或扼腕沉思，或五迷三道，或义愤填膺，或会心一笑，而他自个儿却躲在文字的背后，偷偷地做着鬼脸，颇有几分自得与自傲。

在当今这个文字生产力空前发达的时代，写字儿的和看字儿的都呈现出爆发式增长态势。而产量暴增的结果，难免会出现产能过剩和产品滞销，读者被娇惯得十分挑剔，越来越多的文字产品被挂在那里，无人过目，日久天长就成了垃圾。当万众的眼球成为文字们争抢的对象，这帮码字儿的家伙们就要挖空心思，尽出花招儿、怪招儿、损招儿了，或挤眉弄眼、装疯卖傻，或声嘶力竭、卖萌撒娇，总之是无所不用其极。于是，文场变秀场、变商场、变战场，码字儿的人们也随之演变成各色的“角儿”，文武带打，好戏连台。如此一来，读者的口味就变得复杂起来，酸甜苦辣咸，五味杂陈；生旦净末丑，各有所爱。我猜，王艺的杂色文章就是在如此苛刻而险恶的“文场环境”下，百炼钢化成绕指柔，修炼成精了。

我说王艺的文章是杂色的，是因为他把码字作文的十八般武艺都玩得很溜儿。散文、杂文、政论文，各种文体都被他打碎了，搅拌在自己的文字里。按照他在后记中无意中透露出的些许信息，他年轻时“工作的大部分内容是写报告、总结、学习心得，冗长空洞，装腔作势”。还有自述说，他在20世纪80年代就曾在军队码过字。由此推断，他对各路衙门里的明规矩和潜规则都是门清路熟，对各色官样文章自然也是驾轻就熟，如其不然，何以能把《报考公务员须知》创作成一篇令人拍案叫绝的讽刺奇文？王艺从容来去，信笔书写，评点起来总有外人难以企及的真知灼见。这就决定了他的文章绝非吟风弄月、无病呻吟之作，一旦落笔，即刻见血；轻轻一点，便是死穴。譬如《说实话，很爱国：给领导的领导的领导的一封信》《报告政府：我心情不好》《非人民代表的几点建议》《打不死咱就搞垄断》等，皆是我等百姓心中所想而口不能言（或不敢言）的文字。对这位能写出如此入木三分、激扬文字的主儿，除了佩服其文笔老辣，更佩服其为文的勇气和为人的正直。尽管这样的文字盯在“领导的领导的领导”眼里，此公的仕途怕是有点悬了，不如及早远离宦海，以策万全。走笔至此，默祷王艺先生诸事平安，身心无恙！

王艺的文章具备当今流行的“轻松阅读”的所有时尚要素。他拒绝故作高深，永远摆出一个“平视”的视角：对高官显宦和巨商大贾，他不肯仰视，有时还要故意俯视乃至蔑视一下，以示矫枉过正之姿态；对平民百姓和贩夫走卒，他却从不俯视，更不会蔑视，反倒时常把自己摆将进去，以得“本是同根生”，自当同甘苦的阅读功效。他擅长于歪批正理，也娴熟于歪理正说，常用技法疑似克隆自苏文茂老先生的《歪批三国》；他更擅长冷嘲热讽和嬉笑怒骂，骂人不吐脏字，吃人不吐骨头，其冷峻深邃显然是得自鲁迅一脉真传，其酸辣幽默则与林语堂、梁实秋庶几近之。他还爱讲故事，常常在评点世事与月旦人物之际，横斜里插进一段寓言掌故，给我印象极深的几篇，如《方家正同志》《脏钱莫拿》《领导闭嘴》《干爹只是一个传说》诸篇，探问其技法渊源，或可直抵先秦诸子，似乎是庄子之汪洋恣肆，加上少许韩非子之冷峻解析。如此混搭穿越又接地气的文字，既可端上殿堂，又可下到食堂，众人喜爱，争相追捧，也就毫不稀奇了。文章大家何怀宏先生在书序中，直言那位曾经夸下海口自诩“中国白话文老子第一”的李敖先生是“台蛙之见”，劝他先读读王艺之文再说大话。我读罢王文，以为何先生所言并不过分，只是觉得李敖夸口在先，王艺为文在后，时代相隔二十年，放在一起论其轩轾，似乎有失公允。不若双峰并峙，二水分流，前有李敖，后有王艺，说起来更有趣味。

不过，纵观全书，我也看出了王艺先生的两幅面像，或曰两套文笔，一套为网上专用，一套是书斋独享。前面所论及者，多为网上文笔，杂色的特点格外突出。真要拜谢现代高科技之所赐，让王艺之文得以在虚拟的网络空间里纵横驰骋、天马行空，这在无网络时代简直是不可想象的。而王艺的书斋之文则集中收录于“随心所欲”之辑，若《徐海印象》《日行一善》《关于书法家的人文素养》《五常毕竟是书生》诸篇，显示作者不惟理论功底深厚，人文素养亦非常全面，论书画、论哲学、论经济，全然是内行门道而非野狐禅语。足见此公的“双料博士”头衔绝非是拿来装点门面的，腹笥里确有真货在焉！

在《关于书法家的人文素养》一文中，有一段专论文人的文字，读来深得我心：“文人和文化人是两个不同的概念。文化人是读了书拿了文凭的知识从业者。但我们不能要求文化人一定有崇高的理想、远大的抱负、人文的情怀。文人则是读了些书，不一定非得有什么劳什子文凭，但一定要有人文关怀精神。多少有一点忧国忧民、愤世愁俗。”这段话分明是王艺先生的“夫子自道”，令我看到在其嘻嘻哈哈的表象背后的那颗真诚炽热的文人之心。原来这才是他的本色所在！

有了这一感悟，再去读他那部据说是中国首张原创配乐诗朗诵专辑《侠心飞白》，就会理解：为何同一个人，一边是刀刀见血的笔锋，一边是柔肠百转的诗情；一边是琴棋书画的文人雅兴，一边是忧国忧民的海天愁思……将如此多彩多元又对立统一的才具禀赋人格特征集于一身，恐怕是世间难寻第二位了。难怪北大张颐武教授谈笑间就把“中国文化第一人”的礼帽戴在了此公头上。

2014年1月19日于深圳寄荃斋

秋水文章耐品评

秋文兄是我的同行，我俩相识于十几年前，盖因我们都患有文墨之癖。后来，我们所供职的报社合并为一个集团，我们由同行变为同事。然而我们的交往却并未因此而增加：他往来于深港之间，神出鬼没；我则时而出差时而值夜班，行踪不定。因此，旬月不见面是常有的事。

不过，我们一见面，谈论最多的还是舞文弄墨的话题，实在是积习难改。前不久，我在浙江开会，忽然接到秋文兄给我发来的一条短信，说是找了我好多次都不见人，一问方知出差了，何时回来一叙？这种“短信约见”的方式，在我俩十几年交往中，是罕见的情况。我自然不敢怠慢，当即回复曰：“不日即返，登门拜见！”

所谓“登门拜见”云云，其实是故作惊人之语。在楼道里看见秋文兄的办公室亮着灯光，推门而入，也就算登门拜见了。秋文兄拿出一张光盘，说是一本新书即将付印，书的内容全在光盘里，希望我写篇文章，附于卷末。秋文兄笑道：“只因开印时间在即，却总也找不到你，这才采用‘短信约见’的非常手段，老兄你不要见怪！”

我立即掂出了这次“约见”的分量。文人之交，以自己的文稿相托，那是情意和信任的象征，断非寻常事也。我没有推脱，尽管我明知书前已有大画家方成先生之赠序，书后又有秋文兄的“夫子自道”，我之所言，难免有画蛇添足，狗尾续貂之嫌，但对秋文兄的这份情意和信任，我焉能推辞？只能是欣然领命了。

以前读秋文兄的书，都是以杂文为主，文笔犀利，思维敏捷，是典型的报刊文体。带着这样的印象来读本书，恍然发现当年的那位杂文家，分明正在向散文家的方向转化。他的《秋水文章》，本是在报纸上开的专栏，我原以为会是一些针砭时弊、嬉笑怒骂的杂文，但细细读来却是别有况味，虽说还保留着一些缘事说理的成分，但所说之“理”，已然与瞬息变幻的社会现实、新闻事件、当下话题渐行渐远，说理的方式也与惯常所见的匕首投枪式的杂文风格拉开了一些距离。不经意间，他的论说重点已转化为宇宙大道、天人合一、笑谈生死、禅悦人生之类深邃玄妙的话题。这使我不得不调整对秋文兄的习惯视角，对他的文章也不得不进行一番重新解读。

是的，与其说本书呈现给我们的是一些杂文新作，倒不如说这是秋文兄以杂文笔法写作散文的一种新的尝试。若《禅悦人生》一文，记人叙事，写景抒情，具备了一篇散文的全部要素，而最后归结为阐发禅机，感悟人生，实在是一篇上佳的哲理散文；若《迪拜精神》《昂贵的廉价航程》等篇，则不啻是视角独特的游记散文。不过，万变不离其宗的是，每篇文章都会归结为一个说理的结点，这显然又是秋文兄作为杂文家的行文习惯，倒也成就了他的文章特色。用清晰深刻的理性思考，驾驭发散四方的情感之笔，这不正是许多散文家所追求的艺术目标吗？秋文兄或许并非刻意而为，但客观上却显现出这样一种文风趋向。我以为这是非常难得的趋向，应该继续发扬并完善，使之成为独属于自己的散文风格。

我并不讳言对第二辑《听风拾秋》这组记人文章的偏爱。这是秋文兄对一批文化巨擘、企业巨子和艺坛巨匠的真实描摹与真诚礼赞。他笔下的这些前辈，有的我接触过，大部分没有接触过。然而我对他们是尊敬的，希望知道他们的方方面面和点点滴滴，这组文章满足了我这方面的阅读渴望。秋文兄以新闻工作者的近水楼台之利，得以接近这些非凡的人物，并以他那平实的文笔，给我们摹绘出这些人物的言谈话语、音容笑貌，使读者看到一个个有血有肉、有个性的形象，这实在不容易。尤其令我感兴趣的是，他对不同的名家，往往选用不同的文笔来描写，譬如，方成先生本是我十分熟悉的人物，可我读了他笔下的方老，依然忍俊不禁，这是因为他选用的素材是独到的，挖掘出人所不知的细节，且语言轻松幽默，很符合方老的性格。而他写的李嘉诚则是我不熟悉的人物，他的文笔似乎变得严谨而端庄，于朴素平易中带有一丝谦恭。他着力表现的是这位华人首富的诚信与仁义，捕捉到的几个细节都很有感染力。这又显示出秋文兄身为记者的采访功夫了。

我相信，很多读者会因为他的这组文章而喜欢这本书。秋文兄把这组文章的题目《听雨拾秋》径直用作书名，显然也是出于对这组文章的自信和偏爱。

秋文兄喜好品评书画艺术，这一点与我也是同好。这本书中收录了一些他的书画杂论，很多论点都深得我心。比如，他倡言重建对中华传统书画艺术的信心，对盲目追随西方、肆意损毁和贬抑中国传统文化等倾向，均予以直言不讳的批判，这些篇章皆令我击节。由此，我也更深入地理解了：秋文兄对待那些文化名家，何以会如此真诚、如此虔敬！这是秋文兄发自内心的文化选择，因为在他所真诚虔敬的那些文化名家身上，恰恰体现着中华文化的某些精髓和真谛！

2006 年 11 月 18 日

“为本体写作”的范本
——《阿朗文笔》序

阿朗先生最初是以一个乐评家的形象闯进我的视野的，那是在 20 世纪 90 年代初，我刚从天津来到深圳办报。90 年代初是一个高雅艺术颇为尴尬的年代，我在所供职的报纸上，曾撰文呼吁“营造一个高雅艺术的绿洲”，而当时的报纸文化版面最急需的，就是具有专业性，同时又能深入浅出地推介和评论高雅艺术（特别是交响乐）的作者。于是，有人把阿朗先生推荐到我的面前。

初次见面是在一场音乐会的开幕之前，一个招呼打过来，我顿时眼前一亮：原来阿朗先生是个很时尚的“老人家”呀——为何有此一说呢？一是他那满头飘然的长发，这是只有年轻艺术家才喜欢的发型，可阿朗先生的这头长发却是一片花白的，显得格外爽眼；二是他那天穿着一件花格子衬衣，这种类似的衬衫我也买了一两件，一直未敢公然穿出来，阿朗先生年长我二十多岁，他能如此装扮，说明他的心态十分年轻，个性十分鲜明。这样一位充满青春气息的老乐评家，自然给我留下了很深的印象。

随后的交往，可以说是编辑与作者之间的连绵不断的文字往来，煮字生涯，雪泥鸿爪，将飘逝的乐音凝固在字里行间，将音符背后的隐秘披露于乐迷面前。我常常是“阿朗文笔”的第一读者，率先读到他那细腻而富于理性的乐评，我们的合作很顺畅也很愉快。阿朗先生的乐评具有很强的专业色彩，而文字却平易质朴，尤其是对一些西方作曲家比较艰深的作品，他的阐释往往三言两语就能点到要害，如果不是对作曲家和其作品具有深湛的研究和体悟，绝对是无法办到的。这不禁使我对阿朗先生的学术背景产生了兴趣，细询之，方知他原本是专业大提琴演奏家，对那些大师的作品早已烂熟于心，更兼谙熟音乐史实，写起乐评来自然是得心应手，游刃有余了。这样的专业乐评家在早期的深圳可谓是“稀缺人才”，各报争相约他开专栏写评论，也是顺理成章的事情。我们在本书中可以看到很多短论都是刊发在诸如“灯下乐话”“星期乐讯”等个人专栏里的，可以说，阿朗先生是在深圳报端最早开辟个人音乐专栏的乐评家之一。而对深圳这座年轻的新兴城市而言，阿朗先生堪称是一位普及音乐文化的早期拓荒牛。

时光荏苒，转眼之间，十年过去了。当阿朗先生再次闯进我的视野时，他已不只是乐评家了，更是一位成功的外公。一个名叫张倬尔的天才画童要出版画册了，我被荣幸地选中为这本画册作序。是谁选中了我呢？是阿朗先生。我在欣然从命之际，意外地读到了阿朗先生精心撰写的外孙学画（或曰外公“伴读”学画）笔记。这是我在多年暌违之后，再次读到阿朗先生那特有的细腻而理性的文笔。尤其令我惊异的是，这位乐评家摇身一变，变成了一个画评家。他对外孙的学画历程，可谓点点滴滴，体察入微；对外孙的每一点进步都有精到、精微与精彩的点评。比如在《拾得一只木棉花》的旁边，外公写道：“早春二月，木棉花红，旋为落英。粤人习俗，拾来煲汤。画童学艺，拾来写生。这是倬尔的第一幅油画写生，与《马、鸟、人》获奖几乎同时。其时，倬尔尚不知油画为何物，就敢下笔，下笔若有神——红艳似火，丰润欲滴，恰似枝头盛开时。”在《天籁之声·之三》的旁边，外公写道：“不在状态，心不在焉，还有点儿懒散。笔下的形象也模糊起来，边缘不清，相互融溶。无意中，竟涂抹出了音乐的神秘感！他是歪打正着？还是他‘画音乐’的构想孕育之始呢？”在《写莲》的旁边，外公写道：“好一幅‘写莲’。清新，靓丽，充满生机！画如标题所示，面对一枝枯萎了的莲蓬，画出了一池艳绿。莲，枯转鲜，死复活，无花无叶，依然美丽。尤其那些看似随意勾勒出的线条，红的黄的紫的。似莲似影，又似水波縠纹。国画的风韵，自然的美，好看极了。丰富的想象，可贵的追求。”

读着这样的点评文字，可以想象出阿朗先生对外孙的满心欢喜和精心呵护，同样地，也可以读出一个艺术评论家的睿智和敏感。相比于他的音乐评论，他的这些画评显然褪去了一些理性色彩，而多了几分感性和率意，毕竟这是写给自己和家人看的文字，无需雕饰，一派纯真。

文字是作者心语的外化，从阿朗先生这些发自内心的文字中，我读出了他的喜悦、他的满足、他的成就感和他的几分洋洋得意。是的，此时此刻的阿朗先生，俨然是在欣赏自己最好的作品，这个作品就是他的外孙。

如今，阿朗先生自己要出书了，他要在古稀之年把自己的文字生涯梳理一番，完整地呈现在众人的面前，而我也再次荣幸地被选中为这本《阿朗文笔》作序。作为第一批读者，我再次被阿朗先生的多变文笔所感动。这一次，我所熟悉的那个乐评家、画评家，又变成了一个散文家。当我读到他的《荔枝缘》《家庭变迁六十年》《鸽子·鸽子》《家·童年·四合院儿》《给书斋起名儿》等文章时，我被深深地打动了。阿朗先生一贯轻松活泼的文笔，此刻仿佛被浇注了铅水，变得沉重起来，连同他习惯的快节奏的文字表达方式，也变得徐缓而凝重。他写荔枝情缘，起笔还故作轻盈，其实只为反衬结尾部分对爱妻离去的深沉追忆；他写自己童年的故居，不厌其细，不厌其烦，而最终却是笔锋一转，写出抗战爆发后一切化为梦影的切肤之痛；他写了两次鸽子，为这种鸟中精灵立传，写它们的性情，写它们的忠诚，更写出战乱中鸽哨难鸣的无奈和痛惜，最终归结为和平之珍贵，可谓以小见大，举重若轻。这些散文作品，揭示了阿朗先生最深沉与最动情的心灵秘辛，我认为是这本书中最值得珍视的性灵文字。

对于自己的写作，阿朗先生戏称是“爬格子”，且将其列为与“爬楼梯”一样的晚年健身两大法宝之一。他的“爬格子”不带有一丝功利的目的，恰如其夫子自道：“一来娱人，二来自愉。自愉，对纸谈心，自我欣赏，或遗留儿孙。娱人，就是把自己欣赏的心得与喜悦发表出来与他人共享。”其实，为自愉和娱人而写作，原本就是人类摆弄文字的最原初的本体诉求，可是后来却被历朝历代的文论家们添加了越来越多的附加功能，譬如“文以载道”，譬如“代圣人立言”，譬如“成教化助人伦”，乃至被高抬到“经国之大业，不朽之盛事”的崇高地位上。如此危乎高哉的“格子”，寻常百姓，谁还敢爬呢？还是回归原初、回归本体、回归自然为好。《阿朗文笔》可以说是一个“为本体写作”的范本。

是为序。

2011 年 12 月 7 日于深圳寄荃斋

唤醒尘封的记忆

——张国政《农桑点滴续集》序

我与张国政先生素昧平生，是张希斌先生介绍我为其《农桑点滴续集》作序。希斌兄倒是我三十多年的老文友，与我有很久也很深的文字之交，但迄今也是素未谋面。一个素未谋面，一个素昧平生，这在我的文字生涯里，大概也是素来未有的事情了。

张国政先生在写给我的信件中说，他是在看到《张希斌文集》中收录的我与希斌兄在20世纪80年代的几十封通信之后，才产生让我为其新书写序的念头。希斌兄给我打来电话也作如是说。这让我多少有些意外，同时也有些感动。毕竟张国政先生已经七十五岁高龄，他的《农桑点滴》一书在两年前已出版且很快被乡亲们一抢而空，他并不需要借助谁的名声或者赞语，来为自己的新作锦上添花。他找到我完全是把我视为自己的知音和朋友。我知道，这样一位来自乡间的老者的请求是不能随便拒绝的。但我还是有些犹豫，我不敢轻许的原因是不愿意敷衍。于是，我对这两位张先生说，且容我把这些文章好好读完，再作商量。

我读得很慢，一是内外杂事繁多，忙忙碌碌，要静下心来读书实在有些奢侈；二来读这类与我的现实生活相对距离遥远的文字，需要回忆和联想，于是，阅读的过程变成了一个思考的过程。单看书名，猜不出这是一本什么书，一读进去，才明白所谓“农桑点滴”中的农桑之事，其实只是一个时代的背景，借农事写人事，才是此书的主旨。书中所写的农村场景和人情事物，逐渐唤醒了我尘封三十多年的记忆。是的，我对他所描写的那些景物、事物和人物，曾经是那么熟悉，连书中人的口音都那么亲切。我刚好与他是老乡；我虽然不会讲静海话，但是我的祖母、父亲与诸多亲朋都是一口静海方言，可以说我是听着静海话长大的；我虽然生长在大城市，从没在静海生活过，但是天赐良机，我十八岁就进了《天津日报》农村部当记者，从 1977 年底直至 1984 年春天，我一直分管包括静海在内的天津郊县的新闻报道，几乎跑遍了静海的所有乡镇。我与希斌兄的往来通信，基本上也是在那段时间写成的。如今，细读张国政的书稿，我似乎是沿着时间隧道，重新回到了那片曾经贫瘠荒凉的盐碱地，重新体味了当时当地父老乡亲的艰辛困苦，重新感受了一遍当初亲历过的三中全会之后的农村巨变……时间无情，岁月有情，当我跟着张国政的文字重回故乡走了一遭，我忽然觉得与他是那么亲近、那么贴心、那么脾性相投、那么心气相通，我甚至觉得，他找我来写这篇序言，实在是找对人了。不知国政先生对此是否认同？

我们生活在一个剧烈变革与动荡的时代，中国在三十多年间走过了许多国家和民族要花上百年乃至数百年才能走过的发展之路。我们不经意中就与我们自己的童年、少年与青年时代拉开了距离，渐行渐远，以至恍若隔世。记忆被覆盖的速度远远超过记忆被收藏的速度，而一旦那些具有时代特征的记忆未及收藏，马上就被网络时代的信息大潮格式化了。我们今天跟 80 后、90 后乃至 00 后的孩子们说起我们这一代人的陈年往事，他们会觉得“茫然不知所云”，这对一个民族的整体文化延续而言，其实是非常可怕的。比如说，我读到书中所写的一帮乘火车路过静海的红卫兵，偶然发现“唐官屯车站”这个名字，立即断定这是腐朽的“四旧”，脑袋一热，下得车来，大笔一挥就改成了“革命屯车站”。这样的奇事在我看来是真实可信的，因为在我的童年时期就曾见过这类改名热潮。但是，现在的孩子们就会觉得匪夷所思：这怎么可能呢？怀疑其存在的真实性，也就意味着离否认其曾经存在过，只剩一步之遥了。可是，这能怪孩子吗？要怪只能怪长辈们失之于告知真相，失之于总是有意无意中捂着盖着，不肯将自己早年的疮疤揭开给后人看。由此联想到，我们这些年总是在谴责东瀛岛国的健忘，把血淋淋的历史封锁起来不肯正视。这当然没错，但我要说的是，我们对自己那些不堪的陈年往事，为什么也不能如实地告诉我们的后代呢？若干年后，我们的后代会不会也像旁人“忘掉”南京的血迹一样，“忘掉”自己的父辈曾经亲历过的那些苦难、那些荒唐、那些恐怖与那些惨剧呢？

忘记历史就意味着背叛，这是一个导师的名言。然而现实社会却正在变得越来越功利，也越来越健忘了。幸好，从张国政的文字中，我读到了一些未加修饰的真实记录。虽然他的文字朴实得像田间的泥土，他也不太讲究谋篇布局与起承转合。但是，他的文字很有魅力，其魅力之源恰恰在于它那赤裸裸的真实。如果套用历史唯物主义的观点，历史从来就是人民创造的，也是人民写就的。无视底层老百姓在那段特殊历史时期的生存状态与痛苦挣扎，也就谈不上这段历史的本质真实。张国政先生以古稀之年，像小学生一样学习电脑，不惜以十年之力孜孜矻矻，记录自己亲身经历的农桑之事、农家之事与农民之事，其实就是为了收藏那些不该忘却的记忆。对后代而言，也就是在书写他们父辈的历史。他要告诉现在的孩子们：我们这一代人从哪里来，我们曾做过什么事情，我们要向哪里去……

记忆尘封太久，就会消退乃至消失，需要适时地唤醒。用现在的眼光回望被唤醒的记忆，就会发现时代大潮奔涌前行的速度是如此之快，不禁使人顿悟何为“天翻地覆”，何为“沧海桑田”。感谢张国政先生用这些质朴的文字，给我带来了这样的唤醒和顿悟。

是为序。

2016 年 1 月 2 日于深圳寄荃斋

远去了时间，远去不了思考
——梁金河《隐者无疆》序

（一）

金河能写，他有一支生花妙笔，能写新闻，能写评论，能写深度报道，能写研究论文。他的这些文体我都读过。不过，当他告诉我，他刚刚完成了一部长篇小说时，我还是感到一种出乎意料的惊喜。这是他进入文学领域的一次跨越，是他从学者型记者转向作家型记者的一个标志。

金河喜欢思考，我与他共事多年，深知他的这一特性。你可以让他去做任何事情，但他在做这些事情的时候总在按照自己的逻辑去思考；你也可以不让他去做任何事情，但唯独不能让他停止思考。读他的新闻报道，你会发现他是一个思辨型记者；今天读他的小说，你也会发现这是一部颇具思想浓度且充满睿智火花的思辨型文学作品。

这是金河的第一部长篇小说，相对于传统小说创作而言，与其说金河在写法上完全是不拘成法、一反常态，倒不如说是一如既往地在延续着他的新闻写作的特点："选题独到，视野宽阔、挖掘很深、率直真诚"（《经济日报》原常务副总编辑罗开富评金河《回眸十年》语）。初读这个长篇时觉得有些平淡，而一旦耐着心绪静下来读下去，慢慢就会感觉到其"富有独立思考的个性"，也愈来愈能体会出其思想的穿透力。

小说将鲁郁、王群、邹尔康、曾征、东野崇贤等这样一批个性鲜明的高端经济界、学术界、新闻界精英人物，集中在一个很短的时空里进行刻画，的确是一种不同寻常的创作探索。或许，在长篇小说结构的组织调度上，金河还显得有些力不从心，但对这些人物形象的塑造却用足了心力，使他们各自成为社会生活中独特的“这一个”。他们也许并不都很可爱，也难说都很完美，但却有血、有肉、有思想。他们是金河用心奉献给大家的。金河说，他们是他采访过的现实生活中的一部分，因此，这些人物在我们的生活里并不陌生。

（二）

我从初识金河到与他在一个报社共事，一直觉得他是一块做新闻的料。从山东到广东，从事新闻工作二十四年来，他一直在媒体采编和经营管理的一线岗位上苦旅，他的新闻作品也多次获得奖励。他曾担任过《华商时报》的编委、社长助理以及国内部主任，《金融早报》的编委、经管中心主任（总经理），后来又来到深圳报业集团，与我成为同事。带着媒体人士的这种特殊经历，他在新闻与文学创作的边缘跋涉着、探索着，一路风尘，逶迤而来，先后出版了《中国经济方位》《回眸十年》《圣地人大写意》《圣地新潮》等作品。每部作品的问世，都会引起不大不小的社会反响。回顾诸多名家对他和他的作品的评价，或许会让读者朋友更真切地了解金河的其人其文：

金河作为一个正直、有热诚心的青年记者，他所表现的都是改革开放的主题，其作品读起来有鲜明的时代感。（《瞭望》杂志社原党委书记杨步胜对其评价）

他讲话不多，句句都是惊人之语，对某些堂而皇之的现象和形象批刺得近乎亵渎。他的思想，往往出奇制胜，咄咄逼人。他的视角，喜欢独辟蹊径、只身探路……他的文章，是一位青年记者为国为民的坦直热情、痛快淋漓的鼓与呼。（著名小说家李贯通对其评价）

他一直孜孜以求，永不懈怠，用心拼搏。（《经济日报》原常务副总编、新闻界重走长征路第一人罗开富对其评价）

（三）

人品本身就是一部生动的作品。金河出生于“孔孟之乡，礼仪之邦”的山东，生活在微山湖畔、京杭大运河西岸的山东鱼台。那里因鲁隐公钓鱼而得名，是陈胜、吴广起义后占领的第一个县城（古称湖菱），还是汉朝开国皇帝刘邦从小卖狗肉的地方（鱼台、沛县相邻）。三十年前的鱼台曾一度暴得大名，是全国排名第二的大寨县，但随着全国学大寨风潮的降温，鱼台也迅速褪去了光环。不过，这块土地也因祸得福，建成了中国北方优质稻米种植基地，成了名副其实的北国江南，鱼米之乡。金河生于兹、长于兹，耳闻目睹了家乡的剧变，这对他日后形成善于独立思考的个性，多少有些潜移默化的影响。

后来，他走出了鱼台，走出了济宁，走出了山东，先是北上京师，随后南下广东，从广州转到深圳。特殊的媒体生涯给了他不竭的创作源泉，也给了他丰富的生活阅历。可以说，他亲历了中国社会经济大转型的许多重要关口，也接触到很多在改革开放大潮中的“弄潮儿”。这些鲜活的素材，经过他的思维过滤和构思整合，就变成了如今读者手中的这一本沉甸甸的小说。我相信，读者在翻阅这本书的时候，一定会同我一样，感受到作者思考的厚重和对人物形象及其时代内涵开掘的深度和广度。这种阅读的感受，与时下流行的所谓“轻松阅读”的时尚风气迥然不同。我个人觉得，这是一种久违的深度阅读的享受，毕竟，我们这个时代带给每个人的感受并不都是轻松的。

是为序。

2007 年 8 月 3 日于深圳寄荃斋

阅读华静

——华静新著三种序

读华静的文字，很亲切，也很舒服。我想原因有四。

一是因为我们是同行，都是办报纸的。尽管我们各自供职的报纸南北相隔数千里，且一为综合性报纸，一为专业类报纸。但是，天下报人是一家，不仅职业习惯相近，思维方式也差不多，故而我读华静，并没有隔行如隔山的那种生疏感。

二是因为我们是同道，都是以办副刊为职志的编辑。在我们这个并不很大的圈子里，大家习惯自称为“副刊人”。尽管在各自的报纸里，我们也许并不只是分管副刊，但是副刊确是我们自认的“心灵家园”，是为自己预设的一块“雪域净土”。我们在这个相对单纯的园地里，吐丝酿蜜，编织美好，与世无争，自得其乐，故而铺排出来的文字，多是清水芙蓉，朴实无华，不雕不琢，一派天然，具有别样的风采和韵致，这或许可以称之为“副刊体”吧。读这样的文字，自然深得我心。

三是因为我们有同好，都喜欢写散文随笔。也是因为职业的关系，副刊人的散文随笔大都不像作家诗人们写得那么华丽铺张、激情过盛，而是有些内敛，有些含蓄，还有几分欲言又止。（这大概是因为版面限制字数吧）因此，读华静的文字，常常会想象到它们初登版面时的样子，我甚至能猜出这一段当初或许因为版面过于局促，而不得不删去了若干文字。高超的技巧，从来是从高难度的限制中锤炼出来的。华静的文字那么干净、那么纯粹、那么精准、那么节制，绝对是在多年办副刊的限制中，千锤百炼而成。

四是我们还常常同路。阅读华静，时常会发现她的游记散文，所写所记，恰恰是我们副刊人集体采风之地，如云南大理，如浙江衢州，如山西武乡，如四川南部……她笔下所记，多是我眼中曾见之景；她心中所感，亦是我观景之时心念所系。因此，读其文，如旧景重见，故地重游，游踪所至，屐痕宛在。那种随着文字一路同行的亲切感，自然是读其他文字所不可比类的。

说起来，我与华静也是以书结缘的。那次去武乡开会，我送了本小书给她，回京之后，她就回赠给我四本她的大作：《给心找个家》《旧铁路上的寻觅》《送给自己的玫瑰花》和《梦里梧桐》。顿时令我刮目相看。读其书而识其人，我对这个从山东聊城走进京城，在能人扎堆儿的北京新闻界，单凭一支铁笔、快笔加妙笔闯荡出一片天地，进而成为一家报社高管的女同行，有了更深的了解和由衷的钦佩。我深知，在众多报社的架构中，副刊一向是比较边缘的部门，且女性偏多。在这类边缘部门要脱颖而出，势必要付出更多的才华和心智，不光要加倍勤勉、加倍干练，而且要学会低调、学会隐忍、学会多做少说、学会只问耕耘不问收获……显然，这些华静都已历练过了，百炼钢已化绕指柔。不然，她的文笔何以会如此从容淡定、平静如水；写人状物，会轻盈到波澜不惊；不论大事小情，总是娓娓道来，不温不火，举重若轻。透过她的文字，我看到了这个看似清瘦单薄的女性，内心的定力和足够的自信。

前不久，华静告诉我，她有三本新著即将出版，想让我写篇序言。我说："你应该请名头更大、水平更高的人来写呀，你认识那么多名人高人，让他们来写不是更有分量？"华静却说："就是想让你来写，因为你能读懂我。"我心底油然生出几分感动，我对她说，写序在文人交往中属于"重托"，我深知这个重托的分量。

随后，华静发来三卷文稿的电子版。我花了几天时间沉浸在她的文字中，一次次被她的作品所打动。华静的作品特色鲜明，除了前述已提及的那些特色，我觉得还有几点心得可以与各位读者分享。

华静的作品，无论是散文随笔还是报告文学，都具有新闻性与文学性相融合的特点。这既是她的岗位职责使然，也与其选择题材的兴趣偏好有关。她很少涉及虚构的内容，她笔下的人物都是实实在在活在面前的，即便写的是风景、风情或风物，也一定是眼之亲见、耳之亲闻或身之亲历，这是新闻记者的本色和本能；而在表现方法上，她善于以文学笔法尽情渲染，抒情是抒真情，议论是说真话，写景是写实景。于是，她在新闻与文学之间找到了一个恰到好处的平衡点，一方面是充满新闻的真实性，一方面又具有浓郁的文学性，这样的文字，确实是报纸副刊最需要也最欢迎的。华静作为一份报纸主管副刊的副总编辑，果然是本色书写，文如其人。

华静的作品，除了源自新闻性的真实特色，还具有发自诗人本性的真诚。她采访人物，以诚待人；她描摹世相，以诚阅世；她表现景物，以诚观景。真诚与否乃是古今为文能否感人的试金石，失去了真诚的内核，一切华辞丽藻的尽精刻微，都会变得矫情苍白而单薄肤浅。华静本色是诗人，她的单纯直率，她的倔强执着，她那常常深潜于心底的激情，以及她那看花溅泪和闻鸟惊心的敏感，其实都是她的诗人气质的种种外现，也是她那一腔真诚的眉批与注脚。华静对真诚的甄选和恪守近于严苛，她的表述要至真至纯，她的感叹要发自肺腑。她的眼里不揉沙子，也就是说，她可以容许自己的文章有缺憾、有不足，譬如，谋篇也许不够精致，行文也许不够讲究，文辞也许不够漂亮，但是，她不容许在自己的作品中掺进伪善矫情和虚情假意。华静文章的感人之处，往往是源自这种真诚。

华静是一个写人的高手，在此前出版的书中，我读到不少她的人物专访和报告文学。在本次结集的三本书中，也有大量篇章专写人物。而在我的煮字生涯中，似乎也有写人的偏好（这应该也算是一种同好吧）。因此，对华静笔下的人物，我是情有独钟的。她笔下的人物，有专家学者，若梁启超的孙女、生物检验检疫信息系统专家梁忆冰；有演艺界名人，若著名主持人陈铎、倪萍；有外交家，若埃及驻华大使阿拉姆；也有文学界的名人，若女编剧陈枰、诗人艾青的夫人高英……展开书卷，华静把这各色人等轻轻推送到我们面前，他们一个个鲜活生动，音容毕现。华静善于摄取细节，寥寥几笔，就把这个人物的个性和特点凸显出来。而且她写名人，专拣其平凡处着墨（如写梁忆冰第一次吃窝窝头难以下咽），她写凡人，则专拣其不凡处落笔（如《痴迷拓片》写一个普通女人退休后办传拓艺术展）。这种摄取之功，显然得益于她作为优秀记者的长期修炼。我还注意到，这些人物的“出场”，大多与某个新闻事件相关，如陈铎办影展、倪萍办画展，如阿拉姆谈奥运会、陈枰谈热播新剧……这是典型的记者视角 + 作家笔触。我近年来一直专注于“艺术融合论”，不知华静这种写法算不算一种融合？

阅读华静，你的感受会随着她的笔触且行且变，时而被女诗人特有的温馨情感所陶醉；时而被不期而至的思辨哲理引入沉思；时而随着她登山涉水到大自然中体味心灵之旅；时而与她一起掩卷冥思，思绪飞向云天之外。我们读的是华静之文，走近的却是华静其人。在她写高英的那篇《相聚在东四十三条 97 号院》中，有一段文字很有韵致：“人有情怀才能看得到远山，能肩负最坚实的承载；人有思想才能找到适合自己的港湾，得到最温情的关爱。”这是华静在写高英，不过在我看来，其实也是写她自己。

是为序。

2016 年 6 月 12 日于北京寄荃斋

王炜《我的七十年》序

（一）

人生是一部大书，而回忆录则是从这部大书中采撷下来的吉光片羽。这些吉光片羽的精彩程度，一方面取决于作者记忆的清晰度和文字表现的精确度；另一方面，也是更为重要的，则取决于作者本身的这本人生大书，是否具有折射时代的典型性和迥异于常人的独特性。

从这个意义上说，王炜先生的《我的七十年》，在这两方面都堪称典范。王炜先生出身于艺术世家，可谓身世不凡。其父王琦先生是鲁迅先生所倡导的中国新兴版画运动的早期参与者和开拓者之一，同时也是一位卓有成就的艺术史论家，几十年的艺术生涯，不仅见证了中国当代美术发展的诸多关键性事件，晚年还临危受命，主持中国美协的全面工作，度过了一段复杂动荡的非凡岁月。王炜生长于这样一个艺术之家，耳濡目染，沉浸其间，气质和眼界自然非比寻常。而他个人命运的跌宕起伏，更与国家、与他的家庭在时代大潮中的颠蹶变迁相并行。国之兴衰，关乎家之聚散；家之聚散，关乎人之沉浮。王炜先生以超强的记忆力和朴实无华的语言，真实记录了自己在近七十年的天翻地覆、沧海桑田的社会变化中的亲历亲闻，展现了一幕幕或平实，或惊险，或怪诞，或悲凉的人生戏剧。这部书，既是一个艺术家的个人成长史和奋斗史，更是一个画家群体的时代剪影和素描。书中不仅折射着一代人的喜怒哀乐与悲欢离合，也昭示着在那些飘逝不远的岁月里，一个人的命运与国家民族的兴衰荣辱，是何等紧密地契合在一起。

（二）

王炜先生以自己七十年的人生阅历，在书中不动声色地向人们阐释着一些看似简单、实则深刻的人生哲理。譬如，出身于艺术之家，这是他莫大的幸运，同时也是他此后种种不幸遭遇的肇始；而他所经历的所谓不幸，往往又是成就其艺术事业的培养基和能量源。福祸相倚，本是人生之常态；幸与不幸，同样可在生命前行中随时逆转。当身处顺境时要学会安之若素，而当身处逆境时又要学会坚忍进取。这些道理，在王炜先生平静舒缓的叙述中若隐若现，细心的读者掩卷而思，会心一笑，不经意间，豁然而悟。

回忆录是一种极富个性色彩的文体。王炜先生的这部回忆录以时间为经，以事件为纬，时空跨越，视角独特。作品的大结构看似松散，实则繁简适宜，章法有序。先从朦胧的童年记忆起笔，巧妙地把自己的家族背景铺陈开来，宛如一部大型交响乐的序曲，轻松而明快；接下来，“从重庆飞往南京”“香港的记忆”“在上海‘行知艺术学校’的日子”“定居北京”……单看这些小标题，就可以想见作者的少年时代是何等五彩缤纷、迥异于常人。尤其是写到“定居北京”之后，作者的记忆已渐清晰，自主意识开始萌醒，其记叙也生动活泼起来，不乏令人难忘的细节，如五老胡同、西总布胡同以及卧佛寺等描述，都写得趣味盎然。青年是人生的重要转折期，也标志着作者跌宕起伏的命运开始了。从“附中三年”直至“宣化坝上的日子”，我认为是全书最有光彩，也最具史料价值的部分。从附中到美院的那些年，本是充满阳光的青春岁月，然而“文革”突起，风云巨变，作者的人生命运如过山车一样从巅峰瞬间跌入谷底，在变幻莫测的风云面前，作者一度困惑彷徨、惊恐无助，而他对天堂地狱般急剧变换的人生场景的描述，读来令人愁肠百转，惊心动魄。大凡上了一点年纪的人，对那些场景和故事并不陌生，但王炜先生以版画家刻刀一般的笔触，偏锋直取，刀刀见骨，状物记人，神形毕现。从“八年军旅生涯”到进入《红旗》杂志担任美编，作者已步入中年。这一时期，生活视野进一步扩大，对生活和艺术的领悟逐渐加深，同时也在社会舞台上成功担负起自己作为艺术家兼编辑家的双重角色。这是作者艺术创造力特别旺盛的时期，创作的作品很多，编辑的作品更多。随之而来的，是作者的理性思考日益深邃，对现实和未来艺术走向的思考融入字里行间，有反思也有内省。而走出国门赴日办刊的独特经历，则使作者的视野更加开阔，艺术也更加成熟。作者的生命能量开始出现强大的辐射力，在艺术界的影响力也日渐增大。而改革开放带来家族命运的转变，也在这个时期得以实现。一个艺术家在经历了半生奋争动荡之后，能够在耳顺之年迎来一个相对平静安逸的人生阶段，不啻是莫大的欣慰。作者以散淡的心态，书写退休以后进山幽居的境况，盘点自己艺术创作的成败得失，并对前辈艺术大师的人品、画品做出要言不烦的点评。这是作者最重要的艺术收获期和精神悟道期，山野静寂，云烟供养，历经沧桑，气定神闲，正所谓云淡风轻，人书俱老。这部分文字，清新闲逸，淡定冲融，带有浓浓的禅意。我并不讳言对全书最后几个章节的偏爱，读之如饮浓茶淡酒，余味绵绵。

（三）

王炜先生是画家，画家的文字自然带有鲜明的画面感和镜头感。文字在作者手里，似乎更像是表现其画面感和镜头感的工具。王炜先生又是版画家出身，木刻版画以黑白鲜明、线条简洁而著称，因而他的文风也是干净利索，不事雕琢，全凭着自己的直觉铺陈、描写、点染、勾勒，亦如画家在经营位置，书家在布局章法。不过，文字虽然朴实无华，但其表现的却是极富传奇色彩的情节和人物，故而读来不光有滋有味，而且有声有色，留在脑海中的一些场景和画面，宛若电影特写镜头一般清晰而深刻，如作者写到美院附中同学合拍那张“裸体大卫群像”的情形；如“文革”初期，外面是激烈的武斗，里面则是作者安心绘制“领袖像”的场景；再如一班美院的“大红卫兵”机智应对前来“破四旧”的中学“小红卫兵”，冒死保住徐悲鸿先生从法国千辛万苦带回的石膏像原作的场景；以及军旅生涯中与陈小鲁等战友义重情深的故事，等等。与此相得益彰的是，书中还附有上百张珍贵的历史照片和绘画作品，更使这些富于画面感的文字平添了几分视觉的冲击力，读文以鉴图，读图以明史。而王炜先生特殊的家庭背景则给了他特殊的机遇，使他有条件拍出许多旁人难以企及的名人照片和历史图景，这些第一手图像资料无疑会增加读者的阅读美感，同时也使这本仅有七万字的回忆录，具有了不可替代的艺术性和史料性。

王炜先生本身具有浓厚的诗人气质，尤其在他写景抒情的时候，这种诗人气质表现得愈发充分。他写新疆的风情景物，一支妙笔，有诗有画，触景生情，摇曳多姿；写埃及的异域风貌，则以诗笔夹杂史笔，思绪远驰于千年之前，仿若与埃及法老们对面叙谈；写到自己的家人则情真意切，作者的笔触顿时变得细腻而温柔，仿佛把木刻刀换成了羊毫笔，对耄耋双亲，对老妻爱女，对手足弟妹，感恩与愧疚交织，挚爱与怜惜并重；而当写到自己的山居别墅时，作者的笔法立时变得悠然飘逸起来，盈窗环绕绿树红花，满眼皆是诗情画意。在这样的心境中作画，画中的诗意油然而生；在这样的心境中著文，文中的禅境也会不期而至。

读其文而观其画，我不由得想起孔老夫子的那句名言："七十而从心所欲，不逾矩。"就艺术而言之，年届七十的王炜先生，无论作画为文还是挥毫书法，均已达到了"从心所欲，不逾矩"的境界。然而，他本人似乎更喜欢另外一个说法，叫做"渐入佳境"。这一说法不惟更带几分谦逊的意蕴，而且昭示着在他内心深处，还蕴藏着一个更加高远的愿景。前路漫漫，正期待着求索者那瘦削的身影呢！

（四）

2008 年初夏时节，我曾有幸应王炜先生之邀，前往他的九龙山石屋做过半日盘桓，观山景，听流泉，赏画品茗，坐忘尘嚣。尤其是观其近作的数幅残荷图，枯枝瘦劲，水墨淋漓，堪称神完气足之作，我不禁联想到画家本人的形神与风骨，进而悟到，王炜先生之所以自号"禅荷山人"，盖因其与禅与荷"性相近"也。

从石屋归来，心生感慨，遂秉笔为文，作《禅荷铭》一阕，聊抒心曲。今蒙王炜先生错爱，嘱我为此书作序，特不揣浅薄，略陈读后之感想，并将这篇《禅荷铭》附于卷末，以就教于王炜先生及大方之家，其文曰：

禅荷之渊源，一何深也！莲花座上，妙谛传音；莲瓣飘洒，法雨无声。盖田田荷叶，盈盈莲子，皆成佛光幻象；水光倒影，荣枯代谢，尽显世事无常。

以莲喻佛，自古已然；以禅名荷，肇始何年？禅以顿悟之心观世，启迪世人之顿悟；荷以枯寂之形现身，幻化万物之枯寂。禅以弘毅苦修，期破壁之超然；荷以高洁品性，出淤泥而不染。枝繁花妍，固荷之常态；叶败茄垂，寓禅之机锋。芳华易逝，慨叹似水流年；生死看破，远离颠倒梦想。

禅荷山人者，居山中，远尘嚣，每日以慧眼观荷，慧心悟禅，兴至则信笔挥毫，水墨油彩刻刀，随心所欲；光影韵律节奏，融会贯通。心手相会，画由心生，不知何者为荷、何者为禅，盖禅荷融于山人一身矣。因以自号禅荷，非大彻大悟大慈大悲者，何能为此？故感佩之余，铭而寄之。

是为序。

2012 年 5 月 17 日于深圳寄荃斋

筑草为城
——刘众《寻茶记》序

我与刘众是同行，起初并不在同一家报社，但是他的名字被那些有才气又有深度的新闻稿件带得很远，自然受到同行们的普遍关注。十年前，我被调到他所供职的报社任职，我们随之变成了同事。不过，他跑经济，我管文体，隔行如隔山，接触不是很多。听人说，前几年的一场飞来横祸，使他的身体受到重创，一直难以恢复，他大部分时间都在休养调理。因此，我来报社很久，才第一次见到这位帅气与文气并存的小伙子。

令我感到惊异的是，他与我见面，开口即是说茶，头头是道，滔滔不绝，讲得条理清晰，全是内行话，我不由得对这位同行兼同事另眼相看，当即引为同道了。那天，他还谈起我刚刚出版的新书《品茶悟道》，我手边刚好还有样书，便签字以赠，从此结下了茶缘。

古人云，人无癖好，不可交也。当然还要看这癖好的雅俗高下了。大凡嗜茶之人，多为冲融淡雅之士，乐山乐水，性格平和，其功利之欲、机巧之心则相对较少，当然那些专门以茶牟利、以茶鬻爵者除外。刘众绝对是一个超级茶痴，不仅喜欢饮茶，而且痴迷于研究茶史、踏勘茶山、寻访茶树、发现好茶，他做这些完全是以一个爱茶人的身份，毫无功利目的。茶之于他，不仅仅是兴趣爱好，也不仅仅是主体对客体的偏嗜，而是一种生存方式乃至生命体验。毕竟，他曾有过生死临界的瞬间；毕竟，他在生命复归之际思考过许多平时难以想到的命题。他显然已经悟到了许多，也看破了许多，他对生命本体的认识已经超越了尘世间的许多迷障。所以，他才会以朝圣一般的虔诚和毅力，心无旁骛、十年如一日地投身于荒山野岭，在蓬榛荆棘中踽踽独行，涉险滩、攀绝壁，与风雨同行、与鸟兽相伴，只为了寻访到那一丛丛天赋神芽，只为了发现并拯救那一缕缕沁人心脾的灵秉奇香。

在这本充满传奇故事的《寻茶记》里，你可以读到他这十年寻茶之旅的艰辛和愉悦；读到在现代化大潮冲击下，他对一株株千年古茶树命运的担忧和焦虑；读到他在寻茶路上关于人与自然、人与生命的深沉思考；也可以读到浩莽大山深处的那些茶人与茶树的神奇机缘……

这绝对不是一本轻松闲适的饮茶指南类闲书，也不是一本描山画水的旅游指南类游记，而是一本有深度又有温度的涉及人与茶、人与自然之深层关系的独特茶书，其独特之点恰恰就在于：它不光囊括了饮茶与旅游的全部要素，而且融入了浓浓的人文关怀和哲学思考。他不是在孤立地写茶，他是把“茶”引为一个大自然的符号，寻访之、发现之、探询之、凝视之，叩问自己同时也叩问人类：当现代都市生活一步步蚕食着大自然的原生态，当古茶树被快刀斩乱麻一般地砍斫殆尽的时候，我们焉能沾沾自得地点算着 GDP（国内生产总值）的数字，高枕无忧地展望未来？我从这本沉甸甸的小书中，读出了刘众内心的忧思乃至焦虑，他为那些濒临灭绝的茶树鼓与呼，为那些已因人类的贪婪和愚蠢而灭绝的古茶树痛心疾首，为自然环境的被污染、被破坏而扼腕叹息……这是一个茶人之叹，更是一个文人之叹，体现着刘众作为一个当代知识分子对人类精神家园的终极关怀！

书中有一篇《茶树中国》，刘众写道：“两幅字，关于茶的，在记忆中埋藏了很久，一是《筑草为城》，二是《茶树中国》。

墨迹的寓意都带有同样的当代人的某些使命。茶树和茶叶是没有边界的语言，代表了中华文明，代表了科学道德。”读到这句，怦然心动。原来在刘众眼里，那些茶树和茶叶都被赋予了如此神圣的象征意义。我作为一个比他年长几岁的老茶人，由此也平添了几丝神圣感和使命感。我由衷地感到，他跑的茶山比我多，对茶的认识比我深刻，对茶的挚爱更比我深沉——我为此而深感欣慰，毕竟，吾道不孤！

他在文中提到的那幅《筑草为城》的墨迹，是十年前我为他题写的。我没有想到之后十年，他会带着我的茶书，“按图索骥”（刘众用语）一般地去拜谒茶人，寻访茶山，走得那么远，收获那么多。读着他的这些清新质朴的寻茶短文，我常常会想，那些茶人和茶树能遇见刘众，是他们的幸运。亦如刘众每每遇见茶中知己，也会感到无比幸运一样。

我深知，刘众的寻茶之旅，还远未结束，因为茶人与茶总是相伴终生的。自然，他的寻茶之文，也势必要继续写下去，而且会越写越精彩。我们今天分享了他过往的寻茶之路，而对他未来的寻茶之旅，我也同样充满了分享的期待。

是为序。

2015 年 6 月 3 日于深圳寄荃斋南窗下

参香悟道

——《香道师培训教材》代序

沉寂多年的香文化，几乎是一夜之间风靡中国，这个现象既令人惊异也令人欣慰。是什么原因使得绝对小众的香文化在当下忽然由冷变热？为什么社会各界忽然对研习香文化产生浓厚兴趣？我们研习香文化的目的和意义又在哪里呢？

试图用一本小书来解答这诸多的问题，显然是力不胜任的。但是，这又的确是当前社会急需的文化滋养。深圳沉香文化研究会集中本会的专家学者，用很短的时间编撰出这样一本香文化的普及读本，以解近渴，殊为难得。书稿付梓之前，张展茂会长力邀我来作序，这令我既感到几分惶恐，又感到几分压力。毕竟我接触香文化的时间不长，说不上有什么深入研究，与那些术业有专攻的香道专家相比，我只能算个香文化的爱好者。故而我之所议，不免有些“门外谈香”的意味。置诸卷首，权当是请诸位香友在步入正门之前，先听听一个初级“香迷”的品香感言，就如同所有旅游团的导游，在前往景点的大巴上常要先讲的那套导游词一样！

（一）

中华先民用香的历史十分悠久，不少学者认为早期用香是与先民混沌初开时期的祭祀活动有关。

譬如甲骨文中就已有“祡”（柴）字，《说文解字》对“祡”

（柴）的解释是：“烧柴焚燎以祭天神。”中华最早的典籍《尚书·舜典》记载了舜帝祭祀泰山的情况：“岁二月，东巡守，至于岱宗，柴，望秩于山川。”这里所说的“柴”，即是“烧柴焚燎以祭天神”之意。这件事发生在距今4100多年前。可以说，是烧香祭祀的最早确证。不过，那时所用的香料应该不是沉香，而是带有香味的植物。《尚书》还有一处记载：“至治馨香，感于神明；黍稷非馨，明德惟馨。”就考古发掘而言，目前已经发现被誉为“中国第一古城遗址”的湖南澧县城头山遗址有大型祭坛，上海青浦崧泽遗址也发现了古代先民的“燎祭遗存”。这些遗存的年代，距今已有6000余年。

与祭祀用香同时存在的，还有生活用香，这其实是更值得我们重视的用香史实。有实物为证：在辽西牛河梁红山文化晚期遗址曾出土一件之字纹灰陶熏炉炉盖（距今约5000年）；在山东潍坊姚官庄龙山文化遗址中发现一件蒙古包形状的细沙灰陶熏炉（距今4000多年）；上海青浦福泉的良渚文化遗址出土一件竹节纹灰陶熏炉（距今4000多年）。这几件实物分别分布在辽河流域、黄河流域和长江流域，这说明，中华先民用香炉熏香的历史，与祭祀用香差不多是平行的。

祭祀用香，是缘于古人对香气可以通天、可以娱神的原始观念，他们希望用缥缈神秘的香气，把人间诸事，达于上苍，告知天神。一旦祭祀完成，祭祀者就如同获得了来自上界的神谕，取得了对上天意志的解释权。

生活用香，则全然不存在神圣、神秘或神谕的成分，只是出于驱邪去秽、养生治病、愉悦身心等生活需要。这样一来，用香就完全成了世俗化和平民化的民间习俗了。

可以说，中华香文化的发展史，一直是沿着这两条脉络发展，并行不悖，互相交叉，互相影响，最终浑然一体，成为中国人物质生活和精神生活不可或缺的文化资源。

倘若把眼光放开，就会发现，世界各国的用香历史，大体也是沿着这两条脉络发展的：祭祀用香，从原始人类祭祀天神、祭祀祖先、祭祀大自然中一切不可预知、不可抗拒的力量发端，由敬畏而生崇拜，进而产生原始宗教，用香也就自然而然地转向了宗教祭祀。这一路香文化越来越走向庄严和神圣，无论是基督教、伊斯兰教还是佛教、道教，皆视香为通天通神之物。由此，香文化与各种宗教文化结下深厚的关系。

而生活用香，则沿着世俗化的道路一路发展，随着人类物质文明的发达，生活用香逐步走向多样化、精致化，乃至诗意化。在中国，香文化与茶文化一样，一旦被文人阶层所接受、所喜爱，就被加入了无比丰富的文化要素，香料越来越讲究，香具也越来越讲究，香事活动不仅入诗入画，还走进书斋、园林，走进人际交往的艺术空间。如屈原于《离骚》曰“扈江离与辟芷兮，纫秋兰以为佩”；如司马迁于《史记》曰“稻粱五味，所以养口也；椒兰芬茝，所以养鼻也”；如傅玄于《西长安行》曰“香烧日有歇，环沉日自深”；如江淹于《别赋》曰“同琼佩之晨照，共金炉之夕香”；如杜甫于《奉和贾至舍人早朝大明宫》曰“朝罢香烟携满袖，诗成珠玉在挥毫”；如苏轼于《和鲁直二首》曰“不是文思所及，且令鼻观先参”……随手拈来的这些古代诗文，不难想见古代文人用香之高雅与民间用香之广泛。

一边是香之神圣庄严，一边是香之精致高雅，发展到高端之际，必然被纳入宫廷仪轨，则香文化由此而变成庙堂文化和贵族文化的重要组成部分。宋徽宗的《听琴图》，画上有香案，有茶席，有琴桌，是典型的宋代顶级文人的生活场景，同时也是中国香文化与宫廷文化高度融合的极致——宋代确实是香文化走向极致的年代。至此，中国香文化达到了辉煌的顶点。

由此可见，中国的香文化肇始于远古的祭祀活动，同时也与先民的生活需要息息相关。香文化是中华民族在长期的历史进程中，在政治、经济、军事、文化、宗教、外交、居家生活、个人怡情等各个方面，在不同场合，运用不同香料，采用不同出香方式而进行的文化活动和生活风习，进而演绎出中国特有的香文化体系，即由文化现象升华为文化理念，并由此伴随中国人特有的宗教观、文化观、生活观，融汇于中国传统的哲学体系之中。香文化的核心理念，我将其归结为四个字：参香悟道。

（二）

十年前，我曾出过一本茶文化的书，叫做《品茶悟道》，今天改写香文化，又提出一个“参香悟道”，是不是词穷了？当然不是。在我看来，在中国文化的畛域里，茶文化和香文化其实是孪生兄弟，密不可分。品茶与焚香，茶桌与香案，其实在古人那里往往是一回事，甚至是同时进行的文化活动。就其性质而言，一为水，一为火，似乎水火不相容，但两者同占一个“香”字，顿时“香”逢一笑，茶香结缘。因此，品茶可以悟道，品香同样可以悟道。

那么，参香何以悟道呢？姑以浅见略述之。

中华香文化博大精深，从最初燃香祭祀、驱瘟、避疫肇始，在五千年的香文化发展历程中，形成了养礼、养心、养生这三大用香体系。这三大体系，都可归结为“道”。而我们说到悟道，那一定是与中华文化中的核心学问，有着某些相通相融之处。中国文化的核心是什么？简言之，儒释道。那么，香文化与这三大学术传统又是如何相通的呢？

香与道通，通在养生。

自神农遍尝百草、得识百卉之香以来，“香药同源”就一路支撑着香的养生功能。香材本身，性味归经，能让人的身体产生生理上的反应，达到治疗疾病、除烦解郁的功效。特别是汉代的和合香，采用不同的配伍原则，精选优质香药，由严格的炮制技艺调和多种香药制成香品，不仅能够通过香气去秽除菌，而且可以直接入药治病。

既然驱邪祛病、除秽利生，是早期生活用香的原始功用，那么，这种特殊功能恰好与道教文化中追求益寿延年，追求恬淡无为，追求炼丹养生等特征不谋而合。道教是中国本土原生宗教，道家思想在汉武帝“罢黜百家独尊儒术”之前的相当长一段时间里，本是汉朝的主流思想，汉初尚黄老之学，而汉代流行的博山炉，恰恰体现着道家的意象：这些香炉以层峦叠嶂为主要器型，在炉体上雕塑或刻画神禽异兽，再缀以山峦流云，当香烟从峰峦间袅袅逸出，俨然是道家所说的神仙洞府。神仙们由此直接享用到这些香火，点香人也仿佛置身于不可捉摸的仙境一般。博山炉早在战国时期已经出现，但到汉代才风靡开来，说明在当时以炉熏香已十分普遍，据《西京杂记》记载，汉武帝时期，“长安巧工丁缓者，……又做卧褥香炉，一名被中香炉”。可见当时熏香已被广泛应用于除菌、辟虫、暖衣、暖被等与健康养生有关的事物。

早期道教就已采用熏香浴香为祭礼。在道家的诸多典籍中，有不少用香记载，如《三洞珠囊》引《太平经》：“夫神精，其性常居空闲之处，不居污浊之处也；欲思还神，皆当斋戒，悬象香室中，百病消亡。”《皇帝九鼎神丹经》还特别讲到“沐浴五香”，起火前要行祭，备好酒、枣、米饭、牛羊脯等供品，然后“烧香再拜”；丹成服药时，也要“斋戒沐浴五七日，焚香”。可见道教的这些仪轨，是与香密不可分的。另一部道家典籍《太丹隐书洞真玄经》还论及“青木香”：“青木华叶五节，五五相结，故辟恶气，检魂魄，制鬼烟，致灵迹。此香多生沧浪之东”“故东方之神人名之为青木之香”。这“青木之香”是不是指沉香呢？不敢肯定，但很有可能。

到了魏晋时期，道家的炼丹术风行一时，葛洪、陶弘景等道家大咖均精于炼丹制药，同时在用香治病方面也多有建树。在葛洪的《抱朴子》和陶弘景的《肘后备急方》中，记载了不少他们以香入药的验方，其中就包括用青蒿治疗疟疾的良方——青蒿者，香药也！如今，屠呦呦等科学家据此提炼而成的“青蒿素”，已成为造福人类的救命良药，屠呦呦教授也因此获得诺贝尔奖，回溯源头，竟然与道家的以香入药有着直接渊源。

可见，香文化中养生观念的形成，确实与道家思想有着许多暗通暗合之处。

香与儒通，通在养礼。

在儒家的思想中，礼义廉耻是最高理念，其核心是礼。孔子以恢复周礼为己任，提出“克己复礼”的政治理想和“非礼勿视”的行为规范，故而儒教通常被称为“礼教”。

恰恰是在这个“礼”字上，香与儒“一见钟情”了。对香的养礼观念论述最早也最清晰的，是儒家的代表人物荀子，在《荀子•礼论》中，他说：“刍豢稻粱，五味调香，所以养口也；椒兰芬苾，所以养鼻也；雕琢刻镂，黼黻文章，所以养目也；钟鼓管磬，琴瑟竽笙，所以养耳也；疏房檖貌，越席床笫几筵，所以养体也。故礼者，养也。”在这里，以香料来“养鼻”被列入儒家养礼的五大要素之中，可见香的重要性。

在历朝宫廷礼仪中，都有用香的规定，这些香规，都是儒家礼教观念的直接体现。所谓“以香养礼”，指的也就是按照礼教的香规来规范群臣之序。中国自古即被尊为礼仪之邦，这个礼就是在制度化、程式化的仪式中恭敬天地君亲师，让香烟传递人间对天地君亲师的虔诚祷告，因此“焚香祭拜”永远是仪式中的核心内容。此外，中国古代还有“朝礼行香”的古风，东晋王嘉曾写到，黄帝“诏使百辟群臣受德教者，先列珪玉于兰蒲席上，燃沉榆之香”（见《拾遗记》卷一）。这些香事活动所养之礼，其实就是君臣有序、长幼有别的统治秩序。唐代贞观之初，“每仗下议政事起居”，“若仗在紫宸，内阁则夹香案分立”（宋欧阳修编纂《新唐书》卷四十七）。显然，焚香在等级森严的朝廷政治生活中，具有重要的象征作用。一炷香火，标志着君王秉受神谕，意味着贯穿天人之际的通达智慧和无上尊严。

此外，敬天祭祖也是中华香文化的重要组成部分，依照礼教机制，对用香礼仪的一招一式进行解读，从身、手、头的外在行为到心、脑、灵的内在思考，均要引导人们遵从礼的规范，警醒人们常怀感恩之心、敬畏之心、和善之心，把“礼义廉耻”纳入人们的日常言行，从而让人们拥有一个共同遵守的道德标准和行为规范。

可见，香文化的养礼观念，是从儒家文化发源并为其直接应用的，二者相逢以礼，“香儒以沬”，互相滋养，蔚为大观。

香与佛通，通在养心。

佛教一向推重用香，敬香礼佛是佛教徒的日课。从某种意义上说，正是缘于佛教东传中土，才带来了香文化的大发展。

信众烧香祈求佛祖保佑，平安祥瑞，本无需赘言。需要论及的是佛教以香寓禅，调和身心，阐发佛理，对香文化的养心观念形成具有无可替代的意义。佛教说法，常常以香设喻。《楞严经》中的香严童子，由闻香而悟道，成为香与佛通的典型案例；大势至菩萨《圆通章》中关于“如染香人，身有香气，此则名曰香光庄严”的经文，以及六祖慧能在《坛经》中论及的“五分法身香”，即戒香、定香、慧香、解脱香、解脱知见香，等等，更把佛与香通的义理，昭示得形象而精彩。而香的自然属性则为阐发“养心”的佛理，提供了物质前提。香的寒、热、温、凉、辛、甘、酸、苦、咸等“四气五味”所表达出的不同气味，会让人感受到喜怒哀乐悲恐惊等不同的情绪。以香“养心”，也就是把香本身的味道提纯，使每一款香用以寄托不同的情思，以香为媒，沟通人心，从品味香的韵味入门，一步步去体悟香中蕴含的佛理内涵。香是虚无缥缈的，不正如佛教对现实世界“空无一物”的描述吗？香气是稍纵即逝的，亦如佛教对浮世繁华终归寂灭的形象阐释。以香喻禅，实在有太多的比照性和相关性了。宋明文人喜欢以诗寓禅，也同样喜欢以香悟禅，文人学士们把围炉品香、以香为媒介进行的心意互动，渐次发展成一种高级的精神享受活动。而在民间，香事活动与佛事活动也渐次变得水乳交融，难解难分了。

可见，佛教以香寓禅，涵养身心，恰恰与香文化调和身心，冲融精神的主要功用不谋而合。在这里，香文化与佛教文化在理念层面上已经共融共通了。

（三）

香文化作为中国传统文化的一个重要分支，其命运也与中国传统文化一样，在近代一百多年的风雨飘摇中，起伏跌宕，载沉载浮。究其原因，国弱民穷，外族入侵、资源短缺，皆是因由。然“西学东渐”之后的文化强权与自身的文化虚无主义，亦为重要原因。

中国传统文化在新文化运动中，曾遭受来自中国文化精英层的无情批判，随之而来的是长达一个世纪的扫荡、损毁、破除和摈弃，迨至“文革”，几乎灭顶。有些人认定传统的东西就是陈腐落后的，是与现代化大潮格格不入的。然而，当中国人开始圆梦现代化的时候，却忽然发现传统文化其实并不是现代化的“天敌”，相反，古老的中华文明恰恰是我们自立于世界民族之林的根基所在，是争取让世界重新确认文化身份不可或缺的文化基因。一旦全民族获得了这样的共识，就好似睡狮警醒一般，对中华传统文化的追忆、寻访、继承乃至抢救，便会形成一个时代潮流。香文化的悄然升温以及快速风靡南北，大概也是这种传统回归的时代大潮催生而成的吧！

当然，回归传统并不是回到过去。现代化大潮已经全方位改造了我们所置身的这个世界，谁都无法重温旧梦了。香文化同样处于这样一个十字路口，一方面要继承传统，一方面要面向未来。香文化只有融入现代生活，才有可持续发展的广阔空间。然而，当我们直面现实寻求新路的时候，却蓦然发现展现在我们面前的，其实并非一路坦途。

譬如，在现代化大潮冲击下的传统文化，早已被现代模式“格式化”了。而香文化则首当其冲地面临着以高科技为标志的工业制成品的无情冲击，古老的香文化正逐渐被强力推销的香水文化所替代。资源枯竭使得以沉香为代表的香文化正面临无米之炊和无源之水的困境。天价香料势必沦为只供少数富人享用的小众游戏，而失去广泛的民众基础。无论什么文化，一旦失去民众基础，是无法持续发展的。因此，恢复乃至开发更多的传统香料，使国人用香品香多元化、可持续，应是我们这一代香文化从业者必须具备的长远眼光和深谋远虑。

当今中国似乎正在形成一种“香文化热”，与正在风行的诸如国学热、书法热、养生热、武术热、中医药热乃至茶文化热等传统文化形态的重新升温基本同步。当此之际，新一代香文化研究者和从业者，既要继承和弘扬古老的香文化传统，又要创造出属于新时代的香文化风尚，确实是任重道远，责任重大。这也就意味着，我们不能仅仅满足于摆摆香席，“展示”香料之类的技术层面，我们还需要通过日常的香事活动，来浸染和揭示其文化底蕴，进而承担起中华传统香文化“养礼、养心、养生”的“三养”职责。在我看来，“养礼”传承着中华民族优秀的文化基因，代表着中华传统香文化的高度；“养心”引领着人们进入心性领域的探索，代表着中华传统香文化的深度；“养生”则关注着人们日常生活的方方面面，代表着中华传统香文化的广度。当我们的家人朋友在日常生活中，都能很自然、很优雅地制香篆、摆香席、隔火熏香，参香悟道，通过精致典雅的香事活动，来感悟深邃的精神底蕴，并从中体悟中华香文化背后的博大精深，我想，那才是中国香文化真正复兴的日子。我们每日点上一炷香，皆是为这一天的早日到来，尽一份绵薄之力！

是为序。

读高松山《收藏随感》的随感

高松山是我的天津老乡，不过我们在天津时并不认识，是到深圳以后才认识的。深圳是个移民城市，从哪里来的人都有。可是源于故乡沿袭已久的守土重迁的民风，出来闯世界的天津人并不多。因此，在遥远的南国能遇见地道的天津老乡，实在不是一件容易的事。所以，我与松山兄偶然相识，彼此都认为是很难得的事情，自然格外珍惜。

与松山兄具体是在何时何地相识的，我现在已经记不清了。但可以肯定的是，我们的相遇大抵与书画艺术有关，或许就是他在书中一再谈到的那次京津地区书画展吧？因为我当时在深圳的一家报社专司文化报道，而我个人兴趣又偏向美术评论，一个有很多家乡画家参与的画展，我是必定躬逢其盛的。我翻看了一下松山兄所列举到的那几次重要的画展，如首届京津地区名家书画展、军队画家十人联展、军旅画家四人展等，我都曾参与报道。我相信，与松山兄的相识一定是在某次艺术活动的现场。当然，我那时并不知道，这些展览都是他直接策划的。

因乡情而相识，因书画而结缘，我与松山兄就这样成为身在异乡的好友。我记得曾两次设家宴招待松山兄和一班津门艺术家，一次是由大名鼎鼎的津门“书画经纪人”郑刚先生带队来深“走穴”的画家团队，大约有十几位，把我家斗室挤得满满当当，用文辞形容就叫“济济一堂”，大家喝着天津酒，吃着家乡饭，大声讲着久违的故乡方言，好不热闹；另一次是津门油画家邓家驹和书画兼擅的陈骧龙两位名家来深圳办联展，我邀松山兄一同欢聚，这次参加的人比较少，大家聊得也比较深入，说起许多共同认识的书画界朋友以及共同经历的往事，直至深夜方散。这两次聚会都给我留下了相当深刻而美好的印象，相信松山兄也一定会记得那些难忘的时光。

松山兄好收藏，这其实是理所当然的。为嘛这么说呢？因为津门的古老民风中就有好收藏这一项，历史悠久，深入人心。津门为京畿门户，又是京城皇族贵胄、高官显宦的后花园，尤其是晚清至北洋军阀当政时期，如果说北京是前台，天津就是幕后，一部中国近代史，其实也可以说是天津的一部另类地方志。因此，在这片地头上积攒和流散的各种古董文玩的丰富程度，恐怕是很多城市无法比拟的。流风所及，收藏也就成了这座城市的一个极富个性化的标志。享誉中国收藏界的沈阳道古玩街，之所以会早于北京潘家园，率先从天津冒出来，那绝对不是偶然的。在天津，但凡有点钱又有点闲的人家，都会收藏一些好玩的物件，不一定值钱，但一定要有趣，最好是人无我有，起码也要人有我精。在我接触的津门藏家中，时常可以见到或者听到的是，对电视鉴宝之类节目里被专家标定的那些所谓宝贝，撇一撇嘴儿或者轻吐一句“就这货，还宝贝”，表示一脸的不屑。不要以为这是随便过过嘴瘾，说不定哪位爷们从兜里掏出来个小玩意，就会让举座啧啧称奇。这样的事情，在津门并不鲜见。

只不过天津人一向低调，不喜张扬，闷头玩自个儿的。只有藏家认为到了该跟大家伙分享的时候，才会拿出点真家伙“显摆显摆”，博众位知音一笑，如此而已。很少有人把收藏品换算成值多少银子来炫耀的，那叫“眼窝子浅”，意思是说，您老还没见过山有多高水有多深，不知道无价的宝物是啥模样。

如今，松山兄已年逾花甲，且退休多年，大概是觉得该到跟大家分享自己的收藏心得的时候了，于是就写出了这本《收藏随感》。松山兄给我先寄来一本样稿，让我得以先睹为快。我随便一翻，立即掂量出了这本书以及书中藏品的分量。单论书画，从一代大师刘海粟、陆俨少到当红画家刘大为、何家英；从已故名家白庚延、冯今松，到军旅名家张道兴、满维起、苗再新；从文人书家吴祖光，再到花鸟名家詹庚西、山水名家李行简……真是满目幻彩，名山相望。更令人称道的是，松山兄所藏多为画家之精品，而非一般应酬之作，这一点非常重要。他收藏的陆俨少的作品是八尺巨幅山水，他收藏的何家英的作品是其以妻女为模特创作的《踏涧》，他收藏的刘大为的作品是其代表作《漠上》……一个藏家能拿出这么多当代著名书画家的作品，且不是一幅两幅，有的是五六幅乃至十几幅，如此的收藏数量和质量，开个个人收藏展应该是绰绰有余，而且是有相当分量的。可是，在松山兄写这本小书之前，有谁听到他炫耀过自己的藏品呢？我跟他算是很熟悉了，实在说，连一次都没听他说起过。这是典型的津门藏家的做派！

松山兄除了收藏书画，也旁及玉器和其他杂项。我看得出，他的收藏原则还是以藏品的文化含量为追求目标，同时还要好玩，不与人同。他的玉器收藏很有品位，高古玉是其收藏的重点。近年来，市面上一般都是追捧清三代白玉，认为高古玉虽好却比不过清三代白玉值钱，这种单纯以市场为导向的收藏观念，显然并不为松山兄所认可。他的收藏起步很早，而藏品件件都有故事，都有一定的文化含量。这说明，松山兄是一路收藏、一路研究，他把收藏的过程完全变成了一个学习钻研的过程。今天，通过他的这本小书，我们可以看到他在津津有味地分析自己的藏品，分析藏品的制作年代以及附着在手中器物上面的文化信息，评述此件藏品与其他同类之间的异同……于是，成百上千年来的历史烟云，先是在松山兄的案头凝聚起来，接着，又一篇篇地融汇在这本小书的字里行间。读着松山兄的《收藏随感》，我如同与他一起徜徉于家乡沈阳道古玩街上，饶有兴味地寻索着、鉴别着、发现着，看到得意处则会心一笑，与他共享收藏的乐趣。有些羡慕，也有些嫉妒，但是，绝对不恨，高兴还来不及呢，道贺还来不及呢，怎么会恨呢？看来，当今网络上的流行语“羡慕嫉妒恨”，到了我们哥俩这儿，势必要改改啦！

这就是我读《收藏随感》的一点随感，不知松山兄何以教我？

2012年9月17日于深圳寄荃斋

第四辑

偿还情债
——代后记

我的文字生涯，本自小说始，然而一上路就走岔了道，拐进了新闻之门。自十八岁步入报海，一路逶迤，一路风霜，日夜兼程，追风赶浪。写不尽时代波涛，写不尽风云跌宕，写不尽日新月异，写不尽万千气象。听惯了晨钟暮鼓，看惯了世态炎凉。每日里，笔底烽烟穿云过，甘为他人做嫁妆。真个是报海无涯，韶光易逝；岁月无痕，文章如水。蓦然回首之间，我在报海浮沉已近 20 年了，从我笔下流入报海的“水面文章”，也早已超过了数百万言。这些新闻作品虽属“易碎品”，所记无非一人一事，所论也无非是一时一际的感慨，但是，当我秉笔疾书之时，却总是心有所动；当其见报之后，也总能在公众中引起或大或小的反响。从“文章合为时而作”的角度说，它们毕竟起到其应有的传播作用，说得高一点，也起到过某种教育作用和监督作用。因此，我对我笔下的这些“易碎品”是珍视的，它们是我二十年来在记者之路上奔波跋涉所留下的深深浅浅的足迹。

然而，记者的文字永远是面向传媒、面向公众、面向社会的，客观、公正永远是记者为文的“不二法门”。写作一条消息时，只能告诉读者发生了什么事情，不能掺杂半点个人的情绪和观点；描绘一个人物时，可以把当事人的心路历程刻画得曲尽其妙、纤毫不爽，但个人的情感却必须小心翼翼地掩饰起来，至多只能是借当事人的酒杯，来浇胸中块垒。天长日久，心中积聚越来越多的人生体验和生命感受，时不时地涌动表达个人情感的欲望。每日每时都在描摹外部世界的时候，自己的内心世界却在不停地发出呼唤，提醒自己在略有余暇时也能回转笔锋，关照一下自己焦渴的心灵。这是生命本体所发出的希望被表现、被描摹、被展示、被抒发的生命信号，倘若忽视、漠视、轻视乃至无视这种信号，内心就会感受到一种负债般的痛苦。这是一种难以言状的痛苦，像是对自己欠下了一笔情债，它无时无刻不在纠缠着、追问着、折磨着，令人整日心思不整、寝食难安，“才下眉头，又上心头”。于是，不得不开始思索：“此情无计可消除？”不得不四处寻觅：“洞在清溪何处边？”就这样，几乎是自然而然地找到了一条最适宜宣泄内心情感的渠道，一个与新闻比门而居的“近邻”：散文！

我不知道世上众多的散文家是如何走进散文之门的，但是就我个人而言，选择散文与其说是兴趣爱好使然，毋宁说是遵从生命的召唤，就像我在前面所描述的那样。或者更直截了当地说，就是为了偿还情债，不仅为我自己，也包括所有曾经赐予我宝贵的亲情、爱情、友情的人们。这，成了我写作散文的最大原动力。请试想一下，当我把当天的新闻稿交给夜班编辑，拖着满身疲惫回到家中，躺在床上辗转反侧、夜不成眠，半夜三更竟然像着了魔似的披衣而起，趴在桌前尽情挥洒，不知东方欲晓、今夕何夕的时候；当我不问轻重缓急，将屈指可数的截稿时间置之脑后，推开采访本，却忘情地沉浸于童心忆、友情赋之类的文字中的时候；当我背着行囊下乡采访，记下一连串诸如亩产量、总产值、人均分配指标、计划生育水平等数字之后，竟迫不及待地随便找个草垛田埂，在小纸片上潦草地写下雪的情思、虫的吟唱的时候……我分明是在设法修补心灵的缺憾。我天生是一个性情中人，无法让自己一味充当冷静的旁观者和不动声色的叙述者的角色，尽管我在记者的岗位上也完全能够让自己冷静下来并客观叙事，但是一旦走出职业的羁绊，我的内心便油然升腾起或炽热，或温馨，或激昂，或哀婉的千般情愫与万缕情丝。这种感觉，恰如我在一首题赠给远方友人的《虞美人》中所写到的：“书生本是多情种，此意无人省。心琴切莫等闲弹，往事如流一泄化轻烟。”

如今，收在这本集子中的一百多篇文章，便是我在紧张的记者生涯的边上，自弹“心琴”所奏出的一串心音。或许它们连不成什么曲调、谱不成什么旋律，但却都是从心底流淌而出的真实不虚的情感。我在写作它们的时候，很少掺杂职业的或功利的目的，早期的一些篇什，如《爱情赋》《友情赋》《登泰山记》等，写作时甚至连发表的意念都没有，纯粹是写给自己和亲友看的。唯其如此，情感才真才纯，而真与纯不同样是散文写作的“不二法门”吗？如果说，我的新闻作品大都是遵从社会的需要而命题作文的话，那么，收在本书中的文字则大多是遵从生命的感召而自然成文的。我对这些东西，较之新闻作品，自然更加珍视。

中国是个散文大国，古往今来，历代文豪指点江山，俯仰吟哦，为后人留下了浩如烟海的名篇佳作。我深为自己能生在这样一个盛产美文的国度而感到荣幸。我在这片令人陶醉、令人遐想、令人心动神摇、令人思接今古的文学园地里徜徉着，如同沐浴着中华五千年的文化熏风。在异彩纷呈与风格迥异的妙笔杰构中，我似乎总是偏爱那些风骨凛然、胸襟博大、气象雄浑、意境苍茫的阳刚之作，而对那些轻盈剔透、纤细灵秀、细腻有余、骨力不足的婉约之文，却有一种天生的排拒心理。这或许同我自幼生长在韩昌黎所谓“自古多慷慨悲歌之士”的燕赵之地，多少有些关系吧。因此，我并不讳言对当今文坛大有蔓延之势的散文弱化、柔化、纤巧化、女性化的现实，很不欣赏，甚至有些反感和排拒。我总觉得，中国人自古为文，并不缺少雄强之骨力、磅礴之气势、浩瀚之襟怀、激扬之文字，何以今天竟变得如此甜俗、如此疲软、如此阴盛阳衰、如此絮絮叨叨？我深知自己的浅薄和贫乏，无力也无意去强充好汉，奢望以一己之微力去挽回散文的颓势。我所能做的，只能是听凭情感与本性的驱使，而不受至少是少受世风的左右，自发肺腑，自揭须眉，只管作自家的文章，而不去计较“画眉深浅入时无”。这样一来，倒使我摆脱了心为形役所拘的窘境，从而获得了“文无定法”的自由。我知道我的文章是无章无法，不成样子的。我所一向钦佩的范曾先生命之以“赋体散文”之名，我以为那只能说是为我勾画的一个努力的方向和目标。而且，我之所以迷恋上赋神骈貌，其实也是受到范曾先生的那些滔滔雄文的直接影响。这些气势磅礴的文章令我爱不释手，使我恍然大悟：原来散文还有这样的写法儿！

对我的散文写作具有深刻影响的另一位大家，便是我一度有幸与之同在一家报社的孙犁先生。我钦佩孙犁先生的文品，更钦佩孙犁先生的人品。多年的交往使我有机会向老作家当面请教，我对孙犁的散文逐渐加深了理解。或许有人会问：你不是独嗜阳刚，不近阴柔吗？怎么也会喜欢孙犁的文章呢？对这种诘问，我实在不以为意。世人咸以孙犁先生为阴柔之美的代表，其实是并不全面，也并不准确的。孙犁本是记者出身，早年之作，多成于战火硝烟之中，激情充沛，热血沸腾，被他自称为“青春的遗响”，怎可以阴柔视之？10年前，我曾专门写过一篇《论孙犁早期报告文学中的阳刚之美》，发表之后，得到了孙犁先生的多次赞赏。这说明，我们对孙犁这样有影响的名作家，也不免存在着“误读”。更何况，孙犁先生晚年的散文已入炉火纯青之境，其中年特有的那种清新淡雅，已为沉郁和苍凉所替代。可以说，正是孙犁先生的这种看似平淡至极，实则内蕴深邃；看似漫不经心，实则无法而成至法的文风，使我那时常是“逸兴遄飞”

的思绪，能够回到地面上来。这，正是孙犁的散文给我的最大的教益。我想，细心的读者或许不难发现，在我的许多篇什里，若《邻居忆》《秋虫吟》《失落的心音》，往往隐伏着“私淑”孙犁的些许痕迹。

最后，请容许我向永远保持着一颗水晶般透明的童心的陈祖芬老师，表示由衷的感谢。可以说，她是第一个对我的不成样子的散文给予关注，并且在我毫不知情的情况下，主动在《人民日报》（海外版）上撰文评介我这个无名小辈的。我在征得陈老师的同意之后，特意把她的文章用作代序，就是为了表示对她的这一片真诚的情意，我将永志不忘。同样地，范曾先生以如此美妙的文笔、渊博的学识和深邃的哲思，为我写来如此漂亮的序文，实在令我感动。读着范公的美文，我不禁慨然自问：什么时候，我的文章也能写得如此漂亮呢？哦，“路漫漫其修远兮”，前面的路还长着哩！

余秋雨老师是我非常钦敬的学者，他的散文也是我十分喜爱的。此次，他能欣然为本书题签，实在是我的荣幸。此外，我还要对曾经给予我许多支持、鼓励和帮助的李青、薛亮、毛世屏等人，表示感谢。正是仰仗他们的努力，这本小书才得以面市。

1996 年 9 月 16 日于深圳寄荃斋

品味寂寞

——《东方既白》自序

在某些场合，朋友曾戏称我为“学者”，我说，我不是学者，而是记者。不过平心而论，我尊敬学者，从心底里钦佩那些学识渊博、胸藏万壑的睿智之士。他们在我心目中，是高耸入云的山峰，是泽被八荒的巨川，是身载着人类文明的智慧之舟，是引导人们从蒙昧走向光明的指路灯塔……我仰望着他们，时时感受着他们思想的启迪和心智的恩惠，好似沐浴着温煦和畅的惠风。同时，在他们面前，我也时时感到自惭，进而明白了什么叫作贫乏和无知。黑格尔说：“无知者是最不自由的，因为和他对立的是一个陌生的世界。”当我切实悟到这一点时，我知道我已别无选择。

大约是在 1987 年吧，我在我所主持的部门里首倡“学者型记者”，但响应寥寥。当时就有些朋友笑我“迂阔”。现在想来也真是不合时宜。当今之世，人们倾心、羡慕、刻意追求的是实惠，是发财，是位高名显，是大腕大款，谁会跟着你去作“书虫”呢？然而我却一直固执地认为，作为每天都要从社会采撷新闻的记者，如果长期甘于面对“一个陌生的世界”，那么你就永远无法摆脱贫乏的羁绊；进而言之，如果整个记者群体也长期没有摆脱贫乏的自觉，那么你就不要再去抱怨旁人讥笑“新闻无学”了。

倡导不果，我想到了“身先士卒”。我要亲身品味一下从奔突咆哮、瞬息万变的旋涡中心，退回寂静、孤独、青灯相伴的书斋之中，会是什么滋味。许多朋友对我的想法大惑不解，以为我一定是神经出了毛病，而我却“独持偏见，一意孤行”（徐悲鸿语）。

记得报社老总编鲁思同志有句名言，叫作“耐得住寂寞，经得起喧嚣”。我认为这与其说是一种处世的准则，毋宁说是一种做人的境界。记者这个行当是偏爱动、偏爱变化、偏爱喧嚣的，因而要“经得起喧嚣”确实不易。而学者则偏爱静、偏爱深思、偏爱寂寞，要“耐得住寂寞”则更难。在这里，喧嚣与寂寞恰恰构成“记者”这一特定角色的两极。在五色迷目、五音乱耳的喧嚣中，记者会锻炼得思维敏锐、耳聪目明。但是天长日久，却有可能形成浮光掠影、追风赶浪的偏颇。这就显出回归寂寞的重要了。寂寞之于文人，恰如魔鬼梅菲斯特之于浮士德，是如影随形、挥之不去的，它会不断地给你提出难题、令你痛苦，从而逼你思索、促你顿悟。久而久之，倒会使你变得思维深邃、洞若观火。于是，你在孤独中趋近淡泊，在耕耘中增益心智，这对一个记者、一个文人来说，不是益莫大焉的事情吗？然而，只因为我们习惯了喧嚣，习惯了登高一呼、从者如云的荣耀，更抛舍不掉眼前的功名利禄，才不肯与寂寞结缘。但是从本质上说，既然成了文人，那寂寞便是无法回避的。为了回避寂寞而去追逐一时的热闹，只会使人的内心失去澄明与平静，变得愈发空虚，到头来只能是加倍的寂寞。这大概是从古至今，真正文人概莫能外的心路历程吧。

我自十八岁步入报海，一直浮沉于时代的波峰浪谷，喧嚣是经历了。然而，每当我被种种喧嚣吵得心烦意乱、六神无主时，我便愈发向往那独坐斗室，绝侣息朋，半卷闲书，思接千古的寂寞生涯。在喧嚣中过惯了的人难免害怕孤独。然而一旦真的返回孤寂的书斋，在选定的一块园地里开始默默耕耘时，却会惊奇地发现孤独与寂寞的特有的魅力。反关房门畅游书海，如同把华夏先哲、异邦智者，俱邀来畅叙，不知晨昏夜幕，今夕何夕；面对一沓稿纸，秉笔沉思，常会恍惚觉得自己正在绝无人烟的荒山险境上踽踽独行，荆棘蓬榛、虫豸虎豹、颓崖急湍，苦雨凄风，时时会侵袭心灵。一时间，辨不清方位，找不到终点，想高歌没有“知音”，欲问路不见村舍，于是在寂静中悟到了跋涉的艰辛，在求索中尝到了攀登的惊险，忍不住向那些先行的智者们投去深情的一瞥，然后，屏息静气，立定精神，目驰八极，心游万仞。在行进间偶然回眸时，却会蓦然发现，当初在面前横亘的丘壑，曾几何时已被踩在脚下。而且还会发现，前后左右，已有三五知己乃至更多知音在同行。当此之际，不禁怦然心动，顿时不再感到孤独，将那万般荣辱皆化作会心一笑。这种满足、这种欣慰、这种境界，决然是身在喧嚣之中所无法想象的，这是独属于寂寞的幸福！

我深知自己是愚钝的，因而不敢奢望成为学者。我向往学者的境界，其实只是追求自我的充实。而在这追求中，我也分明感到自我正在逐步得到充实。高尔基说过：“人的知识愈广，人的本身也愈臻完善。”由此观之，追求充实的本身，也就是追求自我的完善。至于称谓是“学者”还是“记者”，倒是无关紧要的。

这本书中所收录的文字，便是近年来我在“踽踽独行”中留下的雪泥鸿爪。其中绝大部分是谈论艺术的，内容几乎涉及中国传统艺术中的各个门类，如绘画、书法、篆刻、摄影、音乐、舞蹈、戏剧以及民间艺术等。涉猎范围如此广泛，当然也应归之于我多年当记者的好处，记者的职业特点就是“杂”嘛。不过，我在写作中倒也避免了蜻蜓点水式的泛泛而谈，尽量让文中渗入一点学术气息和独到见解。从这个意义上说，这些文字也可视作我倡行“学者型记者”的一份答卷吧。

书中贯穿着我的一个强烈信念，那就是“21 世纪一定是东方艺术崛起的世纪”。这个信念绝不是凭空臆断，而是通过对东方艺术的历史回顾、对东西方艺术的比较研究和对当今艺术发展走向的反思与展望所得出的结论。正是为了体现这一信念，我才将本书定名为《东方既白》。书名的题字出自已故国画大师李可染先生。在这帧题字的原件上，可染先生还特意加了一段跋语：“人谓中国文化传统已至末路，而我预见东方文艺复兴曙光。因借东坡《赤壁赋》末句四字，书此存证。”这段警语，不啻是对本书主旨的画龙点睛。此外，年近九旬的著名书画家董寿平老先生，抱病为本书题词：华夏雅韵。我的书法启蒙老师、津门名书家宁书纶先生也为本书的出版题赠长联志贺。对此，谨表深深的谢忱！

书中的第一辑《艺史纵览》，本是我为《中华文化大观》一书所编写的有关艺术的章节，此次编入本书又作了较多的补充和修改。其余四辑的绝大部分文章，曾在京津等地的报刊上发表。在辑入本书时，我又对部分文章作了增删和润色。我十分感激杨柳青画社的杨进刚、池士谭、韩祖音、芦学敏等人，他们为本书文字和图片的编排和拍摄付出了大量心血。此外，多年来经手过这些文稿的《天津日报》《今晚报》等报刊的编辑们，也是应当在此致谢的。尤其需要提到的是老报人朱其华先生，他曾是我的上司，但更是我的良师。本书中有相当一部分文稿，是在他的直接督促、鼓励和支持下写成见报的，而他那博学多才的学者风度，更是我所仰慕并愿意效法的。

1992 年 11 月 6 日于寄荃斋

写在《诗意丹青》前面

（一）

很多艺术创意都出于偶然。“诗意丹青”这个展览更是无心插柳、机缘天成之作。那是在2014年8月间，我与陈浩、李贺忠的“集印为诗”书法篆刻展在天津智慧山艺术中心举办，众多好友赶来捧场，其中就有从江苏南京赶来的朱德玲女士和从山东淄博赶来的田耘先生。他们两位原本素昧平生，却因皆为我的好友而聚于一席之上。艺术家相聚，免不了谈文论艺，他们也互相交换了对艺术的看法，还互赠了各自的作品集。他们惊奇地发现，双方的艺术观念惊人的一致，而对各自的艺术风格更是互相激赏，这使他们萌生了合作的初念。不知怎地，就在品茗闲聊之际，他们的话题转到我女儿侯悦斯的诗词上面。田耘觉得悦斯的诗词很有画意，适合入画，他希望把悦斯的诗词作品绘制成一幅幅“诗意画”。而朱德玲一听，当即表示愿意“加盟”，因为她早在几年前就已开始把悦斯的诗词书写成书法作品了。就这样，一位画家与一位书家，一次偶遇便一拍即合。他们一同来到另一张茶桌上找悦斯商量此事，反倒让悦斯感到几分讶异：“我的诗词？行吗？”两位长辈的回答毋庸置疑。一个艺术创意就这样从一个茶席上“灵光乍现”，在几分钟之间就敲定了。

（二）

然而，在具体运作时又遇到了一个问题：悦斯的诗词创作一向十分严谨，诗不轻发，词不枉作，致使其诗词的数量尚不足以支撑一个书画展；加之她自奉严苛，对不满意的作品删减裁撤，绝不手软，这又进一步压缩了入展诗词的数量。朱田二位一合计，就打上了我的主意，他们力邀我也“加盟”其间，不光要我把从来“秘不示人”的诗词拙作贡献出来，还希望我为这次展览专门创作一些“集印诗词”新作。田耘一向以绘制茶画著称，他还特别希望我挑选一些与茶有关的诗作，供他画茶。我深知，对此邀约我是无法拒绝的，尽管我明知自己写诗的功夫并不到家，更不敢与女儿比试填词。但当此之际，无论是“救场”还是“沾光”，我都没有退路，只有献丑一途了。既然如此，索性就不计工拙把多年秘藏箧中的诗作，捡出若干，交给两位艺术家去处理了。

说到“集印诗词”，我倒还有些自信。这毕竟是我自创的一种新鲜玩意儿，此前此后均未见对手，从集印为诗到集印为词，就创作时间而言，已经有两年多的时光，作品总量也已超过百首，再创作一些新作，应该不成问题。不过，让我感到困惑的是，集印诗词的质量还远未达到我心目中的水准，主要原因自然是受制于既有印文的数量和质量。然而，值得庆幸的是，前不久我得到一批由深圳著名篆刻流派印藏家罗云亭先生慨然相赠的印蜕，皆是锄月庐藏印中的精品，这使我可以比较得心应手地叶韵倚声、遣词造句。我很高兴这批集印诗词新作，能在时隔一年之后重回故乡的智慧山首展。足见智慧山确是“集印为诗”之福地也！

（三）

作为诗词的作者，眼看着自己的文字被两位艺术家妙笔生花，变成一幅幅书画作品，其感受绝对是奇妙的。品田耘之画、德玲之书，我只觉得一股淡淡的诗意从尺素间浮起，若鼻享沉香，飘然而至，入眼而沁心脾，无声而有韵致。

田耘是茶画高手，近年来由茶而入禅，由静而生定，画面中飘荡着他特有的方外之清寂与出尘之荒寒，曲折地映现着画家内心的清冷和不肯与俗流为伍的孤傲。他画诗词，并不是简单图解诗中景象，而是摄取诗中魂魄，刻意营造一种与诗词意境相近的氛围和气场。我尤其欣赏他为悦斯《临江仙•观昆曲桃花扇》等词作所画的“词意画”，意境幽深，画面简洁到极致，其画外之旨则留给观者去回味、去品咂。我欣赏田耘这种清冷孤寂的艺术风格，我想德玲对田耘的激赏亦当如我，看重的恰恰是这种难得的茶清禅寂的文人气质。

德玲本为金陵才女，早年问道于林散之高足陈慎之先生门下，鲸吸传统文化之营养，涵养出慧心纨质的清雅之气。她的书法不趋时流，不媚俗眼；提按揉捻，从容淡定；纵横捭阖，境由心造。其抄经而字中寓禅，作草则笔下生风。如今，她以笔墨追摩诗词意趣，遂使其字里行间平添了几分神韵幻化：诗意昂扬则书风劲健，词境婉丽则笔墨蕴藉，书长卷则神完气足，写短章则笔势跌宕。我想，朱德玲对诗词意境体味之深，不惟因其懂诗，更因其胸中自有诗在也！

由两位艺术高手合作的作品，在《诗意丹青》展品中占据半壁江山，有的是先书后画，有的是先画后书，然制成品却很难分辨出是孰先孰后，书画浑然天成，尤其是他俩为我的《承夏园记》所作的长卷，书之娟秀，画之清雅，山水人物，古意盎然，令人如行山阴道上，仿若不经意间，就会与苏黄文沈诸先贤迎面相逢。品书读画，心中暗想，倘若当初没有让这两位艺术家“一席之聚”，又怎么可能生成眼前这些艺术妙品呢！

（四）

“诗意丹青”是一次艺术融合的尝试。诗文入画，本是中国古老的艺术传统，东坡公那句“诗中有画，画中有诗”的妙论，早已将书画艺术融入了诗的氛围。而“诗意丹青”的独特性只是在于，书画家以特定诗人的作品为母题，生发点染，量身定制，力求将诗意通过艺术再现，融入其书法绘画作品中，由此形成个性化诗词与个性化书画互相融合、彼此依存的创作格局；而在这些诗词作品中，又因“集印诗词”的融入，令篆刻艺术也自然而然地跻身于视觉审美的一极，从而形成“诗书画印”混搭交融的新形式；此外，在两位艺术家的创作中，还有意无意间吸纳了李瑾所拓的一些传拓作品，作为书画作品的有机要素，进而将拓印艺术也融汇其间。至此，“诗意丹青”便演化成为一个前所未有的“诗文书画篆刻拓印”诸多艺术形式有机融合无缝衔接的特展。融合，无疑成为本次艺术实践的一个绕不开的“关键词”。

“融合”是我很早就意识到的一个观念。不过，这一想法萌生之初却与艺术无关，而是源自一个科学概念：20 世纪 80 年代中期，我在《天津日报》主持高教方面的新闻编采，曾编发过一篇有关交叉学科的报道。印象最深的是几位泰斗级的科学家的一个观点：当今世界上几乎所有重大科学发现，都是从学科与学科之间的交叉点上率先突破的。我当时就联想到，科学是如此，其他学问又何尝不是如此呢？

90 年代初，我与著名作曲家鲍元恺教授进行了一次由音乐艺术所引发的深度对话，我重提科学界的“交叉学科”的话题，而鲍教授则引出了德国作曲家瓦格纳的一句名言：“艺术的出路就在于融合。”我们一下子碰撞出思想的火花，越谈越兴奋，越谈越深入，最后，我们一致同意把瓦格纳的那句名言用作了这篇万字长文的标题。

也就是从那时开始，艺术融合的观念在我脑海中扎下了深根。二十多年中，我秉持这一观念，撰写了数十篇书画评论，也为不少艺术界朋友建言献策，从陆续接收到的信息反馈看来，绝大多数朋友因选择各自的“融合之路”而实现了或大或小的艺术突破。“融合”几乎成为我艺术观念中的一个内核。

（五）

自 2013 年以来，我开始凭着自己的兴趣爱好，尝试一些带有鲜明融合特色的艺术实践，先是推出了以“诗书印”融合为特色的“集印为诗”展，继而策划了以拓印与诗书画相融合的“我拓我家”李瑾传拓作品展；而此次的“诗意丹青”虽说并非我的创意，但在实施过程中，两位艺术家更加有意识地让诸多艺术形式相互融合，力图实现诗文、书画、印拓以及茶文化、陶瓷文化等诸多艺术要素的完美呈现。他们的良苦用心，我已经从这些新颖别致的书画作品中体味到了，我相信，各位亲爱的观众和读者也会如我一样，观其展而有所悟。

（六）

我由此悟到：艺术的主体是人。艺术的融合，说到底，还是人的融合，是艺术家在艺术观念和创作实践上的高度默契和互相砥砺。

令我感到庆幸的是，我初涉艺事便遇到了诸位真诚而纯粹的艺术同道，若“集印为诗”所遇到的陈浩、李贺忠；若“我拓我家”展所遇到的20多位艺坛至交；直至此次“诗意丹青”展所遇到的朱德玲和田耘……

值此《诗意丹青》付梓之际，细细翻阅着这些精彩的艺术成果，我心中油然升起一种感激，一种因心灵的契合而产生的由衷的情感：我要谢谢他们，我的艺术同道们，能有机缘与他们合作，是我们的荣幸，真的。

我还要特别感谢《每日新报》与智慧山艺术中心对“诗意丹青”的青睐，尤其是张颖与张伟力两位，从立项到策展都倾注了大量心血；而高淑芳和张河先作为两家主办单位的直接运作者，我在去年“集印为诗”展览时，已然亲身体验到了他们的干练和热情，希望今年“诗意丹青”的再度合作，我们能够为彼此留下更加美好的印象。

最后，要感谢《诗意丹青》图录的执行编辑田鹏飞先生和平面设计师薛子丰先生，遇到这么优秀而实诚的“高级义工”，昼夜赶工而不计毫厘，真是我们的幸运，谢谢你们！

因为想说的话太多，故而写得头绪繁杂，实在不像一篇合格的序言，就叫《写在前面》吧！

2015年8月30日于北京

《淘书·品书》后记

这是一本关于书的小书。

书中所收录的文字，最早的篇什还是写于青春岁月，如今我已两鬓霜染，算起来已超过了三十年。因此，这不是一本新写的书，至少有一部分篇章属于旧作。但是，也不能据此就说这是本旧书。我对旧书有一种特殊的评判标准，那是要经过时间的淘洗和时代的冲刷，后来者依旧对其念念不忘、恋恋不舍、情有独钟，读后依旧有所收获、有所裨益，这样的书才配称为“旧书”，而断非以写作时间的长短和书本品相的新旧来衡量。以此为标准，我这本小书还真当不起这个“旧”字，所以，我只能说“这是一本关于书的小书”。

中国文人一向被称为读书人。读书人与书的关系极为微妙，绝不单单是那种读者与读物之间的对应关系。书之于读书人，是精神的归依，是无私的挚友，是永恒的恋人。傅山曾说：“自贵莫如忍辱，忍辱莫如远人，远人莫如亲书。”这“亲书”二字用得特别传神，把读书人与书的关系一语点破了。

每个读书人都有属于自己的淘书故事和品书心得，这原本是些很自然也很普通的书人书事。不过，对每位读书个体而言，这些淘书和品书的瞬间和感悟，却往往构成其生命中难以忘怀的记忆，进而具有了类似于收藏品的珍贵性。人的记忆是绝对的易碎品，同时也最容易被时间尘封。要让那些难忘的记忆能够完好地珍藏于心底并随时映现于眼前，就需要“时时勤拂拭，莫使惹尘埃”。我认为，最好的办法就是把它们写出来，与诸多爱书人分享。感谢海天出版社的胡小跃先生给了我一把“拂尘”，让我有机会也有动力，把尘封已久的关于淘书和品书的记忆，重新“拂拭”了一番，尤其是那十多篇专写在京津沪深以及兰州、南昌、扬州、天水等地淘书的文字，都是在他的“催逼”之下，在很短的时间里一气呵成的。他激活了我的记忆，促使我把若干年前陆续写出的关于海外淘书的故事，与这些国内淘书经历“衔接”起来，构成了一个完整的淘书系列。这些虽是新作，但内容依然属于“忆旧”的范畴。至于“品书”部分，则是我把一大堆与读书评书有关的文字，一股脑地推到他的面前，任由他来汰选。我本身做过编辑，深知每个选题都有独特的标准和取向，把这种选择的权力交给责任编辑，不仅是最省心的，也是最可靠的。当然，前提是要像胡小跃一样的编辑，是一个如此严谨、真挚且独具慧眼的读书人。在此，谨向小跃先生致谢！

几天前，我在深圳的文玩商铺偶然见到一枚老印章，虽貌不惊人却刻工精良，尤其是那印文令人怦然心动：“至乐无如读书”——真是恰中肯綮，直抵灵府。我想象着要在自己的每一本书上都钤盖上这枚印章，让它来为我“代言”，这种情绪化的冲动使我完全放弃了讨价还价，尽管店家索价甚昂，我依旧将其收入囊中。

我想，这应该也是每一个爱书人的心曲吧！

2013 年 10 月 14 日于深圳听山读海楼

收藏在扉页中的记忆

——关于“扉页故事”的开篇话

（一）

我有一本散文集名为《收藏记忆》，这其实是我对人生的一种感悟。想想看，人这一辈子，必然要经历好多事情，接触好多人物。这些事和人，经过岁月的沉淀和主观的过滤，最终能够被收藏的，一定是最珍贵和最难忘的那些部分。而人生的所谓财富，无论一路走来是富可敌国还是身无分文，最终的归宿都是“一片白茫茫大地真干净”，生不带来，死不带去，留在自己心底属于珍藏级的宝贝，除了那些终生难忘的记忆，还有什么呢？

记忆需要载体。没有载体的记忆会因时间的淘洗而褪色、淡薄、模糊。曾听说有一位记忆力超群的大学者，常常为自己的记忆存储太多而苦恼，甚至希望能像电脑一样给自己的大脑加装删除的功能。这大概正是他的非同凡人之处，而我辈确是彻头彻尾的凡夫俗子，记忆力不够强大是相伴终生的烦恼。如今，年过半百，两鬓斑白，记忆力的衰减更是无法阻挡的趋势。在这种情形下，“收藏记忆”就不是一件轻而易举的事情了。在生活中，丢三落四，前言不搭后语，熟人迎面而来却想不起人家的名字，等等，这类属于失忆健忘的症候群大有愈演愈烈之势。当此之际，记忆的载体就显得尤其不可或缺了。

在我的诸多记忆载体中，毫无疑问，书是首要的，也是最常用的。而书的扉页更像是打开记忆闸门的钥匙。因为很多书都是文朋书友赠送的，很多赠书的扉页上都存留着鲜活的题字和签名，古人云“见字如面”，这不啻是古人对扉页上这些字迹的最好诠释了。

（二）

我爱书。这个爱，不仅仅是指爱读书，而是指对书有一种无法言说的情结，类似谈恋爱时那种“才下眉头，又上心头”的依恋之情。这种情结的产生，大概与我少年时期正好赶上“文革”，数年间无书可读，因而惜书如命的成长经历密切相关。我相信，现在的孩子们小小年纪就饱受书山题海的困扰，他们自然是无法理解，也绝对不会萌生这种恋书情结的。

已经记不得我得到的第一个签名本是什么时候了，不过，真正使我意识到签名本的珍贵，并开始留意收藏签名本，是从孙犁先生题赠给我的那本《老荒集》开始，这一点我是记得清清楚楚的，那是在 1986 年 11 月。从这本书上，我第一次看到孙犁先生的几则《书衣文录》，其中有三则是给姜德明先生题写的，分别是他所收藏的《少年鲁迅读本》《白洋淀纪事》和《津门小集》。我由此知道，原来书除了阅读的价值，还有某种收藏的价值，而作者留在扉页上的题字，将使这种收藏价值平添一种特殊的文化内涵。比如孙犁先生的这段关于《津门小集》的题跋，就生动记述了作者从解放区初进大城市的情形，“尚能鼓老区余勇，深入生活，倚马激情，发为文字”“一日成一篇，或成两篇”的采访写作实情。而这类回忆自己记者生涯的“夫子自道”，在孙犁先生的其他文章中却极为罕见。因此，我在此后研究孙犁先生报告文学的一篇论文中曾重点引用，并成为我后来研究“报人孙犁”这个课题的一条重要资料。

从孙犁先生的书中，我知道了姜德明先生，随即找来他的各种读书谈书的文章来读，尤其是读到他那三篇《签名本的趣味》，令我会心一笑。由此，我也有意识地开始了自己的签名本收藏。

（三）

从事媒体工作，尤其是编辑报纸副刊，常常要与文学艺术界的朋友们打交道，或沟通信息，或联系稿件，或约见访谈，一来二去，大多就成了朋友。文人之间的交往，书是必不可少的媒介。俗谚说“秀才人情一张纸”，那多半是指书画墨宝；而今若改成“秀才人情一沓纸”，那就可以专指自己的书了。书是文人相交最好的“手信”，也是自我介绍最好的“名片”，不论是“旧雨”还是“新知”，互赠一本自己的作品，显然很得体，也很雅致，不仅可以迅速拉近彼此的距离，增进互相的了解，还可以引出共同感兴趣的话题。副刊编辑与副刊作者这一对天然书友，造就了“书话”这一独特的文体。现代文坛好几位书话大家，无一不与报纸副刊有着千丝万缕的联系，若写出《西谛书话》的郑振铎先生，写出《晦庵书话》的唐弢先生以及至今依然在书话领域辛勤笔耕的黄裳先生，等等。而孙犁先生更是一辈子没离开过报纸副刊的编辑岗位，他的《耕堂读书记》和《书衣文录》无疑是当代文坛不可多得的书话名著。我有幸与孙犁先生同在一家报社共事十多年，在读书、写书乃至藏书方面，孙犁先生无疑是对我影响巨大的一位导师。而姜德明先生同样是副刊编辑出身，不仅是报界前辈，而且是我的天津老乡。我自 20 世纪 90 年代中期与姜先生结识，虽南北阻隔见面的机会不多，但书信往来从未中断。姜先生每每与我谈起他在天津有名的天祥旧书肆淘书的经历，令我倍感亲切。毕竟，那家书店也是我青少年时期流连忘返的地方。如今，天祥早已荡然无存，那曾经萦绕数十年的袅袅书香，已成了我们两代爱书人共同的叹息。在这十多年中，姜德明先生还陆陆续续给我寄来了五六本新作，这些签名本对我而言无疑具有特殊意义。这是《签名本的趣味》作者的签名本呀！

（四）

我自 1984 年春天从记者转行做编辑，创办了《天津日报》的《报告文学》专版。此后近三十年间，我一直是在新闻和副刊之间游走转换。20 世纪 90 年代初，我从天津南下深圳，依旧是做报纸编辑，参与编辑了各种类型的副刊专版，也创办了不少专业周刊，最多的时候，我曾同时担任着七八家报纸杂志的社长、总编或法人代表，尝尽了编辑工作的酸甜苦辣。不过，三十年的编辑生涯，也给了我无数机会去结识和接触社会各界的精英才俊，使我得到很多难得的机缘，向那些学问渊博、见解高深的饱学之士求知问道。正是在这些交往中，我的签名本也在日积月累中蔚为大观了，赠书的作者朋友从南到北，从国内到海外，从文学界到艺术界，从哲学、历史到经济学、社会学……

每一本书的扉页上都叠映着一个清晰的面容，每段题跋的字里行间都存储着一份深厚的情意。岁月不断流逝，书页逐渐泛黄，字迹也或多或少地濡染了时间的沧桑，但记忆却历久弥新。每当我略有余暇，总喜欢站在存放签名本的书架前随意抽取翻阅，如同在与那些久违的友人们私语絮谈，倾诉思念。现代社会，人们在动荡中奔波，在焦虑中前行，人与人的交际越来越频繁，交际的内容越来越庞杂，而通信工具的发达更使这种人际交流更加迅速便捷，但是我们也不能不承认，现在的人与人之间，心灵的沟通却日渐稀少，真诚的对话更是一种奢侈。在如此境遇中，那些留存在扉页上的真挚话语，便显得弥足珍贵。每次重温扉页上的字句，我都会立刻记起当年得到这本赠书时的场景，作者的音容笑貌也顿时浮现在眼前，进而想到这个作者的近况以及新作，不论是近在咫尺还是远在天涯，我会在心中默问一声："朋友，你过得还好吧？"

（五）

自 1989 年我出版第一本书算起，我这三十年中也拉拉杂杂地出版了近 20 本小书，我也开始学着前辈的样子，买来自己的新书，签名赠给友人。至今我还清楚记得，三十多年前第一次从书店买回自己的那本舆论社会学小册子《疲软的舆论监督》时，内心是何等的兴奋，当晚就在灯下填了一首长调《水龙吟》，其中不仅写到"书肆里，一叠自采"之后的感慨，更抒发了一通爱书人对读书的无限深情："平生幸伴银鱼，寒斋独坐游书海。胸涵万壑，思接今古，神驰天外。华夏先哲，异邦智者，风流一脉。俱邀来畅叙，晨昏夜幕，直令我，心澎湃。"词是初学练笔，但是所表达的爱书之情却是真挚的。我把自己的第一本签名本送给了我的父母，我看到两位老人在接过这本薄薄的小书时，脸上写满了欣悦和满足。

从此，我在不断接受朋友赠书的同时，也时常把自己的拙著题赠给对方。书，成为连接我与很多文友、书友、诗友的情感纽带。有些友人多少年难得见上一面，但是鸿雁传书，却恰好弥补了时空阻隔带来的缺憾。见字如见面，读书如读人。一册小书常常负载着远方的问候和挚友的思念。而我也时常把自己的新书寄赠给各地的友人们，并习惯于在扉页写上几句祝福和问候，这就如同把自己的牵挂和情意捎到了远方友人的书案前。

如果说，当初因爱书而藏书，还只是“与书结缘”的话，那么，当我将签名本视为“收藏记忆”的载体，并将自己的签名本分赠诸友之时，那就应该叫“以书结缘”了。书，从知识的载体转化为记忆的载体，我与书的缘分，何其深也！何其纯也！何其真也！

（六）

我的“扉页故事”专栏最先是在《深圳商报》的《文化广场》刊发的，那是在老书友兼老同事胡洪侠的撺掇下开笔的。后来陆陆续续登了半年多的时间，最后因为工作繁忙就被迫中断了。但是对这个选题的兴趣一直没有黯灭。后来，又在北京《全国新书目》主编杨文增兄的鼓励下，恢复撰写这个系列，这一下就写了两年，直至2011年才算暂告一段落。

感谢胡洪侠和杨文增两位书友，如果当年没有他们的鼓励，我那些关于书与人的记忆，或许会长久地尘封架上以至湮没，至多是只供我个人回味和重温一下，而今，随着“扉页故事”的传播，已经可以为更多的读书人、爱书人、写书人、藏书人所分享了。这些书和这些人，依次从我的记忆深处“溜达”出来，一个个神采奕奕，各具风神，与众人一起沐浴书香，展现风采。他们中，有儒雅渊博的学者，若饶宗颐、周汝昌、邓云乡、刘再复；有名传遐迩的作家，若孙犁、金庸、余光中、黄裳；有目光如炬的报人，若高信疆、姜德明、束纫秋；还有各个艺术门类的艺术家，若画家张仃、刘国松、徐义生，雕塑家钱绍武，音乐家汤沐海，书法家尉天池、赵正，将军作家萧克……

藐予小子，良缘天赐，竟有幸与这些了不起的人物相识、相交乃至相知，端赖“书为媒”，端赖那些签名本记录并收藏了这一段段“扉页故事”。今天，我把这些被珍藏的记忆披露出来，一为存念，二为分享，希望能为各位看官的生活添上一缕淡淡的书香。此白春撰写和披露这一系列文字之初衷也！

《收藏记忆》后记

《收藏记忆》收录的是自1996年《青鸟赋》出版之后的散文作品，算起来已经十年了。十年的时间不算短，只写下这么一点点文字，想来实在有些惭愧。对这些不成样子的文字，我本来也无意结集出版，但是一次难忘的老同学聚会促使我改变了想法。

那是在2003年春节期间，我回天津探亲，一班初中老同学聚到一起，海阔天空神聊一番。大家都很关心我这十多年独自闯荡深圳的经历。我说，曾经在深圳海天出版社出过一本《青鸟赋》，里边有一辑就叫《感受深圳》，记录的就是我初到深圳的感受。大家都说没见过，问我要我也没有了。当下就有人提议："干脆在天津再出一本吧，让我们都看看你这家伙出去十多年，在南边儿究竟都干了嘛！"

我当下心动。这是我十多年来第一次意识到：时间的长河已经流到了一个新的刻度上。如果不是有人提醒，我也许会漫不经心地把这个时间刻度忽略过去，然而如今它被提示出来了，我就不能不正视它带给我的某种生命意义了。由此，想到编辑这本集子，而且要找天津的出版社来出版，以此作为我对家乡父老的一个汇报。

对一个人来说，十年，毕竟不是一个短暂的时段。从我自身而言，这十年恰恰是生命力与创造力最为旺盛的一个时段。在这样一个时段里，我从自幼及长生活了30多年的北方大都市天津，迁居到市龄不过20多年的新兴城市深圳，从陌生到熟悉，从漂泊到安居，从举目无亲到高朋满座，从倍感文化的孤寂到直接投身于开垦一块文化的绿洲，从一无所有、白手起家到逐步营造出一个物质的乃至精神的家园……这当中所经历的酸甜苦辣等种种人生况味，实在是一言难尽。对我个人而言，这是一笔千金难买的宝贵财富；而对十多年来一直关心、关注、关爱着我的挚爱亲朋而言，这一切同样是大家希望了解的人生故事。可惜的是，我所能奉献给大家的，只有这些零零散散的文字，既谈不上系统，更谈不上完美。回首往昔，我自知本应干得更好些，写得更多些。但是，岁月如逝水，往者不可追。在匆忙的奔波中，人们往往很少留意自己的脚印，直到走过一段路途之后，蓦然回首，才发现那些过往的雪泥鸿爪，早已被岁月的风霜湮没了。

这本《收藏记忆》里边的文字，就是我在过去十多年里留在岁月风霜中的雪泥鸿爪。我现在小心翼翼地把它们收集起来，并不是因为它们有多珍贵、多完美，而是因为它们太易碎。在当今之世，无数信息充斥着人们的眼睛，无数光怪陆离的文字刺激着人们的神经，相形之下，我的这些东西实在太平常、太平凡、太平庸了，谁都可以对它们忽略不计，这是十分正常的。但是，唯独我不可以，也不愿意对它们忽略不计，因为它们毕竟是我十多年生命历程中的零星记忆。唯其零星，才要收藏。本书取名为《收藏记忆》，盖源于此。

把这些文字交给百花文艺出版社来出版，也可以说是我的一个刻意安排：十几年前，百花社出版了我与邱允盛先生的游记《两个记者看美国》，那是我第一次外出游走的记录；十多年后，我游走到南粤边陲，把记录这次游走的文字交回百花社出版，在我看来，同样具有某种象征的意味。此外，在 1996 年前后，百花社的甘以雯女士和薛炎文社长曾好意约我把一本访谈录交给百花社，可是由于种种原因，那本《问道集》最终还是被河北教育出版社“抢”去了。我一直对此引以为憾。我希望这一遗憾能够通过《收藏记忆》而有所弥补。百花社在散文书籍的出版方面素有口碑，我的散文集能在家乡的品牌出版社推出，也实在是一种荣幸。在此书即将付梓之际，谨对薛炎文社长，对董令生、张永生等诸位相识与不相识的编辑和朋友，表示由衷的谢意。

2006年1月2日于深圳寄荃斋

《读画随笔》后记

按照最初的设想，《都市文缘》分为两辑，上辑为散文，下辑为美术评论，合编在一本书中。谁知，一动手就发现不大对劲儿：散文卷，搜遍文箧仅得区区五十余篇，不足二十万字，而评论卷却洋洋洒洒一下子就突破了三十万字，这种轻重不平衡，不但令我吃惊，也令编辑感到为难了。

无奈，只好重新谋划，把一本《都市文缘》拆分为二，各成一卷；把那些原先编在美术卷里且具有散文风味的篇什，“移栽”到散文卷里；再把美术卷里的篇什，严加筛选，权衡再三，末了，不得不把“画家访谈”部分忍痛割爱；接着，又把原先备好的上百幅配图大大压缩。这么折腾几轮下来，总算把两卷的分量大体摆平。对此，我在写给责编的信中用了一个比喻，我说，散文和美术随笔，是我十多年来写作生涯的两条触须。走进散文这个洞子里，就用左边儿这条触须探路；走进绘画这个洞子里，就用右边儿这条探路。大概近十年来走绘画的洞子比较多吧，所以右边儿这条触须就粗壮一些，左边儿那条就细弱一些。现在要把它们编在一条辫子里，就有点分不开瓣儿了，索性让它们各自独处，就像女孩儿的两条发辫。

其实，我从来就不是一个专业的美术论者，我对绘画以及相关艺术形式的痴迷，完全是出于一种兴趣爱好，就像梨园界的戏迷票友。若以专业水准论，票友的水平肯定不如专业演员，但是若以对艺术的热衷程度乃至围绕戏曲艺术的“杂学”论，则专业人士也常常要对戏迷票友们高看一眼。我常常想，为什么总有些画界的朋友将我引为同道，请我编书作序，对我这些“门外谈艺”也高看一眼呢？说起来也许很简单，他们是把我也当成了一个热心的“画迷票友”了。

正因为我不是一个专业美术论者，所以我常常会跳出绘画的畛域，用社会的、文学的、历史的、新闻的观点，来观照绘画和画家，不光着眼于专业的技巧，更着眼于人文的透视。这就使得我的论说与那些专业人士拉开了一定的距离。我的画评大多感性而直观，往往是率性而为，随感而发。有些看法也许并不符合主流观念，不合乎学术规范，在行家眼里，甚至显得不够成熟，有点外行话。但是，我很真诚，也很坦率，直言口中所欲言，直书心中之所爱。或许，恰恰因为我不是美术圈中人，也就获得了一种表达的自由，我的心态是松弛的，视野是开放的，立足点是平实的。我不必考虑圈子里的人际关系，不必瞻前顾后，欲言又止。我对绘画爱得痴迷，也就难免爱之深责之切；我对中国传统文化爱得深沉，也就难免比较专注于本民族的文化优势而忽略其文化劣势，在与西方艺术的比较中，也就难免情不自禁地表现出某种“中国本位”乃至“东方本位”的倾向。我并不讳言自己的不够专业，是因为我给自己的定位本来就是一个“票友”。我站在一个热心的旁观者立场上，既无条条框框，又无门派壁垒，全凭着对绘画的直觉和对艺术的喜爱，发表一些对美术的看法，这种“门外谈艺”的好处或许正在于：为圈子里的人们提供一个不同的视角，给圈子外的众多“票友”也提供一个交流的平台，这就像老戏迷们总爱聚到一堆儿，对某个“名角儿”品头论足一样。

当然，在此需要说明的是，我这样给自己的美术评论定位，并不是为自己的不够专业寻找一个遁词。细心的读者不难发现，我在写作这些画评的时候，还是尽量要使自己专业起来的。我希望自己的美术评论要做到：让圈内人读来言之成理，顺理成章；让圈外人读来言之有物，雅俗共赏。我深知这个尺度有多么高，做起来有多么难，但是，我宁可“身不能至，心向往之”，而不愿降低自己的画评标准。这同样是因为：我对绘画艺术爱得痴迷！

20世纪90年代初，我的第一本艺术评论集《东方既白》出版，我在序言中曾写下这样一段话：“书中贯穿着我的一个强烈信念，那就是‘21世纪一定是东方艺术崛起的世纪’。这个信念绝不是凭空臆断，而是通过对东方艺术的历史回顾、对东西方艺术的比较研究和对当今艺术发展走向的反思与展望所得出的结论。正是为了体现这一信念，我才将本书定名为《东方既白》。”转眼之间，十三年过去了，彼时尚且属于“未来”的21世纪，如今已经走过了五个年头。我们已经欣喜地看到了中国经济的腾飞，而中华文化的复兴亦如朝暾初上，光华渐显。此时此刻，重读旧文，不禁感慨良深。一方面，我为自己生逢其时而感到欣慰，另一方面，也为自己能在十三年前就树立起对东方文化必将崛起的信念而感到自豪。毕竟，时间已经证明，我没说错！

2006年1月2日于深圳寄荃斋

《品茶悟道》后记

陈文华和寇丹两位前辈茶友为本书所写的序言，落款都是1998年，可是这本小书却一直拖到2007年元旦才算编辑完成，晚了近十年。这个事实本身就足以说明，我对这本书的编辑出版，其实是非常谨慎的。

我知道自己是半路出家，外行谈茶，生怕哪些问题体悟不深，钻研不透，拿出来会贻笑于大方之家；同时我也知道自己在茶文化研究方面，出道并不晚，起步也不低，孜孜矻矻写了十多年，最终拿出来的东西却不像个样子，这多少也让自己过意不去。大概正是缘于这两方面的顾虑，使我在相当长的一段时间里，一直不急于编辑这些零散的篇什。

此后的日子里，我一直没有停止在茶文化这个独特领域里耕耘劳作，我总是希望自己能够写得更好些、更深些。爱之深难免责之切，这种有意无意的苛责，使我对以往所写的文字，总是感到不甚满意。有几次，陈寇二位也曾关心地问起这本书的情况，我总是跟他们打哈哈说，等我再写出几篇有分量的东西，再出书也不迟。

可是，眼看差不多十年过去了，我却再没有写出超越往昔的新作，说起来，这实在有些令人沮丧。而随着时代的变迁，年龄的渐长，我虽然对喝茶的痴迷与日俱增，对茶文化研究的热情却在逐年递减。在过去的十多年中，我目睹了中国茶文化日渐升温、逐渐由冷变热的全过程，亲身体验到茶文化研究由最初的鲜为人知与无人问津，到逐渐变成显学与热门，再到如今逐渐变成有利可图的营生，变成官人富人们争相涌入的便捷通道……在这样一个巨大而深刻的演变过程中，我一直游走于圈里圈外，与茶文化界始终保持着一种若即若离的状态。说得直白一些，我之所以对这个圈子还心存依恋，更多的是因为舍不得那些多年的茶友。在我看来，圈子从来就是暂时的、可进可出的，而茶友却是相伴终生、可遇而不可求的。以茶会友，因茶结缘，是人生的幸运。你可以远离一个圈子，但却不能轻忘圈子内外的朋友。慢慢地，我开始怀念起十多年前的那个茶文化圈，那么单纯，那么真诚，那么专心于学术，那么接近于“君子之交淡如水”的境界。而反观当下的这个圈子，我却感到越来越不适应了。那么热闹，那么浮躁，那么熙熙攘攘，那么吹吹拍拍，那么多的互相利用，那么多的争名夺利，这还是茶吗？这还是文化吗？置身其间，只觉得茶本身所特有的那种清香之气、淡雅之气、冲融之气、飘逸之气，越来越少，也越来越淡；而充溢其间的却是铜臭气和纱帽气，越来越浓、越来越重。坦率地说，我不喜欢这种气息，越来越不喜欢。所以，我只好选择退避三舍。

在这种心态之下，要想再写出什么有分量、有深度、有激情的茶文化文章，确实已经很难了。于是，我的出书计划就这样无限期地搁置下来。如果不是老同事刘美贤先生的热情约稿，我几乎把它遗忘了。为此，先要谢谢美贤兄！

翻阅着自己写于过去十多年间的这些文字，如同对过往的心路历程进行了一次快速的回访，我惊诧于当年的自己竟然能够从那一片小小的绿叶中，发现那么多的诗情画意，揭示那么丰富的文化内涵，阐发那么深邃的哲学意境。况且这些文字都是在紧张的编务之余，利用业余时间，一点一滴积攒起来的，实在是弥足珍贵。这次回访，倒使我对自己的这本小书信心大增，因为我觉得，这些文字完成于纯净的学术环境之中，写作之时绝无功利之心，很少浮躁之气，所表述的又是不带什么杂质的茶文化课题，这样的文字不正是当下社会所需要和所稀缺的吗？想到这里，我不禁感到几分欣慰：如此说来，这本迟到的小书，岂不刚好是生逢其时了？

是不是生逢其时，自然不能由作者说了算，最终还要取决于读者。我当然希望广大茶友能够喜欢这些对茶一往情深的文字，我相信，天下爱茶人的心是相通的。读者从我的文字中不难看出，我是一个真正的爱茶人，不仅爱得痴迷、爱得真诚，而且爱得理性、爱得深沉！

我要感谢陈文华和寇丹两位忘年茶友对我这个晚辈茶人的嘉许和抬爱。十多年来，他们始终如一地支持着我、鼓励着我、感召着我、鞭策着我，他们是我在茶文化方面的导师，也是我在学术和文字上的路标和榜样。因为有了他们，我的茶文化研究才更有方向感。

我还要感谢国学大师饶宗颐先生为这本小书题签。那是在2006年的秋天，我与饶公在香港曾有一次难忘的会面，在随后应邀参观香港大学饶宗颐学术馆时，我发现在饶公展出的书画作品中，有大量茶事题材，这使我倍感亲切，当即萌生了请饶公为本书题写书名的心愿。经好友吴秋文先生的洽商，饶公慨然应允，以九旬高龄而欣然命笔，顿使这本小书平添了一份文化的厚重。谢谢饶公！

最后，我要感谢所有给予这本小书以厚爱并把它读完的朋友们。也许您本身就是一个深谙茶道的茶友，也许您在读完本书之后开始喜欢饮茶了。无论如何，我都要感谢你们，因为你们是我的茶中知己、文中知音——在下这厢有礼了！

2007年1月3日于深圳寄荃斋

集印诗画

集印诗，初创于壬辰之冬，成形于癸巳之夏，同年秋天首展于深圳，甲午之年承蒙各地艺友之厚爱，先后巡展于汕头、包头、天津、海宁四地，所到之处，均获佳评；全部展品，很快售罄。一个新鲜玩意儿，问世之初就能得到艺术界如此青睐，在当今这个功利的社会里，不能不说是一个奇迹。

记得 2014 年春天，筹备故乡天津巡展之时，我曾被智慧山张伟力先生“将了一军”：“既能作集印诗，定然可为集印词，何不试之？”我遂勉力为之，成小令十首，并于天津首展。至此，集印之作由诗而词，又添新枝。本以为这件新鲜玩意儿已经玩得差不多了，孰料 2015 年春天与田耘、朱德玲二位艺友筹备“诗意丹青”展品时，他们均力主把集印诗纳入，理由有二：集印诗也是诗，纳入“诗意丹青”名正言顺；集印诗既然已实现了“诗书印”联姻，若再加上绘画，岂不是进一步拓展了这一新形式的艺术空间么？

这倒是我此前未曾想到的“新创意”，真令我欣欣然也。我一向主张任何新的艺术创意，都应该欢迎众人参与，独乐何如众乐？如今田耘德玲二位主动参与集印诗画的创作，那感觉就如同前年陈浩李贺忠二位兄长加入集印诗创作一样，顿时感到“吾道不孤”也！

况且，他们的创作如此精彩，无论是田耘为集印诗词所作的“诗意画作”，还是德玲在集印诗屏形式上所作出的“一词二屏”的新尝试，都令我眼前一亮。到底是艺林高手，各个身怀绝技。由此，集印诗词首度“入画”，而这首批“集印诗画”又是在天津智慧山首展，何谓“机缘天成”，斯之谓也！

“艺术化生存”的别样路径

——《我拓我家·青岛新作集》后记

“我拓我家”到青岛来了，这是李瑾的拓艺展在走过深圳、天津和丽江之后，来到的第四座城市。

先给大家一个明确的定位，“我拓我家”绝不是那种“高大上”的艺术，既不属于艺术殿堂，也不属于阳春白雪。它是属于民间的，属于百姓的，属于生活的。也就是说，这是一个“接地气”的展览，是一位喜欢艺术的女性在退休之后“玩”出来的东西。如果您也想玩一玩，马上就能上手，既无需高深的学问，也没啥高难的技巧，更没有玄奥的哲理，只需要一双善于发现美的眼睛和不太笨的手，就能照样搞一个“你拓你家”。

确切地说，“我拓我家”是在婉转而直观地阐释一种人生态度，展示一种生活方式。在当今这个浮躁而喧嚣的世界里，几乎每个人都很容易产生焦虑感。如何让自己嘈杂的内心归于平静？李瑾选择了“我拓我家”，这是适合于她的一条安心、静心、养心的路径。她从中体味到无穷的乐趣，也由此路径，步入了博大精深的中华文化之门。她希望把自己的乐趣和心得，通过这样一种展示，分享给更多喜爱中华传统文化的朋友们。在她看来，条条大路通罗马，这就像一层薄薄的窗户纸，一捅就破。而一旦悟到这一点，每个人都可以找到适合于自己的走进中华文化的别样路径。

中华传统文化亟待传承，这是从上到下已经形成的共识。关键是如何传承？社会的最小细胞是家庭，倘若每个家庭都能找到适合于自己的有情趣又有诗意的生活方式，都能找到一种亲近美、亲近艺术的别样路径，那传承才算落到了实处。

好多年以前，我读过一本书，叫《艺术化生存》。主要是讲如何让艺术走进家庭，让人生变成艺术，让生活充满诗意，由此而达致“诗意栖居”的境界。我的心曾被深深触动，从此开始向往那样一种充满艺术、充满诗意、充满浪漫的生活。原本以为，这种生活离我们很遥远，只能畅想，无法触摸。如今，通过我家连续三年搞过的三个展览，即我的“集印为诗”、女儿侯悦斯的“诗意丹青”和李瑾的“我拓我家”，我逐渐发现：诗意并不只在远方，艺术化生存也并非遥不可及。只要心里有个念想，总能找到志同道合的朋友，终会实现心中的梦想。

当然，志同道合的朋友是一个不可或缺的必要条件。我们家的三个展览，无一不是与朋友们共同完成的，如篆刻家陈浩、李贺忠之于“集印为诗”，如画家田耘、书法家朱德玲之于“诗意丹青”，至于李瑾的“我拓我家”，其后援团几乎囊括了我们家偌大的朋友圈。此次“我拓我家·青岛新作展”，同样是在朋友们的鼎力支持下方得以实现。在此，我们要向尊敬的前辈艺术家李晶心先生表示敬意，向刘培习、田鹏飞、舒畅等诸位好友，深致谢忱！

收录在本集中的作品，大部分是2016年10月天津展览之后的新作。应当说，题材更加广泛了，拓艺更加精湛了，题跋的文化气息也愈发浓郁了。比之于前几次展览，此次又有几位艺术家朋友，加入到题跋配画的行列之中，他们是：浙江的沈智毅、陈虹，天津的高卓之，四川的欧阳福，山东的田淑国等。我谨代表李瑾向一直以来关心支持“我拓我家”的各位好友，表示衷心的感谢！

这本《我拓我家·青岛新作集》，依旧是由田鹏飞先生担纲主编，新锐设计家薛子丰先生装帧设计。书稿编定之际，鹏飞兄来电要我写篇序言。我想想，此前印行的两本《我拓我家》作品集，分别是由罗烈杰和孙福海两位兄长写的序言。这次，还是要请一位兄长出山才合适。于是，我和李瑾商定，将陈浩先生刊发在《中国新闻出版广电报》上的一篇文章，置于卷首作为代序。陈浩兄是对《我拓我家》最先给予支持并最早为之题跋的艺术家，又是李瑾的老同事和我们家的好朋友，他的文章感情真挚，持论中肯，而且在我家营造“艺术化生存”的进程中，他几乎是全程参与，助力甚多，因而对前因后果，来龙去脉，也都一清二楚。用他的文章作为《我拓我家》的导引，是再合适不过了。至于我的这篇小文，只合附于卷尾，权当后记了。

2017 年 7 月 17 日于北京

写在往事的后面

（一）

在把这部书稿交付编辑之前，我又重读了文章开头的那一段“引言”。当读到这样一段话时，我不禁怦然心动：“我带着 9 岁的小女乐乐寻到了老城里，寻到了那条狭窄的小巷，继而寻到了那个既熟悉又陌生的小院。”我蓦然发现，在这看似寻常的文字中，竟昭示着不经意间发生的时空变换。多快呀，仿佛眨眼之间，当年那个小女乐乐，如今已经是 19 岁的大姑娘了，也就是说，这本小书从开笔到完成，已经耗去了整整十年光阴；而那小巷和小院，如今也早已从地平面上消失得无影无踪，湮没在天津新建的鼓楼周边商业区的人声喧嚷之中了。

幸好，我在十年前曾带着女儿回望过它们；幸好，我在十年前就开始用我的记忆和笔墨来触摸它们；幸好，在它们消失之前，我已经把它们的一些光影碎片收集在这些文字里，使它们得以在时间的长河中残存一些痕迹，留待今人和后人来辨识、来回味、来思考。

那是一段历史，是我和我的家人、我的邻居、我的小伙伴们共同经历的故事。我们既是那段历史的见证者，又是那些故事的亲历者。我记录他们，绝不想对那段历史做什么是非判断，也无意张扬或者贬损那个时代的任何人物。他们对我来说，只是一些活生生的存在。他们在不同的时间和地点，曾经深深地感动过我、刺痛过我、震撼过我，在我幼小的心灵深处，留下了无法磨灭的印痕，以至于时隔多年之后，我还是对他们无法忘怀。他们当年的音容笑貌，时不时地会浮现在我的眼前；他们后来的命运走向，也会时不时地闪现在我的脑海，恰如杜甫诗中所谓“故人入我梦，明我长相忆”。是的，这些邻居们不就是我的故人吗？我对他们也真的是“长相忆”了。如今，我不惜以粗拙的文笔把他们一一写出来，一方面，是想以此来加深对这些人和事的记忆，温故而知新；另一方面，也是希望以此让世人（特别是比我更年轻的朋友们）知道他们的故事，并从他们的故事中透视到那个非凡年代的一些真实剪影。这也就是我当初决定写下这些文字的初衷。

我绝对没有想到，这一写就是十年！

（二）

坦白地说，在这拉拉杂杂、时断时续拖了十年的写作过程中，我曾多次想要收笔、想要放弃。毕竟，这个写作计划并不是必须限期完成的任务，而对于一直供职于新闻媒体的我来说，“必须限期完成”的写作确是每天都会面对且都要完成的。相形之下，为“邻居们”写作自然成了不急之务。况且，我从开笔之时就已隐隐约约感觉到，这样的一些人物和故事实在太平凡、太渺小、太不起眼了，即使写出来也只能是压在箱子底儿，何时能见天日都很难说，只能留待某个识者的一双慧眼了。大凡从事写作的人，没有谁写出东西来不想发表的。特别是像我这样每天经手签发的文字动辄成千上万的报纸编辑，又何苦在每日劳作之余，孜孜矻矻地去写那些可能连“见报”的机会都很渺茫的文字呢？每每想到这些，写作的动力就会衰减，而逼在眼前的“文债”就会趁机挤占本已十分有限的写作时间。拖延日久以致放弃，也就自然成了我的一种无奈的选择。

幸好（又是一个幸好），我在这时遇见了著名老画家兼老报人方成先生。那是在 1996 年的某一天，居住在深圳的漫画家田原先生在家里招待老友方成，把我也招去作陪。众人都在厨房里忙活，客厅里只剩下我和方老闲聊。方老问起我近来写些什么，我就随口把刚刚写完的王娘、老方等故事，简单地给他讲了几段。谁知，这倒引起了老人家浓厚的兴趣，听完一个立即问“还有吗？再讲一个”。我就再找出一个邻居的事情来，讲给他听。记不得那一晚上讲了多少，只记得晚饭已然做熟，众人几次来催，方老却不管不顾，先是让主人们在饭厅里干等，后来，干脆把田老和其他客人都招呼到客厅里来，让大家一边吃饭一边听我讲故事……

那天，我讲得很投入，大家也听得很投入。晚饭是何时吃完的，大家都忘记了。直到夜深人静了，我才恍然想起当晚还要赶回报社去上夜班。匆匆告辞之际，方老问我：“侯军，我问你一句话，回答完了你再走，你什么时候能把这些故事都写出来？”

我犹豫地说：“刚写了四五篇，没时间，也许明年……”

“好，一言为定！”方老接过我的话头，“等你明年写完了，我要给你画出全部的插图！”

方老的这句话，把我惊得半天不知如何回答。而旁边的诸位朋友却早已欢呼起来。田原先生大为感慨：“我跟方成认识几十年了，还从来没见过他要主动给谁画插图呢！好哇，我们等着看你们珠联璧合的新作啦！”

那一幕，至今想起来还让我心头发热。正是从那一刻开始，方老成了名副其实的“督战队”，每次来深圳，一见面必是那句老话：“写完了吗？还要让我等多久啊？”旁人不解，有时会问：“写什么呀？”方老总是大声地替我“广而告之”：“他在写一段历史，真实的历史！”然后再补充一句：“我自告奋勇要给他画插图呢！”

很难设想，如果没有方老的“督战”，我怎么会那么努力、那么勤勉、那么认真、那么专注地去完成这本书的写作；同样很难设想，如果没有方老的一双慧眼，我又怎能日渐深刻地理解这些寻常故事背后所蕴含的时代意义和认识价值。为此，真要好好地谢谢方老！

直到2004年夏天，我的写作才算告竣。我把这些稿子陆续寄给方成先生，方成先生则把一幅幅插图陆续寄回深圳。每次收到一批插图，我都要为之捧腹、为之叹服，“捧腹”是因为方老以漫画来表现那个非常时代的异常人物，常有出乎意料的传神妙笔，幽默而不失委婉，荒诞而不失真实，让人读后忍不住哈哈大笑或者会心一笑。比如，他笔下的“董姨”“老尹”“陈主任”等形象，简直就是活在我脑海中几十年的“那一个”。有些人物虽相貌有异，而神态动作却更加逼真、更具典型意义，令人不得不由衷地叹服老画家的精巧构思和传神功力。这本书因为有了方老的插图而平添了艺术的魅力，使原本平淡无奇的文字也好像多了几分神采。我想，读者花钱买了这本书，即使读一读方老的漫画，也就值了！

（三）

这本书中有一个贯穿始终的人物，那就是我的奶奶。我从小跟着奶奶长大，邻居们常常把我戏称为奶奶的“跟屁虫”。奶奶在那个风起云涌的年代被我们胡同的居民们推举为居委会代表，无意中成为当年中国城市职权架构里层级最低、权力最小，但却每日面临最复杂的现实问题的“焦点人物”。她整天东奔西跑地应付着“史无前例”的巨变，凭着她对社会生活的直觉和待人处事的习惯，来处理来自四面八方的指令。她不识字，没念过一天书。但是她善良正直，待人诚恳，无私无畏，加之本身又是苦大仇深的“红五类”（这在当时是非常重要的政治资本），这一些特殊的条件，使得这个本该待在家里买菜做饭的家庭妇女，却被时代的浪潮推上了风口浪尖。这与其说是一个历史的误会，倒不如说正是那个非常年代里的一个正常现象。而我恰恰因为这个“历史的误会”，成为胡同里发生的诸多历史故事的旁观者和见证人。奶奶或许压根儿也想不到，那个每天跟在她身后，以惊异的眼神看着眼前上演的活剧的小男孩儿，四十年后会把当年的所见所闻变成文字。从这个意义上说，是奶奶成全了我，是邻居们成全了我，是那个时代成全了我。

奶奶名叫董恩惠，1908 年 5 月 17 日出生，1997 年 3 月 2 日过世，享年九十岁。她走的那一天，恰好是邓小平的骨灰撒向大海的日子。奶奶本是凡人，她无意中把自己与一代伟人联系在一起，看似偶然，其实也有必然的因素：他们同属于那个非凡的时代。

奶奶去世时，我正带着一班人马在香港采访回归的报道。家人怕影响我的工作，一直没有把真实情况告诉我。当我从一位老同事那里间接得知噩耗时，奶奶已经下葬了。

卅载沐慈恩，哺我育我疼我爱我，一朝遽别，撕心裂肺，徒恨生未尽孝死未扶棺，此憾何时能再补；

九旬乘仙鹤，思君念君呼君唤君，千里设祭，洒泪焚香，遥祈含笑还乡遂心入土，斯人世代永相怀！

这是我在当天夜里拟就的一副挽联。我带着妻女找到一个安静的所在，面向北方，深深拜祭，然后就把它焚化了。望着随风飘舞的纸灰渐飞渐远，我相信，奶奶已经收到了她平生最疼爱的长孙，在遥远的南粤边陲对她的深深祝祷！

从那以后，写作这本小书，又平添了一层纪念意义。这些故事足以唤醒沉埋在记忆深处的奶奶的音容笑貌，使我如同回到了依偎在奶奶身边的日子。这种感觉既令我欣慰，又令我悲凉。我在写作的过程中品味着生死相隔的苦楚，我在回忆的长河里沉浸于亲人相聚的幻境，我在文字中与奶奶对话，我在梦境里与奶奶重逢。然而，梦醒时分，却早已泪湿枕巾，留下的只有深深的叹息。

是的，我把这本小书当作对奶奶的一个纪念和一份祭礼。这个念头，促使我在紧张忙碌中也不敢有丝毫的自我懈怠。如果说，方成先生的“督战”是一种不可替代的外力，那么自从奶奶去世之后，我的写作又增添了一种内在的动力，那就是对奶奶的思念和追忆。事实上，书中有些篇章本来并没有列入最早的提纲，那完全是后来在对奶奶的追忆中赫然记起的。今天，当这本小书终于完成的时候，我也如释重负，因为我可以用它来告慰老人家的在天之灵了！

（四）

我最初给这本书起的书名，叫作《城里旧闻》。这里边有两层意旨，第一层比较好理解，在天津人的地域概念里，“城里”是一个特指，也就是最早的天津老城墙里面的区域，那是名实相符的“老城里”了。我们家所在的胡同，就位于老城里的北部，说的故事也都是一些陈年旧闻，由此得名也是顺理成章的。第二层就要说到孙犁先生了，他有一组散文叫做《乡里旧闻》，那是我最喜欢的“孙氏散文”的典型风格，纯净的白描笔法，朴素到毫无雕饰的文字，而内在的张力却使文章充满了跌宕起伏。我曾为孙犁笔下的这些人物深深陶醉，心里总在向往着：“什么时候我也能用这种笔法来写文章呢？”而《城里旧闻》正是我对孙老文笔的一次私淑与一次演练。把“乡里”改成“城里”，恰恰表明了一种文学上的传承关系。当然，我知道自己的文字无法跟孙犁先生同日而语，但是，身不能至而心向往之，这种文学追求还是要向读者诸君“老实交代”。我不知道自己究竟做得如何，也没有心存奢望，假如某位朋友能从这本小书中看出一点孙犁笔法的影子，那我已经心满意足了。

书中有四篇文章，曾被冠以《邻居忆》的标题，收录到我的第一本散文集《青鸟赋》中。那是我最早完成的一组文字，收进集子也是想投石问路，听听文学同道的意见。结果，真的遇到一批慧眼和知音，如天津的陈骧龙、尹连城，如北京的李冰、戴东，如深圳的南翔、王晓莉，还有西安的徐义生，台湾的黄辅棠……这些文朋诗友以各自的方式表达了对这组文字的欣赏，朋友们的鼓励使我信心大增。而一些文学杂志，如大连的《海燕》、沈阳的《鸭绿江》、深圳的《特区文学》等，也先后选发了其中的某些篇章，这使我逐渐打消了对这些文字能否面世的疑虑。如今，中国文联出版社决定出版这本书，我在此时此刻，不禁回想起在这漫长的十年岁月中，所有给予我支持和鼓励的朋友们，请允许我对你们说一声“谢谢”！同时，我还想对我那些久违的老邻居们说一声：“谢了！没经过你们的同意，就把你们的故事公开了，来子（这是我的乳名，当年邻居们都是这么叫我的）这厢有礼啦！”

当然，在此需要说明的是，书中的人物，有的被改了名字，有的被增删了某些细节，也有的因年代久远，记忆模糊，难免张冠李戴或者为了让故事有连续性而不得不凭着幼时印象而推进情节……但是，这些技术性的处理均以不影响整体的真实性为前提。也就是说，书中的所有人和事都是以真实的人物和事实为依据的。这是我在写作中一直恪守的最重要的一个原则，我相信，这也是这本小书的真正价值之所在。

最后，感谢读者朋友在这个日益匆忙的时代，能够耐着性子读完这些从前的故事。如果在您的记忆中，对天津老城里那条早已消失的胡同，能够留下一些深深浅浅的印象，则余愿足矣！

2005 年 12 月 4 日于深圳

追寻书卷中的古意

自古书卷制作，不外乎两种方式，一为刻，一为抄。刻者，以刀为笔，刻字成篇。举凡甲骨、青铜、木石等，皆为刻写之材质，直至隋唐出现雕版，宋代发明活字，此后木板刻书大行其道，皆离不开刻字之法。抄者，顾名思义，抄书是也。历代书生不曾抄书者可谓罕见。无数典籍经卷，都是在笔墨点画之间，传移摹写，流传至今，若秦汉简牍、敦煌卷子，若《永乐大典》《四库全书》，直至“文革”中流行的手抄本小说，可以说，抄书一直是最原始也最可靠的书卷制作手段。

然而，这两种最基本的传统书卷制作方式，随着以电脑与互联网为标志的信息时代的到来，几乎是一夜之间就被送进了历史博物馆。人们似乎并不感到惋惜。追逐新潮以新为美，本来就是现代化进程中的耀眼标识，而摈弃旧的接纳新的，更已成为颠扑不破的真理。于是，现代人的生活节奏越来越快，都市人的心理也随之越来越紧张、越来越焦虑、越来越浮躁。

当现代化大潮席卷而过，人们蓦然回首，却发现在我们民族五千年文明的长河古道上，所有传统的东西都如同被重新格式化了，只留下一片斑驳的遗迹和残存的记忆。我们气喘吁吁地奔跑着、追赶着、奋斗着，心底却依旧怀恋那个平静安谧的田园之梦。渐渐地，我们开始反思，这样一路狂奔，到底是为什么？有何意义？现代的新潮的东西就真的那么值得追求？传统的古老的东西就真的那么毫无价值吗？于是，有一个悖逆的声音开始从人们心底萌发：“不要总是提速了，我们需要慢生活！”

让生活慢下来，每个人都会有一套自己的活法儿，都会去追寻各自“慢生活”的真谛。我们要去大自然休憩疲惫的身心，要与至爱亲朋聊聊天以弥补过往流失的亲情、友情和爱情，要让琐碎的生活变得精致些、高雅些、有趣些，要像古代文人那样“琴棋书画诗酒茶”，要像西方人推崇的那样艺术化生存、诗意化安居……而老朋友王洪峰给我出的一个道道儿，竟是帮我“手作”一本线装书，他看中了我家收藏的几盘木活字，他说，用这些前人留下的字盘，我们可以让两种传统的书卷制作方式在一本书中“复活”。按照他的设计，要用有限的数百个木活字排出一部书稿肯定不够用，那不要紧，留下的缺字的空间，正好由毛笔“抄补”完整。这样一来，刻书的概念有了，抄书的概念也有了，两全其美，何乐不为？

我顿时心动了。书的内容选择什么呢？洪峰兄提议，就用我自己的文稿或者诗稿，“手作书”毕竟是个试验，与其拿别人的作品去“糟蹋”，倒不如拿自己的东西“戏耍”一番。我觉得也有道理。明明知道自己的诗写得不好，字也写得不好，可是，舍我其谁？就这样，我们决定“手作”一本《寄荃斋诗词选》。不过，思来想去，还是有点心虚，我一向疏于填词，而女儿侯悦斯填词远胜于我，干脆拉上她，来个父女合集——于是，这本独特的“手作”线装书便新鲜出炉了。

严格地说，这只是一个“展品”而非产品，既不可批量出品，又无法定价上市。因而，这不是一本“书”，而更像是一件手艺并不十分精湛的工艺制品，倘若用古代书卷制作的标准要求来看，这个书卷显得太粗糙了。对我来说，制作的过程也许比成果的优劣更值得玩味，毕竟，洪峰兄的这个别出心裁的创意，让我们共同追寻了一回书卷中的古意。谢谢洪峰兄了。

2004 年 5 月 15 日凌晨

因聆听而富有

——《问道集》后记

记者这个行当，大概是各行各业中人际交往最频繁、最广泛的一种职业了。记者每天都要与社会各界保持密切的联系，三教九流、各色人等都需要打交道。因此，访谈和对话便成了记者的日课。一个出色的记者，必然是一个善于与人交流、沟通和对话的人。

然而，记者的与人交往也有一个致命的弱点：它永远是单向的、索取式的。记者需要从被采访者那里获取新闻和信息，这是他的职业对其提出的最基本的要求。而一味地索取容易使人厌倦。因此，被采访者往往会婉言谢绝你的采访，或者干脆拒绝回答你的提问，致使记者空手而归。记者在与被采访者的交往中，本来是处于主动地位的——所有提问不都是由记者率先发出的吗？但是采访的结果如何，主动权却完全掌握在对方手里。这正是记者在其特殊的人际交往中常常遇到的尴尬。

记者的智慧和才华，在与被采访者的交往中显现；而被采访者也是在与记者的交往中，掂量着面前这位对话者的斤两。然而，这其实是一种实力悬殊的较量：记者所面对的往往是对某些问题最有发言权的人物，或者是某一领域的专家；而记者的采访对象又是时常变换的，他不可能对每一位被采访者都熟悉，更不可能在所有的领域都成为内行乃至专家，这就决定了记者在每一次采访中，都处于知识的劣势。尤其是当他面对的是一位学识渊博的学者，他往往会提出一些在专家看来是非常浅薄和幼稚的问题。如果对方是一位宽厚长者，他也许会淡然一笑。然而遗憾的是，这样的宽厚长者并不多见。更多的学者是严谨的，甚至是刻板的。他们往往并不宽容和迁就记者的浅薄。我永远也忘不了这样一件事情：那是在二十多年前，我还是记者队伍里的一个新丁，一天，突然接到一个指令，到一所大学去采访一位著名的美籍华裔科学家，我对他所从事的研究所知甚少，时间也不容许我做充分的准备。当时，我被获准单独采访十五分钟。但是，当我提出第一个问题时，对方就皱起了眉头。接着，他让秘书找来几份资料，很客气地对我说："请记者先生先回去读一读这些材料，然后再来提一些比较有深度的问题。您刚才提的问题，我很难在十五分钟里解答清楚，也似乎没有这个必要，因为它太……哦，因为在这些资料里，都已经写得很清楚了，您明白我的意思吗？"

我当然明白这是什么意思。而且，正是从这件事所给予的强烈刺激中，我开始不断地咀嚼和反思其中的意思。我由此悟到：一个记者要想获得采访的主动权，要想增加自己在被采访对象心目中的分量，别无他途，只有先使自身充实起来；一个记者自身的学养、见识、睿智和敏感，将决定着被采访者对你的接受程度和与你进行交流的深度，因而也就决定着你采访的成败；一个记者在某一领域里的发言权，是由其以往在这一领域所作发言的敏锐性、准确性和深刻性所决定的。正因为我是从切身的体验中悟到了这些问题，我才会对社会上时有所闻的"新闻无学""记者无知"之类的说法，感到切肤之痛。于是，我在 20 世纪 80 年代中期，在自己所负责的部门里，极力倡导"记者学者化"；随后，便开始有计划地实施这个"记者与学者的对话"系列。

如果从第一篇对话见报算起，我采写这一系列对话已经持续了整整十二年。其间，我经历了工作岗位的几次变更，经历了从北到南的举家迁徙，也经历了采访领域和社会热点的不断变换，但是，这一系列对话却坚持做了下来，而且初衷不改。我当初希望我的这一对话系列，能够比较紧密地结合当时当地的社会现实，能够具有相当的文化含量和理论深度，能够以较高水准和较有力度的提问撞击出被采访者的思想火花和新鲜见解，能够不只具有当下的新闻价值，而且具有一定的历史文化价值。我不知自己是否实现了这些初衷，但是，可以聊堪自慰的是，我一直没有放弃对这些目标的追求。

收集在这本书中的十六篇对话录，是从我历年采写的几十篇同类文章中精选出来的。在这些对话者中，有学贯中西的大学者，有誉满中外的名作家，也有才华横溢、名传遐迩的画家、雕塑家、作曲家、指挥家……我庆幸自己能够在某个特定的时间和空间里，与这些充满智慧的文化头脑相遇，并寻得其感兴趣的话题，与之碰撞出一束束有声有色、入情入理、新人耳目、启人深思的智慧火花。从某种意义上讲，这本书是我与十六位对话者合作的结晶，或者更确切地说，这些对话者才是真正意义上的作者，而我只不过是在他们与大众之间，担当了一个“支点”的角色。

我说记者是一个“支点”，并不是说记者这个角色不重要，恰恰相反，“支点”在许多情况下是至关重要、不可或缺的。阿基米德说过：“给我一个支点，我就能撬动地球。”足见“支点”之可遇而不可求。

记者是社会大众与信息海洋之间的中介者和传播者，没有这个“支点”，再重要的信息也无法传递给受众；而受众所应知欲知的东西，也无从获得。而我之所以要写这些对话，实际上也就是设法在读者与学者之间，建立一条沟通的渠道。学者是一个智慧的群体，他们掌握着丰富的知识，对许多问题具有真知灼见；

而学者又是一个相对封闭的群体，他们的学问和见解往往只在书斋、著作和教室等有限的空间里“流通”，一般民众是很少涉足这些领域的。在这种情况下，记者这个“支点”的重要性就显现出来了。他可以根据社会的现实需求，在适宜的时机选择适宜的人选，以发问为“针”，一针见血地刺破学者们的“智囊”，使许多有见地、有分量的观点，流泻在报刊的版面上。读者可以从学者的独到见解中获益，加深对某一特定问题的理解；学者则可以将自己的深思熟虑传播于大众，收“学以致用”之效。在读者与学者双方获益的过程中，记者的价值自然也就得到了充分体现。

发问，是记者与学者对话成败的关键。我刚才把记者的发问比喻成一根针，这根针是否磨砺得很锋利？这不啻是对记者自身素质的一个检验。当年，我对那位著名科学家所发的一问，其具体内容今天已经淡忘了，但是我相信，那一定是一个软塌塌、毫无力度的问题。往事不可追，来日尚可为。我正是从那个失败的发问起步，开始磨砺自己的这根针。多少个霜晨夜雨，青灯黄卷，我在书林中跋涉；多少年绝朋息侣，自甘寂寞，我在学海中遨游。我不敢说自己的针现在已经磨砺得如何锋利了，但是我相信那夜读的灯光总会在这根针上折射出一缕缕心智的光影。今天我所能确证的是，在那次失败的发问之后，我再没有被学者们或直言或婉言地拒绝过，相反，越来越多的发问被对方所肯定、所赞许甚至被激赏，学者们的兴奋点常常被我的发问之针所激活，由此生发出即兴式的滔滔宏论，而这恰恰是最可珍视的对话效果。

同样是这根针，能不能准确地刺中穴位？换句话说，作为记者，你的发问能不能恰如其分地找准对话者的兴奋点？这对记者来说，不啻是又一个检验：你对访谈对象了解多少？他在哪些学术领域最具有权威性？他目前正在从事哪些创作或者学术研究？这些创作和研究与社会现实有哪些联系？等等。要解答这些问题，固然需要调动平时的积累，但更可行的则是临阵磨枪，做好案头的准备工作。当我每次确定与某一位学者对话，我总会设法找到他的代表性著作，认真研读一番，以求对他的基本观点、他所擅长的领域、他眼下所关注的学术热点等情况，有一个大致的了解。这样，我就可以胸有成竹地向他发问了。从更深层次来说，记者努力去了解对话者的学术研究或艺术创作，本身就表现出记者对对方的尊重，而尊重从来就是对等的。也就是说，你要想获得别人的尊重，就必须先去尊重别人，舍此别无他途。因此，当你准备去采访一位学人时，千万不能像我当年那样对他所从事的研究所知甚少，如斯，你必败无疑！

访谈和对话，如今已经成为各种传媒最常用的新闻样式，尤其是电视媒体的介入，更使这种形式渐成风气。我作为行内中人，自然十分留意这类节目，对其中的大多数节目也很喜欢。但是，如果从一个普通观众的视角来看记者（包括主持人）的表现，我不得不提出一点点遗憾：我们的记者、主持人们似乎普遍缺乏一种聆听的耐性，总爱自觉不自觉地抢过对方的话头，急不可待地发表自己的看法。不知这是出于过强的自我表现欲，还是嫌对话者的表达不如自己到位？有几次，对话者正在表述着十分精彩的观点，却忽然被记者莫名其妙地打断，把话题岔开了。这实在让人感到很不舒服。

我认为，记者与学者的对话，不同于学者与学者之间的对话，譬如池田大作与汤因比、贝恰等人的对话，刘梦溪与余英时的对话，等等；也不同于作家与评论家之间的对话，譬如王蒙与王干的对话，等等。其主要区别就在于，后者旨在由对话的双方各自阐发自己的观点，在交流和争论中寻求对一个问题的深层揭示；而前者则是由记者提出为社会所关注的问题，由对方来作出权威性的解答。记者在这类访谈中，并不是作为对话的一方而出现在读者或观众面前的，他应当是一个抛砖引玉、穿针引线的角色。记者既然被定位在“支点”的位置上，那就应当安于本位：你的使命只在于激活对方的谈锋，而不在于展示你自家的口才，更无须炫耀你的博学。当然，每个记者都希望得到表现的机会，但那应当集中在你的发问中，而不应表现在你喧宾夺主的插话中。

在我十多年的对话实践中，我确实在努力使自己成为一个最有耐性的聆听者，也就是说，要努力营造一种环境，让对方能够把自己的见解淋漓尽致地表达出来。我很少去打断对方的思路，而在写作时也尽量保持其思路的完整性。有时，对方的一个观点分散在几处谈到，我也会不厌其烦地将这些吉光片羽整理成完整的文字，以使思路贯通，条理清晰。我的这种努力，在读者和对话者两方面，都得到了正面的反馈。

其实，做一个耐心的聆听者是件非常合算的事情，尤其是当你面对的是一位学富五车、见多识广的智者时，你岂不是等于在接受一位良师的耳提面命？在我以往的人生经历中，正规的学校教育始终是最为薄弱的一环。我是“文革”开始后被延迟入学的第一批小学生，又是“文革”结束前走出校门（我不愿使用毕业这个字眼）的最后一批中学生。命运不公，让我一天不落地亲历了那时的学生时代，这使我长久地忍受着知识匮乏所引起的饥渴。我庆幸自己靠着艰苦的自学，不满十八岁就步入记者的行列。在这个天地广阔的岗位上，我可以尽情地吸吮知识的乳汁，向书本、向社会、向一切有学问的人，投去探询和求教的目光。近十年来，我更时常沉浸在聆听的快感之中。有些新闻界的朋友对我长年醉心于对话和访谈这类体裁，感到不可思议：圈内人谁都知道，搞对话本是最枯燥，也最难发挥想象力的事情，单是整理对话录音，就是一件费心、费力、费时间的苦差事；整好了录音还要进行二度创作，把零乱无序的口语写成条理分明的访谈录；稿件写成之后还要送给对方审阅，以保证其内容的准确无误……所有这些程序，已经比写作其他体裁的文字不知复杂了多少倍，而见报之后，公众的赞扬却往往被归于对方。这一切，大概正是对话这一体裁，经常被归为受累不讨好之列的原因吧。但是，我却沉湎其中，十年乐此不疲。究其原委，恐怕和我对这种聆听的快感的痴迷，有着某种必然的联系吧。

是的，我因聆听而变得日渐富有——每完成一篇访谈录，我就像修完了一门新的课程。那些睿智的对话者，以他们充满情感和理性的言谈话语，为我开启了一扇扇智慧之门，使我身入宝山而迷不知返。我常常把采写对话的过程比作一次求学的经历：采访前的案头准备就好像是课前预习；正式对话则像是直接面授；事后的录音整理就好像是对面授课程的全面复习；而最后完成的作品则好像是毕业论文……正是在这样持之以恒的聆听中，曾长期困扰我的因生不逢时、求学无路而产生的自卑和痛苦，逐渐离我而去，代之以日渐增强的充实和自信。不知从什么时候开始，一些朋友也把我称作“学者”，还有些文友在文章中径直把我称作“学者型记者”，这使我感到汗颜和愧疚。因为我深深地知道，那些真正的学者都是些什么样的人，由此而深知自己的差距有多么巨大。但是在愧疚之余，我也感到几分欣慰，我有时会忽发奇想：如果让我现在去采访那位美籍华裔科学家，我一定会提出“一些比较有深度的问题”，一定！

翻阅着编好的书稿，我的面前不禁浮现出各位对话者的音容笑貌。我甚至能够清楚地忆起他们每个人的口音、语气、习惯用语和讲话节奏，因为我曾反复地聆听、整理、记录，他们都是我的良师，后来更有大部分人成了我的益友，我尊敬他们。对他们给予我的信任、支持和鼓励，我将永远心存感激。我在前面已经讲过，这本书实际上是他们与我合作的结晶，因此，我在这里必须郑重地列出他们的名字，他们是：王蒙、王充闾、冯骥才、刘梦溪、孙犁、李德伦、余秋雨、金耀基、陈澄雄、罗兰、张仃、钱绍武、鲍元恺、黄辅棠（阿镗）、舒传曦、董桥。

这本对话集的编辑和出版，一直得到河北教育出版社张子康先生的全力支持，没有他的敦促和鼓励，这本书就不可能如此迅速地与读者见面。子康兄的古道热肠真是令人感动。而对编辑本书有首倡之功的则是天津百花出版社的甘以雯女士，对她的诚挚友情，我将铭记在心。而身在台湾的老朋友阿镗先生，对我的这本小书更是倾注了大量的心血，甚至可以说，现在本书的编辑体例，就是在阿镗两年前帮我编好的目录的基础上，增删修改而确定的。我为拥有这样一份份真诚的友情而感到欣慰和自豪。

最后我想说的是，本书的出版并不意味着我的对话系列已经完结。既然聆听是一件能够给人以无限快感的幸事，那我怎么肯轻易放弃这样的幸福呢？

1999年5月11日于深圳寄荃斋

《弟子规》与人格塑造

——写在《〈弟子规〉意解楷书字帖》付梓之际

（一）

《弟子规》是中国清代以来家喻户晓的蒙学课本，与《三字经》《百家姓》《神童诗》《幼学琼林》等并称为蒙童经典。《弟子规》为清代康熙年间李毓秀所作，三字一句，合辙押韵，语言浅显，底蕴精深。《弟子规》所讲的那些为人处事的原则和规范，对于每一个中国人而言，都具有十分重要的人格塑造意义。从某种意义上说，一个中国人之所以被世人认定是个中国人，其实就是因为他身上具备了一种为全民族所公认的行为规范和处世准则。而这些行为规范和处世准则，必定是从幼年记事时就已开始接触并逐步形成的，只有这样，才能深入骨髓，形成习惯，进而习惯成自然，化为一种独属于中国人的“人生胎记”。而《弟子规》恰恰是为中国儿童根植这种“人生胎记”的最初始的文化基因。

《弟子规》的开篇，以四句十二个字“《弟子规》，圣人训；首孝悌，次谨信”点明了《弟子规》的渊源和主旨，这里所讲的所有行为准则和处事规范，都是依照圣人的训诫，即孔子的儒家学说和道德规范；其核心就是孝悌和谨信。

人生之始，最先领受的就是父母的养育之恩。因此，对父母的情感和态度，也自然成为人生最初始、最重要的第一堂课。在中国古代，一个人对父母、对亲人是不是孝顺，往往成为评价其道德水准和做人态度的第一标准，倘若你被世人公认是一个不孝之子，那你就会遭人诟病，臭名远扬，你的本事再大、能力再强，也不会被社会所认可和接受。翻开浩如烟海的古代贤人传记，大凡论及其人道德人品时，总会见到一句“性至孝”。可见这个“孝”字，在古代不啻是评价一个人是好人还是坏人的重要依据，甚至常常被作为首要依据。在中国人看来，一个人只有对父母孝顺，他才会懂得感恩，才会尽心尽力去报恩。推而论之，他才能对世间万事万物充满感情，才能对社会乃至对国家民族做出贡献。因此，《弟子规》把“孝悌”列为做人准则之首，绝对是意味深长的。

如果说，“孝悌”规范的是家庭伦理关系的话，那么“谨信”规范的则是一个人的社会关系，简言之，就是做事谨慎、诚实守信。“人以信立其本处其世”，诚信是做人的基本准则，一个人如果缺失了“信誉”，那就等于宣告了他社会生命的完结，正所谓“人无信不立”。而环顾当今之世，诚信的缺失，无疑是我们这一代中国人所面临的最严酷最紧迫的道德困局。商品经济一旦丧失了诚信的基础，那就会“假”货泛滥，骗子横行；人际交往一旦丧失了诚信的基础，那就会“假”话肆虐，真诚无存；社会公器一旦丧失了诚信的基础，那就会“假”案频频，天下大乱。痛定思痛，我们中华民族千百年来用以安身立命的“礼仪之邦”“诚信之国”，如今安在哉？

当此之际，我们回首百年沧桑，却蓦然发现：不知从何年何月开始，我们的孩子乃至孩子的孩子们，已经与教会了一代代中国人“孝顺父母”“诚实守信”的《弟子规》渐行渐远，以至于现在的成年人和孩子们大都对此已茫然无闻。这固然不是造成当今中国普遍的家教衰弛、诚信缺失的唯一原因，但也不能否认，一百年来对中国传统文化的无选择性地全盘否定，以至于连《三字经》《弟子规》等蒙学教材都被当作封建糟粕予以横扫的做法，无疑加剧了现实中的这种道德困境。如今，真是到了重建中国人道德规范和行为准则的时候了，再耽误下去，我们的孩子将何以为人？将为何样之人？后果实在是不堪设想！

（二）

盖缘于此，当老友张贻柱先生邀我为其楷书字帖《弟子规》作意解时，我几乎不假思索就答应了。实话实说，这并不是一件十分繁难的工作，但是，对我而言，重新翻阅并对原文作出浅显准确的白话注译，却有着一份特殊的情感因素。这是我对少年时期曾经以批判者的身份，贬损和曲解这部蒙童教材的浅薄之举的一次纠正和补偿。

说来话长。那是在约四十年前，我刚刚上初中，正赶上中国大地掀起了一股评法批儒的浪潮。所谓“评法”就是对春秋战国时期诸子百家中的法家思想及其代表人物，进行重新褒扬和肯定性评价；所谓“批儒”，就是对两千年来一直占据主流地位的儒家思想及其代表人物，进行全面批判和否定性评价。当时推行这场浪潮的动机和目的，我们且不去深究了，只说我们当时这些年仅十三四岁的孩子，一上中学就被推进这样一场莫名其妙的浪潮中，确实有些不知所措。一时间，正常的语文课、历史课、政治课都要为此让路，古代历史课被终止了，改讲“法家变法史”和“秦统一六国史”；语文课也被改编了，专门辟出一个多月的课时，来讲《三字经》批判。可巧，当时还兴起一阵奇怪的风潮，叫做“小将上讲台”，也就是选择一些所谓“根正苗红”的学生作为代表，直接登上中学讲台，为本班乃至本年级的若干班级授课。我不幸（或许也可称为有幸）被选中了。年级组给我分配了讲课任务，历史课主讲“商鞅变法”这一节，语文课恰恰就是《三字经》批判这一单元。

在学校图书馆被封存的书架上，我找到了一本收录着《三字经》《弟子规》《百家姓》《名贤集》《神童诗》《增广贤文》等蒙童书籍在内的原版图书，我这是第一次接触古代蒙童读物，感到非常新鲜有趣，立即以“备课急需”为名借了出来，如饥似渴地读了起来。坦白地讲，如果没有“评法批儒”，或许我这样的中学生根本不被允许接触这些当时被认为是封建大毒草的书，然而，借着批判和讲课之机，我得以近水楼台，先睹为快，这实在是不幸中的大幸——我前面特意用了“有幸”这个字眼，原因即在于此。

本来我的课程是专讲批判《三字经》的，恰好当时的《人民日报》以整版的篇幅刊登了《三字经》批注，我拿过来“现趸现卖”倒也省心省力，可是，语文组长却要求我在批判《三字经》的同时，要留出一些课时，顺带批判一下《弟子规》。这个指令倒令我耗费了不少心血，原因很简单，《弟子规》并没有现成的批注作参考，我要讲就必须自己新写教案，还要自己找到批判的“观点”，这对一个中学生来说，确非易事。我当时在课堂上是如何批判的，如今已全然忘记了，但是，《弟子规》中的许多句子却清晰地印在了我的脑海里。如今，造化弄人，偏偏又给我一个机缘，再次为《弟子规》作意解，不由人心生百感，正所谓“时隔四十年，回望当初事，抚卷长太息，恍然如隔世”。

我没有问过当年的同学们，是否因我在课堂上的批判而误解《弟子规》，时移世易，旧账难提。我现在唯一的希望是，用今天的重新注解来拨乱反正，正本清源。但愿今天的同学们能够从我的意解中获得对《弟子规》比较完整而准确的理解，进而开始根植那些独属于中国人的文化基因和“人生胎记”。如斯，则余愿足矣！

（三）

张贻柱先生的书法一向为人称道，尤其是他的楷书，以欧体为骨肉，融合颜柳之气血，形成了自己独特的艺术风貌。当今书坛，以欧体楷书名于世者，首推京津田氏兄弟（英章与蕴章）为翘楚，而张贻柱先生踵接其后，分峙南北，他日或成鼎足之势，亦未可知也。

我与张贻柱先生因书法而结缘，说起来也算是一段佳话。那是在 2006 年，我应约为沈阳世界园艺博览会的深圳馆撰写了一篇《鹏城赋》。主其事者知道我喜欢书法，曾提议由我自己书写这篇短文，被我婉言谢绝了。毕竟我的书法功底尚未达到足以担此重任的水平，我的大脑也还没有膨胀到不知天高地厚要以笔墨来自我炫耀的地步。于是，他们推荐了张贻柱先生，先给我看了一些他的书作照片，我对他的书法功力和虔诚严谨的创作态度非常认可，尤其是他的写经作品，笔笔精到，点画流美，堪与唐宋写经高手比肩而立。在我看来，在当今书坛弥漫着的浮躁气氛中，能保持如此宁静而虔敬的心态来抄经，这本身就值得鼓励和赞赏，更何况他的书法是如此规范、如此清劲、如此骨力弥满、如此真气充盈，实在是难得的楷书高手。于是，我当即表示："我这篇《鹏城赋》，非张公莫属！"

这篇短文很快就镌刻在沈阳园博会深圳馆的一面影壁墙上，我曾亲临现场观赏，并见到很多游客在这里拍照留念，成为深圳馆里的一个标志性景点。

后来，深圳市政府决定，在本市园博园公园的显著位置也镌刻这篇《鹏城赋》。在征询我对书写者的意见时，我毫不犹豫地继续力挺张贻柱先生。新作很快就完成了，很多看过新刻《鹏城赋》的行家都认为，这次的书法比前几年在沈阳的那幅作品，又有了新的进步。我闻言也深感欣慰，因为这至少说明，我一直看好张贻柱先生的楷书作品，还是有些专业眼光的。

由此，我与张贻柱先生结为好友兼同道。我看着他的书法艺术日渐成熟，也为他的书名渐为世人所知而深感高兴。此次，他以规范谨严的楷书字帖的形式，抄录《弟子规》与意解全文，不啻是一项具有开拓性的艺术创作工程。展卷诵读，可见其书法气韵贯通，一丝不苟，章法布局，尤见匠心。为了使这部蒙童经典能够成为孩子们练习书法的标准字帖，张贻柱先生对任何一点点缺陷都不肯放过，我亲眼见到他废掉的一沓书页，深感惋惜。他却说，既然我们是给孩子们练字作范本，那就要高标准，尽量在作品中少留些遗憾和瑕疵——这是关乎后代关乎未来的大事啊！

我非常赞同他的这种做事原则，其实，这也正是《弟子规》中所一再强调的行为规范之一。我在一句句为《弟子规》作意解时，同样遵循着这样的做事规范。比如，按照书法家对每页正文与意解文字的字数要求，我在解释《弟子规》时，必须做到每行意解字数，都要保持在十八字至二十二字之间，这就需要在不违背原意的前提下，字数亏欠时予以填充，字数超额时予以删减，这绝对是一项颇费斟酌的文字博弈，也是我数十年文字生涯中的第一次。我不知道自己做得是否符合古典今译的要求，这只能留待老师和同学们在使用过程中予以检验并校正了。

李彬先生是这部《弟子规》以此种形式书写的首倡者，他也是推动并安排这本字帖印刷出版，并让其最先走进课堂的实施者。他的睿智眼光和对兴办教育的热情，都给我留下了深刻的印象。按照他的设想，这次刊印《〈弟子规〉意解楷书字帖》只是系列蒙童教材编印过程的一个开端，后面还有若干计划将陆续实施。我当然乐观其成，并以能参与这项对我们社会乃至对我们民族很有意义的文化工程而深感欣慰。

是为序。

2011 年 10 月 7 日于北京平斋南窗之下

《孤独的大师》（增订版）前言

一本书初版十五年后得以再版，说明它还有一定的生命力。而让其生命力得以延续的，则是广大读者和独具慧眼的编者。

（一）

《孤独的大师》初版于2002年，大概面市不到半年就售罄了。因为我当时急需购买一些样书分赠朋友，曾找到北京的工人出版社求购，结果得到的回答是：把库房都翻遍了，一本也没有了。最后，只得把出版社资料室的存档样书匀了几本给我。我现在家里存留的唯一一本，就是这本加盖着印章的存档样书。

什么人喜欢读这本书呢？我们报社跑图书报道的记者告诉我，从书城的销售情况看，这本书的主要读者是青少年。后来的事实也证明了这一点。深圳罗湖区有个东晓小学，有一天他们找到报社，邀请我去参加一次主题班会，主题就是谈《孤独的大师》。事关孩子，再忙我也要去。那天，我一进教室就大吃一惊，全班同学人手一册。我问班主任老师："是不是你让大家都去买的？"这位名叫刘红的女老师一听就发急了，说："现在的孩子，您以为老师让买他们就买吗？我是发现他们写的周记，总是提到这本《孤独的大师》，我就去书城也买来一本。读完之后，就跟同学们做交流，结果发现我们班上50多名学生，几乎都读过这本书——这才想到要组织这次特殊的班会。"

一沓厚厚的文稿，此刻就静静地摆放在我的书桌上。这是东晓小学五（2）班的同学们在那次主题班会上交流发言的稿子，是我恳请刘红老师“转赠”给我的，我已经珍藏了十多年，偶尔还会翻出来重读几篇。当时十一二岁的孩子们，现在该是二十多岁的小伙子大姑娘了，不知他们还记不记得当年写下的这些稚嫩的文字？而我更关心的是，这本着力于写孤独、写寂寞、写磨难、写失败的书，对他们此后的人生走向，究竟产生了怎样的影响呢？

我知道有几位同事的孩子，是带着这本书漂洋过海闯荡世界去的。因为他们的父母见到我，总要讲起孩子在异国他乡战胜孤独、战胜寂寞、战胜失败的故事，他们常常把这些“战胜”归功于这本书。我虽然将信将疑，却也感到一丝欣慰。毕竟这本书揭示了一些简单的道理，譬如：“失败和挫折才是生活的常态，而成功只不过是擦肩而过的偶然罢了。”而中国的孩子恰恰很少接受这样的人生提醒。反观社会上到处充斥的是“励志”、是“成才”、是“成功秘籍”、是“心灵鸡汤”……却很少有人告诉你“要做胜利者，必得先做牺牲”“要赢得人生的辉煌，必先经过常人难以忍受的孤独和痛苦”……

我想，这本书的生命力之源，恰在于这种对孤独、对寂寞、对痛苦、对失败之于人生重要性的赤裸裸的揭示；而我所选择的对象又是那些如雷贯耳、耀眼辉煌的艺术大师们，其震撼力和感染力自然会深入而持久，尤其是面对复杂多变的竞争环境的孩子们，他们的感受自然也会更加强烈吧！

还有一个值得玩味的情况发生在2017年，这一年我连续被邀请到各地的大学去演讲，对方选定的主题，竟不约而同地都是《孤独的大师》。先是在哈尔滨工业大学（深圳）人文学院，接着是青岛科技大学艺术学院，随后又接到香港中文大学深圳分校的邀请，年底又应邀到哈尔滨工业大学（深圳）人文学院去给本科生讲两个月的“通识课”，主题依旧是“孤独的大师”……

为什么一本十多年前出版的旧作，会在新时期重新被发现、被重视？为什么这么多著名院校（而且多是理工科大学）会如此青睐这本《孤独的大师》？或许这本书中真有某些值得深思的东西，刚好为现代社会所需要？或许正是这些值得深思的东西，使这本沉寂已久的小书重获新生？

我无法解答这些问题，却也依旧是“感到一丝欣慰”。

（二）

常常有朋友问我：“你并不是研究艺术史的专业人士，也无须靠这本书来收名定价，何以不惜花费八年光阴，来写这些离现实生活十万八千里的外国画家呢？”每每遇到这类问题，我都只是淡然一笑，不置一词。今天，借着《孤独的大师》增订再版的机会，我也道一道当初写作这些文字的“初心”吧。

这组文字，最初酝酿于20世纪90年代初，成稿于90年代末。其间，我经历了从故乡天津只身一人南下深圳的这段孤独寂寞的岁月。环顾四周，像我这样的“孤独异乡人”比比皆是，这是我此前从未体验过的人生况味。那段时间，我在母报《天津日报》上开设了一个散文专栏，就叫《感受深圳》。我在这里“品味寂寞”“感受孤独”，不得不“收起你的辉煌”，不得不“接受平凡”（引号中的文字皆为我的散文标题）。这是我第一次真切品味到孤独寂寞的“原味”。在那段时间里，读书成为我唯一的乐趣，尤其喜欢读艺术史和艺术家传记。以前读这些书，并没有“置身其间”的意念，而今再读，自己也仿佛与他们一同栉风沐雨、痛苦彷徨，为他们的遭遇而愤懑，为他们的无奈而哀伤，为他们的痛苦而流泪，为他们的不幸而叹息。我在阅读中思考，在思考中感受，在感受中自省……蓦然回首之际，却发现不知不觉中，我自身那些原本强烈的孤寂无助、忧郁不平等难以排解的痛感，竟然减轻了、淡化了、释然了甚至消失了。真没想到，阅读孤独、感受寂寞、品味痛苦，在某种情况下竟然还有“疗治心疾”的功能，我以为这正是“痛定思痛”“以痛治痛”的特殊功效。也就是在这种心境下，我开始萌生了刻意发掘艺术大师的孤独和苦难的想法。不是吗？我们平常所见到的艺术大师们，大都是正面形象，光彩照人，他们走在历史的“星光大道”上，辉煌映衬着他们的成功和不朽。然而，很少有人去移步换景，把目光投射到其侧面、背面，去搜寻、去发现、去展示他们在孤独、痛苦、寂寞、不幸中的卓绝挣扎。而只有透过光鲜的表象透视到其背后的艰难困苦，我们才能真正领悟到他们艺术的真谛和人生的真相。我希望用自己的心灵感悟去为他们重新塑像，同样地，也希望用这些充满苦涩和暗影的塑像，去慰藉那些如我一样曾经沉浸于孤独痛苦中的“天涯沦落人”。

于是，我开始寻觅尘封已久的史料，从别人不屑一顾的犄角旮旯里去发掘人物的吉光片羽。我发现，这竟是一个满目珠玑的富矿，由此进入，如同沿着通幽曲径探路而行，可以直抵那些艺术大师的心灵深处。于是，我一篇篇地写了下去，就像一个探险家一步步走向人迹罕至的险峰，领略到旁人未曾见过的奇异风景……

（三）

从 20 世纪 90 年代中期开笔，我携着《孤独的大师》一直走进了 21 世纪。在此期间，我曾有若干次出国采访的机会，我无一例外地都选择了去欧洲。有朋友感到不解，出国的机会难得，为何不多转几个地方，偏偏一次次地死盯着欧洲。我心里暗想，那些孤独的大师们都在欧洲，我要去看望他们、亲近他们、研究他们、破解他们，去多少次都不嫌多，即便这样，还总是“别时容易见时难”啊！

只有亲临大师们的故地，亲炙大师们的原作，亲见大师们生活的环境，才能真切感受到他们何以成为大师，也才能体悟到为何他们如此孤独。我的好友南翔教授曾写过一篇《孤独的大师》的书评，题目就叫《大师缘何孤独》，我觉得这也正是本书抛给所有读书人的一个课题，或许每个人都会用各自的方式来解答，但是，谁又能说自己的解答是最完美的呢？不完美才是真实的人生，或许正是人生的不完美，方才成就了其完美的艺术。

这些文章中的相当一部分，都是在出访归来乘兴而作，见诸报端的。譬如丢勒、罗丹、伦勃朗、透纳、康斯太勃尔诸篇。这些文章的见报，引起了一些关注，有些书刊开始把其中一些篇章编入各类选集，也有一些杂志开始找我约稿。其中特别需要感谢的是北京《人物》杂志。这家有名的杂志对我的《孤独的大师》系列，可说是珍爱有加，辟出宝贵的篇幅连载经年。主编杨晓周和编辑李京华为这些“孤独的大师”付出大量的心血。也正是因为这家名刊的强力推介，引起了时任工人出版社编辑崔自默先生的激赏，立即敦促我编辑成书。我对自默说，这个系列还没写完。他说，这么大的选题，哪里有个完？还是先出书吧，这并不妨碍你继续写下去。于是，《孤独的大师》就这样出版了，自默兄为其选配了上百幅精美的图片，把这本在我看来还是半成品的小书打扮得漂漂亮亮。

这些慧眼识珠的编辑们，是《孤独的大师》最早的知音，我对他们怀有深深的敬意和感激。

（四）

本次增订版，增加了两篇新作，一篇是《西斯莱，被遗忘的风景画大师》，另一篇是《罪犯与圣徒：卡拉瓦乔》。此外，应编辑王虞兮的建议，我对丢勒一篇做了较大的增补和润色，差不多是重写了一遍。这显然是必要的，因为原书收录的那篇文章，只是我在德国纽伦堡参观丢勒故居之后写的一篇游记，内容显得过于单薄了。这次改写，使这位文艺复兴时期与达·芬奇齐名的德国艺术大师的形象更加丰满也更加鲜明了。

商务印书馆是中国读书人心目中的圣殿，能在这家书馆出书是无数写书人的梦想，当然，也是我的梦想。感谢丛晓眉主编的青睐，使《孤独的大师》（增订版）能被纳入商务印书馆的“宏大书阵”——这是一个辉煌百年的“书阵”，是一个大师荟萃的“书阵”，是一个学风醇厚的“书阵”，是一个声誉卓著的“书阵”。我深知，我能忝列这个“书阵”并不是我写得有多么好，而是因为这些“孤独的大师”本身太精彩、太耀眼了，说到底，我还是沾了他们的光。因此，在这篇前言的末尾，我要再次向这些陪伴我走过难忘岁月的“孤独的大师”们，鞠躬致敬！

2017 年 10 月 22 日于深圳寄荃斋

《我拓我家杂谭》后记

这本书是继《集印诗话》之后，我在《今晚报》副刊所设专栏的第二本结集。

我办了一辈子报纸，很长时间都是在编副刊或者分管副刊，深知写专栏是件很辛苦的事情。早年在《天津日报》，我曾开过《茶诗话》专栏，写了三十篇；接着又开了一个《茗香茶座》，写了二十几篇就坚持不住了。这两个专栏都只有半年多时间。20世纪90年代南下深圳，在《深圳商报》副刊开过一个《品茶读画》专栏，陆陆续续写了近一年，后来因为工作太忙，只得草草截住了。没想到在家乡的《今晚报》副刊上，这两个专栏却都是善始善终:《集印为诗》写满了六十篇，用时一年两个月；后者则两次延长，从原定的六十篇延长为八十篇，后来又延长到一百篇，写了差不多两年时间。这在我的“专栏史”上算是创了新纪录了。

写专栏不易，编专栏其实更不容易。作为编者出身的作者，我对此有着更深的体会。从选题策划到版面安排，从文字的整体风格到每隔一段时间必须与作者沟通和催稿，真是操心费力且无名无利，完全是“幕后英雄”。幸好我遇到的《今晚报》副刊的编辑团队十分出色，从主任王振良到副主任周东江、责编朱孝兵，都非常敬业，而且保留着老报纸老副刊的优秀传统，这表现在对作者的尊重、对文字的严谨、对专栏节奏的把控以及催稿时的谈话艺术上。单讲见报后寄送样报这一条，在当今报业似乎已难以为继了（我常常因收不到样报而不得不与各报的编辑们沟通），但《今晚报》的编辑却从来不用催问，总能依时收到。尤其难得的是，我近两年常常是南北奔波，居无定所，《今晚报》的样报却能够追随我的脚步，鸿飞南北。由此，我领悟到什么叫做认真和执着。我也常常以此为证，向深圳的年轻编辑们讲解什么叫做老报纸的老传统和老规矩。

前一本书《集印诗话》出版时，我特意请王振良主任写了一篇序言，以表示我对他和《今晚报》副刊的尊重和谢意；这本《我拓我家杂谭》即将付梓，我请周东江副主任来写序，也是想表达同样的尊重和谢意。东江兄起初曾婉言谢绝，却拗不过我的坚持。在我看来，文人之间最有分量的礼遇，就是将对方的文章置于卷首，那是一本书最醒目的位置，也折射着你在我心目中的位置。谢谢东江兄的序文。

李瑾的“我拓我家”系列展览，自 2015 年从深圳起步，历经天津、丽江、青岛、淄博，今年将回归广东——金秋十月将在广州再次展出。她曾说过，“我拓我家”的所有展品，都是我们家的“朋友圈”共同创作的，没有朋友们的题跋配画和诗文加持，这些拓片啥都不是。她说的是大实话。而我的这本小书，如同是对我家“朋友圈”参与和加持“我拓我家”的一次并不完整的记录和巡礼。书中讲了很多书画家的趣闻轶事以及拓片出笼的内幕揭秘，无论记人记事均以亲历亲闻为依据，故而这本小书也可视为是一个小小的文人圈子，围绕“我拓我家”这次艺术实践的一部纪实随笔。我一直喜欢读明清时期的文人笔记，写作时也有意借鉴了一些笔记小品的笔法，尽量写得轻松好玩，不让读者看得太累。我不知道是否达到了这样的初衷，这只能交由读者朋友们来作评判了。

两年前，李瑾的“我拓我家”作品集（上下册）由西泠印社出版社出版，邵旭闵女士助力甚多。我这本小书编定之后，又与她商量可否也由西泠出版。尽管她已经退休了，却依旧热心联络，鼎助其成；山东淄博的王斌先生在李瑾“我拓我家”巡展到青岛时曾专程前去观赏，随后在淄博巡展时又主动为我们提供帮助，本书的编印更得到了王斌兄的大力支持；田鹏飞和薛子丰依旧是本书的“黄金搭档”，从图文编排到封面设计，处处可见他们的精雕细刻和新颖创意；年轻设计师李鹏昊也为本书耗费了心血和精力。在此，一并表示感谢！

2018 年 6 月 19 日于北京寄荃斋

后 记 AFTERWORD

文人之间，对写序这件事素来十分看重。《文心雕龙·诠赋》中说："序以建言，首引情本。"说的就是序文的"建言""首引"之功用。一篇序言，冠于卷首，读者开卷，最先入目，其重要性自不待言。因此，请人作序和为人写序，都是一件不敢掉以轻心的事情。

年轻时喜欢读序跋之类的文字，藏书中也有不少作家的序跋集，若《叶圣陶序跋集》《巴金序跋集》《秦牧序跋集》《周汝昌序跋集》等，读得最多的是孙犁先生的序跋。孙犁好像没出版过专门的序跋集，他的序跋都是先登在报纸上，主要是《天津日报》的文艺副刊。而我当时恰好供职于这家报纸，总是得近水楼台之利，先睹为快。后来与孙老熟识了，更可以在读完序文之后，再交流一下心得，对所序之书和写书之人，也能多一点了解。

不过，后来读到孙犁先生的一篇《序的教训》，他在文中郑重宣布："从今而后，不再为别人作序。"由此，他的序跋写作戛然而止。我反复读了此文，从中悟到，为人写序，关乎对其人其书的评价，不仅需要眼力和见识，需要对作者真切客观的理解，而且需要直言的勇气和婉言的艺术。这实在是一件很难的事情。

大概孙犁先生也想不到，他的这篇谈作序之教训的文章，日后会成为我为别人写序的"教科书"，关键是文中有一段非常恳切的"夫子自道"："序者，引也。评论作品，多说好话，固是一路，然此亦甚难，如胡乱吹捧，虽讨好于作者，对广大读者实为欺骗。我所作序，多避实就虚，或谈些感想，或忆些旧事，于作品内容缺少介绍，对作者、读者，虽亦助兴导游之一途，然究非序之正体。正体之序，应提举纲要，论列篇章。鼓吹之于序文，自不可少，然当实事求是，求序者不应把作序者视为乐佣。”正是孙老的这段论述，给了我写序之入门秘钥。

我本凡俗之人，从来没想过会给别人写序。在我眼中，那些印在书前书后的文字，都是大学者大作家大名人的“专利”，似我这样的凡俗之辈，岂敢作非分之想？孰料，偏偏有些不避凡俗的友人，执意以序文之重任相托，再三推却不掉，只好勉力而为。当其谋篇运笔之际，实感重若千钧。

我应约写的第一篇书序，是王立夫先生的《中国内画艺术与技法》，时间应在20世纪80年代末。这样算下来，距今已快30年了。由此发轫，一路逶迤，鸿飞南北，以文会友，写的序，编的书，越来越多，蓦然回首之际，俨然集腋成裘矣。

此卷所收之序跋凡八十余篇，有论画有评书有谈印有品诗；而所序之书的作者，有年高德劭的前辈，也有未及弱冠的孩童，更多的则是与我年龄相仿的朋友。文章固然不拘成法，篇幅也是长长短短，芜杂无章。但有一点是贯穿始终的，那就是：所有文章皆为友情之结晶，读者读文，即可识人；文缘所系，写照传神。至于写得是否传了神，那只能由读者说了算，我就没有发言权了。

此时此刻，我翻阅着书稿，众多友人的音容笑貌，仿若浮现于字里行间。展卷之际，我真想给各位朋友鞠个躬道声谢：一谢你们对我的信任，再谢你们对我的宽容。这些序跋，或因才力不逮，或因领悟不深，或因了解不足，或因涉猎不广，总会有些不如人意处，但是，请相信我的真诚。我的每一篇序文或跋语，都是用心写的，说的都是真话。或许，你们对这些文字并不满意，但却并没有像当年孙老遇到的那位作者去追讨去纠缠，这是你们的包容，也是我的幸运。

本书分为四辑，第一辑编入我为画家、雕塑家所写之序跋；第二辑编入我为书法家、篆刻家、摄影家、设计师以及工艺美术师所写之序跋；第三辑为诗文集之序跋，这些诗文集的写作者，既有诗人、作家、记者，也有各类艺术家和收藏家；第四辑则编入我为自己的书所写的部分序跋。由于篇幅的限制，还有一些序跋不得不暂付阙如，只能留待今后再补入了。

早在20多年前，海天出版社就出版过我编的《范曾序跋集》，如今又出版我的这本序跋集，可见书缘之深厚。海天的聂雄前社长是我近30年的老友，他的支持是本书得以顺利出版的前提；而许全军和朱丽伟两位编辑在本书的编辑设计等方面也付出了大量心血，在此一并致谢。

本书的书名“守住宁静”取自书中的一篇文章，这是我为南京女书法家朱德玲所写的一篇序言的标题。如今，特请德玲女士为本书题写书名，可谓名正言顺非君莫属。谢谢德玲的妙笔！

2018年9月1日于北京寄荃斋